谨以此书
献给这个走向联合的时代！

水泥是有味道的

刘海高 著

济南出版社

图书在版编目（CIP）数据

水泥是有味道的 / 刘海高著. --济南：济南出版
社，2012.9（2024.2重印）
ISBN 978-7-5488-0560-1

Ⅰ.①水… Ⅱ.①刘… Ⅲ.①长篇小说—中国—当代
Ⅳ.①I247.5

中国版本图书馆CIP数据核字（2012）第217347号

责任编辑：朱　琦
封面题字：来永传
装帧设计：王晓丽　张晓妹

出版发行：济南出版社
地　　址：济南市二环南路1号
邮　　编：250002
电　　话：0531-86131727
印　　刷：山东百润本色印刷有限公司
发　　行：济南出版社发行部（电话：0531-86922073）
版　　次：2012年9月第1版
印　　次：2024年2月第2次印刷
开　　本：170mm×240mm　1 / 16
印　　张：20
字　　数：310千
定　　价：69.80元

目 录

目 录

目 录

沈众到前台拿出身份证登记了一个好一点的大房间，服务员把他领进屋，带上门出去了。沈众掏出手机，告诉唐小倩哪个房间，又把门虚开了半边，在门后等她上来。

周国平在办公室里再也坐不下来，心里有些兴奋，踱来踱去，总感觉有什么紧要的事儿要做，却不知从哪里下手。十六万吨的出口订单让他激动，更让他兴奋的，是这次居然力所能及地再次帮青云山一个大忙。

过了春节，接着就是春天来了，春天孕育着生机，孕育着希望，还等不到玉米背娃娃的时节，那美丽的蒙古包就会很快转移消失在各家粉磨站的大库里，每个企业都在追求的元月、首季开门红，会让大家在明年全年里都满怀信心，干劲倍增。

两个大人像孩子一样，在铁皮屋子外面的场地上跳跃了一阵，酣畅淋漓的欢呼声随风飘远。在这寒风凛冽的大年夜，在这热火朝天的码头上，两人陪着劳作的工人们一起，添上了新的一岁。

唐市长赞叹说："你们廖总曾经跟我说过一个形象的比喻，说企业好比一棵小树，在不同阶段经历不同的成长，先长高，以求得到阳光和雨露，再长粗，增加抵抗风雨的能力，最后达到枝繁叶茂、硕果累累。看看恒基发展，的确如此！"

目 录

郭庆民站起来，从办公桌的抽屉里抽出一个信封，拿在手里摇了摇，说："老唐啊，我们一起共事多年，我了解你的性格，所以，我把这封信拿出来，但我不会给你看里面的内容。这是一封署名信，我也不告诉你是谁写的，你先自己考虑考虑，自己有没有什么事情！"

"作为党的干部，几百万岚湾百姓在看着我们，同时，那些意欲投机钻营的人也在盯着我们。百姓看我们为官者的良心，投机者看我们手中的权力，如何在权力和良心之间保持本色，是新时期对一个共产党员巨大的考验！"

岚湾水泥行业全体骨干企业，第一次情同手足地携起手来，用他们亲如兄弟的合作方式，向全市人民展示岚湾水泥航母阔步前进的英姿，这昭示了一个方向，就是工业企业要逐步实现市场协同、资源整合的跨越。这也代表了新的阶段岚湾市深化经济体制改革的方向。

序

[签名]

　　我们为社会尽责任、作贡献，方式途径有很多。实业可以兴邦，文化可以强国。在实业兴邦中创造和实践先进文化，无疑是一种恪尽社会责任的体现。就比如手上捧着的这本书，这本书的作者，凭着长期心路打磨、人生体会，把多年企业工作的经历整理成心得，升华成理念性的东西，然后以文字的形式为我们的事业提供启迪，为这个时代的主旋律再添一笔华章，我作为一名企业人，很为他高兴。

　　我们集团下属的全资子公司日照中联，近几年在文化宣传工作中，主动响应集团文化工作要求，积极培植文化土壤，在创新文化宣传工作思路方面，做了许多大胆有益的探索和尝试。这个公司分管文化宣传工作的刘海高同志，本身就是一名很有成就的业余作家，是山东省作家协会的会员、莒县作家协会的副主席，多年来一直从事企业文化建设的探讨与创新，在弘扬中国建材文化方面，做了大量富有成效的工作。

　　六年前，他的第一部长篇小说《民企副总》付梓出版，作为日照市莒县近年来创作出版的第一部长篇小说，在当地引起很大的反响，被日照市文联授予这个城市的文化创作最高奖——"日照文艺奖"。之后，他继续勤耕不辍，结合长期企业工作实践，不断认识和领会中国建材包容性企业文化的精髓，经过长期的提炼和升华，将自己对中国建材文化的理解和感受首次以文字的形式，凝聚成他的第二部长篇小说《水泥是有味道的》奉献给这个行业。这对他，不但是一次攀登创作新高度的历练，更是一次对中国建材文化认同和接受过程的洗礼。他以文学的方式，为我们的企业发展贡献了自己的才智，实现着人生的价值，应该祝贺他！

　　2012年春节刚过，他亲手捧着刚刚打印出来的书稿，到北京的集团总部，请示他所在的日照中联原总经理、现任集团公司战略运营总监盛春德同志，问能否请我给他的书稿题写序言。因为工作的关系，他到总部来出差的机会不是很多，与集团领导们见面的机会更是少之又少，心里难免有些忐忑。我很理解他当时的心情。当我听说他在基地工作思考了六年、仅用半年的时间就集中写成这部手稿时，就已经感受到了这个年轻人身上旺盛的创作激情。我从盛总那里知道，他一开始从事的是基地公司行政人事工作，而且兼任基地公司的党务宣传、企地关系和谐建设、还有工会工作等，可以想见平时工作的繁忙。而在这繁忙的工作中，他居然挤出时间写了这样一部近二十七万字的长篇，日常的勤勉可见一斑。当我把那部手稿读完的时候，我也更深刻地感受到了他对中国建材文化的理解和认同。洋洋二十七万言，字里行间无不渗透着对企业、对事业的忠诚，对工作、对生活的热爱，还有他对中国建材包容性文化浸入肌肤的执著与痴迷。

在这部叙述水泥建材行业运营发展的作品中，专业性的生产术语并不是我们讨论和研读的重点，能引起我们更大反思的，是作品中体现的职业经理人所应秉持的敬业精神，所应具备的领导能力，以及由此折射出来的人本理念、包容文化、和谐思想。一切经得起再度阅读的语言，一定值得再度思索。中国建材集团宋志平董事长曾经说过："温和，也是一种力量！"作为国企的高管，就应该具有这样一种温和包容的胸怀、统帅全局的能力、铸造和谐的素养。这些映射着包容性光辉的思想，值得我们职业经理人铭记和思考。

《水泥是有味道的》是中国联合水泥集团第一部由我们内部员工创作而成的写我们自己的长篇小说，是我们中联水泥新时期文化创新工作的一个成果。这部作品的定位选择在水泥行业，通篇以市场协同、竞争合作为主线，秉持了水泥企业集约集中、兼并联合、做大做强做优的"大水泥"理念，符合新形势下产业结构调整和国有企业改革的方向，贴近工作，贴近生活，贴近实际。作品以大量平实的语言、平凡的事例，热情讴歌了水泥战线上一个个可歌可泣的生动人物，和他们创业前进中朴实无华的感人事迹。以钟若飞、周国平等为代表的大批水泥企业工作者们，胸怀大局，忠诚事业，矢志奉献，勇挑行业整合的重担，在竞争中谋求合作，在合作中寻求共赢，为区域市场的协同、整合尽心竭力，用他们实际行动践行责任，表达了他们对事业的执著与忠诚，处处闪烁着人格的魅力。这，才真正是水泥的味道！在作品的许多情节中，都能找到我们水泥工作者熟悉的影子，让人们在捧读之余有一种亲切自然、身在其中的感觉。尤其主人公身上所体现出来的宽厚、包容、大度的理性气质，以及他为企业联合、市场协同操劳奔忙的敬业精神，是所有企业工作者，尤其水泥企业工作者应当学习借鉴的。

不欲极饥而食，食不过饱，不欲极渴而饮，饮不过多。长篇小说《水泥是有味道的》的出版发行，填补了中国联合水泥集团文化建设工作中的一个空白，是我们中国联合水泥下属基地公司企业文化建设的一笔财富，也是我们中联水泥集团长期重视文化建设、积极探索培养专业型人才的重要成果。我们有理由相信，在社会主义文化大繁荣、大发展的舞台上，中国联合水泥企业文化建设必将创造新的业绩，必将取得花红果硕的成就。

在中国建材集团领导下，走向联合，创造价值，共荣共享，是我们创业实践的最终目标，也是我们中联水泥长期一贯为之创新实践的强大源动力。我也真诚地希望，我们的水泥企业工作者们，能从《水泥是有味道的》这部书中汲取到一点营养，领会到一点感悟，在企业联合、市场协同、合作共赢的道路上走得更好、更快、更稳健。

2012年4月19日

（张金栋：中国联合水泥集团有限公司总经理）

引 子

离开会还有些时间，沈众把会议记录本准备好，将一支笔夹在里面，摆在办公桌的端上，以便随时可以抓起来出去。电脑上QQ打开着，他坐在桌前，忙里偷闲多聊会儿。

"'落灯花'是什么意思？怎么换了这个名字？"沈众刚刚更改了自己在QQ里的网名，漂亮的女网友问他。

"你那么聪明，应该能猜得出来！"沈众说得神秘也有些得意。

"我记得有一首诗里是这样写的：黄梅时节家家雨，青草池塘处处蛙。有约不来过夜半，闲敲棋子落灯花。是取自这里的吧！"

"就是！你说，这多美的意境！真的佩服古人用语精妙！"沈众似乎要故意考考她，"你知道这是出自谁的哪一首诗？"

半天，女孩回道："不记得了！你做文学的，请指教！"后面缀上一个"害羞"的表情。

"呵呵！"沈众回道，"是宋朝诗人赵师秀的《约客》。你想象一下，江南的夏夜，梅雨纷飞，蛙声齐鸣，诗人约了友人来下棋，然而，时过夜半，约客未至，诗人闲敲棋子，静静等候……此时，诗人的心境如何呢？"

"网名其实也代表了自己的心境。你是说你自己的吧？"女孩回道。

沈众呵呵一笑，道："差不多，先谈谈你的看法！"

"我说不好，我的审美水平怎么能比得上你搞文学的！"

"可你是画家啊，没有一定的审美能力，怎么能画出那样清新婉约的画作？你不要谦虚！"

"好吧，陪你穿越一次，回到宋朝体验一下诗人的感受，不准笑话我！"女孩想了想，回道："这首诗首先渲染的是撩人思绪的环境，也细致刻画了'闲敲棋子'的细节动作，描绘了诗人雨夜候客来访的情景，写出约客未至的一种怅惘焦躁的心情。"

　　"还有呢？"沈众又问。

　　"还有……说不出来了！听听你的高见！"沈众仿佛看见了网络那一端女孩忽闪着眼睛冥思苦想的样子。他键盘一敲，先发过去一个"猪"的表情，然后反驳道："我倒觉得，主要并不是或根本就没有什么焦躁和烦闷的情绪，而更可能是一种闲逸、散淡和恬然自适的心境。也许曾有那么一会儿焦躁过（这种焦躁情绪怎么会持续到'过夜半'呢？），但现在，诗人被眼前江南夏夜之情景感染了：多情的梅雨，欢快的哇鸣，闪烁的灯火，清脆的棋子敲击声……这是一幅既热闹又冷清、既凝重又飘逸的画面。也许诗人已经忘了他是在等友人，而完全沉浸到内心的激荡和静谧中。应该感谢友人的失约，让诗人享受到了这样一个独处的美妙的不眠之夜。"

　　"你才是猪！"女孩先发过来一个"抓狂"，后面跟着一连串"锤子砸头"，然后回道，"自古文人最多情，怪不得起了这么个诗情画意的名字！"

　　"还不是你啊，你嫌原来的名字锋芒过露，我就改成这个小家碧玉点儿的！"沈众发过去一个"怕怕"的表情，说："这首诗生活气息浓厚，寥寥几语，诗境跃然纸上，又无雕琢之气，可谓形神兼备，清丽可诵。"

　　女孩回道："你的诗可能没赵老师的好，但你的散文小说还是可以跟他PK一下的！"说完了，却故意在后面缀上一个"偷笑"。沈众知道她在有意揶揄自己，就回击道："你不是画家吗，你能把这幅绝妙的江南夜雨图画出来，我就服你！"

　　"你猪啊？这是一种意境，只可意会不可写画的！"女孩说。

　　"不仅是意境，也是心境！"沈众补充道。

　　"呵呵，那你现在的心境如何？"

　　"闲敲棋子落灯花！"

　　……

　　聊来聊去，沈众就有种蚁痒的感觉。他坐在桌前，脑海里不自觉想起了那一张白皙清秀的脸庞，那一双虽然不大却清澈得像水滴一样的眸子，还有毛茸茸的鼻梁下面那一张唇线分明柔润的嘴巴，那一头顺发，那一段腰身……

　　如果相遇是一种缘分，那么，这缘分却为什么只是相遇呢？相遇之后呢？

　　这又是一种奢求了！

　　他记得很清楚，第一次的相遇，是去年的秋天，很平常的一天。除了从云石县到岚湾市一路的阳光灿烂，并没有其他任何需要浓墨渲染的征兆。那天，云石一水的老板邱吉富安排了一个会议，就在岚湾市的水木清华商务会馆。沈众跟着办公室主任高春艳组织会务的时候，偶然中就认识了这个漂亮的女孩，而且相互都很自然地留下了对方的QQ号。从那以后，他总在不经意间就打开QQ，看看这个美丽的女孩在不在。在，就聊上一会儿，不在，他心里就有一种说不出的怅然。

　　其实，他以前的网名并不是"落灯花"，而是一个充满大男孩勇武刚健意义的名字，透射着排山倒海的霸气，似乎能改变宇宙似的。女孩曾经揶揄过他，说你虽然做企业，但你骨子里脱不开文学的胎记，不觉得这个名字太牛太冲？就好比写一篇散文，题目起得太大，是不是显得头重脚轻啊？沈众立刻意识到：我真的改变不了什么，不应该这样锋芒太露，她说得对，还是温和一些、友善一些比较好。于是，他就把网名改成了"落灯花"这样一个既有文学意境，又不那么刺耳刺目，听上去还有点温婉亲近的名字。

　　看看时间不早了，他不敢继续聊下去，就说："我要开会了，很重要的会！"

　　"什么会那么重要啊？"

　　"还不知道，非常秘密！只知道邱老板还有几个外部董事过来了，而且周总和公司的班子成员全部参加，我负责记录。看样会议很重要！"

　　"哦，那你快去吧，别误了事儿挨批，我知道你们邱总什么样人！"

　　"呵呵！"沈众明白她的意思，笑了笑，回道，"我只是个小秘书，他管不到我这个级别！"

　　"他这个人出牌不按套路，才不管你级别不级别的呢，我了解他，你快去吧！"女孩笑笑，又说，"我还等你吗？"

　　"不要，你忙吧，会还不知道开到什么时候！"

　　"好吧，拜拜！"女孩说完，又粘贴上一幅图，慢慢打开来，是一个即将远足的女孩，清清秀秀，长发披肩，在杨柳岸小河旁回眸一笑，向送她的亲人们挥手告别，旁白是：再见，我会想你的！

　　沈众只回一个字"拜"，就赶紧关了界面，抓起桌端的会议记录本就往会议室里跑去。

01 一个顶尖小的角色，参加了一个顶尖重要的会议

"收购的时候不要太算计了。如果我们买的是老母鸡，确实能下蛋，就要多给人家几个月的蛋钱。只有买不下蛋的肉鸡，才要斤斤计较！"

沈众的感觉不错，今天这个会议，的确是非常重要、非常保密！

说是重要，不是因为参会人员多、级别高，而是因为它干系重大。从会后所发生的一切变化来看，这个会竟然直接决定了云石一水这个千人企业未来发展的走向，有着开创性或转折性的意义。

说是秘密，是因为这个会议临时召集，不公开主题，而且会上要求所有参会人员严守会议机密，不能向外界透露半点内容，包括公司的员工。

参加会议的有云石一水董事长兼总经理邱吉富、两个外部董事，还有临时主持企业全面工作的常务副总经理周国平、分管生产副总经理季中强等九个人，办公室主任高春艳列席会议。

既然重要，那么就需要把会议决定的事项记录下来，形成个纪要，以备完整地保存、查考！应该说，这项工作非所有人都能胜任，这个人要具备一定的觉悟，较高的文字水平，而且经常贴近领导，善于把握会议精神，甚至举一可以反三。在常务副总经理周国平的钦点下，这项工作就自然而然地交给了办公室秘书沈众，这样一个顶尖的小角色了。

沈众在聊天的时候，曾经告诉过那个女网友，说自己之所以能到办公室做秘书，主要还是公司常务副总周国平提携。沈众虽然学的是水泥工艺专业，却对文学有着浓厚的兴趣，文字基础相当好，经常向公司小报上投稿，小说、散文、诗歌，什么都能写，而且早就是岚湾市作家协会的一名会员了，还曾经获过全国级别的散文、小说一二等奖。半年前，办公室正好缺个搞文字的秘书，周总就把他从车间一线选了上来。

沈众有个舅舅叫张浩，是青云山通力水泥公司的一把手。青云山通力在岚

湾市青云山县，跟崮西县、崮东县都是近邻，离云石稍远些，中间隔着宁城县。从管理权责关系上，隶属省内大型民营企业通力水泥集团，但这个企业有49%的股份还是国有，所以，从股权分配上，与岚湾政府也有一种很近的姻亲关系。张浩跟周国平是在职研究生时的同学，也是要好的朋友。沈众大学一毕业，因为学的就是水泥工艺专业，所以最对口的就业方向自然是水泥厂。他本来可以分配到舅舅所在的青云山通力，但张浩为了避嫌，却把他介绍到了周国平这边。

按张浩的意思，小外甥刚走出校门，光有理论没有实践是成不了大器的，所以，他特别给周国平强调，一定不要考虑甥舅关系，只管下放到最艰苦、最能锻炼人的岗位上去！周国平明白张浩的苦心，就叫沈众在车间干了几年。

半年前，结婚两年多的办公室主任高春艳怀上了身孕，肚子渐渐大起来，妊娠反应强烈，三天两头请假。办公室人手不够，又缺个秘书，已经在车间一线锻炼了几年的沈众，自然是周国平心中的不二人选。

脱离了满面尘灰的巡检岗位，刚到办公室，一切都觉得新鲜，该学的东西太多了。会务接待、文字处理、上传下达，还有迎来送往，高春艳都安排给他！当领导就是这样，叫你干嘛就得干嘛，别管该不该你干的！高春艳曾经教育过他：主任是我，我就有权安排，你们只管听着就是了！好在他有车间一线长期工作的经验，文字基础又好，材料就写得丰满实在。周国平对这个小伙子很满意，就交代高春艳：好好带带他！

高春艳三十多岁的女人，虽然怀有身孕，但仍然活脱干练，说话做事风风火火，急性子不输男同志。沈众是个绵性子，农村孩子出身，没什么脾气，所以也并没觉得这个高主任多苛刻。办公室是个筐，乱七八糟往里装，事务性工作虽然琐碎，但由于是直接为领导们服务的部门，所以琐碎凌乱中遵循着一种极为严格的规则，看不见，摸不着，但长期做下来，潜移默化中却能让一个天真单纯的年轻人脱胎换骨。他决定从头学起，好好跟高姐练练办公室的学问。

岚湾市云石县第一水泥厂在计划经济时代，可是个万人争抢的好单位，国有企业内部办社会，所有设施机构一应俱全，托儿所，职工医院，子弟学校……这也算是一种极丰厚的国企待遇，就像欧债危机前各个国家的高福利，职工住房、就医、子女就业等等，根本不必发愁，企业基本上全包了，一辈子赖在这里，完全可以衣食无忧。

但当市场经济一放开，政府撒了手，企业没几年就不行了，经营状况像一个病入膏肓的老人，风雨飘摇，每况愈下。然后，股份制改造、集体民营、私有化……负责人换了一茬又一茬，你方唱罢我登场，但都穿新鞋走老路，换汤不换药，改来改去也还是半死不活，发不上工资就发水泥，让职工自个儿出去卖，卖完了抵工资……

2003年开始，千疮百孔的云石一水大厦将倾，县里为了甩包袱，就在报请市政府同意后，一跺脚卖给了岚湾物流地产大亨邱吉富。邱吉富有钱，大手笔一挥，把原来的机立窑全部拆除，两年投资十个亿，上马了全新工艺的干法水泥旋转窑，两条日产两千五百吨熟料生产线、一条日产五千吨熟料生产线，还有一台年产两百万吨的水泥磨。这在机立窑还控制岚湾水泥市场半壁江山的当时，投资十个亿的水泥建材项目，那简直是全市响当当的样板工程，堂而皇之地成为了岚湾地区技改创新的标志性典范，代表了整个岚湾市产业结构调整的方向。当然，在市政府、云石县政府全力支持下，邱吉富也名正言顺地领到了国家财政给予的大笔技改资金补贴，他本人也风风光光地当选为全省人大代表。

表面上看起来，新建成的云石一水整个厂区面貌一新，生机勃勃，从上到下抓得很严，各方面管理也相对地接近规范。但两三年下来，实际情况与当初的设想就出现了很大的差池。邱吉富本人并不懂水泥，他从物流、房地产生意暴发起家，哪块地皮是潜力股，哪个地区要有大开发，他都了如指掌，研究颇为深透，但对于水泥，却是个门外汉。

他天南海北飞，房地产生意做得风生水起，但头上插鲜花却冷落了双脚，水泥业务他无暇顾及，经营业绩连续三年亏损累计超过一个亿。一个亿对他来说，也许算不得什么，但可怕的是他不知道这个无底洞有多深，辛辛苦苦赚来的钱，一沓一沓扔下去，连个响声听不到，他就不能忍受了。

一次，他坐在市政府办公厅主任王俊敏的办公室里，一边喝茶一边摇头叹气。王俊敏手头大把的工作，出出进进地顾不上陪他，就随便打趣他说："你是岚湾首富，跑这跟我比什么穷？原以为只有我们穷人才有苦恼，想不到有钱人也会叹气！"

邱吉富斜他一眼，心里有气似地说："你有钱有权，比谁穷？你也叫穷人啊？"

王俊敏若无其事地哈哈一笑，停下手中的活计，从办公桌上厚厚的一摞档案材料后面伸出脑袋，扶扶眼镜说："我那点工资，还不够给老婆上税的！"

"扯淡吧你！"邱吉富朝他不屑地冷笑笑，说："给老婆的都是税（睡）后的，给小姐的却是税（睡）前的！国税地税，部门重叠，你工资再多也不够抽！"

王俊敏知道他不怀好意，也不脸红，却反奚落他说："我哪比你啊，穷人即便交税也只在岚湾，交的是'地'税，你富人不一样，种子遍撒全国，交的是'国'税。我听说北边的滨海市，国地税部门都专门为你开设了税收服务专柜……"

"放你的咸屁！"邱吉富懒得跟他嚼舌，狠狠地骂他一句，"你这人啊，一说起这些事儿，舌头底下都流涎水，亏你还是个政府官员！"

"哈哈，你还是省人大代表呢！对了，省人大代表自然要比我们多交些！"王俊敏并不恼，他跟邱吉富对骂惯了，习以为常了，从来不用留情。他虽然比不上邱吉富有钱，却从心底里看不起他。作为市政府办公厅主任，身居高位，呼风唤雨，你邱吉富算什么？披着人大代表的外衣，其实一暴发户罢了！要不是摊上党的政策好，你顶多算是一个"资本主义尾巴"，早把你一刀切断了！

邱吉富心里想的却是，你王俊敏一个芝麻小官，生死进退都已经掌控在我的手心里，叫你挪挪窝儿你就得赶紧卷铺盖，还能了你了，懒得跟你一般见识！

他仰仰身子，摸一下头皮换了口气，不耐烦却还装着诚心请教似地说："你是不知道，穷人有穷人的苦恼，富人也有富人的苦恼。穷人的苦恼在于没的选择，我的苦恼却是选择太多！这么大一个摊子，又没个人给我打理，你说我苦恼不苦恼？"

王俊敏虽然不再给他嘻嘻，却不无调戏地说："这就是你邱大老板脑筋不转弯了。智慧都来自民间。国外总统都兴民选，你为什么不从下面选一个？"

他本意说着玩玩，没想到无意中竟解开了邱吉富心里的一个疙瘩：对啊，为什么不来个全民竞选呢？

"你看，智慧不但来自民间，也来自政府官员，你说的有道理！"邱吉富大模大样地夸他几句，喝口水，拍拍屁股起身告辞。

那以后不久，他就安排高春艳起草了一个公开竞选常务副总经理的告示，贴在食堂的墙上，要求大家踊跃报名。

就是那一次，时任烧成车间主任的周国平，抱着试试看的心理报了名。他也真没想到，在不到十个人参加演讲的竞聘会上，一不小心就上了贼船，下不来了。

他接过邱吉富水泥业务板块的管理，暂任常务副总经理，全面主持云石一水经营管理工作。邱吉富自任董事长，兼总经理。

对一个没有任何第二方股东的民营企业来说，"总经理"也好，"常务副总"也罢，只是听起来体面些，叫一声周总，显得尊重，而事实上的总经理却只有一个，那就是坐镇岚湾的董事长邱吉富本人。掌握了财权，就掌握了一切。水泥公司所有的开销，都要邱吉富本人一支笔签字，拨几万块钱搞个技改，周国平都要亲自从云石去岚湾，千般解释费尽口舌，像是从邱吉富大腿上剜块肉。即便如此，往往也要等上个十天半月，更别说换一窑砖这样的几十万上百万的检修投资了。

周国平里打外开，拼死拼活，还是独木难支。设备该大修了，没钱！燃煤断顿了，没钱！后来周国平就有点泄气，几次提出辞去常务副总经理职务，邱吉富都没有回话。邱吉富知道，周国平在厂里还是很得民心的，这个人也有思路，设备、工艺都精通，他一旦辞了，恐怕刚刚建立起来的这一套管理体系再次陷入瘫痪。他不敢轻易答应周国平的请辞。

错了不要紧，自己认识不到错，那就麻烦了。问题一大堆，邱吉富却从不认为自己错，或者也不知道自己错在哪里！从他身上，也可以看到现时的很多民营老板的影子。开始时蓬勃兴旺，而一旦完成了积累，要转向二次发展的时候，就掉链子，跟不上了。究其原因，都是出在老板自己身上。一意孤行也罢，自缚手脚也罢，疑心太重也罢，专权独断也罢，自己都意识不到，或者虽然意识到了，但由于自己心性刚愎，无法自拔。改变不了自己，也就改变不了事业衰败的命运。

就这样，云石一水晃晃悠悠又过了几年。在一直低迷的水泥市场上，公司焦头烂额风雨飘摇，不但没效益，而且每年都要亏进去几千万本钱，邱吉富心里着急，不得不寻找另外的出路。

远在北京的中国恒基水泥集团，是最近十年崛起的后起之秀，它不但是一家国企，而且具有央企背景，专做水泥以及相关产业链业务，列入国资委下属一百二十二家央企圈圈里。短短十年的时间，他们按照"联合为主、新建为辅"的发展模式，主要通过联合重组的方式，已经圈定黄淮、中原、华北地区为其势力范围，在山东、江苏、河南、河北等省收购了近八十家熟料生产基地和水泥粉磨站，熟料年产能规模迅速跃居国内前十。岚湾市大大小小水泥生产线五十多条，除了回转窑生产线，还有一部分是原来的机立窑生产线。一年前，恒基将崮西、崮东两个县的原有两个新型干法企业成功收到旗下，成为恒基集团在岚湾市的全资子公司，总计万吨以上的产能。

恒基高层就以崮西、崮东两个公司为依托，在与岚湾市政府频繁接触中，敏锐地感受到了岚湾市近海、沿港且石灰石资源极其丰富的区位优势。几年前就曾派人到岚湾秘密考察过，经过缜密的分析研究，他们把战略目光又一次投向了岚湾近郊腹地，包括云石、青云山、宁城、青城等县这一片水泥企业分布密集的黄金区域。当然，他们的目标只瞄准回转窑，对于那些根据国家产业结构调整政策濒临淘汰的机立窑，他们是不感兴趣的。

双方都有需求的合作，一定是程序最简单、进展最顺利的合作。邱吉富对恒基的了解，并不少于恒基对他的了解。当然，当恒基大方地伸出橄榄枝的时候，邱吉富虽然心里欢喜，但口头上还是要提出这样那样的条件。尤其在出售价款方面，那是邱吉富全部合作的唯一主旨。

恒基的理念是：我看好的，我必须拿下，钱不是问题！道理很简单，钱能生钱！邱吉富在跟王俊敏谈到这个问题的时候，曾经讲过一个例子，赤裸裸地戳破了恒基的心思，他说："为什么老百姓家里买头猪，都喜欢买母猪？原因就是母猪能生崽，能产生更多的增加值！"

他把自己的企业说成是猪，还是头母猪！

王俊敏听后当场大笑，说："这个道理你邱总看得最清楚，哪块地皮适合建猪场，养母猪，你就不惜重金拿下，结果一夜暴发，腰缠万贯。这是所有房地产大亨们吸金捞钱的不二法门！"

邱吉富一听就不高兴了，说："你意思是，我建了那些楼房都是养猪场？我可告诉你，那楼里住着的都是老百姓，你当官的骂人讲学问，还得讲政治呢！"

他这么一上纲上线，就把王俊敏吓得一哆嗦，被什么噎了似的，咽口唾沫说："我哪有骂人，我是说你盖的房子，住的是百姓，养肥的，却是猪！"

邱吉富没有猪那么笨，知道王俊敏每次都是变着法儿骂他，但他不但不恼，反而非常得意，嘿嘿笑着说："把猪养肥了，还能忘了你王主任？我这只肥猪年里节里什么时候不给你送块肉吃？端起碗来吃肉，放下筷子骂娘，当官的都一个德行！"

王俊敏立时黑了脸，硬邦邦地冷笑说："碗里有肉还骂娘，要是没肉，得骂他十八辈祖宗！"

邱吉富虽然瞧不起他，却没有惹恼他的意思，他知道这只肥猪养肥了不能吃，只能圈着，给自己撑门户，以后好多事情还要用他呢，就把口气缓下来，说："好了老弟，我养猪你吃肉，我啥时候也不能亏了你，你对我的好，咱心里都记着呢！"

王俊敏不再理他，说声："开会去了！"站起来就往外走。邱吉富瞅着他的背影，嘿嘿笑得肚皮乱颤。

事后他把这个"养猪"的故事讲给恒基老总钟若飞听，钟若飞笑笑说："你邱总富可敌国，可以买下一座城市了！"

邱吉富把戏弄当恭维，凑过头来，很有把握地对钟若飞说："我告诉你个秘诀：火可以试金，金可以试女人，女人可以试男人，也可以试官，你信不信？"

钟若飞哑言。

岚湾的确是个好地方，新兴的沿海旅游城市，坐拥丰富的石灰石资源，交通便利，水泥建材行业发展成熟。尤其这里有一个货物吞吐量增速最快的优良港口岚湾港，建有两个十万吨级的水泥出口专用码头，面对国内国际两个市场，自然是他们控制区域市场的首选基地。

目标确定了，合作方式不是问题。但所有的谈判都免不了一个拉锯的过程，进两步，退一步，紧一紧，再松一松，目标越拉越近。恒基与邱吉富的谈判，最后的拉锯卡在了价款上。

"这么不爽，免谈好了！我们省城的通力集团，也不比你们差哪去，早给我下了邀请函，请我去省城谈一谈呢！"

邱吉富这句话不假，省里的另一家大型水泥公司通力集团，的确也多次向他表示出了合作的诚意。

但通力也是一家民营的股份制企业，虽然在全省来说业务做得很大，但全国而言，还属于小字辈的规模，而且管理理念也备受社会争议，对此，岚湾市的领导们也十分清楚他们的家底。在一次市政府招商引资扩大会议上，市委书记李海洲曾明确表示过："投资选的是潜力股，考察一个企业看的是文化。一年企业靠威信，十年企业靠制度，百年企业靠文化。通用电气的传奇总裁韦尔奇大家都知道吧，他走马上任后，就是率先从文化变革入手，创建了一整套企业文化管理模式，从而造就了'美国最受尊敬的企业'。当今时代，企业的竞争已经从传统的产品竞争、人才竞争上升到了文化的竞争。所以，在讨论云石一水的加盟去向时，要首先考察新加盟进去的企业是否有优秀的文化，是否有更大的发展潜力。"

李书记说完，市长唐自省补充说："李书记讲得很有道理！有一位著名的管理学者也曾说过：用权力管人，只管住了人的手脚；用制度管人，是管住了人的行为；用文化管人，才能管住人的思想。所以，一个企业是否在用文化管人、文化理念是否优秀，决定着这个企业能走多远、能走多久。给云石一水找个怎样的好婆家，大家再议一议！"

招商局李局长首先发言，说："通过与两个大集团的交往，已经了解了社会上对他们的评价，北京的恒基水泥，似乎要比通力更有选择的空间，除了规模和综合实力的对比外，还有他们的文化，更具有亲和力。恒基的老总钟若飞经常说的一句话，叫做'温和也是一种力量！'，我们感觉，一个老总的治企信条如此，那么他所贯彻的企业精神也该如此。这样的文化理念，是打造百年企业应该具备的！"

办公厅主任王俊敏也说："通力在这方面就不一样。我听说通力的董事长火气很大，有一次高管们开会的时候，有个下属汇报的数字不准确，董事长当即就脱下鞋子扔了过去，口里还骂骂咧咧不干净。第二天，这个下属就辞职了。"

"哈哈，他能不辞职吗？人的自尊是最值钱的！"大家一阵哄笑。

李局长又说："恒基的事业如此声色并茂，靠的就是一种文化的力量，'待人宽厚、处事宽容、环境宽松'，这是恒基文化最大的潜质。跟做人一样，没有这样一种性格，交朋友、做事业是很难的。"

唐市长点头表示认可，李书记看看大家，温和地笑笑说："所以，通力和恒基，两种截然不同的文化，你们倾向于哪个？"

事实就是如此！大家的意见已经高度一致地指向了恒基，邱吉富无论如何也不敢伸着脖子硬顶牛，市领导这个砝码有多重，他心里很清楚。

恒基集团战略思路非常明确，董事长廖泉说过，联合重组既是全国经济结构调整的必然选择，也是企业做大做强做优的必然要求。在全球化经济的今天，企业不但要关注内生式成长方式，让企业内部的资源得到最大限度的发挥，同时要关注系统资源的集成能力和优化能力，关注联合重组众多企业的存量以及由此形成的企业聚集增量和综合价值提升。所以，在收购云石一水这个问题上，廖泉给了钟若飞最大的权限，他说："收购的时候不要太算计了。如果我们买的是老母鸡，确实能下蛋，就要多给人家几个月的蛋钱。只有买不下蛋的肉鸡，才要斤斤计较！"

钟若飞点头说："鸡在他手里已经不下蛋了，是只瘦鸡！我们不但把鸡钱给他，再多给点蛋钱，他自然会撒手痛快些。我们把鸡抱过来，喂点饲料，不但能下更多的蛋，而且还能孵更多的小鸡，那时候，邱吉富肯定又会眼红！"

"那他就只能眼红了！"廖泉笑着说，"邱吉富的失误在于只要蛋不要鸡，有鸡不好好养，结果蛋也没多少！我们的目标是，要养一群鸡，下更多的蛋，孵更多的鸡。事实证明，群养比单养更专业，更能主导市场。"

钟若飞说："我明白您的意思！我们的目标在于整个岚湾，巨大的岚湾市场，比起那点蛋钱，要重要得多！"

所以，砍价归砍价，恒基的谈判人员心里都有数。在看到邱吉富桌面上锱铢必较，为几万块钱争得脸红脖子粗的样子时，他们心里反有一种陪他玩玩的游戏心理，一捂一放，欲擒故纵，避而不谈价钱。邱吉富就更加着急，三句话不离左右地把锯齿往价款上扯。

谈判最忌浮躁，邱吉富一心钻在钱眼里，目标太专一，却忘了控制情绪，在恒基谈判人员剑走偏锋以守为攻的策略下，他基本上失去了招架之功。看到时机成熟，恒基终于抛出了"可以在高于评估价格一百万基础上提供优惠"的条件，一下子让他有了点拨云见日的兴奋。

"好！"邱吉富得了便宜也甘受戏弄，一百万买得他千金一字，双方皆大欢喜！邱吉富欢天喜地，恒基也是凯旋而归！

恒基集团再次打开了岚湾水泥企业整合的又一个突破口，在岚湾登堂入室、扩军备战。直到现在，都成为集团公司战略布点培训课上的成功案例。

当然，谈判的过程和结果，在云石一水也只有邱吉富一个人知道，这样重大的决策，他竟然不让公司的其他人参与，包括他聘任的常务副总周国平！

与恒基的谈判一结束，后期的操作就进入了程序，他不能再拖了，因为恒基在协议草案上已经设定了时间限制，一个月之内完成交接，期间还要聘请第三方审计再次入厂核查，待最终核查结果报上来，企业资产就封冻了，然后合同一签，他就必须交出云石一水所有的权责。

今天这个会议，就是讨论企业加盟恒基的问题！

说是讨论，不如说是通报，给大家宣布一下，举举手通过，走个形式出个纪要，就完了！

形式虽然简单，内容却至关重要，而且要求十分保密。沈众做梦也没想到，进办公室才半年多一点，一个小的角色，竟然能参与这样一个顶尖重要的会议。他更没有想到，从这次会议开始，他的命运和人生轨迹正悄悄面临着不可臆想的转折。当邱吉富特别要求大家交接完成之前要绝对保密时，沈众的神经紧张到了极点，他觉得，如果会议内容一旦泄密，他应有无可推卸的责任。

人有一种逆势思维，越是要求的，就越是反抗。会上要求保密的东西，大家更喜欢传播，而且风传得越快。邱吉富的严词峻令，大家都只作为例行要求，会后才不管那一套，这么重磅的新闻，第一个爆料的是最有价值的。我不爆有人爆，何不先吐为快？反正到最后谁也不知道是谁传出去的。

会议开过第二天，下面就基本上炸了锅。原先发水泥抵工资的，已经闹到销售部要求把水泥单子退了给钱，有的已经在下边三五成群地集结，要求把欠发的三个月工资及时补发，欠缴一年多的养老保险补齐，甚至有的人为了能领到万把块钱的工龄买断，喊着要辞职呢。一时间山雨欲来，风云骤起，生产线上正在酝酿一场大的变故。

下午，周国平把沈众叫到办公室，沈众心里已经敲起了小鼓：我可是一个字都没有透露！刚刚有幸参加这样一个会议，可不敢把尾巴翘到天上去，再说了，在办公室干了大半年了，多少也有点组织纪律和原则性，领导不让说的坚决不会说！

他瞅着周国平的脸不出声。周国平却没事儿似的，和颜悦色地看看他，只字没提泄密的事儿，一直低头在桌子的抽屉里收拾什么。沈众又在心里嘀咕：

一介草民，可别把自己当成什么似的，要追查责任也轮不到你头上，那么多总呢，还有高主任，你算老几？

周国平还没叫他坐，他就站那等着。周国平低头在抽屉里收拾了一会，抬起头，说："你坐吧！"他答应着，却还是不敢坐。

周国平很随便地问道："你舅舅最近好吧？很长时间没见到他了！"

沈众知道他指的是青云山通力的老总张浩，就说："还好呢，总是忙，我去过家里，几次都没见着他！"

"是啊，忙啊！忙得连家都不能回！"周国平似乎感同身受，叹了口气。

沈众听得出来，这一声叹息，既有工作上忙忙碌碌无所收获的感慨，也有对家庭上照顾不上的歉疚。他在这个公司好几年了，效益再不像样，也能勉强着维持到今天，毕竟后面有个董事长兼总经理，他只是个打工的。现在要卖给恒基了，人人有种"亡国成奴"的感觉，他作为一个常务副总，心里肯定也不好受。还有，他上高三的女儿学习很紧张，他连回家一起吃顿饭的时间都很少，更别说过问一下她的成绩。妻子马苏好几次朝张浩家里抱怨，沈众去舅舅家的时候，舅妈曾跟他提起过。

周国平看着他，欲言又止。半天功夫，才问他："工作感觉怎么样？"

"还好，有您一直照顾着，高主任也不便对我怎样！"沈众说这话，心里带了许多的感激。办公室主任高春艳，是邱吉富特意向周国平推荐的，有人说她是邱老板的妻妹，也有人说是他朋友的妹妹，连周国平也搞不清楚他们什么关系。人虽然有些能力，但为人一向很刻薄，一有什么不满意的地方，就叫过来干号一顿，少人前没人后地数落你，嘲笑你，尖嘴巴子薄嘴皮。沈众有周国平这层关系，她是知道的，所以平日里并不敢太过分。同办公室有个主管叫徐建军的，可就没沈众这么幸运了，经常被高春艳踢过来蹭过去，又不敢给领导告状，怕高春艳背地里办他。有时候跟沈众吃个饭，苦味辣味往外倒，沈众虽然同情，也帮不了什么。他要注意自己的身份，虽然周总看重，但也不能经常给领导惹口舌。

有一次两人在食堂吃饭的时候，徐建军吃着吃着就郁闷，沈众明知道高春艳骄横刻薄，却也无奈，只好宽慰他说："工作就是这样，什么样的领导都有，合理的叫锻炼，不合理的叫磨炼，都要经得起。"

"什么锻炼，磨炼！谁傻啊？那分明是强奸！"徐建军愤愤地不服气，说话也不冷静，荤的素的一锅倒。

"呵呵！"沈众笑笑，调侃说："有时候，改变不了天气，却可以改变我们的心情。我们都一样，拒绝不了强奸，就干脆享受快乐！她不是要生孩子了吗？没几天就要休假了，很快日子就好过了。"

徐建军苦着脸说："生孩子也只有六个月的假期，六个月以后呢？还不是苍蝇趴在玻璃上，前途光明，出路没有，还得受啊。"

沈众倒没想那么遥远，想不出合适的话安慰他，只能陪着叹气，说："十年河东十年河西，日本首相都说换就换，我不信，这种人还一辈子得势，我们永远在她手下？"

没想到这还不到六个月呢，江山真的要易主了！邱吉富要卖企业，那么高春艳也要卷铺盖走路了。

他站在周国平办公室里不敢多想，脑子里只这么一闪念，思维立刻就拉回来，说："周总，只要跟着您干，什么都无所谓，您放心我就是！"

周国平笑了一下，说："难得你有这样的心性，一个年轻人，沉稳是很重要的！你是我一手从车间里要上来的，而且，你舅舅也很关心你的成长，我却一直也没给你个职位，好在你不张扬，这点，我是看得见的。"

沈众赶忙说："有您信任，就是最好的鼓励，对于我怎样，您不必太放在心上，我从来不敢给您添心事。"忽然，沈众心里有一种喜滋滋的感动。

周国平看着他，说："不想当将军的士兵，不是好士兵。对吧？"

沈众就低下头，摸不透深浅，憨笑着说："我继续努力！"

过了一会儿，周国平似乎作了慎重的考虑，说："眼下，高主任要休产假了，我想让你暂时主持一下办公室的工作，你感觉行不行？"

沈众一惊，好事来得突然，他却不敢贸然去接，他还没做好准备呢，机会就不期而遇。

他看过一份哈佛的调查报告，说人平均一辈子只有七次决定人生走向的机会，两次机会间相隔约七年。第一次机会大约在二十五岁后开始出现，七十五岁以后就不再有了。这五十年里的七次机会，第一次不易抓到，因为太年轻。最后一次也不用抓，因为太老了。这样就只剩下五次了。这五次机会里如果再有两次不小心错过，那么实际上就只有三次机会了。沈众今年二十八岁，第一次机会已经出现了，他不想错过，他想抓住，必须抓住！

他努力壮了壮胆气，试探着说："周总，我……可以试试。"

光试试怎么行？办公室主任这差事，可不能试试不行再换人的，你以为日本换首相啊？但他同时也知道，过了这村没那店，如果今天因为谦虚错过了机会，周国平也许要另外花费更多的精力给他寻找下一个机会。

其实，他的这个回答，不承诺一定干好，是因为含了谦虚的成分。没表明十足的信心，却表达了坚定的态度。他不能说从没想过这样的好事儿，但至少现在，猛然间就被幸福撞上了腰，他当然逃避不了脑子里那少许的思想碰撞。

周国平轻轻点下头，不再多说什么。他想的是：交接的空挡，正是走马换将的好机会。高主任马上要休产假了，终归要有个人主持办公室的工作，这个小伙子错过了今日，也许要更麻烦一些。

沈众又没来由地想起跟徐建军的那次对话，是啊，大家都一样，每天说的大都是不快乐的事，事业成功的说压力大，工作清闲的说没前途，没恋爱的说怎么还遇不到合适的人？恋爱中的却说遇到的人不适合自己。幸福就像皮球一样被踢来踢去，烦恼却想宝贝一样谁都不肯撒手。原来，快乐并不仅仅来自外界的满足，更多的快乐是通过内心来寻找的。

周国平似乎在想着别的事情，话题就转过了，叹口气说："眼下工人闹成这样，是意料中的事儿。那些人唯恐天下不乱！"

沈众明白，他说的"那些人"指的并不是职工，而是那些参加会议却把会议内容随意透露出去的人。厂子要卖了，谁都不知道未来的东家会是什么面目，大厦将倾，不可能强求每个人都跟你一样讲政治、讲原则的。

别看他跟周国平在职位上有着天地差别，但在心灵上，还是相当默契的。他像个老练的谋士提醒周国平说："已经成事实了，就不要考虑那么多了，我知道，您最看重'仁义'二字。"沈众说这话的时候很激动，心怦怦跳，当着周国平的面，他想把心窝子掏出来。

周国平抬头看看他，那眼神在说："你想说什么？说吧。"

沈众上前一步，压低了声音，说："周总，交接之际千万不能乱，一乱就不可收拾，那责任可全都是您的！加盟恒基后什么样子，现在还难说，但至少有一点很重要，那就是人家对您的评价！"

周国平点点头，他很认可沈众刚才的话，这才是一个设身处地为你着想为你负责的人！"你说得对。"他说，"你把高主任叫过来，通知大家开个会吧，几个事儿安排一下。"

"好的。"沈众轻轻带上门，出来，给高春艳招呼一声，说周总找你，也不说什么事儿，就回到了自己的办公室，把门轻轻地掩上了。

他一边打开QQ，看看那个漂亮的女孩还在不在，一边心里扑通扑通跳了很久，脑子里想起谁说过的一句话：人生重要的不是你所站的位置，而是你面朝的方向。

他很庆幸自己这几年来唯一的方向就是始终面朝着周国平，他认为周总的管理行为没什么不对，无论工作还是生活，他都宽宏大量，时时处处先想着别人，总能站在别人的角度上度量轻重，以大家都能接受的方式处理问题，表现出令人钦佩的儒雅之风。特别是他曾经说过一句话，让沈众感触很深，是关于为人子女孝顺父母的。他说孝顺有三重境界，第一重：父母养育了我们，把我们养大，现在父母年龄大了，已经没有劳动的能力，那么我们首先要保证他们在年老的时候，在物质上衣食无忧。第二重：为人子女要不断进步，有好的发展，让父母在精神上为你感到自豪。第三重：父母的思想已经僵化落后，跟不上时代的步伐，为人子女者，应当经常陪他们说话交流，用自己先进的思想引领他们继续前进，使他们的思想不再僵化落后，能跟上这个先进的时代。

这是一种人生的观念，也是一种关于生命价值的取向。我们每天都在提倡"人心向善"，怎样才算是人心向善呢？沈众觉得，能做到这三点，就是人心向善的最生动体现。对于这三重境界，第一重，还问题不大，家境虽不富裕，但父母亲尚能劳作，物质上不算匮乏，他暂时不用为这个问题费神。这第二重，他还没有底气。大学毕业两年多了，托舅舅关心找了这份工作，但也只是平平淡淡看不到什么前景，好在周总栽培，选到办公室来做个秘书，虽不显贵，但父母亲也很满足了，毕竟是农民的儿子，有这份稳定的工作，每月有稳定的工资，怎么也算是比上不足比下有余，该知足！当然，至于要让父母为自己感到自豪，可是还有不小的距离。这第二重还没实现，第三重更不敢奢望，自己没有先进的理念，怎么能引领父母的思想更好地前进呢？

人在高兴的时候，心里真是藏不住事儿，尤其对自己喜欢和信任的朋友。而且，有时候虚拟的网友比现实中的朋友更值得托付。周国平刚刚表示要提拔他做办公室主任，他就忍不住想第一时间尽快告诉他漂亮的女网友。

网友的头像是黑着的，应该不在线上，沈众心里又是一阵怅然，还是忍不住留下一句话：告诉你个好消息。

信息发出去了，他盯着屏幕却隐隐有点后悔：没有定力！周总刚刚表示那么个意思，下步还不定怎样，怎么就这么沉不住气呢？

高春艳站在周国平办公室里，有意把大肚子挺出来，似乎在表现一个女人将要生产的自豪。周国平感觉晃眼，低着头，看都不看，说："你通知下午两点开个会，车间副职以上人员全部参加。"

"好的周总，主要议题是什么？"她意思是还需要参会人员准备什么吗？如果需要车间主任汇报的话，一般应该提前告诉他们好准备一下。

周国平抬头看她一眼，简单地说："就最近出现的一些问题通报一下情况，大家不用准备什么。"

"哦！"高春艳答应着出来。

未出门前三五步，肚子已到走廊来。她两手捧着肚子，一步一挪，动作放得很轻很慢，似乎向每个人宣示她的孕况。她结婚两年没怀上孩子，好不容易怀孕了，马上要临产了，想不到却遇上这么多变故。一忙起来她就糟心，这个时候，她最需要休养生息呢。

接到会议通知，下边议论的焦点忽然就集中转向了周国平。

"这时候了，还开什么会啊，赶紧把工资补上是正事儿。"

"老总都没几天当的了，况且还是个副总呢！开个散伙会就算最后的晚餐吧。"

"不要乱说，就算换了东家，也需要咱周总这样的领导。"

"换谁都一样，他们总是需要咱们这些干活的。"

……

下午两点整，周国平和班子成员都到齐了，高春艳腆着肚子站起来，挨个清点人数，唯独有两个车间主任没有来。周国平环场扫视了一圈，平静地说一声："咱不等了，现在开会。"

他知道公司出售的事儿大家都已经传开，在今天这个场合，辟谣的话就更显得此地无银了，所以就不必避讳什么。他开门见山但有所保留地简要通报了那次会议的主要议题，告诉大家，越是敏感时期，越要保持清醒的头脑。说到底，大部分人是要留下的。既然要留下，就要以一种平和的心态、宽容的心态去积极融入，去迎接新的开始。如果合作成功，大家都将成为恒基的员工，而恒基是国企、央企，身份的变化、平台的扩大，对每个人都是荣耀。在这个关键时刻，谁要掉了链子，不仅叫人笑话，而且是失了方向的问题！

一席话把大家从纷乱繁杂的情绪中拉回来，会场上出奇安静。

会议开到最后，那两个车间主任还是没有来，周国平停下来等等，似乎在等那两个人的出现。终于，下定了决心似的，他当场宣布：即刻免除两名旷会人员的现有职务，暂由所在车间副主任临时代管，并要求高春艳：文件会后即刻下发，下发后再行会签补走程序。

这样的发文程序还是从来不曾有过的，会议开得波澜不惊，却让全体与会人员一时间噤若寒蝉。

窗外小北风慢条斯理地吹着，一缕一缕挤进窗棂，"悠儿悠儿"挤出细细的呻吟，光秃秃的树枝朝天挥舞，却还看不出一点春回大地的意思。都说二月里，刮春风，可是这都快三月了，风怎么还是这么凉呢！大家都低下头，不敢相互对视一眼。对于会议的最后决定，没有人敢议论什么，只为自己按时到会感到庆幸。

会议结束后，生产副总季中强和供应部经理常标敲门进来，周国平手里抱着手机，正在接一个电话，作个手势先招呼他们坐下。

听起来电话里很客气，周国平一再表示感谢，提到一句"还是朋友重要，合作也是友谊的加深嘛"，常标听见了，就朝季中强这边凑凑，头对了头，低低地笑着说："周总就是太相信朋友，生意场上哪有朋友啊。"

季中强反驳说："你这什么话！生意场上，虽然没有永远的朋友，但也没有永远的敌人。"

常标撇撇嘴，说："倒是！但有些人，一辈子都别指望做朋友的，您对历史那么有研究，农夫和蛇的故事，你又不是没听过。"

"呵呵。"季中强听完就笑，"你是说邱总，还是崮西那个鲁胖子？"他确定地最先想到了这两个人。崮西那个鲁胖子，他指的是崮西恒基的老总鲁振元。

"我可没点名哈，邱总还是咱们的老总，那鲁总好歹也是个领导呢，我们当下属的，可不敢妄议。"常标不置可否，却也是此地无银。

季中强抬头看看周国平，怕影响他打电话，压低了声音嘿嘿一笑，拍拍常标的肩膀说："兄弟，你还年轻，看问题倒是一针见血。"说完，摸出一支烟点上，等着周国平把电话打完。

周国平挂了电话，看两人小声嘀咕，就顺着参与意见说："有些人做不得朋友，却更不能做成敌人，能把敌人拉过来成为朋友，才是明智之举，本来是朋友，却推到了敌人那边，就是最大的失败了。"

"哎，对了，听听，还是周总说得对！"季中强接过这句话，乜斜着眼睛看看常标，意思是教训他：年轻吧？年轻就是嫩，学着点儿吧。

常标不敢再跟季中强犟嘴，低着头自己笑。周国平岔开两人的话题，问："两位一起过来，不是没钱买米，就是没米下锅了吧？"

季中强不说话，抽烟等着常标开口。常标就站起来，说："周总，是我们太不让您省心了，煤炭库存已经到了警戒线以下，应付账款已经将近一个亿，实在是赊不来了，这不，季总都跟我急了！"

季中强歪着头瞪他一眼，说："哪里跟你急了，你买柴，我烧火，没柴了，火肯定要灭，我不找你找谁？"

周国平倚在靠背上，双手扣着，笑了，说："没米没柴，我是有责任的，不怪各位！常言说，巧妇难为无米之炊，不光难为了你常标，也难为了季总啊！"

常标就更惭愧地说："周总千万别这么讲，我们也只是着急，不然肯定不会来找您，小事我请示季总就解决了，绝对不让您操心，可现在，我们真的都没辙了，我们是吵着来的。"

季中强说："周总啊，咱们该换一个法子了。你看熟料堆得满院子都是，销售方面却全是赊欠，现款收不回来。煤贩子却不见兔子不撒鹰，不见钱不发货……常经理也是为难呢。"

他顿一顿，不敢再说下去，他知道周国平心里也很烦躁，毕竟，销售可以赊欠是邱吉富定的政策，他周国平能奈几何？

但是看看全国的水泥企业，靠赊销维持生产的，有几个？

周国平微笑着说："那些，不提也罢，流资短缺，我难辞其咎。不过，我已经了解了一下煤炭的库存情况，即便你们不找我，我也会找你们的。我刚才电话里跟几家粉磨站说了我们现在的情况，他们还是比较理解的，答应尽快打点货款过来。回头我让销售上江波跟他们衔接，明天中午十二点之前保证货款到位。常标你先跟煤炭供应商沟通一下，就说煤炭一到，货款即付，叫他们放心。"常标一听就笑了，"周总，您把话说到这儿了，我心里一下子透气儿了。我今晚就开始联系，保证明天一早煤炭进场。"又对季中强说："季总也请您放心，周总这么支持着，我常标头拱地，也要保证你生产！"

季中强吐一口烟，开玩笑说："我不管，反正我人饿了找周总要饭吃，窑停了就问你常标要煤炭。"

周国平听着他们开玩笑，似乎在相互推卸责任，但他心里却格外欣慰。他手下这几个伙计，平日里皮打皮闹，当着他的面相互攻击，但真到了事儿上，可不是这个样子。能开玩笑了，说明大家心里都顺畅。

周国平再给他们喂上一粒宽心丸："信用社的申主任也放活口了，答应给我们先放一千万，我算了一下，前后加起来，我们目前能筹措到三千万没问题，虽然杯水车薪，好在能勉强度日，你们就把心放肚子里，凡事我先冲上去，绝不会让弟兄们跟着我坐蜡！回头我再找邱总汇报一下，叫他也给咱出出主意。"

提起邱吉富，季中强"哼"地一声把烟掐灭，提醒周国平说："邱总什么脾气我们领教过，您也别抱太大希望，弟兄们尽力就是。他实在不给政策，咱们停窑就是了，有什么大不了的？"

常标也说："他把钱都挪到房地产上去了，咱们死活他根本不管。赊销政策也是他定的，反过头来说我们回收货款不力，江经理都窝了一肚子气呢。"

周国平挥挥手，止住了他的牢骚，"我是常务副总经理，责任不能推到董事长身上去。有什么事儿，还是我们先研究，带着方案再汇报。"

季中强就开玩笑说："周总，我们知道你用心了，可是你的话他听吗？毛泽东在延安的时候，王明从共产国际飞过来，越俎代庖，瞒过毛泽东发号施令，连毛泽东都发感慨：我的话都出不了这个窑洞！我们都清楚的。"

常标看周国平笑得灿烂，自己也灿烂地笑了。周国平故意岔开话题说："你季总饱学史书，经典史集了如指掌，说这个，我们就讲不过你了。"

季中强还是不服气，说："咱们的建议他听过几次？不然，也不至于落到被人收编的下场。"

这老头倔脾气，好玩！常标就故意激将他，说："这真是几人欢喜几人忧啊，季总只知道被人收编不光彩，却不知道这一改朝换代，邱总能净赚多少钱！他的企业，他想怎样就怎样，由得着咱们咸吃萝卜淡操心！"

"你说这话我信！没听人说吗，他搞房子不厉害，但他的房价抬得厉害；他的车子不厉害，但他的车牌号厉害，在他心里人民不厉害，但人民币厉害！"季中强不得不承认，自己在这里干生气，人家邱吉富说不定正坐在家里数钱玩呢！

几个人呵呵笑着，这时，高春艳敲门进来。季中强止住笑，说："周总，我们先过去了，您忙。"

"去吧。"周国平温和地笑笑，站起来，象征性地送一送。

高春艳倚在门口，恭敬地往后退一步，免得自己的肚子挡了季中强和常标的路。两个人走出去了，她还用眼角的余光向他们瞟一眼，屏了呼吸听听两人嘴里有什么动静。她细细地听了那么几秒，耳朵里就有了一种幻觉，似乎一声窃笑，又似乎两句喊喳，她于是怀疑这两个男人肯定在低声议论她的肚子。她下意识地摸摸肚皮，哼的一声，心说：猫儿见不得腥，男人都一样！

"有事吗？"周国平问她。

"哦，周总。"高春艳晃动粗腰进来几步，"刚接了个电话，县政府办公室打来的，说齐县长请您去一趟。"

"齐县长？"

"对，齐县长。"

"没说什么事儿？"

"没说，只请您过去一趟。"

"好吧，我知道了。你叫小李子把车开过来吧。"

县长找他，还加了个"请"字！周国平突然有一种不好的预感，眼下多事之秋，是不是又有什么麻烦了？

"这个春天不好过啊。"他吁一口气，看看外面阴沉的天空，站起身，从墙上取下风衣，挎在胳膊上，脚步伫您地下楼去。

不出他的预料，当他的帕萨特拐上云山路西首，往县政府这边来的时候，老远就看见县政府门前黑压压一片人群。司机小李子看见几个穿工作服的人，警觉地提前把车放慢了速度，说："周总，会不会是咱们的人？"

"我明白了！怪不得公司里风平浪静，把战场摆这儿来了。"他苦笑一声，"没有退路了，往前走吧！"

县政府门前的小广场上打着两条白色的横幅，上面用黑色墨水写着"我们要吃饭，我们不要水泥！"、"打倒黑老板，还我血汗钱！"。横幅在早春的料峭寒风中飘舞撕扯，几十号男男女女穿得鼓鼓胀胀，分了两伙儿在小广场上静坐，不喊冤也不骂娘，就是赖在那里讨说法，远远看去，像学生们分成两个小组，在学校操场上做游戏。

周国平自言自语道："在公司里闹还没什么，跑这来闹，可丢人丢大发啦。"

小李子说："邱总不在云石，他们又不好意思找您，所以，也只能到这来了。"

周国平说："不好意思找我，难道好意思找县长啊！这不是更让咱难看嘛！"

"邱总都不怕，您怕什么？"小李子低声嘟囔一句，周国平却说："他不怕，是因为不用他出面。解铃还需系铃人，早晚是咱们出面打底铺！"

"你不会也别管，叫他们尽管闹，把县长闹烦了，他肯定找邱老板算账。"小李子愤愤地说。

"哼！"周国平不以为然地笑笑，"你看着吧，看看县长会找谁算账。"

小李子远远地把车停下，周国平只好从县政府大院的侧门步行进去，上了二楼，秘书领着他进了齐县长的办公室。

"齐县长，您找我？"周国平已经知道县长喊他来什么事情，却故意揣着明白装糊涂。

"周总你来啦。"齐县长起身离座，走过来握握手，"怎么样，还好吧？"口气俨然是一对老朋友了。

周国平心想，好不好您不都看见了啊？嘴上却说："还好，有您支持！"

齐县长笑笑，说："压力肯定是有啊，非常时期嘛，跟恒基的合作县里都知道，虽然是好事儿，但有些人不理解，出点杂音，也是正常的。"

周国平就感激道："是我们没做好，叫人家吞并了。"

"不是没做好，而是做得很好！也不是吞并，而是兼并！"齐县长呵呵笑着给他纠正，把周国平让到沙发上，坐下，又鼓励道："你们及时认清形势，跟市里、县里保持一致，这很好嘛。恒基集团近年来卷雾舒云，兼并联合势如破竹，咱们坐拥资源，近海临港，又是新型干法工艺，完全符合恒基的战略布点要求，他们盯你们很久了。"

周国平答应："是。"

齐县长接着说："恒基高层已经来县里对接过好多次，省里、市里都很重视，而且市委李书记、唐市长一直把引进恒基作为岚湾经济提速增效的引擎。当然，每次磋商都是秘密进行的。现在公开了，我也就不再保密了。"

周国平对于合作的内情虽然不甚了了，但也不能装作一概不知，县长说什么，他就只答应"是"，县长不说他也不问，对于大门外的职工，县长不说，他也不提。但他明确知道：县长把他"请"来，肯定是兴师问罪的。只是这种和风细雨的问罪方式稍让他感到意外。

齐县长只好告诉他说："这几年，你们对于云石的发展，也是做出过很大贡献的，只是在劳资方面有些欠账，县里也是了解的，但非常时期，保稳定促合作才是大局，刚才我跟县委陆书记已经沟通过了，县里同意先从财政拨出五百万，帮助你们平稳过渡。"

齐县长说完，不再说下去，眼睛盯着周国平看。周国平心里欢喜，但县长的话还没说到位，他不敢随便表态，就说："感谢齐县长支持，我们惭愧。"

周国平软软地不接招，齐县长只好说下去："这五百万明天就能到位，你们再想想办法，把该做的事情做好，毕竟，群众的问题是最大的问题，陆书记很重视，不能让县里被动啊。"

工人们闹起来了，县里才知道接招了，可是五百万哪里够用？周国平明白，县里这五百万，是抛砖引玉，先有个支持的姿态，好给市里交代，然后剩下的，可要你周国平自己想办法补平。也就是说，有这五百万做引子，你企业必须至少再拿出五百万，填平这一年来一千多万的工资亏空，把工人闹事先压下了，别给政府添乱子。

当然，即便这五百万，已经是天上掉馅饼了，有毛不算秃，周国平当然高兴，站起来表示感谢。齐县长说："你去找一下财政局的苗局长，我已经打电话给他了，他在局里等着你。"

周国平谢了，告辞出来。他不能直接走开，那些坐在寒风里瑟缩的工人们还在呢，齐县长也许还从楼上看着他的背影呢！他竖了竖风衣的领子，径直朝大门口方向，迎着那些上访的职工走去。

虽然已近三月，但外面的温度却很反常，北方的倒春寒总像负隅顽抗的流寇，在一阵强过一阵的春风前面且战且退，而招摇过市的冷空气却像一群土匪，不识抬举地抓紧了冬天的尾巴，在自消自灭中挣扎，一不小心，干冷的空气就很容易冻坏了人们的手脚。料峭寒风中，周国平脸色凝重，衣带飘飘地走来，工人们远远地看见，面面相觑地站了起来，他们害怕跟周国平对面、对话，因为从心里说，他们今天的举动并不是冲他周国平来的。

楼上的各个窗口都贴上了好多张脸，周国平背对着窗户，说不准是谁的脸。他站下来，招招手，大伙儿就主动把两个小组整编成一个小队，围拢过来，听周总有话要说。

"工人师傅们，今天，我不想撵你们回去，我也想跟大家一起站在这里，讨个说法，可是，天冷啊，地下又凉，会冻坏身体的！"周国平呵着气，眼角湿润润地对着大家说。

一位穿工作服的工人就大声说："周总，我们可不是对着你来的，我们知道你也很难，我们只是想要回我们的血汗钱！我们也是没办法！"

周国平说："大家的心意我明白，你们找我也没错，大家有困难，我当然有责任。最近公司面临的情况大家都知道了，有些遗留问题即便大家不说，我周国平也不会坐视不管。刚才我已经见过县里的领导了，县里也下了很大的决心，一定要在短期内解决所有欠账。我想说的是，请大家先回去，我们会尽快拿出解决方案……"

"周总，您不要说了！"周国平还没说完，就有人打断了他的话，"这么多年了，我们就是对公司存有希望，公司才一再拖欠我们的工资，把工人不当回事儿的，到现在，叫我们怎么相信您的话？"

工人们说得对，他们拼命干活，要的无非就是每个月那一千多块的血汗钱，这些年来，随着物价飞涨，那一千多块钱已经买不到多少东西。工人们就是因为相信公司会给他们增加待遇，才宁愿等待也不愿站出来争取什么，可我们是怎么做的呢？是我们自己打碎了工人们的期望和信任啊！周国平心里一阵愧疚，竟一时语塞无言以对。

工人们已经有人起哄了。

"把邱吉富揪出来说话！"

"邱吉富是只铁公鸡，我们要拔下他一地鸡毛！"

……

小李子一直站在周国平的背后不说话，他知道这里没有一个司机说话的份儿，这时见周国平陷入了尴尬境地，不能不主动出来解围。他气呼呼地朝一个领头的吼道："你们还有没有良心？周总亲自站在这里，你们也蛮不讲理地瞎嚷嚷，周总平时怎么对待大家的，你们都不想想吗？"

领头的小伙子正喊得起劲，冷不丁被小李子当头一棒，突然之间有点懵，停一停，又喊道："你是干嘛的，谁要跟你说话？"这时边上就有个年龄大的老师傅从旁拽他一把，年轻人跳一跳，不再喊，其他人也跟着停下来。

那个老师傅说："周总，人不讲良心不行，我们知道您一直为工人们着想，要不是您，工人们早都不陪他玩了。您想想，一个月发给我们多少钱哪？还要不要养家户口啦？他邱吉富不是娘养的啊？他喝西北风长大的啊？我们大家本不想让您为难的。我们只是想请政府出面，给邱吉富加点压力，逼着他把工资开了，我们也没想到您会来！"

"是啊，周总，我们是冲着他邱吉富来的，您来了，我们倒不好意思了！""工作服"和其他几个人附和道。

小李子嘴快，抢白他们道："这里是县府，又不是他邱府，你们口口声声说找邱老板，却在这里闹，有什么用？"

周国平有点尴尬，也觉得好笑，这个邱吉富为富不仁，把水泥厂的资金抽到了他的房地产上，只管他的房子涨价，不管工人们的死活，工人们为了维权，闹一闹有啥过分？可是，他毕竟是常务副总经理呢，火上浇油的事儿不能做。他止住小李子，对大伙儿承诺说："造成今天这种困难现状，我先代表邱总向大家道个歉。同时，我也明确告诉大家，县里的领导包括齐县长对我们都很关心，已经主动支持我们五百万帮我们渡过难关，所以，我请大家放心，一个星期之内解决全部遗留问题，我周国平说到做到！"

"解决了再拖欠怎么办？"有人疑问。

周国平笑着说："那除非我周国平不跟大家一起干了，有我在一天，我就绝对保证今后的工资足额按时发放！"

"好，周总，我们信你！"那个年龄稍大些的工人回头对大家说，"周总已经说了，我们听周总的，大家撤了吧！"

……

约莫十分钟功夫，工人们嚷嚷着，主动撤了横幅，逐渐散去。

周国平看着大家走远，悄悄地吁了一口气，小李子也如释重负地问周国平："周总，咱们回吧？周国平朝他笑笑，说："谢谢你帮我解了围。"小李子连忙摆手，说："哪是我帮您解围，是工人们听您的话。这要搁了别人，还不定什么结局。"周国平苦笑着说："水能载舟，也能煮粥啊，刚才就差点被他们煮了。"小李子嘿嘿笑道："工人们不是说了嘛，不是冲您来的，要是邱老板在这，就真的差不多被煮了。"

周国平站在原地，看着工人们远去的背影，没有再说什么。许久，才挥一挥手，说声："走吧，去一趟财政局！"

第二天，周国平安排高春艳，高春艳又安排沈众，起草一个关于近期兑现全部欠发工资、补交一年养老保险的通知，并自今日始，停止执行水泥抵工资的办法，逐步还清职工福利欠账……

煤炭陆陆续续进厂，库存渐渐起来了，石灰石款一时还没结清，但周国平都提前跟几个供应商亲自做了沟通，常标也积极跟踪协调，暂时没什么问题，三条窑算是运转正常。工人们一次性领到了三个月的工资，心里非常踏实。大门口的小酒馆里人就多了起来，吆五喝六之间，议论也跟着多了起来。

"公司哪来那么多钱？西边货场那一大堆熟料卖完了？"

"哼，卖完了也是赊着，钱收不回来，别指望那堆熟料，无非是拆了东墙补西墙。"

"反正咱拿到钱是真的，那些，你管他呢。"

"周总说得好听，可要让邱大老板知道了，还不撤了他的职？"

"一个老总，说撤就撤啊？你以为'文化大革命'啊，好端端一个国家主席，说批倒就批倒了？"

"邱大老板要是再不长点人味儿，我们一起到他家静坐去！"

……

一次神秘的会议引发了一连串惊心动魄的变故，好在碧水因风皱面，却未掀起更大的波澜。周国平回想起来，有些后怕，也有些欣慰。万一因为工人闹事，耽搁了邱总跟恒基的合作，他周国平可又要挨邱老板的骂了。他欣慰的是经过多方努力，把事态消灭在了萌芽，基本未酿成大的恶性群体事件，他这个主持工作的常务，好歹在恒基面前也保住了个面子。

冷空气过去，吹面不寒的三月天，恒基聘请的第三方审计评估小组如期进驻了，肯定少不了大量的数据提报、信息收集、各部门的协调，还有审计人员的生活安排。正是用人之际，高春艳却提出休假，她的预产期到了。

高春艳继任者的位子毫无悬念地留给了沈众。周国平在征求几位班子成员的意见后，也不汇报邱吉富，就直接下文公布了沈众办公室主任的职务。他已经不再把邱吉富当成什么事儿，反正都要合作了，就我行我素一回，而且你的高春艳是正儿八经地休产假，又不是我故意挤她走。等休假完毕回来上班时，具体岗位再说！你要是有兴趣提什么意见，我就听着，又不是听一回了！愿用我就干，不愿用，我就滚蛋！

他嘱咐沈众一定要接待好这批核查人员，再怎么说，我们还是在为邱吉富打工，那么在大局上，还是应该为他负点责任，别把这伙审计人员慢待了，他们手腕这么一出溜，几百上千万就黄了，真要那样，说实在的，不但对不住邱总，而且也对不住自己的良心。

02 最宝贵的东西不是你拥有什么，
而是别人承认你拥有什么

敢于与狼共舞的人，不外有两种，一种是强者，另一种是智者。面对桀骜不驯的邱吉富，周国平或许强不到哪里去，那么，他就只能是智者！

核查小组进驻云石一水几天了，沈众作为新任办公室主任，理所当然地承担起这些人的食宿接待以及资料查对的协调，前前后后井然有序。自己已经是名正言顺的办公室主任了，办公室主任可是老总的代言人，安排哪个部门什么事儿，都必须准时保质保量地完成。那些资产报表、物件清单、权证手续、管理结构表什么的，一应俱全，完完整整地摆在核查小组的案头。他们临时需要了解什么情况，沈众都作为一名掌故颇为熟悉的老职工及时给予解答，遇到自己解答不了的问题，就第一时间联系相关部门负责人员及时到场。

全力以赴配合好核查小组工作，是周国平事先明确要求的。看到小伙子初出茅庐，有板有眼滴水不漏的工作作风，他心里感到很欣慰。孺子可教，既然选择了他，把他扶上了马背，就该认认真真地送他一程。不管自己留下还是退出，都要尽到一份责任，不管这份责任是出于哪个方面的考虑。

这也该当是沈众的幸运。自从进了这个企业，车间一线的艰辛让这个农村出来的孩子心智一步步走向成熟。尤其选调进入公司办公室以后，他非常珍惜这个比车间干净多了的岗位，而且遇上周总这样既无架子、又温和儒雅的领导，仅半年多一点的时间，就提拔他为办公室主任，简直就是人生一伯乐！人是要学会感恩的。他心里满怀了感激，对周总的，也有对工作的、对生活的。

真的，可不要小看了这样一个小职位，就是这很小的一步，不知道有多少人要经过半生的努力。都说机会对每个人是平等的，其实不对，有些人一辈子都等不来这样的好机会，或者一个机会错过了，多少年的日子就流水一样漫过去了。这其实是一个平台，一个台阶，迈上去了，就能看到辉煌的日出；挤在下面，就只能看到猴子的屁股。

在恒基总部，董事长廖泉、总经理钟若飞正在召集全体班子成员召开项目进展调度会议。尽职调查已经结束了，评估结果也已经出炉，廖董说得非常明确：我们目前的战略重点集于华东一带，而华东地区布点已基本完善，唯有岚湾是个空白，而岚湾占有华东地区沿海岸线最为丰富的石灰石资源，是恒基未来发展的最好支撑。虽然崮东、崮西两个企业扎根开花，做了许多前期准备性的工作，但产能太小，规模实力尚不能取得岚湾水泥市场的话语权。云石一水产能超过两个公司的总和，拿下云石，就等于拿下了半个岚湾。所以，云石一水是我们扩军岚湾的一枚重要棋子，无论付出多大的代价，都要干净利索地兼并过来！

战略永远高于一切。恒基要的是岚湾的丰富资源和区位优势，而邱吉富要的只是价款，凡是金钱能够解决的问题，算得了什么大问题呢？邱吉富只多要了一百万，就感觉占尽了便宜，而当他看到北京方面的恢弘大气时，却早已悔青了肠子。他后悔没敢把嘴巴张得再大一点，多要他几百万，估计北京也不会不答应的！

在草案签订当天，廖泉和钟若飞就清楚地表示：云石一水的收购，恒基不派一兵一卒，原班子全体成员，我们都诚恳欢迎留下。然而，云石一水的管理层由于看不透未来的前景，或者害怕新东家会上演"杯酒释兵权"、"炮轰庆功楼"那样的历史悲剧，大部分还是主动上交了辞呈。

辞呈一份一份报到钟若飞手里，他坐在桌前半天没说一句话。他们都是老水泥，对于主机设备、水泥工艺操作娴熟，经验丰富，就这样离开，着实可惜。看来，这些伙伴们真的并不了解恒基的包容文化，恒基跟通力是完全不一样的做法。往常，通力集团在收购兼并一个企业的同时，第一件事就是给企业"换血"，所有的高管全部换下，由集团总部重新调配。云石的伙伴们可能就是因为这样的经验，先对恒基产生了戒心。但钟若飞也明白，人各有志，要走的留不住，强留也无益。越是在这种情况下，越要干出业绩把企业搞好，别让那些轻易放弃的人看了笑话。

当拿起周国平的辞呈时，他却迟迟不忍放下了。对这个人，钟若飞还是早有了解的。还在谈合作之前，他就事先对这个公司名义上的常务副总进行了多方面的考察，也多少知道些他跟邱吉富之间貌合神离的微妙关系。敢于与狼共舞的人，不外有两种，一种是强者，另一种是智者。面对桀骜不驯的邱吉富，周国平或许强不到哪里去，那么，他就只能是智者。对比周国平跟邱吉富的为人，分析他们两个不可调和的矛盾，正说明周国平跟邱吉富是完全不同的两种做派。

钟若飞决定飞一趟岚湾，亲自跟周国平谈谈，或许会有所收获。

到岚湾机场接机，周国平只带了沈众一个人，一则为了保密，二则好让沈众提早认识一下未来的集团老总，好在以后的接待中有所准备。周国平站在出站口等候，沈众则站在周国平侧后的位置，手里高举着"欢迎恒基钟总"的接机牌。

钟若飞老远就看见了牌子，也看见了周国平，他把肩上的旅行包往上托了托，健步朝周国平他们走来。

"欢迎你，钟总！"周国平双手接住了钟若飞早就伸出的手掌，沈众上前一步，接过钟若飞肩上的旅行包，钟若飞看看他，周国平趁机给他介绍说："他是我们办公室主任沈众，文笔好，对文学有研究。"介绍不多，却包含了好几个信息在里面。

钟若飞"哦"了一声，沈众赶紧礼貌地鞠一躬，说："钟总您好，叫我小沈就是了。"

"钟总一路辛苦，咱们上车吧。"周国平做个请的姿势。

"好，车上谈。"钟若飞边走边脱掉风衣，沈众接过去，他们说笑着出了接机楼。

"我想这次就不到公司去了，只见见你就行。"钟若飞坐在车上，认真地对周国平说。

"钟总来一趟不容易，大家都盼着您去公司指导呢。"周国平也客气地说。

"不了，非常时期，还是别太招摇的好，呵呵。"钟若飞握着周国平的手，说得直接、爽朗，意思是不想给他惹麻烦。周国平心里一动，还想再挽留什么，钟若非又说："我这次来没别的安排，行程很紧，下午就要赶回北京。这样吧，小沈你就找个地儿，我们坐一坐，我请周总喝茶。"说罢，转头看看周国平，问："怎么样？"

周国平笑了，说："钟总到了岚湾，该我请您呢！"

"一样一样。"两人一起笑了。

车子拐个弯就上了滨海大道，走不多远，在路边一家别墅结构的宾馆前缓缓停下。周国平说："这儿面海临风，环境幽雅，茶艺也不错，钟总咱们就住这儿吧？"

"哦，很好！"钟若飞答应着，满意地说，"我来过这儿，古色古香，雅致得很。"

"钟总来过这里？"周国平奇怪地问。

"上次见唐市长的时候，就在这，叫'水木清华'是吧。"

"对，就是水木清华，咱们岚湾城市建设才刚刚起步，这已经是最好的宾馆了，比不上北京啊，大城市。"周国平似有歉意地说。

"北京好吗？人多，车多，节奏太快，不适合居住，还是岚湾好啊，蓝天碧海，空气清新，道路宽敞，一切都是新的，不是去年还被联合国授予人居奖嘛。"钟若飞饶有兴致地赞叹道。

"钟总对岚湾不陌生啊。"周国平想起，去年崮东、崮西两个公司被恒基兼并前后，钟若飞肯定不止一次地飞行于岚湾和北京之间，自然对岚湾的情况十分熟悉。

"还行吧，我也算岚湾半个市民了，呵呵。"钟若飞风趣地说。

车子停下，沈众迅速跳下来，抢一步给钟若飞打开了车门。钟若飞说声谢谢，下了车，饶有兴致地环顾四周飞檐高挑的楼宇，每一幢别墅都有一个院落，四面环合，层层内敛，白墙黛瓦，在绿叶红花中若隐若现，墙内茂林修竹，尽显徽派古风。

四月的风应该有些煦暖了，但海滨城市气温变化慢，加上海风劲吹，脱了风衣的钟若飞不自觉地系上西装的一粒扣子。他抬头看一眼匾额上的八个鎏金大字：水木清华商务会馆，又想起周国平说沈众"对文学有研究"，就颇有兴致地问沈众："你说，水木清华，是什么意思？"

周国平一惊：钟总要考考他啊？

沈众想了想，郑重其事地回答："就是形容园林里池水花木清幽美丽的意思。"

钟若飞微笑着并不算完，又问："你知道这个词语出自哪里吗？"

要搁平时，周国平早就认定钟若飞故作高深，要学究气了，不过今天，他倒是希望沈众不要磕绊，顺利答出来，也算在钟若飞面前露露脸。

其实沈众对这个词语并不陌生，他有个同学在岚湾房地产公司工作，最近他们公司新开了一座楼盘，名字就叫"水木清华"，为了弄清这个词语的意思，沈众还专门上网查了一遍呢，谁知今天竟派上了用场！

沈众明明知道，却故意装着想了半天，腼腆地笑笑，答道："钟总，我没记错的话，应该是出自东晋谢混《游西池》一诗'惠风荡繁囿，白云屯曾阿，景昃鸣禽集，水木湛清华。'中的词句。"

钟若飞微笑着看一眼沈众，再看一眼周国平，说："青年才俊，不错！"又拍拍沈众的肩膀，说："好好干，会有出息的。呵呵。"

钟若飞年龄不大，看上去四十六七左右，比周国平大不几岁，身体却还没发福，跟周国平并排站着，一样的修长而高挑，潇洒有型，一阵海风吹过来，掀动他一头黑发，两人风中站立，英姿飒爽，在沈众眼前就定格成一幅俊朗分明的画面。

会馆大堂经理唐小倩早已亭亭玉立地候在飞檐下的台阶上，她见过钟若飞几次，都是他来岚湾谈判时跟市里领导们一起，接触机会不多，但印象很深。她也认识周国平和沈众。尤其是沈众，更不是一般的相熟。以前邱吉富来这边接待客人或召集会议，沈众经常跟着服务，一来二去，两个人就混熟了，彼此都留了QQ号，跟沈众经常在网上聊天的那个漂亮女网友，就是她唐小倩。

唐小倩今天还是那一身黛青色的职业经理装，白色衬衣束在腰间，一头柔顺的秀发扎成马尾，只有扎不进去的几丝细发在清晰的发际间缭绕。可能是会馆统一款式的剪裁，她的黛青色外套紧气而短小，而且下摆收紧，把一段纤细的腰肢束出来，更显得两腿颀长而利落。虽然外面海风仍有些凉意，但会馆室内还是舒适煦暖。她跟所有的服务员一样，已经穿上了齐膝的短裙，玉树临风一样站在那里，保持着跟往常一样专业而恬静的微笑，等候钟若飞他们步上台阶。

"钟总、周总好，欢迎您！"唐小倩自然地撩一撩额头的发丝，友好地伸出手来。

"你好！"钟若飞象征性地伸伸手，友好地笑笑，就进了大厅。

周国平知道钟若飞来过这里，那么唐小倩肯定会认识他，就不再给她介绍，和沈众跟在了后面。沈众却趁大家不注意，飞快地朝唐小倩瞪瞪眼睛，唐小倩忍俊不禁地稍低下头，努力把心里憋不住的笑意叠加在迎接钟若飞的热情里，将抿在一起的嘴唇微微开启，露出几颗洁白的牙齿。事实证明，这是一种很好的掩饰内心兴奋和激动的缓冲方式，加上她迅速把面部肌肉调整放松，配合着"钟总有段时间没来岚湾了吧"这样一句恰到好处的补白，周国平并没有看出什么。

大厅里古色古香，有种醇厚的文化气息扑面而来，除了大厅四壁上浓淡相宜的水彩画和匾额书法之外，迎面一幅巨大的古榕平面根雕吸引了钟若飞的视线。这幅根雕占据了大厅四分之一的位置，像一道屏风把大厅内外隔为两进，图案是一幅完整的中国地图版式，从青藏高原到东部沿海都凹凸有致密密实实，就连江南纵横交织的河塘湖泊都清晰可寻，尤其右下方两小块树根恰到好处地点缀在那个位置，中间也有一条细细的根系连缀着，整幅图案浑然天成，绝无雕琢的痕迹。

钟若飞站在距离根雕一米左右的位置，仔细地欣赏着这幅图案，在心里辨认着每一个省市的大体方位。唐小倩走过来给钟若飞介绍说："这幅根雕是一个月前，我们魏总专门托上海一个朋友运过来的，刚刚安装好。"听唐小倩一说钟若飞才知道，点点头，说："怪不得上几次来的时候都没见过。"唐小倩接着介绍说："根雕总面积有二十多个平方米，取自南方热带雨林里古榕根系的一半，上面蒙古国凹出来的那个部位，根系突起，木质细密，应该就是它树干生长的位置，可以判断它的树干直径应该超过3米。这是一棵很大很古老的榕树。从它的根系四面铺展的情况看，它应该是扎根在岩石上的。为了努力寻求水源和营养，它把庞大的根系漫过石板四处伸展，才形成这样一幅巧夺天工的中国版图。"

"了不起！大自然鬼斧神工，根雕大师匠心独具，叫人叹为观止啊！"钟若飞一边点头感叹，一边脚步挪动，唐小倩抢前几步摁开了电梯的门，拿手隔着电梯的门框，请钟若飞和周国平先进。

沈众挎着钟若飞的风衣跑过来的时候，唐小倩侧过脸去，故意狠狠地瞪了他一眼，跟着进了电梯。

这个轻微的小动作刹那间完成，钟若飞不曾注意，却没能瞒过周国平的眼睛。他装作没看见，沈众的脸却微微地红了一阵。

707号套房里空调一直开着，但窗子却打开了半边，为的是空气保持流通。茶几上摆好了一篮浓郁芬芳的鲜花，满屋清香四溢，上面挂了个心形的字条："欢迎您入住707套房，祝您旅途愉快！"

沈众看着707这个门牌数字，立刻就想到唐小倩安排的细心。他知道，现在好多领导都喜欢"七"这个数字，就跟前些年都喜欢"八"一样。应当承认，近几年，社会价值理念已经悄悄地发生了一些看不见摸不着，但能感觉到的变化，就是大部分人消费观念趋于理性化，有钱人已经很少当众显摆炫富了，大家从心理上有了一种"动起来、升上去"的诉求，住宾馆，酒店吃饭，凡是有点身份的人，或者接待的客人比较尊贵，都喜欢选择门牌号带"七"的房间。席间敬酒，原来六口一杯的，现在也改成七口了，挂个车牌号，也总喜欢带七的，为的是图个更新颖更让人喜欢的吉利。大家心照不宣地认为，六也罢，八也罢，都过时了，显得俗气，俗不可耐！

当然，也有少部分暴发户、大款们，仍然对他的"八"有一种永远的情有独钟。也正因为暴发户喜欢，所以有点身份和地位的人就有意避开这种俗气，以示与这个群体的区别。如此，本来排在"八"前面但地位一直低下的"7"，就自然而然地平步青云，登堂入室，点击率远远高过它的"大款老弟"了。

这也应当看做是消费文化、社会价值观的进步吧？

不过，假如"八"跟人类一样有思想，它肯定会感到悲凉。从上个世纪80年代改革开放到现在，一直是集万千宠爱于一身，身价飙升，光环闪耀，粉丝无数，虽排行在八，却唯我独尊，事实上的老大，弟兄们面前可以呼风唤雨，根本就不把其他数字放在眼里。想不到三十多年的风光，就这样被一直不起眼的七哥半路争宠，横刀夺爱，而且铁流滚滚，来势汹汹，无可挽拒，真的是"七上八下"了！

三十年河东，三十年河西啊，后悔那时不曾善待兄弟。现如今大势去矣，失道寡助，就算背后有皇亲国戚天王老子撑腰，恐怕都脱不了大厦将倾的命运。

毕竟历史的潮流从来如此，浩浩荡荡，不可阻挡。

当然，唯一令它尚可自慰的，是还有一部分暴发户的宠爱。想当初位高权重之时，我给了你们多少鸿运发财的祝福和飞黄腾达的保佑，你们怎么能轻易弃我而去？

沈众这样想着，不觉哑然失笑：这关头，竟走神了，欠揍，呵呵。

对这些，钟若飞是不会在意的，他甚至连几楼都不曾问，住的哪个房间，都不需知道，因为每进每出，都有人引领着，房卡也不用自己拿的。

沈众把钟若飞的风衣挂在衣架上，唐小倩却早给两位领导泡上了一杯岚湾绿茶。她准备再泡一杯给沈众时，被沈众使个眼色挡下了。唐小倩抿嘴一笑，就把水壶放在了原来那个位置。

钟若飞坐下来，一边跟周国平说话，一边看着迎面壁上一幅水墨的斗方。周国平抬头看时，也被那意境深邃的画面吸引了。

画面中，沧浪的大海上水天深远，海鸥翻飞，午后的阳光从云层里射出万道光芒，照在沙滩上一个赶海的小姑娘身上。远处的天空却是浓云密布，疾风暴雨就要来临的感觉。

钟若飞看看画面，忽然转过头来看了一眼沈众，微笑着却没有说话。

沈众暗自思忖他眼神里的意思，当他仔细看看那画面的时候，突然就想起高尔基的散文《海燕》：在苍茫的大海上，狂风卷集着乌云。在乌云和大海之间，海燕像黑色的闪电，在高傲地飞翔……

沈众看看钟若飞，两个人会意地笑了。

钟若飞一边欣赏，一边表达自己的感受："尤其那个打着赤脚头戴苇笠捡贝壳的小女孩，在云层后面的光芒里小衫青裤，色彩明丽，而且有远处的乌云、海鸥、浪花为背景，层次分明，很有立体的感觉。"

"是啊，"周国平说，"你看她在大风大浪的背景下弯腰前探，从容镇定心无旁骛，仿佛那翻涌的波浪跟她毫无关系。"

"不错！这幅画很有生活。"钟若飞走近了看那落款，名字有点潦草，只看清了"写于某年冬日"字样。"是谁的作品呢？"他好像自言自语地问道。

他并没想要谁回答他，因为他感觉既然看不清落款，想必别人也不一定知道画的作者是谁。钱钟书说过：既然你吃了一个鸡蛋觉得味道还不错，又何必一定要知道那只下蛋的母鸡是谁呢？

沈众却站在一边，指着唐小倩有点引以为豪地说："钟总，这幅画是她的作品！"

钟若飞和周国平都愣了一下，"哦——"两个人看着唐小倩，诧异地张大了嘴巴，"你画的？"

"钟总、周总过奖，我只是随便画着玩的，我们魏总一定要裱了挂上，都不好意思呢。"唐小倩还是那么亭亭玉立地站着，弯弯的嘴角挂着自然纯净的微笑。

"哦。"钟若飞欣喜之情溢于言表，"想不到你还是位画家。了不起！"

周国平问沈众："你怎么知道是唐经理画的？"

沈众说："开始她不说，后来我问一楼的服务员，她才承认。以前跟邱总接待的时候来过几次，所以，跟她有业务上的联络。"他不敢说出俩人网上聊天的事儿。

"哦，常言说书画同源，你文学方面很好，你们该好好交流交流。"钟若飞一句话，说的两人怪不好意思。

后来发生的许多事情证明，也正是这一句话，无意间竟催生出一种朦胧的情愫，默默地在两个人心里潜滋暗长起来。

唐小倩谦虚着，也不忘夸赞沈众几句，道："沈主任的散文和小说我都拜读过，他的语言有点像朱自清的风格，很清新，很简约，也很有味道，我得好好向他学习呢。"

"别夸我！"沈众瞅她一眼，声音像从喉咙里发出来。

周国平观察两人的表情，笑笑不说话，心里却说：这小子！

他当然不知道沈众跟这个女孩的渊源。沈众以前跟着高春艳来水木清华接待会议的时候，高春艳坐在接待室里喝茶嗑瓜子，沈众却要跑到现场指挥布置，他怎么安排，唐小倩就叫工作人员怎么服从，经常为一点小事儿，两个人就跺着脚争执起来，唐小倩从来不恼，争完算完，沈众也乐得跟她闹。时间长了，这争执竟成了厮熟的由头，尤其在QQ上。QQ真是有一种奇特的力量，你肚子里有多少东西，都能在上面毫不保留地传达出去，许多网恋男女因此生事，又有谁能解释缘起何方，又有谁能说清谁对谁错？

唐小倩下楼安排茶室，周国平对钟若飞说："钟总，您先休息一下，过十分钟我上来接您下楼喝茶。"

钟若飞说："行，我洗把脸，这里的风潮气大，感觉脸上黏糊糊的。"

周国平带上门出来，沈众则一直站在门外等候。周国平竖起手指"嘘"了一声，说："咱到楼道那边等，过十分钟再过来敲门。

"哎。"

沈众今天有点激动，周国平带他出来见钟总，第一次就给未来的老总留下了很好的印象。他很感激那个搞房地产的同学，不是他，自己也不至于那么巧就记住了"水木清华"的出处，同样，不是周总的介绍，钟若飞也不知道自己还喜欢文学！人在一起很有意思，相熟的不相熟的，只那么一句话，很可能会改变一个人的一生。

不等周国平上前敲门，钟若飞十分钟后准时开门出来。"喝茶去？"

"请，钟总。" 周国平在他后面保持半步的距离跟着，沈众则早在电梯门口等着了。

唐小倩亲自为他们泡了一壶浓浓的岚湾绿茶，滤第一遍的时候，四溢的清香已经弥漫了整个房间，淡淡的，有种沁人心脾的感觉。

钟若飞抬头又看见了壁上的一幅行草：莫道千山路远，有我一路陪伴。四尺斗方内结构均匀，笔势洒脱，行云流水般把境界勾画在一张宣纸上，连同字面意思，一起引人遐思。他似乎雅兴不减，自言自语地咂摸一番，不住地点头赞叹。

"这幅字也是你写的？"周国平问唐小倩。

"这个不是。"唐小倩有点不好意思，"这是岚湾一个书法家的，我们魏总的朋友。"

钟若飞坐下来，微笑着说："这幅字挂在这里很合适，字里行间清香悠远，字面意思也好，跟这个茶室的氛围正好吻合，可见你们魏总真是高人啊！"

唐小倩接着说："我们魏总是高人，魏总的女儿更是高人呢，钟总不知道，魏总的女儿魏晓君，是中国书法家协会理事、中国美术家协会会员呢。在书画界，她有很多的朋友，水木清华的房间内饰，都是出自她的策划。"

"是嘛，一方水土养一方人，岚湾文化底蕴深厚，人杰地灵啊！"钟若飞由衷地感叹。

"钟总要是喜欢，回头我找魏老师给您求一幅画，麻烦周总给您带过去。她的画代表的是国家级水平。"唐小倩甜甜地说道。

周国平抢先道："好，一定哈。"

钟若飞却笑着说："不敢呢，艺术无价啊。"

唐小倩道："行家一伸手，就知有没有，看得出来，您对字画很有研究呢。"

"谈不上研究，我只是学习。"钟若飞呵呵一笑，"学书法要有悟性的，我就不行，喜欢归喜欢，但没悟性。"

唐小倩微笑着说："钟总谦虚，您对字画的研究都在心里，这是最大的悟性。"

"呵呵！"钟若飞又笑了，"唐经理很会夸人呢。"

玩笑一阵，周国平看看钟若飞，刚要对唐小倩说什么，沈众却在门口给唐小倩使个眼色，唐小倩马上明白，就说："钟总周总，你们有工作要聊，我茶泡好了，你们自己冲，我先出去了。"

"好的，谢谢你。"钟若飞朝她点点头。唐小倩站起来往外走，背对着钟若飞和周国平，朝沈众吐吐舌头。

周国平错愕地看着唐小倩的背影，心想这女孩真的懂事，说话分寸恰当，做事也拿捏有度，知道我们要谈工作，就主动走开去，我的女儿要跟她这样，就满足了。

女儿周萍萍今年就要高中毕业，又好几天没见到她了，估计妻子马苏又不知该怎么唠叨他了。

萍萍的影子在周国平脑子里只闪了一下，他就赶紧把注意力收回来。今天，这个时候，面对钟总，是不容许他有任何分心的。

茶室里只剩下钟若飞和周国平两个人，一边喝茶一边海侃，不时传出爽朗的笑声。

唐小倩出来就给了沈众狠狠的一拳，"你眼有毛病啊挤什么挤，我自己不知道出来？"

沈众无意中挨了一记粉拳，故意顺势一个趔趄，好让唐小倩这一拳出来有点成就感，果然，唐小倩捂着嘴巴笑得前仰后合。

"哎，我看见你给我留言了，不是有好消息告诉我吗，什么？"

"没，没什么。"沈众吞吞吐吐，当时要在网上告诉她的那种冲动似乎减弱了许多，当面问起来，他竟有些不好意思了。

"说嘛，猪，大老爷们儿，扭捏什么！"唐小倩搡他一下。

沈众想，反正周总已经给我下文了，这事儿已经板上钉钉了，何况自己也很愿意朝她说说，这样一个进步，她肯定也会为我高兴的。就装作淡然地说："我升职了。"

"是嘛！升什么了？"唐小倩的惊喜，让沈众更感觉一种意料之中的满足。

"嘿嘿。"他只是笑着，还是把结果告诉了她。

"我就知道你早晚的事儿。"唐小倩微笑着，语气却不无严肃地教导说："升职是好事儿，但你一定要记住，升职，意味着权重，可是权力后面是责任，权力越大，责任越大，你千万别忘了，以后好多决定，都要想好了才能说。"

"这我知道！"沈众嘴上虽不大服气地答应，心里却敲了好一阵小鼓：是的，高主任在的时候，好多教训不是看在眼里，记在心里吗？轮到自己了，不妨来个拿来主义，把她的教训当我的经验！

唐小倩就是这样，你有好事儿告诉她，她却总是出你意外地甩出个态度，在你兴奋之余泼点冷水，叫你兴奋过头的脑子刷地凉下来。

是啊，按照孝顺的三重境界划分，沈众只是升了个办公室主任的差事，这算到了哪一层呢？

钟若飞和周国平的谈话持续了一个多小时，沈众在门口使劲地看表，想问问午饭怎么安排啊，眼看着快十二点了呢，可是两人声音都很低，谈话还在继续。

钟若飞说："廖总和我的意见是一致的，非常希望你能留下，恒基的文化你也了解，我们是不希望任何一个管理人员离开的，尤其是你。"

周国平颇有些愧疚地说："我明白您和廖总的意思，但越是这样，我越觉得难承其重，我是说……我还是……"周国平从来没有这么磨叽过，他不知道该怎样表达自己当时的心情。

"你担心什么？"钟若飞打断他的话，微笑着说："以前是以前，现在是现在。恒基理念，遵循的是'央企市营'的模式，虽是央企，但一定要走市场化路子，集团对子公司的管控，只有在财务和高管方面统一调配，其余的经营方式，完全尊重各企业自己的意见，集团给他们的空间是很大的。你担心什么呢？"

周国平沉默了好久，郑重地说："钟总，我担心的是我自己。我失败过很多次，我一直都是失败的。"

钟若飞却笑了，抓起他的手臂，胸有成竹地说："所有成功者，说没有失败过我不相信。正因为他失败过，所以他有失败的教训，也有失败的经验，所以他会更加接近成功。我看好你，恒基看好你。"

钟若飞把最后的态度都亮给了他，周国平不是木头，再不好说什么，就只有沉默。钟若飞干脆不再有任何保留地说："我们两个，相识时间并不长，但我觉得，有一种东西扯不断，廖总和我所看重的，不是其他什么，而就是你这个人。话说白了，有廖总和我钟若飞在，你什么都不用怕！"

钟若飞，恒基老总，话到此处，周国平知道，除非性格缺陷的人才会执拗到底，一条道跑到黑。八头牛拉不回来的那种人，钟若飞也绝不会亲自从北京飞过来，就为这点破事儿跟他过不去。他之所以又赏画又品诗，无非就是为了拉近感情为现在的交流做铺垫。他记着一句话：最宝贵的东西不是你拥有什么，而是别人承认你拥有什么。不能强迫别人信任你，只能努力让自己成为让别人信任的人。钟若飞何许人也？周国平该知足了。

周国平不是不想留下，他实在对自己没有多少自信。在邱吉富手下那么多年，他循规蹈矩言听计从，感觉自己快傻了，这样的状态加盟恒基，能做出什么样的业绩？没有业绩，何以在恒基立身？

周国平感觉为钟若飞冲茶的手都在哆嗦，他的心里像千百只蚂蚁在游走。他舍不得这个企业，舍不得他身边共事多年的每一个兄弟姐妹。也许，自己考虑多了，也许，钟若飞对他还缺少了解。但是，自古士为知己者死。今天，恒基的老总苦口婆心专为你自己而来，你还有别的选择吗？

如果可以脆弱，他就想流泪了。他心里除了惭愧，除了对以前的叹惋，更多的是感激。钟若飞，心仪已久的名字，恒基的领导者，如此，我跟定你了！

他把钟若飞的手拉在自己的手心里，眼角湿润润的，低下头，没说一句话。钟若飞感受到了那一次相握的力量。

一杯绿茶，两手相握，今生的约定，够了。

为了赶时间，钟若飞坚决不在岚湾吃饭，因为离机场安检只有半个小时的时间了，他要赶回北京，还有好多的事情等着他处理。

周国平不敢挽留，只让唐小倩从会馆准备了些点心，草草地打了包，给钟若飞带着飞机上吃。钟若飞此刻心情轻松，叫他带着就带着了。

飞机起飞的那一刻，周国平的心也跟着穿云破雾，飞向云端，飞到了千里之外。

03 退出江湖的最后告别

　　傍晚的太阳已经下山，路灯还没有亮起，水木清华的整个院落披着一层淡淡的暗绿色的油彩，显得古雅深邃。唐小倩换好了一件修身束腰的磨毛质地格子衫，紧俏哈伦裤，长筒小皮靴，衫子塞进小腰里，颀长的身材在台阶上蹦蹦跳跳跑下来，一条马尾巴束在脑后迎风飞扬。

　　在周国平的诚恳挽留下，生产副总季中强也同意留任，有他在，接手后的企业高管层就算保持稳定。递交辞呈的那几位原任副总都有着很深的专业造诣，而且在水泥行业人脉旺盛，所以不担心走出去找不到好位子。但下面几位部门经理，相比之下就显得没那么多底气，留下来背水一战似乎是最好的选择，而且他们也都认定周国平是个很值得辅佐的领导，所以经过周国平一番深深浅浅的思想工作后，大家一致表示愿与他同甘苦共进退。

　　采购方面有供应部经理常标，他思维敏捷，经验丰富，是个可以信任的年轻人；财务经理王晓春拿着注册会计师、注册税务师两个国家级证书，业务非常棒，税务、银行方面跑得很熟，完全可以把工作衔接起来。而且，季中强多年老水泥，对生产工艺、设备运转驾轻就熟，又有下面化验室主任蔡远征支撑着，质量方面也不用担心。几大块主将配置并不弱，所以，保持企业正常运转是没有问题的，周国平无需大规模走马换将，只将企业工商手续择日变更，财务报表与恒基集团实现对接就可以了。

　　万事俱办，他做好了履新的准备。但这个时候，邱吉富却再飞北京，又生出些额外的事端。

　　云石一水与恒基正式交接之日，邱吉富想搞个仪式，把市里、县里主要领导、主管部门大小官员、电视台、报社都请去，当个见证，场面搞得隆重些，也算风风光光合作一场。

　　邱吉富见到钟若飞，就腆着脸皮提出了自己的设想。钟若飞知道，邱吉富在岚湾，也算是响当当的人物，苦心经营的公司要江山易主了，就好比自己的宝贝女儿出门子，虽有些黯然神伤，但街坊邻居还是要请一请的，体面些，别让人家背地里笑话。这个提议虽有些小题大做，但也有些道理，当然他还得听听廖总的意见。

这没什么不可，廖泉说："就算是他退出江湖的告别吧，答应他。再说，大张旗鼓地宣传一下，对我们也是件好事儿。毕竟进驻岚湾一年多，咱们谨小慎微没什么大动作，这次也该敲敲锣鼓振振雄风了。"

在钟若飞办公室里，他们仔细地商量了仪式的规格、规模，以及举办的时间。最后，邱吉富憋足了劲提示说："仪式的钱，你们出了算了，我都是客人了，哪有客人埋单的道理，是吧？"钟若飞看着他，笑了，这可不是"花点钱"的问题，这么一个高规格大规模的仪式，会场、食宿、礼品……没个二三十万是拿不下来的。这样一笔开销放在恒基，没什么大惊小怪，但邱吉富惜钱如命，而且一向喜欢借别人的台子唱大戏，他宁愿削尖了自己的脑袋，也要要别人个大头。

钟若飞故意凑近他，在他身上闻闻。邱吉富吓了一跳，躲闪着问："你闻什么？"

"我闻闻你身上什么味儿。"钟若飞直起身来，笑眯眯地瞅着他说。

"能有什么味儿？"邱吉富看看钟若飞，又自己抬起胳膊，也闻了闻，"哪有什么味儿？老婆刚洗的衣服。肥皂味儿，对，有点儿。"

钟若飞站在一边哈哈大笑，"邱总啊，卖盐的妇人喝淡汤，卖芦席的睡光炕，你邱老板岚湾巨富，这点钱也算计得如此精到，难怪人家都说你是岚湾第一葛朗台！"

"什么台？"邱吉富不明白他后面的话，却听出了前面的意思，哈哈笑道，"啊呀钟总，我那一两座楼台算什么，你恒基全国刮风，好几个省都是你们的地盘，我怎么敢跟央企比富。"

钟若飞看着他，点一点头教训他说："邱总啊，有句话我必须提醒你：钱少了，是自家的；钱多了，就是大家的了。你攒起来义捐吗？"

邱吉富拍拍大腿，说："你说得太对了，钱多了就只是个数。咱可不是小气人，积德行善的事儿咱也没少做，我每年都拿出好几万块钱，给我们老家的小学校添添桌椅板凳，谁家的孩子考上大学，咱也要赞助个一千两千的。"

邱吉富提起自己的善举就来了兴致，说个没完，钟若飞懒得跟他磨叽，这就叫积德行善了？作秀吧！四川地震你怎么不出点血？

钟若飞止住他，书归正传，把仪式的环节又推敲一遍，说："具体承办就交给云石的周总吧，你打电话还是我给他打？"

"他已经不是我的人了，你使唤就是。"邱吉富慷慨让权，自己乐得清闲。不赚钱的事儿他不感兴趣。

钟若飞不再理他，拿起电话给周国平拨过去。

周国平正在外地出差。这些天原煤价格上涨，煤炭供应又有点吃紧，常标每次请示周国平调整价格，都觉得很不好意思。他看看最近不是太忙，就建议周国平去趟山西，顺路看看矿上以及沿途的情况。周国平也想出来转转，顺便走访一下几个供应商。煤炭供应紧张的时候，常标给人家磕头作揖也罢，喝酒吃饭也罢，人家也还算支持，基本上没有影响生产，这次出来见一见，把感谢的话说到也是好的。

一路走来，到处都在修路，一排排煤炭车从山西下来，都要绕道几百公里，转三四天才能到厂，又加上各省市主要交通路口都在严查超载，运费打着滚儿往上翻，周国平眉头就拧成了疙瘩。

他问常标："你怎么想？"

常标说："看这样子，价格一时半会儿下不来的。"

周国平点点头说："马上夏季了，按照往年的规律，夏季煤炭价格是会下降的，但今年可能有点反常。"

常标分析说："是的，今年情况特殊，南方电煤吃紧，近省的煤炭全部南下了，这势必造成晋煤货缺价高，而且，矿上提价只是一方面，这运费上调才是大头儿。"

周国平点头，说："关键就在这运费上，北煤南运造成的煤炭紧张只是暂时的，出于节能减排压力导致的拉闸限电却是最要命。去年夏季江浙一带拉闸限电不是经历过了吗，好多企业因限电停产或部分停产，电煤需求量下降，两者一均衡，在供求总量上影响应该不会很大。"

常标说："这情况，网上炒得厉害呢，各种声音都有。供电局为了节能减排，把居民生活用电都停了，老百姓生活一夜回到了解放前，政府迫于压力，后来只好解除了。今年咱北方要是也限一限，煤炭价格肯定不会继续抬高了，可是……"

"可是眼前就已经抬起来了，"周国平担忧地说，"南方限电会不会蔓延不敢说，但地方上的节能减排压力都很大，岚湾去年投产的大型钢铁厂，今年将全面发挥产能，那可是全市最大的能耗大户，有他们的拉动，全市用电负荷肯定会大幅度提高，这势必要影响政府的节能减排计划，一连串的连锁反应，或许更惊心动魄。这个先不说，就说眼前吧，这段时间煤价虽然居高不下，但咱又不能停下来等，所以，货该进还得进，价高也没办法。"

"是的，政策的事儿说不准，电老虎想怎样就怎样，都是霸王条款。"常标说。

周国平又问了他别地货源的情况，常标告诉他，距离最近的货源，就是本省的煤矿，但本省产量小，价格更高，而且咱们的大窑对本省煤适应性差，基本不能使用。再近点的，就是神木、府谷一带，也跟山西一样的情况，到处在修路，车辆下不来，交通中断半个多月了，目前就只有山西这边，车辆勉强能绕路下来。"

周国平掐着指头算了算，对常标说："活人还能让尿憋死！你跟供应商们联系吧，只要车辆能下来，可以在运费上松动一下，先拉一拉库存，达到十万吨，就可以保证两个月的生产。"

常标说："行，重赏之下有勇夫，运费提起来了，物流的积极性就高了，修路，严查，他们都会自己想办法。"他看着周国平，试探着问："每吨先加三十块钱运费，您看怎么样？"

"只要能运过来就是胜利，我看可以。"周国平点点头，又仔细算了算成本，十万吨增加费用三百万，成本显然是提高了。但如果库存拉不上去，市场却提前抬了价，恐怕就不仅仅是三百万的问题，至少要上千万！那反而更被动！

常标在车上就开始打电话，把提高运费补贴的政策讲了，几个主要供应商连声道谢，常标故意客气一番，限定每家供应商五天内发货至少三万吨，货款压茬支付，绝不拖欠。

周国平正准备通知季中强安排人把煤场腾出来，预备大批煤炭卸车，却接到了钟若飞的电话。他给常标说一声，掉头就往回赶。

他在电话里把思路给沈众说一遍，叫他考虑先拿个方案，到家再一起完善一下，然后报钟总审批。

沈众会议和接待倒是组织过不少，但这样规格的仪式，他心里就没底了。接到电话，他不知从何做起，又不敢说自己不懂，感觉脑袋嗡嗡地热了一阵，脸上出火，怎么办？办公室历练还是少了，他忽然有点想念高春艳了，有她顶着，也许自己就不用这么无助。可是这会儿，就是天塌下来，高春艳也不可能前来坐镇帮忙。她正捂在床上坐月子呢！

他在办公室坐了半天，拿笔在纸上画了撕，撕了画，脑袋里感觉空空如也，心里没谱弹不得琴弦，怎么个弄法？他把每次随高春艳组织会务的思路从前到后大体捋一遍，找不到头绪，又从后往前捋一遍，还是找不到头绪。他干脆把铅笔夹在耳朵上，打开QQ，忽然就看到了那个叫做"黄梅雨"的女孩。

自从沈众将自己的网名改为"落灯花"之后，唐小倩就主动把自己的名字换成了"黄梅雨"，正与沈众的网名寓意相通，似有暗合之意。

虽然头像是黑着的，但沈众每次上线都自觉不自觉地先注意一下她。对了，找唐小倩啊！水木清华有岚湾最豪华的多功能会议室，大型的接待和会议都在那举办，唐小倩肯定经验丰富，叫她指点一下，岂不简单？

想到这里，他赶紧抓起电话给唐小倩拨过去。

唐小倩先在电话里跟他黏糊一阵，沈众急得不行，说："你赶紧支个招啊。"唐小倩才不紧不慢地把办会要点详细说了，又把几个该注意到的事情简要提示一下，沈众心里基本有谱了，说声："谢谢哈，再见！"就把电话挂了。唐小倩在那一头气得跺脚，这么没礼貌啊，早知道不告诉你！

他从会址选定、生活食宿安排，到会议邀请人员、议程、纪念品准备以及会务组人员分工，详详细细写了好几页，专门制作了一个小册子，周国平一回来，就拿过去请示。周国平帮着修改一遍，把应该请到的市、县领导名单仔细想了想，列出清单，叫沈众加上，就打电话给钟若飞汇报，问是否传真一份过去，或发个邮件您先过目？钟若飞说："你们先拿给邱总看，请他提提意见。"周国平一想也对，现在还没交接呢，怎么就把邱吉富这个大头儿给撇了。

他叫沈众安排好车，刚要出发，不想沈众这边却来了几个不速之客。

来的是公司北面紧邻村段家疃的几个村民，领头的叫段仁德，是村里支部书记。段仁德进门毫不客气，跟在自家一样，自己找杯子倒水，问沈众有没有烟啊，走得急，忘了带烟带火了。沈众叫办公室主管徐建军给他拿了一盒，说："带在身上吧，走到哪里好过瘾。"段仁德不好意思揣在兜里，就拿在手里招呼其他几个村民一起抽。沈众问他有什么事儿，段仁德就说，你们厂的粉尘都飘到我们村了，老百姓家里没法晾衣服了，地里的小麦正在授粉秀穗，也飘了一层水泥灰，看来今年要绝产了，老百姓到村委闹，要求我们来商量一下，看怎么个赔法！

沈众吃了一惊：这个段仁德向来是难缠的角儿，胡搅蛮缠是一号，连镇党委的杜书记都提起他来就头疼，出了这档事儿，估计他是不达目的不罢休。

其实，云石一水跟驻地周边村里的关系还是比较和谐的，周国平很注重地方关系的协调，每年都要安排高春艳走访村里的困难户、孤寡老人，为他们送上大米、白面。去年秋，还捐赠给段家疃村两百吨水泥用于村内道路硬化。按说，对村里的照顾应该可以了，可有些人就是喜欢吃大户，你越慷慨，他越往你身上蹭，因为你有！蹭一蹭就能得点好处，为什么不蹭？很多老百姓本来相安无事，却被几个别有用心的人一撺掇，不明真相的情况下就跟着揭竿起来了。沈众很讨厌这种顺竿爬不知足的行为，但企业跟百姓，有理说不清，百姓是弱者！一旦说道起来，无论政府的态度，还是社会舆论，都是倾向弱者的。前段时间南方某市有个公交车司机看见一老太太晕倒在路边，就下车把老人扶起来，结果被老人的家属赖上了，硬说是公交车司机把老太太撞倒了，所以网上打了一段时间"倒地老人扶不起"的口水仗，中央电视台还专门组织了一场辩论秀，讨论倒地老人该不该扶。沈众觉得，电视台也应该组织一场"企业驻地老百姓该不该帮"的辩论秀，听听观众或网友们到底怎么评论。

段仁德几个人七嘴八舌地一通讨伐，沈众头皮都要炸了，但不好发火，面对这帮无赖，最好的办法只有忍耐！沈众站起来给他们续一遍茶水，知道周国平还在那边等着他出发，楼下小李子摁了一下车喇叭，沈众趁机对段仁德他们说，我正急着要出差，车在下面等着了，等我回来再商量行吗？段仁德倒也听话，说我等你们的消息哈，不然老百姓闹起来谁都压不住！

沈众知道他闹事是假，要钱是真，就先支应着，把他们送走。

沈众上了车，把这事儿给周国平说了，周国平感觉事情远没这么简单，交接期间，最怕出事儿，这个段仁德倒会选时候！他告诉沈众说："你回来后去找镇上杜书记，先把情况汇报一下，免得事发突然镇上没个思想准备，真要闹大了，光靠企业的力量是解决不了的。"沈众答应着记下了。

来到岚湾，见着邱吉富，周国平说："邱总，仪式的事儿，我们拿了个方案，您给把把关吧。"邱吉富装着说："叫钟若飞定就行了，我还看什么。"嘴里说着，却把那个方案草案捏在手里，戴上花镜一页一页地翻。

周国平早知道，不给他看不行，给他看也不行，横竖都是他的道理！上次跟镇上杜书记吃饭的时候，杜书记也说起过一个同样的事情。说有个村里的老支书，是县里推上去的老劳模，前两年因为年龄大了，觉悟很高，就主动高风亮节地退下来，让位给了新支书。新支书很尊重他，大小事情都要给他汇报一声，请教他个意见，但有一次，新支书去给他请示的时候，正好家里一大堆客人，老支书就故意教训新支书说："我都退下来了，还什么事情都来问我，要你们干啥的？"

他是当着众人的面摆谱呢！新支书心里明白，却非常憋屈，回头找杜书记谈心时就诉苦说："杜书记你不知道，这里边儿的事儿复杂着呢，别看他表面上是退了，但他垂帘听政，什么事都过问，不请示他，他就横挑鼻子竖挑眼，请示他，他还毛病，什么劳模，狗屁！"

有些人就是这样，你尊重他，他反倒骑你脖子拉屎，你不尊重他，他就啥都不是！但劳模总归是劳模，永远都是模范！一杆旗竖起来了，就再也不能倒下了。

邱吉富刚看了两眼，就有点不高兴了，"请的大官倒不少！我们这边的人呢？"

"谁？"周国平一愣。

"不是谁的问题，问题是一个谁都没有啊？"邱吉富朝他翻翻眼皮。

周国平似乎明白了一点，说："这次活动由咱们组织，所以咱们自己人，电话通知一下就行了，把名单列在方案上，怕不合适吧？"

"怎么不合适？我是说我这边的人！"邱吉富瞪了他一眼。他指的"我这边的人"，就不是云石一水了，而是他的物流、房地产、预制厂等一大堆下属厂子的头头脑脑们。"我这边"、"你那边"，他自己已经分得很清楚了。

"他们好歹也是我的手下，人家愿意参加这个仪式，是对我与恒基合作的支持，这是个很好的态度嘛，为什么不请？"

周国平就明白了，恐怕不是那些人自己愿意参加，而是他邱吉富要求人家参加！某种意义上可以说，邱吉富已经把这次会议看成是他规模实力的登场亮相了。

"还有，"邱吉富又点了一个人的名字，"水木清华的那个唐小倩，也该请上。"

周国平奇怪地看看沈众，沈众就说："咱们在她们酒店搞活动，本身就是对他们酒店最实际的支持了，是她的上帝呢，还要请她？"

邱吉富白他一眼，忽然来了气儿，肚子一挺朝着他说："你谁？你懂什么？你找找这儿有没有你说话的地儿？"

沈众赶紧闭上嘴，不敢再说什么。

周国平知道，提拔沈众当办公室主任，他并没有征得邱吉富的同意，对此，邱吉富肯定耿耿于怀。见沈众恭恭敬敬地站在那里不敢说话，就接过来说："邱总，小沈的意思还是有道理的。当然，如果您认为真有必要，那就把她加上。"

"什么叫有必要，而是非常必要！你们知道这个女人是谁吗？"邱吉富又拿眼睛瞪着周国平，意思是你怎么什么都不知道啊？这个女人的秘密只有我知道！

他把唐小倩一个二十几岁的女孩说成个"女人"，沈众心里有说不出的恶心。

周国平已经习惯了，见多了，也接受了：暴发户，财大气粗六亲不认，全国各地都一个脸面儿！

他笑笑说："邱总，我们真的不知道呢，她是谁？"

邱吉富哼了一声，想说什么却咽下去了，神神秘秘道："说出来别吓着你们！算了，你们不知道也罢，她还不让乱说呢。"

周国平和沈众对视了一眼，都觉得莫名其妙。别看沈众跟唐小倩很熟，至于她什么身份，他也不清楚。不过听邱吉富这么说来，倒是应该有些来头。

邱吉富的小蜜？谁的情人？还是……周国平觉得自己很龌龊，怎么想到这些了，邱吉富那些事情，他都懒得打听，爱谁谁，关你什么事儿！

让他庆幸的是，多亏听了钟若飞的话，把草案先拿给邱吉富过目，不然，邱吉富还不得骂他个狗血喷头！

回来的路上，沈众坐在前面实在气不过，回过头来看着周国平，说："周总，你说像这样的人，怎么叫他这么有钱？"周国平只是笑，不说话。开车的小李子抢过来说："你没看他肚子那么大？钱撑起来的！他要是没钱，肚子就瘪了。"

"明白了！上帝给他个溜圆的大肚子，却为什么还给他那么多钱呢？"沈众哧哧笑着，却愤愤不平地说，"拼命干活的人没钱，投机倒把的人暴富，看起来，国家的政策还是有空子可钻！"

"就是啊，让一部分人先富起来，怎么不让我们先富？政府也不想一想。"小李子有点仇富，跟沈众一起，很容易就有共鸣，他的情绪比沈众更偏激，当着周国平的面也从不避讳，而周国平却总是微笑着，任由他们随意发泄，反正在车上，又没有外人。

回到公司，周国平把邱吉富的修改稿整理一遍，看看没什么再补充的，就亲自给钟若飞发了一份邮件。钟若飞很快就回过来了：完全同意，请照此方案落实。

周国平把方案交给沈众，吩咐说："家里的事儿，你安排一下，这几天你就专门出来靠会吧，会场布置还有很多事需要协调呢！你晚上可以直接住酒店。"

"也行，"沈众说，"家里有徐主管，办公室的工作您可以直接安排他，他要有什么事，我们再电话沟通。"

周国平一再要求，细节要考虑周全，邀请嘉宾名单要亲自用钢笔公正地誊写，找个写字漂亮的，不能用电脑直接打印，显得诚意不够。请柬要提前送出去，免得晚了，人家时间不好安排。

沈众一一记下，再给徐建军安排一番，就带上人，住进了水木清华。

四月天，还不是岚湾旅游的黄金季节，水木清华的房间很宽裕，但沈众早就给唐小情说好了，预备下三十个商务单间，五十个双人标间，六个套房。唐小情带着沈众，先把房间分布和里面的布置熟悉了一遍，又把近三百人的多功能会议室装饰效果、会场音响等讨论了一下，先拿个效果图让周国平审阅。效果图和会议准备细节性的方案发到周国平的邮箱了。沈众又坐下来，把会议需要的材料分分类，能放给下边写的，就安排下去，下边干不了的，就自己挨个准备，估计这几天夜里加班是少不了的。

还有一件事儿叫沈众犯愁。周国平亲自交代，请柬要用钢笔字亲自誊写，还要找个硬笔书法写得好的，谁写字漂亮呢？

唐小倩高跟鞋敲打着地板过来了，"哎，这么大堆请柬啊？有我的吗？"她拿起一份请柬就往怀里揣。

不知从什么时候起，她称呼沈众直接就"哎"一声，也不叫名字，也不带职务。

"当然有你的！少谁的也不能少你的啊！"

"真的假的？忽悠我呢！"

"有就是有，怎么还真的假的？我骗你干嘛？"

"哼！"唐小倩似乎不大相信，说："真话假话我还分得清楚！真话就是说的人当真，假话就是听的人当真。我们两个，谁当真了？"

"我当真了！"沈众故意逗她，"你呢？你听的当真吗？"

"我要当真了，我就是傻瓜了！"唐小倩抿嘴一笑。

"那你今天注定是要当一回傻瓜了。"沈众一字一顿地告诉她，"邱总专门交代，务必把水木清华唐大经理请上。"末了补上一句，"原话。"

"才怪，"唐小倩撇撇嘴，白他一眼，不相信，也不敢再跟他掰。

"我干嘛要逗你玩啊？邱总还说，你是个很不简单的人物，你有多不简单，我怎么不知道？"沈众上赶着问。

唐小倩忽然满脸的诧异，生气地问："他跟你说什么了？你快说！"

"他没说什么啊！晴转多云了呢怎么就。"沈众凑上去看她的脸，故意逗她。

"没说什么那你说什么？"唐小倩任性地撅起嘴巴，有点蛮不讲理了。

沈众看她着急，心里窃喜，说："他就只问我们知道你是谁吗，就这些，后面的他又没说。"

"这还差不多，我就说嘛。"唐小倩放下嘴巴，得意地"哼"一声，转了话题，说，"哎，这么多请柬，我给商务室说一声，设计个版式，给你打印出来，看你面子，免费！"

沈众笑着说："那不用，周总专门交代，要用钢笔字写得公公正正的呢，我正愁找谁呢！你给推荐一个吧。"

"还推荐什么啊，我毛遂自荐了！"唐小倩自豪地朝沈众"哼"了一声，背着手在那里点啊点地，一条马尾就在脑后悠来晃去。

"你？对了，我怎么就把你给忘了！"沈众半信半疑地看着她，坏笑道，"我知道你画画得好，却不知道你书法也可以？"

"看不起我是吧，我可告诉你，本姑娘大学里可是硬笔书法一等奖获得者！本来不想理你的，可你门缝里看人，我就一定写给你看看！"说完，她抢过沈众手中的笔，刷刷点点写了几个字"沈众是个大坏蛋！"。她把钢笔一扔，歪着脑袋看沈众，"怎么样？"

沈众看时，哧地一声就笑了，"你敢骂我！"可是再看那一行小字，字迹清秀，勾画了了，间架排布均匀大方，字里行间错落有致，真的是一手好字！

"你不但画画得好，字也写得这么漂亮。"沈众坐在椅子上，不得不对这个高挑俊秀的女孩仔细地仰视一番。

"快把嘴巴合上吧，用不着对我那么崇拜！"唐小倩用高跟鞋敲着地板，"咯咯"在房间里晃荡。

"踏破铁鞋无觅处，得来全不费工夫。"沈众把一摞大红的请柬往桌子边上一推，说："就你了，面试通过！"

"本经理还忙着呢！"唐小倩晃来晃去不理他。

"摆谱？"沈众站起来，只好央求道，"美女美女，帮个忙，请你吃饭。"

"请我吃什么？"

"海鲜。"

"海鲜有什么稀奇？天天吃。"

"那你吃什么就请什么。"

"我吃你个猪头，大坏蛋！"

……

经不住沈众软磨硬缠，唐小倩装着不情愿的样子坐下来，把手一伸，也不说话。沈众就赶紧把笔递上去，她又伸出手，沈众就把请柬一张张地翻开内页，铺好，平整地摆在她面前。

"哼，这还差不多。"唐小倩就提笔铺纸，嘟着嘴巴，端起架子一笔一画地写起来。沈众站在一边装作看她写字，不时地拿眼睛一遍一遍看她清晰的发际，毛茸茸的鼻头，看她长长的睫毛，一闪一闪地。

唐小倩的字的确很漂亮，点横撇捺蓄势均匀，个个饱满圆润，清清秀秀，该到放时自然放，该到收时自然收，看她写字的样子，再看那一行行小字，沈众都觉得一种从没有过的享受。

写完最后一张，沈众说："还有你的一份呢，你给自己写了吧？"

"哪有自己请自己的道理，我怎么就那么不值钱啊。"唐小倩有了功劳，对着沈众故意发小姐脾气。

"那，你不嫌我字写得丑，我给你写。"沈众说着挽挽袖子。

"免了吧，我就在这儿呢，你不请我也不会缺席。"

"也是哈，可邱总专门要求过呢。"

"邱总？邱总怎么啦，去他个邱吉富，叫他对谁都胡咧咧！你就说已经给我了，他还会调查你？"唐小倩似乎不大喜欢邱总这个人，但也不至于这么直呼其名地骂他吧？骂完了，似乎也觉得不妥，小声对沈众说，"嘻嘻，我也就是背地里骂他两声，见了面，还得管他叫叔叔呢。"

沈众就训她："两面三刀，他可是我们的老板。"

唐小倩说："我知道，这不只当着你的面吗，你又不是外人。"又说，"我一高兴就现原形了，爸爸老批我。他是你们老板，我以后尽量敬着他就是了！"

"这就对了。"沈众岔开话题，煞有介事地说，"为了表示对你的感谢，我决定，今晚请你吃饭。"说完了，口气却故意软软地求道："美女美女，给个面子吧。"

"怎么像个无赖了？"唐小倩刚扬起弯弯的细眉准备训他，忽见他软不拉塌怪可怜见的样子，就说："我还正想推辞呢，你到底是命令我，还是求我？"

"求你，求你！"沈众鸡啄米似地连连点头，唐小倩咯咯笑道："那好，本姑娘准了！去哪？"

沈众说："去哪你说了算，你家在岚湾，哪有什么好吃的，你熟。"

"好吧，"唐小倩看看早到了下班时间，就说，"等我，我去换衣服。"

沈众给几个同事说一声："我今晚出去办点事儿，你们到自助上随便吃点，就说是会上的，唐经理知道。"然后出来，先把车打着火，停好了等唐小倩下楼。

傍晚的太阳已经下山，路灯还没有亮起，水木清华的整个院落披着一层淡淡的暗绿色的油彩，显得古雅深邃。唐小倩换好了一件修身束腰的格子衫，颀长的身材在台阶上蹦蹦跳跳跑下来。

唐小倩拽开车门，沈众一直拿眼睛直勾勾地看着她，奇怪地笑。

"你笑什么？傻乎乎的！"唐小倩瞪他一眼。

沈众还在盯着她看，看得她心里毛糙糙的。"你神经病啊？怪瘆人的！"

沈众就闭了眼睛，砸着嘴唇说："窈窕淑女，气质优雅，有种说法叫'秒杀'，什么意思？知道吗？"

"就是一秒钟内杀死你！"唐小倩又狠狠地瞪他一眼。

"我晕！"沈众一仰头歪在了靠背上，翻翻眼睛说，"你饶了我吧！"

唐小倩"咯咯"一阵脆笑，拿手在他的肋条上乱戳，戳得他团身告饶，两个人在车里哈哈笑在一起。

按照唐小倩的指点，沈众把车子开到海边一个僻静的小鱼馆，店面不大，倒也干净。房间的墙上贴了淡淡碎花的壁纸，迎面挂了一个卡通男孩女孩的小镜框，小女孩勾着头，一只小手拉开男孩的裤衩，探起脑袋往里面瞅……除此之外再没有其他多余的装饰。

唐小倩看着这幅小镜框里的男孩女孩，捂着嘴"扑哧"就笑了。

"你笑什么？"沈众装着没看见，有意问。

"笑你，坏蛋！"唐小倩剜他一眼，捂着嘴还在吃吃地笑。

"笑我什么？"他抬头看看那个画框，顿悟似得故意挑逗她说，"小孩子，没见过，不是好奇嘛，你可不是小孩子了呢。"

"沈众！"被他点破了，唐小倩满脸通红，跺着脚大叫一声，"你坏蛋啊你？"

沈众哈哈一阵大笑，指着画框说："你小时候肯定也干过这种事儿，你说，这小女孩看见什么了？"

"沈众，你过分啊你！"唐小倩生气似的扭头不再看他。

这个年龄的女孩子，对这些事虽然有些朦胧，却也不是那么讳莫如深，而一旦被男孩子点穿，却也是件极尴尬的事情。

"哈哈，两个小屁孩，把你羞成这样，还研究生呢。"沈众故意拿话激将她。

"坏蛋你烦人！我不想理你了！"

"嘿嘿嘿嘿——"

两个人坐下来，一盏晕黄的壁灯把房间照得很安静。唐小倩红着脸一阵，安静下来，拿手支在桌上，很随意地问："喜欢吗？"

"嗯，喜欢。"沈众正摆弄桌上的碗筷，随便回答一句，忽然想起什么，"你是说——喜欢什么？"

"猪啊你——你连我问你什么都不知道，就胡乱应付我。"唐小倩上来就拧住了沈众的耳朵。

"啊哟哟哟——"沈众立时弯了腰装作很疼的样子，嘴巴歪到耳朵根上，一边说："我知道我知道。"

"知道我问你什么？快说。"唐小倩霸道地问。沈众越是装熊，她就越是来气儿，小姐脾气一上来，仿佛要决意把刚才的蒙羞全部变成愤怒，发泄出来。她撂下耳朵，一阵粉拳又雨点般地落在沈众的肩上。

沈众一只肩膀要掉了，拿手护住，哈着气啊哟啊哟地叫一阵，信口道："我喜欢这海边的夜色，我喜欢这清凉的海风，我喜欢这温情的灯光，我喜欢……喜欢跟你在一起。"

唐小倩"咯咯"一笑，正经说："别介，这些话你还是放到QQ上说好听，当面说，听着跟背台词一样。"

沈众说："你好像很长时间不上线了，总见不到你，也不给我留言。"

"嗯——"唐小倩习惯性地吁一口气，缩缩肩头幽幽道，"哪有时间啊，整天累得不行，回家就想睡了。"她翻开菜谱，问，"想吃什么？我给你点。"

沈众说："主要是你，我请你呢。"

唐小倩就说："我好养活的，一个菜就够，你说吧。"

沈众只好说："说好了吃海鲜的，我点一个海鲜拼盘，给你点一个醋熘土豆丝，我知道女孩愿意吃土豆丝。"

唐小倩说："我不要吃醋溜土豆丝，我要吃'板凳腿'。"

沈众一愣："'板凳腿'是什么？"

唐小倩一笑，"不知道吧？'板凳腿'就是土豆丝炒芹菜，不过土豆丝要切得粗一点，像板凳腿一样。"

"这么个'板凳腿'啊，"沈众忍不住要笑出来，"我还想着你这么个纤纤小女生，土豆丝要切得细一点才合适呢。"

唐小倩说："我从小就爱吃，我爸爸做这个菜最好吃了，小时候就是爸爸给我做，怎么吃都不够。"

"你爸爸还会做菜啊？他厨艺很好吗？"沈众顺便问她。

"对！爸爸做菜特别好吃，下班回来，只要有时间，就亲自下厨房做菜。"

"模范丈夫！"沈众夸张地竖起拇指，又故意问，"你妈妈怎么不做？"

"我妈妈身体不好。"

"她怎么了？"

"老毛病了，浑身没力气，老喜欢躺着。"唐小倩说得很随意。

"哦。"沈众答应着，就想：人上点年纪好像都这样，妈妈不是身体也不好吗。他接着问："你爸干吗的？"

"我爸是我爸啊，怎么是干吗的呢？"唐小倩呛他一句。

沈众就自打一个嘴巴，"我是说，你爸爸在哪上班？"

"嘻嘻，"唐小倩笑着说，"这个，保密，就不告诉你了。"

"这有什么保密的？"沈众还想知道，服务员就把菜端上来了，切得像板凳腿一样的土豆丝炒芹菜，热气腾腾，香味缭绕，唐小倩拿起筷子招呼他："别查我户口了，快尝尝。"

两人边吃边找些话题来聊，唐小倩说："其实，我见过你们钟总的，每次都是市里的领导陪着，他很有老总的样子，一看就不是一般的人物。"

沈众接上说："那是，恒基可是国有企业，还是央企呢，央企的老总，你以为跟一个暴发户似的？"

唐小倩就笑，"你说邱吉富啊？"

"不是不是，我可不敢说他，他是我们老板呢。"随便一句，其实已经说到沈众的心里了，但话一出口，却吓得他连忙摆手。

"咯咯……"唐小倩捂着嘴巴笑一阵，说，"市里对恒基很重视，你们钟总对岚湾也很感兴趣，看样子岚湾跟恒基的合作还会有大动作。"

"那还用说。"沈众故作高深道，"招商引资是岚湾第一要务，工业兴市是岚湾立市之本，现在都喜欢跟国企打交道，就像前些年喜欢外资一样，项目引进来，大家都像伺候大爷一样围着你转，只是……只是项目一旦落地，就没人再管你了。"

"谁说的？落地了就不管了？"唐小倩不以为然。

沈众说："你是不知道啊，那些管你的，都是问你要钱的。今天要点经费，明天要点赞助，还逼着你跟周边搞文明共建，意思就是给钱，还不如不管呢。"

唐小倩睁大了眼睛说："文明共建不是企业应该做的吗？这也是尽社会责任呢！"

"尽责任倒没问题，可是你知道跟我们包联共建的都是些什么样的村子吗？"

"什么样的？"

"都是些本来基础就很好的先进村！你说要是包联个落后村也还罢了，那些先进村已经发展得不错了，还包联个什么意思？"

"那就锦上添花呗。"唐小倩吃一口菜，把筷子支在桌上听沈众往下说。

"切！只要锦上添花，不要雪中送炭啊？那些落后村街道没有规划，民房东倒西歪，村内坑洼不平，不是更需要帮助嘛。"沈众说得有点带情绪了，还不算完，又说，"真要好钢用在刀刃上，企业倒没什么意见，这简直就是政府的表面文章！"

"我反对哈，"沈众说到这里，唐小倩拿筷子戳着桌面，故意装出领导口气说，"你把政府看得也太黑暗了吧？你在诋毁政府的形象，破坏政府和企业的关系，知道你的行为很不负责任吗？"

"哈哈，"沈众笑了，"你好像很为政府鸣不平啊，你爸是当官的吧？"

"去去，跟我爸当不当官有什么关系，吃菜！"唐小倩听沈众又提起他爸，就不再顺着他说话，故意把话题岔开。

04 一夜之间，王旗变换

> "只有站在整个行业、整个区域的高度，树立大区域、大协同的理念，我们的行动才有方向，我们的发展才有助力、才有大收获！而要做到这些，需要的是一种胸襟，一种坦荡、博大的胸襟！"

恒基就云石一水与邱吉富牵手合作的交接仪式搞得也的确隆重排场，市长唐自省同市委李海洲书记商量，把省长杨九华、省委副书记兼纪委书记郭庆民也请来了，政府官员、主管部门的领导、媒体的记者、相关单位的客户，还有兄弟企业的观摩团，把三百多人的会议室坐得满满当当。省纪委书记郭庆民本来不分管工业，但他跟唐自省是老同事、老朋友，多年也没来岚湾了，这些，杨九华省长都知道，所以这次，也就公私兼顾地带上他，顺便来岚湾看看。

因为格调上升到了岚湾市的招商引资工作，所以，仪式由唐市长亲自主持，李海洲首先讲话，借此机会把岚湾的招商引资工作、工业以及社会各项事业发展情况，向省里的领导作了汇报，并对今天两家企业的合作表示祝贺；杨九华代表省政府，就恒基与岚湾的合作讲了重要意见，就恒基集团已经与省政府签署战略合作框架协议的事情在会上做了简单通报，并对近年来，恒基集团在全国范围内通过联合兼并方式扩规创效取得的成就给予了肯定。最后，钟若飞和邱吉富代表合作方分别都做了表态发言。郭庆民没有讲话任务，就坐在主席台上观阵，一双鹰隼样的眼睛职业性地在下面扫来扫去。当然，他无论怎么扫，无论眼睛多么凌厉，下面贵宾席上的人，谁心里在敲鼓，谁心里在发狠，谁心里在庆幸，谁心里在暗自鼓劲，他到底也无法知道。

大家都明白，这样的场合，讲话也好，发言也罢，时间最好不要超过十分钟，但邱吉富的发言却超过了二十几分钟，跟卡扎菲登上联合国讲台那阵势差不多，轰都轰不下来。按说，沈众组织的材料应该够全面细致的了，但他亲自改了三四稿，登台发言的这一稿，上面还是圈圈点点地重新勾画了不少。邱吉富把这次讲演当成是露脸的好机会，尤其是省领导都在座，绝不能蜻蜓点水地说两句官话就算完了。

　　会场上气氛庄重肃穆，邱吉富的发言也气壮山河，似乎岚湾的发展离不开他的贡献，似乎他的那些大大小小的厂子都应该是岚湾工业企业的重要组成部分，他的企业才是岚湾经济的脊梁。

　　会场上虽然有人打起了哈欠，但丝毫不影响他的演说。他站在台上讲得唾星四溅，周国平却留在公司里一片忙乱。按照邱吉富的要求，会后所有参会的领导都要到公司生产现场参观指导，周国平忙乎了一周的会务，却连参加会议的资格都没有。

　　会场上，钟若飞四下里寻找周国平不见踪影，问问沈众，才知道邱总安排他在家准备迎接领导们的现场观摩。"乱弹琴！"钟若飞气得哼了一声，本想会也不开了，直接去云石找周国平。他感觉这个时候周国平肯定很憋屈，他应该出现在他面前。虽然代替不了什么，但他觉得是应该做的。

　　可是，他不能走开！这个会的主角就是他！省长也罢，副书记也罢，包括市里的领导们，都是他的配角，他代表的是恒基集团，那些领导代表的是政府。政府是看好你恒基，才肯赏脸来出席你这个仪式的，你怎么能一走了之呢？

　　中午十二点，仪式结束，午餐就安排在水木清华。李海洲把杨九华、郭庆民以及云石县委陆书记、齐县长，还有钟若飞、邱吉富等人让到二楼岚湾厅，李海洲坐了主陪，唐自省就自觉地坐了副陪。别看今天会场上主角是钟若飞，但在这种场合，他却只能退而求其次，因为省长才是岚湾最大的客人。邱吉富更是知趣地坐在了钟若飞下边的位置上，他几次伸长脖子想给钟若飞搭讪，钟若飞都装作没看见，或者故意岔开了。他今天特别不愿理他。

　　为了体现对上级领导的尊重，省里跟着来的几位秘书、司机专门开了一个单间桌餐，其余所有参会人员，一律在一楼大厅摆桌。这是市政府办公厅主任王俊敏的意见。虽然沈众事先有完善的接待方案，但在这个时候，一切计划都要服从新的变化，省里的领导出席仪式，就不可能按照你沈众的方案来了，市府办公厅的意见才是最周全最讲政治的。

　　因为有省里的领导在，王俊敏和唐市长的秘书小彭就必须不离左右地跟着服务，还有市委办公厅的几个人也在，沈众对这一桌就不用怎么分心了，他下去主要到一楼大厅跑前跑后地照应。唐小情却不能跟他一样到楼下去，每次省里、市里领导来了，她的服务对象就只能定在这一个厅，她得不离王俊敏左右，以便按照他的要求随时调度饭菜。

王俊敏似乎跟她很熟，也很客气，一口一个"小唐"叫着，唐小倩也很尊重他，管他叫"王叔叔"，沈众听着，虽然有些纳闷儿，但也并不觉得太奇怪，王俊敏看上去四十多岁了，唐小倩叫他"叔叔"也在情理之中。

大厅里推杯换盏进行得很快，唯独岚湾厅这一桌还没有撤的迹象，沈众肚子都贴到后脊梁了，腿肚子也有点发软，唐小倩却依旧笔直地站在那里，仔细地听着里面的每一声响动。王俊敏则在走廊里踱来踱去，小彭静静地蹲在角落里玩手机。

是不是领导们吃饭都这么磨蹭啊？累死了！沈众偷偷朝唐小倩做个鬼脸，唐小倩远远地看着他，不敢笑出来，拿手捂住了嘴巴。

下午的行程是乘车去云石公司现场参观，饭后，杨省长和郭副书记去房间里先休息一会，李海洲和唐自省就在楼下的咖啡吧里坐着等。唐小倩端了两杯茶送过来，大大方方地叫一声："李伯伯好！"李海洲就呵呵笑着，说："小倩啊，一个上午累坏了吧？"

唐小倩说："还好，习惯了。"

李海洲就对唐自省说："老唐啊，我真佩服你了，我早就给你说过，事业单位随你挑，国税局、供电局、烟草公司，哪个单位不好？可你就是不听劝，这么个好姑娘，你竟也舍得！"

唐自省就说："李书记，不是我不听您劝，而是她根本就不听我的劝！在这儿实习，还叫我谁都不要说。多亏你李书记认得她，不然，我也不敢给你说的。"他又指着唐小倩说，"不信，你问她。"

唐小倩就笑，说："爸爸，我说过我是来实习的，又不是永远呆在这儿。再说，叫人家知道我是您的女儿，多难为情啊。"

李海洲哈哈笑道："小倩是个懂事儿的孩子，只是你爸爸放心不下你呢，你的选择没有错，但是也不能止步不前了，要加强学习，多掌握些本领，给你爸爸争光啊。"

"我会的，李伯伯。"唐小倩答应着，"李伯伯您坐着，我去忙了！"又跟唐自省做个鬼脸，说："爸爸再见。"

李海洲扬扬手，笑着说："去吧去吧，你去忙吧。"

沈众远远看着，心里大觉诧异：怪不得上午王俊敏对她那么客气，怪不得邱总专门提出要给她一张请柬，还有，她敢直呼邱吉富的名字而且骂他，原来她，是市长的女儿？沈众的心里渐渐地像堵上一块石头，又像自己做了个梦，梦见自己坠进了万丈深渊。

几辆大巴车总算载着领导们出发了，沈众要留下来善后处理会场，自然不可能随行，就提前给周国平打电话，告诉他领导们已经出发，车上坐着谁谁，大约半个多小时就到公司了。周国平就带上其他几位领导，提前在楼下铺好的红地毯两边迎候。

沈众坐下来，两条腿就像灌了铅，脚底板生疼，肚子也贴到后背了。他靠在椅背上，闭着眼睛思考一下整个会务前前后后还有哪些疏漏，忽然就听见"咯咯咯"熟悉的高跟鞋敲击地板的声音传过来，他知道是唐小倩，想睁开眼睛看看她，可他还是故意没有睁开。

"累憋了吧，你？"

沈众慵懒地歪歪头，还是没有睁开眼睛。

"你怎么了？不舒服吗？"唐小倩害怕他重大接待过后，精神一下子放松，容易感冒，就蹲下来伸手摸摸他的额头。

沈众却推开了，眼睛一直闭着。

"你怎么了呀，坏蛋？"唐小倩声音有点发颤了。

"别管我，我没事儿。我想休息会！"沈众哼哼地说。

"你吃点东西再休息啊，我跟你一块吃自助吧。"唐小倩使劲儿晃他。

沈众终于睁开眼睛，有气无力地看着她，不认识似地问："你爸是市长？"

"你干嘛？"唐小倩一惊，"你怎么知道的？"

"你为什么不告诉我？为什么对我也那么保密？"沈众问完这句话，忽然觉得自己是不是不知天高地厚，为什么要告诉你？你是谁呢？

唐小倩感觉莫名其妙，说："我谁都没告诉啊，我爸爸是谁并不重要，重要的是我自己知道我是谁就行了，对吧？"

沈众明白自己自作多情了，从椅子上坐起来，"你说的是，重要的是知道自己是谁就行了。我知道我是谁！"他软软地站起来，朝外面走去。

"你去哪？你该去吃饭啦！"唐小倩追出去。

唐市长陪着省长和其他领导现场观摩完就上车走了，钟若飞和邱吉富却必须留下来。今天的仪式一结束，标志着"云石一水"的名称从此成为历史，"云石恒基"的注册名称开始走工商审批程序。恒基正式接管云石一水，钟若飞是必须留下来跟大家见个面的，邱吉富也不能走，连交割价款带企业承债，十几个亿的资金已经划到邱吉富的账户，他必须留下来，就算给各位员工道个别，他也该把这最后的姿态表示出来。

钟若飞在见面会上，正式宣布聘任周国平为云石恒基总经理，其他管理人员暂不调整。即日起，由周国平负责组建新的领导班子，副总经理人选经总经理提名，报集团公司董事会通过后，由集团下文公布。这等于给周国平留下一个推荐副手的权力！

提拔个副总经理还要这么多程序啊？国有企业就是麻烦！邱吉富看看周国平，心里多少有点失落的感觉。前段时间，关于周国平的去留，他竟连想都没有想过，更别说为他打算什么。现在人家恒基正式任命了，他忽然觉得自己对周国平不够关心，又觉得自己被远远地甩在了一边没人理睬。失误，失误啊！

钟若飞话音一落，会议室顿时响起一片密雨般的掌声，大家向周国平投去赞许的、信任的、自豪的目光。邱吉富回过神来，也跟着拍了几下巴掌。

钟若飞告诉大家，恒基水泥多年来所倡导的，是以人为本的包容性文化。具体是待人宽厚、处事宽容、环境宽松，简言之，即"三宽文化"。我们信任周总，委任周总，而不是空降过来一个老总，本身就是"三宽文化"的体现，希望大家在今后的工作中，以一颗宽容的心团结共事，共同支持和配合好周总的工作，争创集团公司的样板和标杆。

热烈的掌声再一次潮水般响起。周国平用心地记下了钟若飞的讲话，因为对于恒基的理念，他接触和理解的还是太少，上次水木清华茶室的一次短暂聆听，远不能让他迅速融入恒基文化中去，他需要尽快地学习，管理者首先自己接受，然后才能带着大家一起接受。

沈众这次已经是名正言顺地参加公司管理者会议了，他把钟若飞讲的话尽量一字不落地记录下来，因为他要整理下发到每个车间科室，好让大家组织学习领会。

下午，钟若飞要回北京了，晚上六点五十的机票，周国平执意要送他去机场。

坐在机场航站楼的排椅上，钟若飞问他："百事待兴，压力不小吧？"

周国平坦诚地点点头，笑着说："压力当然有，不过，您的信任就是最大的动力！我相信一定能撑过去！"

钟若飞看着这位新结识的前朝老将，已经没有了水木清华初次谈话时的那种忧郁，神情里透露出让人轻易觉察不到的坚定和自信，而这，正是他所需要的！他放心却又不无担忧地说："我知道你们现在的资产负债率已经严重超过警戒线，银行已经贷不出款来了，流资是个大问题啊。我回去后，马上开会研究给你注资，先增加你们的注册资本，恢复在银行方面的信誉。"

周国平握紧钟若飞的手，说："钟总，这也是我最大的一块心病，有您这句话，我什么都不怕了！"

钟若飞想了想，说："这只能暂时解你燃眉之急，企业自身要健壮起来，必须学会自己造血。你们的销售策略是不是有点问题？"

周国平没想到钟若飞对公司这些管理细节都了如指掌，赶紧汇报说："上个月初我已经调整了，没经过邱总的同意，他也许还不知道呢，不过看眼前的效果，还是相当不错的。"

"好，我支持你！"钟若飞看着他，满意地说，"赊销是一种短视，时间长了形成恶性循环，资金方面会更加被动。现在你再也不用担心邱总会干涉你了，你可以甩开膀子干了。"

周国平笑笑，说："虽然因为取消赊销政策失去了几个客户，但也新发展了几个客户，对比一下，并没怎么受影响。"

"这就好啊，"钟若飞欣慰地说，"银行方面再做做工作，尽快取得授信，同时注意货款回收效果，你的资金状况会越来越好，相信今年的经营还是没什么问题的。"末了，钟若飞又一再嘱咐说："经营企业，目标只有一个，那就是实现最佳效益，承担社会责任。但这是一个长期的创业过程，这个长期的创业过程尤其需要一种好的理念和一种强烈的责任感来支撑。千万要记住：不搞短期行为，减少短兵作战，在竞争中谋求合作与共赢。一定摒弃那种一人吃饱全家不饿的思想，这个市场上，只有自己、没有别人的做法，永远不会有大的发展！所谓得道多助，失道寡助，只有站在整个行业、整个区域的高度，树立大区域、大协同的理念，我们的行动才有方向，我们的发展才有助力、才有大收获！而要做到这些，需要的是一种胸襟，一种坦荡、博大的胸襟！"他一口气说了这许多的话，又征询似地看着周国平，问："你觉得呢？"

"是的，周总，您说得太好了！"一席话眷眷真诚，落地有声，听得周国平心潮澎湃，热血涌动。好久没有人跟他如此推心置腹地说话了，这些年，他恍如在无边的沙漠里独行，找不到方向，找不到知音，而蓝天高远，千里漠漠，他连自己的影子都看不到，只有无尽的孤独！

安检时间到了，两人站起来，两双大手又紧紧地握了一会儿，周国平肚子里还有许多的话，却说不出来。安检处已经排了长长的一串队伍，钟若飞摇摇手，转身向安检通道走去……

多少年报效无门的尴尬一页掀过去了，新的一页已经揭开。周国平站在原地，脑海里翻腾起细碎的浪花，星星点点，四下飞溅，打湿了他的眼角。看着钟若飞脚步稳健的背影，忽然感觉喉头哽哽的。

岚湾回云石半个多小时的路程，车子在城际间的高速公路上平稳前行，小李子把车速放到八十公里左右，反正时间有的是，尽量不强行超车，他要努力创造个安静的环境，让老总好好休息一会。但是，周国平闭着眼睛倚在靠背上，思绪却如掀不开盖子的油锅，外面风平浪静，里面却翻腾汹涌。他给钟若飞说的"不再赊销并没怎么受影响"的汇报，其实是不确的。他不能在钟若飞满怀期待中冷水浇头，这个时候，也只能报喜不报忧了。其实，江波几天前还向他汇报，说刚发展的几个客户规模太小，也并不怎么忠诚，恐怕一批订单拉完了，业务也就终断了。江波当时还问他：能不能适当地对几个主要客户开放赊销政策？周国平说："先挺过了这一阵，大家议议再说。"

想到这里，他给沈众打了个电话，叫他通知临时生产副总季中强、采购部经理常标、销售部经理江波、化验室主任蔡远征、财务部经理王晓春明天一早会议室开个临时会议。

小区里华灯初上，煦暖的春风拂在脸上，吹面不寒。小李子把车停在家属院楼下，周国平告诉他："现在这个点，还不晚，我们都回家吃吧，明天你早点过来接我，要开会。"小李子答应着问："几点？"周国平想了想，说："六点半吧。"

他拖着步子上了楼，女儿周萍萍早听见了楼下的车喇叭声音，就知道是爸爸回来了，已经提前把门打开半边，倚着门框往外瞅，听到周国平上楼的脚步，试探着喊一声："爸爸？"，周国平还没走上来，听见女儿的声音就提前答应一声："萍萍。"

"爸爸，我就知道你今晚回来！"萍萍试探性的问询得到回应，兴奋地走出门外，站在楼道里等他。

"你怎么知道？"周国平上来最后一级台阶，摸摸她的头说。

"第六感呗！我预感特强，上晚自习的时候，老师什么时候要进教室，我都能感觉得到，嘿嘿！"女儿调皮地爬到他的背上。

"快下来！"妈妈马苏习惯性地教训她，"都多大的孩子了，还那么不稳重！"

"不嘛，爸爸好不容易回家一次，妈妈你那么烦人！"萍萍皱起鼻子朝妈妈做个鬼脸。

平时周国平很少回家，基本就是娘俩在家斗嘴。马苏有时候好唠叨，女儿听多了就不大在乎了，不开心的时候还能顶上个一句半句的。

周国平笑着说："你肯定学习不专心，老师什么时候进来你都能听到。"

萍萍就撒娇说："不是的，教室里安静下来了，那就肯定是老师进来了。"

"那还是第六感啊？那应该算第一感觉！"周国平跟女儿开起玩笑。

"快下来，叫你爸爸去洗手开饭。"马苏对萍萍说。

"怎么，你们还没吃呢。"周国平看看表都快八点了。

"不是等着你吗，萍萍说你一定回来，不回来就绝食呢。我们要每天都这样等你，饿也饿死了。"马苏开始唠叨。

"不饿不饿，妈妈不是减肥吗，节食就是减肥的好方法。"萍萍赶紧抢过去说。

马苏其实并不胖，看上去身材很匀称，只是生完孩子这么多年，小肚子上有点赘肉，天气暖和了，身上衣服减下来，小肚子上的肉就隐约能看出来了，所以天天喊着减肥。她要减的只是这一点肉。

饭菜端上来了，马苏朝女儿喊一声："快洗手吃饭，吃完了快去学习。"

萍萍就抱怨道："你看看妈妈，快，快，快，就知道催我！都像你那样，共产主义早实现了！"

马苏戳她一指头，说："还有几天就高考了，你功课落下不少，不赶上去你还要不要考名牌了？"又转头对着周国平抱怨道："你就不用管！女儿是我自个儿的！"

周国平只管笑，萍萍反驳道："不会休息就不会学习！吃饭也是一种休息呢，而且电视上说了，吃完饭不能马上学习，那样不但学习效果不好，而且对身体也不好，血液都用于消化呢！"

周国平说："小屁孩，知道的还不少。"

萍萍就朝他皱起鼻子扮鬼脸。

吃完了饭，萍萍进屋学习去了，周国平照例坐在沙发上看会儿电视，马苏削一个苹果放那，也不递过去，一边削第二个，一边嘟囔："上个星期就给你说了，抽空请萍萍班主任吃顿饭，你请了没有？"

"还没呢，"周国平背着身子说，"这段时间太忙，没顾上，再等等吧。"

马苏就不高兴了，嚷嚷道："再等等再等等，等孩子高考完了再请啊？春节的时候就叫你买箱酒给人家送过去，你也是忙，过完春节了，你还是忙，你忙得个什么呢？"

周国平不再理会，转过头把那个削好的苹果抓在手里，"咔嚓"咬一口，大口嚼起来。

马苏又说："你没时间去超市，上次她小舅给你送来一箱云水春，还在楼下储藏室放着呢，不行你就带这箱过去，他小舅说了，这种包装的不便宜呢，要三百多块钱。"

周国平就嘿嘿笑着说："现在谁还喝云水春？县酒厂产的酒都卖到外地去了，本县没几个喝的，都说喝了上头呢。"

"那你就去超市买一箱啊，五百块钱以内我给你。"马苏虽然是跟他商量，但语气有点硬，不办不行的样子，周国平就烦，"要送你送，我最烦送来送去的不嫌麻烦。再说了，你送他也送，大家都送，到最后是谁送的，连老师都分不清了，结果还不是一样？"

马苏就说："对了，你送人家也送，结果都一样。可是人家送，你不送，老师却记得清楚呢，那时候结果就大不一样了！"

"学习成绩好不好，不是送礼送出来的，关键是对自己的孩子有信心，我觉得，这礼不送，咱萍萍照样考大学，还要考个名牌呢。"对自己的女儿，他向来很有自信。

周国平虽然强迫自己耐着性子，但说话的声音不自觉就高了半度。女儿在里屋听见了，开了门出来喊："爸爸正确，我支持你！"

"学你的习去！"马苏朝着女儿吼一嗓子，萍萍就吐吐舌头把头缩回去。

......

第二天一早，会议照常开始。通知到的几位都到齐了，周国平首先提出关于赊销的问题让大家讨论。江波抬起头通报当前的市场情况："从这段时间要求现款提货执行情况看，我们约莫有五分之一的熟料客户倒头转向了崮东、崮西还有通力下面几个企业，新开发的几个客户补充进来，仅能抵消很少一部分，也就是说，现在的销量比赊销时代一月至少短了一万吨。"

财务经理王晓春接着说："从报表上看，上个月的回款还是比较可观的，虽然销量下降，但现金流却有所增加。从财务角度分析，关注回款比关注销量更重要。"

周国平冲王晓春点点头，意思是："你接着说！"

王晓春又说："水泥企业正常来说是没有赊销的，长期下去会扰乱了市场。市场乱了，那么大家谁都别想赚钱，就只有压价、赊销，到最后，很多就成了呆账、死账，吃亏的还是自己！所以，要有一个全面的视野，从我们做起，积极维护整个行业的秩序！"周国平想不到平时不太说话的王晓春，说出话来竟这么真知灼见！他又点点头。

季中强却有疑虑，他要考虑他的生产指标怎么完成，慢吞吞地说："销量下降，产能却不变，库容也有限，这个季节最好不要露天堆放，雨季很快就来了，露天堆放的熟料过一遍雨，性能会大打折扣，到时候会更没人要了！"说完，对着化验室主任蔡远征求证一遍，"对吧，蔡主任！"

蔡远征点头称是，"是的季总，咱们的熟料质量没得说，不过雨，至少能存放半年到八个月，可是八个月以后呢？我认为王经理说的也有道理，不过，要维护行业的利益，我总觉得离我们远着呢，似乎不是我们的事情。"

"那是谁的事情？谁都没责任，水泥行业就只能在死水泥潭里等死了！"王晓春闷闷地甩出一句。

周国平淡淡地笑笑，不深理会，问："常经理呢，说说看！"

"我赞同王经理的意见，赊销毕竟是权宜之计不可久远，还是该回归到正常的销售秩序上来。至于季总提到的库存的问题，我倒是建议先停一段时间，或者先部分停产，进行检修，一者煤炭供应吃紧，停一停也可攒攒劲；二者消化一下熟料库存，免得露天堆放倒来倒去费工费钱；再者，也正好度过汛期淡季。"

"这个，恐怕不好吧？恒基刚接手，我们就把设备停下来了，是不是应该考虑一下集团的意见？"沈众考虑到周国平没法给集团交代。

他这么一提，大家就不敢再说什么，都看着周国平听他怎么说。

"我赞同王经理的意见，常经理的意见也可以考虑。"周国平说，"大家这么一碰头，意见基本就明确了，总的意向是：既要保证现金流量，又要尽量减少外放熟料。关于这个问题，我看就这么定了吧，沈经理你马上起草个报告给集团，申请停窑检修，具体的方案我们再议一下，时间就定在下月中旬吧。关于产品销售问题，集团的意思也不赞成赊销，江经理再辛苦一下，继续发展新客户，培养潜在的客户，利用检修这段时间，出去走访一圈，很多客户看的就是我们的态度，你够朋友，人家才交你做朋友。你愿意做人家的朋友，人家就是你的朋友！先交朋友，再做业务，才做得长久！"

"周总说得对！"

"同意！"

"同意！"

……

会议一致通过，赊销政策从此成为历史，周国平一颗半吊着的心落了地。散会后大家分头行动。

上报给集团的停窑检修方案很快就批复下来了，先发传真件过来，红头文件随后寄到。批件上除了着重强调安全事项外，别无修改。季中强会合生产部拟定了具体的检修计划，三条窑检修分两轮进行，总的时间控制在二十天左右，周国平在上面签了字。检修开始前，他又组织生产、采购人员专门开了个扩大会，重申了近期内经营指导策略，并要求务必在雨季来临之前完成检修任务，待雨季来临时打一场历年雨水季节生产组织困难的翻身仗，目标实现后，员工工资上浮，业绩突出人员，给予更大幅度嘉奖并酌情升职。对于执行不力、散漫疲沓，老企业作风转变太慢的人员坚决予以调整或辞退。活动方案待检修完成后印发执行。

大家知道周国平向来要么不讲，讲就说一不二，前期会上直接免职的两个车间主任就是例子。

接下来，季中强每天一个调度会，生产部经理、安全办主任、各车间主任全天候盯在现场，吊装机、物料运输车辆来回穿梭，生产现场一片繁忙，大家心上的弦绷得紧紧的。周国平给季中强定下一个"原则"：谁检修，谁验收，谁使用。每个检修事故都要追究责任到人，坚决杜绝没有责任的责任事故。工人们都说："早这样，咱也不用被人家卖了！"

生产上搞检修半个多月，办公室除了安排好车辆服务、生活后勤保障和治安巡逻外，基本上没多少事。这些天，沈众难得清闲，就随意地打开办公室电脑上的QQ，看看上面有没有他期待的东西。

他每次打开QQ，第一眼总是有意无意地就看那个扎马尾的头像，那个马尾巴又在摇来摇去了，他心里忽然一阵发紧，她给他留什么言了？要不要点开看看？他说服不了自己，鼠标一点，就蹦出一句话："一生至少有两样东西最好不要错过——最后一班车和深爱你的人！在我最美的年华里，遇见你，我甚至忘了自己！"

真的好长时间没见到她了，自从上次跟她要小孩子脾气，就再没联系过，别说连一个电话都不曾打，甚至打开QQ留个信息都没有！从前的时候你说你忙，那个女孩不曾怪你，而现在，你再说你忙，恐怕你自己都不会原谅自己！沈众坐在电脑前愣了半天，不明白自己这么多天是为了什么，竟然冷漠她到如今！你苛求过什么？你奢望过什么吗？他想起谁说过的一句话：爱其实是一种习惯，你习惯生活中有她，她习惯生活中有你。拥有的时候不觉得什么，一旦失去，却仿佛失去了所有！就是这种感觉的！

他好好想一想，就觉得自己的确有点过分，人家只是跟你交朋友，你却非要了解人家的一切，你凭什么？人家爸爸虽然是市长，但也没说过"我爸是李刚"之类的话恃强欺凌过你，而且连爸爸是谁都不曾说过，你干嘛就那么敏感而且穷酸？你是祖上穷惯了，本能上有种仇官仇富对吗？那好了，你这辈子到这步就已经不错了，怪不得祖坟上一直不冒青烟，你还奢求什么孝顺的几重境界呢！你自己爸爸不能当官，或者不愿当官，也就罢了，却为何不能让人家的爸爸当官？人家爸爸当官碍你什么事了？

赌气不是谁对谁错，而是你所站的角度。沈众想了想，还是决定给她回复一条：

"有些机会不想错过，却无缘无故擦肩；有些人不想失去，却有意无意疏远。现在才明白，有时候，我等的不是什么人、什么事，而是时间。等时间，让自己改变！"

他发完这一条信息，就赶紧把QQ退出来了。他不敢看到回复的信息，尽管，那个女孩的头像是黑着的。

那以后，他一直不敢再点开那个号码，就只能坐在电脑前发呆。徐建军好几次过去请示，都看见他坐在那里神不守舍的样子，却不敢问他想什么。徐建军出去了，他就把门关上，甩掉皮鞋，像那个被关在牢狱的外国作家一样，用脚板丈量地板的长度：从门到窗子是七步，从窗子到门是七步……怎么那么巧，一样大的房间！

孤孤零零又过了几天，他还是没有勇气给她打个电话，他每次想起那张纯净的脸，都有种说不出的缱绻，但摸出手机，却又说不清的纠结。世上有些东西是无法掩盖的，比如咳嗽，比如贫穷，还有真爱！沈众是真的有那么一种感觉了，这种感觉最无法欺骗的就是自己。他捏着手机发呆，却又害怕电话响起，每天每天，像着了什么魔道，只有忙起来，才稍稍有些缓释。

岚湾春脖子短，这刚脱了外套才几天，几场小雨就把温度催升起来，时令一转进入了夏季。而且，现在的气候真的是不可捉摸，还没到大暑呢，怎么就热得人心烦气躁。沈众去了趟现场，汗水就把短衫湿透了。他去洗手间对着水龙头满头满脸洗一遍，回办公室刚坐下，徐建军就跑过来了。"接到县气象局紧急通知，说岚湾地区明后日将有大到暴雨，叫各单位及时做好防范。"

"这么快啊？汛期这就来了？"沈众一边咕哝，一边用毛巾擦着脸，对着气象局的通知仔细看。

"看样是啊，现在这天气没法研究了，老天爷不按套路出牌！"徐建军站在旁边等他指示。

沈众把通知交给徐建军，安排说："你复印几份，每位老总和部门经理都发一份，给安全管理办公室也发一份。我再单独给周总汇报一下，雨季提前来临，检修还没结束，不能掉以轻心呢！"

"是的！"徐建军答应道，"我们厂区地势低洼，排水又不好，最头疼的就是暴雨急雨，每年都是这样，一遇暴雨天气，里里外外积水成湖，整个厂区像漂在水里。"

徐建军回去准备，沈众也一起出来，直奔周国平办公室。

05　屋漏偏遭连阴雨，
　　岿西的大窑开裂了

远处传来了几声闷雷的声音，周国平光着膀子感觉到了窗外吹进来的一丝凉意。他站在窗前看了看，说："这个季节最怕的就是北风，只要北风一起，大雨肯定不远了，估计就在今明的事儿！

三条窑刚开始轮番检修的时候，周国平就把铺盖搬到了厂里，沈众将一间仓库腾出来，给他稍作收拾，摆一张简易折叠床，按一个落地电风扇，就算休息室了。

检修最后几天，正是收尾紧张的阶段，天气却出奇地闷热，食堂已经开始供应绿豆汤了。晚饭后，周国平从窑线上回来，脸上热辣辣的喘不过气来。他洗把脸，拿毛巾前胸后背擦了一遍，又站在风扇前吹了半天，坐下来想看会电视，但屋里闷得像蒸笼，实在坐不住。他从现场回来时看见季中强办公室的灯还亮着，就过去敲敲门，看在不在。

季中强也刚从现场回来，正用脸盆哗啦哗啦地擦洗冲凉，见周国平进来，就把毛巾放脸盆里泡泡，稍微一拧，递给周国平，说："你也擦一把吧，这天简直出奇了，晚上也没点风！"

周国平说："检修的弟兄们可是遭罪了，明天出去采购些西瓜分下去吧，至少可以临时降降温。"季中强说："我下午还想呢，又担心有人吃了闹肚子，没敢提。"周国平想想也是，说："那就告诉食堂，绿豆汤多供应些，可以预防中暑。"季中强笑着说："小沈把车辆都排了班，一旦发现有中暑现象就赶紧送医院，不会有问题的。"周国平又问："你怎么样，还熬得住吧？"季中强说："我没事儿，这才两个晚上呢！倒是你该注意休息，我看见你好几个晚上都半夜了还亮着灯。"周国平就笑笑，说："我比你年轻呢！"

季中强五十多岁的人了，除了稍微有些谢顶，身体倒还健壮，他每天跑现场，一天下来，少不了十几公里路，加上每天早上起来都在走廊上打一遍太极拳，体格锻炼得不比周国平差。

周国平坐下，把电风扇拧到最大，开到摇头档上，一边吹着，说："告诉大家不要疲劳作战，安全还是第一位的。"

季中强也在风扇边上坐下来，摸出一根烟点上，说："放心吧，我把检修队伍分了三个班，休息时间是充分的。我也看出来了，这次检修，大家劲头都很足，这是一种信心啊！俗话说：信心重于黄金，现场上一头汗满脸灰的，我都被那气氛感染了。"

周国平抬起头，吁一口气说："没办法的办法，只能以退为进了。我们现在迫切需要一场胜利，好向钟总交个满分卷。这一停窑，虽然是集团同意了，但咱们脸上也不好看啊。"

季中强说："欲放先收嘛，兵法上也讲得通，要我看，实事求是才是最好的态度。当年毛泽东四渡赤水，老走弓背路，打回头仗，多少人不理解，不是也载入史册了吗？钟总是大领导，他肯定能理解我们的。"

"所以我就更着急！"周国平看着他，"你要是能提前个一天半天的，就最好了！"他知道这是难为季中强，没想到季中强抹一把脸上的汗水，说："我还计划着提前两天干完，好向你请功呢，只是没告诉你。"

"这么说，有把握？"周国平问他。

季中强说："我尽力！即便不能提前，至少也不会拖后，这次检修计划排得很密，检修点也多，你都看了。要再往前提，就得把计划做些边边角角的修改，我跟下边再研究研究吧。"

周国平点点头，嘱咐道："计划是有连贯性的，牵一发动全身，所以调整不宜太大，还是那句话：一切从实际出发，我们要速度，更要质量、要安全！其余的，我不多干涉，有你老兄在，我放心！"

季中强清楚周国平的性格，心里再着急也不会过分插手下边的工作，越是在紧张的时候，他越能回归理性，保持平静，基本不会违背客观规律，只要弟兄们尽了最大的努力就行了。也正是从这个意义上，季中强打心底里敬重这个老总，早在老企业的时候，两人配合就相当默契，他之所以能留下来，还是觉得这个兄弟可信赖，跟着他干，至少心情舒畅，有奔头。上次周国平送走钟若飞离开岚湾后，回来亲自找他谈话，他想都没想，就答应留下了。

远处传来了几声闷雷的声音，周国平光着膀子感觉到了窗外吹进来的一丝凉意。他站在窗前看了看，说："这个季节最怕的就是北风，只要北风一起，大雨肯定就不远了，估计就在今明的事儿！你告诉弟兄们做好准备，南方都淹过一回了。"

季中强答应是，说你休息吧，我把他们叫过来再安排一下。

周国平回到那间临时休息室，把窗子打开，偶尔一丝凉意吹进来，屋子里却还是闷得火烧火燎浑身刺痒，他再去打一盆凉水，全身用湿毛巾擦一遍，借着一时的凉意赶紧躺下。快十二点了，真的也困了！

连着几个晚上，他都是这个点儿睡觉，而且老是做梦，睡眠效果有点差，估计今晚，应该能睡个踏实觉。谁知道躺下后，刚才冲澡后暂时的凉意瞬间就没了，接着就是扑头盖脸的热浪，他就这么躺着，汗水从头皮上、耳朵跟上往下淌，他不敢动，一动就把那点微弱的睡意甩掉了。

不知过了多长时间，一个炸雷把他从迷糊中惊醒，接着一连串的闷雷轰隆隆滚过去。他一骨碌爬起来，从窗外看出去，黑黢黢一片，借着闪电的光，他发现地面上明晃晃的，已经漫了很深的积水，他想开灯，发现电却停了。看来气象台预报还是很准的，这雨不但大，而且急。他赶紧抓过手机给季中强打过去。

"喂，周总，我正在现场，全厂停电，我把自备电机先发电……什么？听不清啊……"现场一片嘈杂，雨声、雷声淹没了季中强焦急的心情。

周国平挂了电话，披上雨衣冲下楼，他从闪电的光里看见办公楼前的小车已经有半个轮子没在积水里，有一辆底盘更低的车子被积水抬起来，车身调换了原来的方向。他打着手电迅速向发电机房冲去，他要先找到季中强，了解现场的情况。没膝的积水中已经分不清哪是道路，哪是绿化带了，他深一脚浅一脚地蹚在水里，朝着发电机房跑。

这时，自备电机发动了，照明临时恢复起来。

"周总来了！"有人看见周国平过来，提着声音跟他打招呼，但刷刷的雨声掩盖了一切。

季中强转过身来，安全帽底下满脸的泥灰，一缕头发被雨水贴在脸上，他抬抬帽子用手抹进去。"熟料地坑、生料地坑，水全灌满了，已经把水泵拉过去，一发电就可以抽水了！"季中强直直腰说。

周国平满心焦急，也只能故作平静，问："工人们怎么样？"

"地坑的老梁受伤了，刚救上来。"

"伤得怎么样？人呢？"

"应该没什么大问题，已经送医院了。各车间已经清点完人数，其他人都没事儿！"

"那就好，你打个电话给小沈，安排辆车在楼前等着，我一会去医院看看！"

"周总，车已经备着了，小李在楼前等着。"沈众穿着雨衣，周国平没看见他。

"好的，我们去积水严重的地方看看！"

他们来到熟料地坑，看见工人们已经支好了水泵，正在用装满沙子的编织袋将地坑周围堵住，防止抽出来的地面积水倒灌。幸亏是检修期间，主电机都停着，不然，这些大家伙就会浸水烧了！

几个重要部门的和车间主要负责人，就站在地坑上边的积水里开了个临时现场会，简单汇总了一下情况，周国平指示大家先把所有下水道疏通，将低洼处的辅机设备全部停止工作，只留下水泥成品库平台上面的磨机开着，岗位人员各就各位恢复生产，其余人员全部投入泄水排涝，现场一律听从季总统一指挥。

分好工后，跟季中强说："你在这盯着吧，我得去医院看看老梁！"。

"你去吧，这边有我呢！"季中强说。

沈众陪着他上了车。车子排开水浪缓慢向县城医院驶去。

五十多岁的老梁师傅躺在床上，几个年轻的小伙子陪在床前，老梁头上缠满了绷带，隐隐渗出血迹，好在已经恢复了神智，看起来不是特别严重。见周国平过来，刚要起身，被按下了。

"周总，你不用担心我，我只是伤了点皮肉，地坑里需要赶紧排水……"

周国平告诉他："老梁你躺着，季总在家正组织呢，很快就会排出来，你别的地方伤着没？"旁边有个小伙子告诉他，脚脖子有点骨折，打上了绷带。周国平掀开床单看看，右腿正被绷带绑着固定在床尾架子上，梁师傅朝他笑笑，说："老骨头不抗摔了！眼看着积水哗地下来，我想赶紧往上爬吧，可是那积水来势太猛，硬生生把我冲下去了，我咬着牙爬起来找爬梯，摸索半天才找到……好在同事们都及时赶到，连拖带拉拽我上来，也算命大嘞！"

他说得轻松，怕周国平担心，想努力地坐起来证明自己没事儿，刚一起身，就"啊"地一声摔下了，周国平说："你躺着别动，我去问问医生！"

医生告诉周国平，只是轻微性骨折，打上石膏恢复一段时间就基本无碍了。周国平叫沈众回头去财务借出五千块钱送过来，又嘱咐老梁："有什么困难可以直接给我打电话，也可以告诉沈主任，注意休息。"老梁忍着疼说："周总，厂子里还有那么多事儿，你就先回吧，我伤好了就回去上班！"周国平眼里的泪水热热地打滑，回头嘱咐几个年轻小伙子，"好好照看梁师傅，有事儿就快叫医生过来。"

周国平回到公司时，天已经放亮，他从车里看到整个厂区浸泡在一片茫茫泽国里，灰蓝一片，心想等检修一结束，得赶紧组织人把排水系统好好地改造一下，院墙东边不是有一条水沟吗，地势相对低一些，把水沟拓宽一下，把厂区内的积水往水沟里疏导，引流到南边稻田的水渠里就好了。方案很简单，只是这些年一直没人考虑这个问题，现在不是以前了，得赶快把这事儿拾起来。

雨慢慢停了，厂区内的积水逐渐消退，东边水沟里的水已经跟两岸平着了，往南流经一个围坝时，发出轰轰的声响，老远就听得见。

这场大雨，受灾情况最严重的不是云石，而是崮西。

云石和崮西两个县相隔不到一百公里，共有同一片天空，这边打雷，那边就会下雨，这边暴雨倾盆，那边也一定发生水灾。

崮西老总鲁振元还在梦乡里，一阵急促的电话铃声把他惊醒，他抓过手机，也不睁眼，头贴在枕头上迷迷糊糊地问："谁？半夜三更打什么电话？"

电话是生产副总祝方金打来的。

"鲁总，事情紧急，不得不半夜打电话，咱们的二号窑筒体裂缝，我已经安排停下了，您是不是过来看看？"

"停了就停了吧，窑裂缝很正常的，我过去不过去，还不是一样？"鲁振元吧嗒吧嗒嘴角的涎水，继续闭着眼睛迷糊。

祝方金虽然说得轻描淡写，心里其实非常紧张，他不敢过多地描述，害怕鲁振元在电话里就臭骂他一顿。但这回听见鲁振元不痛不痒地支应，知道不说实话他是不会过来的，只好说："鲁总您还是来一趟吧，窑基座处地基下沉，窑筒体受重力作用被强行扭裂，离窑头三十米处，缝隙宽度将近五公分，情势十分危急！"

"什么？怎么那么宽？干什么吃的你们！快叫车过来！"鲁振元吓了一

跳，他知道五公分的裂缝宽度意味着什么，一下子醒了，爬起来，穿上衣服就跳下床，妻子在蚊帐里还惺忪地问："干嘛呀，半夜三更！"

"天塌下来了，天塌下来了，你睡你的，不要你管！"鲁振元飞奔下楼，一边走一边系着最后几个扣子。

鲁振元急急忙忙到了公司，连夜叫办公室主任段尊云把生产副总祝方金和烧成车间主任石庆建找来，劈头盖脸先统统熊一顿，问："巡检的呢？都睡过去了吧？如果巡检到位，裂缝决不至于这么宽，甚至裂缝之前就能发现！早叫你们加强夜间劳动纪律检查，就不当回事儿，这就是你们执行力差的结果！"

他青紫的脸虽然只对着石庆建，其实连祝方金一块熊。祝方金装着从容镇定，其实心里跟石庆建一样慌乱。他知道鲁振元骂起人来是不留任何情面的，即便一个副总，他说骂就照样骂得个狗血喷头。

石庆建低着头，不敢说话。他明白自己职责所在，这么大的裂缝，应该不是十分钟八分钟内形成的，这是一种极大的外力强行扭拉，超过窑筒体受力范围而错位撕裂的。如果巡检工责任心强一点，一个小时巡检一遍，那么稍有迹象就能及早发现，果断停窑的话，不至于裂缝到五公分左右。小小的裂缝是可以通过焊接补救的。

而这次损坏到如此程度，不光是裂缝的问题，由于重力扭拉，整个窑筒体都快要变形了，简单的焊补显然是解决不了问题的。基座地基下沉，任何人无法挽救，能做的只能是及早发现，立刻止料、停窑。但是，由于是夜间，而且大雨滂沱，这种地基下沉的现象是很难轻易发现的，鲁振元再大的火气，也已是回天无力。

事已至此，鲁振元只好硬着头皮，打电话把情况简单给钟若飞汇报了，廖泉和钟若飞坐镇北京，详细询问了岚湾地区暴雨成灾的情况后，立即把电话打到了云石和崮东。周国平把自己的情况汇报一下，钟若飞先稍稍放心，又问崮东恒基兰成东，"小兰，你那边怎么样，损失大吗？"兰成东电话里说："钟总请放心，我这边地处山丘，地势高一点，除了电气故障跳停，基本损失不大，目前电力已经恢复正常了。"钟若飞又交代："内涝的地区赶紧排水，确保排水系统通畅，有什么问题及时汇报！"兰成东答应。

钟若飞挂了这边的电话，又把滨海市以及外围周边地区的企业调度一遍，都报平安，这才稍稍放心。

为了及时协助处理崮西恒基的窑筒体断裂事件，集团派出了安全副总经理孔志国带队的专家小组，即刻飞赴岚湾转崮西现场督导办公。

专家组到了崮西，查看了现场，拍下图片做成幻灯，集中讨论演示，认为从窑内耐热砖变形脱落来看，所受外力均匀，方向一致，作用面较大，绝不是集中在某一个或几个点上，强大的外力导致筒体内部结构发生了不可逆转的改变。而这种外力，毋庸置疑地归因于窑基座地形下沉，重力作用对窑筒体整体扭拉形成大面积内伤。对这种情况的改造，除了加固基座外，更换窑筒体是唯一的选择！

更换一条窑筒体可不是小事儿，那是要花费上千万资金的大投资！鲁振元一下子就傻了。他虽然不得不在会议纪要上签了字，心里却盘算着自己的打算。

云石的检修已经提前两天结束了，季中强跟周国平商量，拿出一天搞一个全面验收，明天一早开始点火，后天晚上就可以投料了。周国平非常满意，说老季你说到做到，为我们的汛期攻坚打下了很好的基础，我马上打电话给集团汇报，集中精力准备迎接雨季生产吧！

他重新调度了一下常标煤炭库存和石灰石进厂情况，又把粉煤灰、矿渣粉等辅材的库存问一遍，心里才感到一点踏实。只要一切顺头顺尾，他就可以睡个安稳觉了。

在点火前的动员会上，他把沈众提前拟好的开展"迎高温、战酷暑、夺取汛期攻坚新业绩"的活动方案向大家作了详细解释，并提出了检修之后"确保大窑连续稳定运行一百天"的挑战目标，一旦实现这个目标，全员工资上浮，副职以上管理人员年薪上调一级。

"大家有信心吗？"周国平捏紧了拳头。

"有！一定拿下连续运转一百天目标！"大家齐声高喊，每个人都在为大窑连续运转百日梦想而振奋和激动，为"员工提高工资、管理者年薪上浮"的承诺充满期待。

大窑连续运转一百天，国内并不是没有先例，但在云石一水的历史上，却从来没有过，最好的记录也不过是七十多天就告破灭。如果这次达到一百天，那就是历史的突破，那就是开创新辉煌的开始，这个时候，周国平和他的团队，真的迫切需要一场胜利！

动员会结束以后，周国平及时兑现了自己检修前的第一个诺言：邀请大家去县城的云石大饭店痛痛快快地撮了一顿，沈众下来结账时，要求酒店开具发票。周国平瞪他一眼，说："要什么发票，明天我把钱给你！"沈众知道，这次又是周总个人埋单了！

汛期攻坚的第一个月，虽然天气连续阴雨连绵，料堆过水造成设备下料困难，但一线工人们却主动发挥聪明才智想出很多好办法、好点子，各项生产指标稳步攀升，生产成本大幅度下降，三条窑每天提产总量达到一千吨以上，以前想都不敢想的产能被连续挖掘出来，这个月各企业间的对标会议，云石的业绩相信会有很好的表现！

第二个月上，周国平同时收到了集团公司送来的两分厚礼：一份是《恒基集团关于同意云石公司增资的决定》，另一份是《恒基集团关于同意云石公司人事任命的通知》。

这两份厚礼从天而降，当初钟若飞答应给他增加注册资本两个亿的承诺兑现了，而且，云石公司提名推荐的班子成员人选也已经正式得到批复，周国平喜出望外。

他在专门召开的副职以上人员会议上自豪地宣布：云石公司原有注册资本一个亿，加上集团公司增资两个亿，我们的注册总资本已经达到三个亿了，这意味着公司资产负债率大大下降，我们在银行的信用等级将大幅度提高，资金已经不成问题。同时，他当场公布了集团人事任命的红头文件：

根据云石恒基总经理提名，集团公司总经理决定，聘：季中强，任云石公司副总经理，分管生产部、品质部；常标，任云石公司副总经理，分管物资供应部；江波，任云石公司副总经理，分管营销部；王晓春，任云石公司财务总监，分管资产财务部。随后，根据公司管理结构应与集团公司对接的需要，又对部分部室进行了名称变更和人事调整，改化验室为品质部，经理蔡远征，归属生产副总分管；改公司办公室为行政人事部，由总经理直接管理。

会上有人就问："季总不已经是我们的副总了吗，怎么还要任命一次？"

周国平就笑着说："那个季总，是云石一水的副总，这个季总，是云石恒基的副总，从民企到国企，身份大不一样呢！"。

周国平的这个解释，让大家更加真切地感受到，他们已经正式加入了央企恒基的序列，仿佛单兵作战的前锋孤旅，找到了属于自己的大后方部队，第一次有了一种从没有过的稳定和踏实感觉。

　　如果说，上次钟若飞到公司时给大家召开的那个会，是宣布改朝换代的话，那么周国平亲自主持的这一次会议，就是宣布组建内阁、理顺机构的会议。两次会议同样在云石的历史上，有着不同寻常的重要意义。从这次会议开始，云石恒基正式以崭新的姿态跻身恒基，并且迈开了坚定扎实的前进步伐。

　　与云石近期喜事连连相比，崮西的鲁振元则远没有那么幸运，按他的话说，就是"这些天，我正走狗屎运！"上次专家组飞临崮西组织专家会议形成的意见，鲁振元虽然签了字，但后来没有执行，他叫祝方金联系了一个炉窑安装公司，在窑的断裂开口处下方硬生生地用吊装设备顶着，稳定住，裂缝上就用钢板焊补了一圈，基本上算是牢固了，就一边勉强开机维持生产，一边安排采购部经理丁杰跑一趟岚湾水泥机械厂，看有没有加工好的现成的筒体库存，十米八米的一截也就够了，赶紧拉回来，替换那一截受损变形的筒体。

　　祝方金曾经提示过鲁振元，窑筒体已经变形，中间出现弧弯，而且焊补的钢板根本无法承载六十多米窑筒体的重量，一旦开机将非常危险，说不定就会齐生生断掉！那时，麻烦可就大了。可是鲁振元下决心要赌一把，他感觉那帮专家没有在立足修补基础上提出一个合他心意的方案，就只是为了不承担责任而建议更换筒体。傻子也明白，整条窑只有全部更换，才是最稳妥安全的方案，但那要花多少钱？一千多万呢！就没有别的办法？所谓的专家，就提出这样的馊主意，真是站着说话不腰疼！

　　就这样，那条窑带病运行了不到半个月，也是在一个夜班上，"轰隆"一声就真的齐生生断了开来，窑头和窑尾变成两截，筒体断裂的一端分别从五米多的高空一头栽下来，巨大的重力把窑尾预热器塔架险些撅倒，亏得巡检人员躲在什么地方睡觉去了，不然，将会随着筒体坠下来，或许被砸在底下，那将是一桩水泥史上前无古人的惨案！

　　祝方金、石庆建、段尊云、丁杰等人聚在鲁振元办公室里一筹莫展，鲁振元抹着额头明晃晃的汗水，迈着短腿在屋里转圈，"怎么办，怎么办？"谁都不敢说话，每个人心里都在飞快地寻找着推卸责任的理由，万一鲁振元朝他们撒气，他们也好事先有个思想准备。

　　不过，这次，鲁振元倒是没朝任何人发火，他明白如果再蛮不讲理地罪加于人，说不定会有人跟他干起来！而且，这次的事故，他自己罪无可逃，怪不得别人!

一条窑上连续发生两起类似的事故,而且一次比一次严重,无论如何是搪塞不过去的,必须赶紧给集团汇报!

钟若飞十万火急再飞岚湾,坐镇崮西。

鲁振元站在地上不敢抬头看他一眼。事已至此,责任定性很明确,这完完全全是一起人为的设备责任事故,没有造成人员伤亡已是万幸,对于怎么量情处理,集团都有规章制度,钟若飞不用多说。当务之急是要想办法缩短时间,尽快订购安装新的窑筒体恢复生产。

钟若飞看着鲁振元低头耷脑的样子,说:"你站这三天三夜,窑也是报废了,你该干嘛干嘛去!"鲁振元恨不能找个地缝钻进去,应一声赶紧抽身走了。

丁杰在岚湾水泥机械厂了解到,他们库里正有一条加工好的整窑筒体,当时鲁振元只想加工一截,并没打算用这条整的,所以丁杰也没怎么注意。这下正好用得着了,鲁振元就叫他赶紧求求岚水机的领导,先把这条整窑筒体借他救急。

不料岚水机械死活不放,说这条窑是青云山通力公司提前预定的,他们的二期工程新上生产线前期手续已经跑下来,只是因为资金问题暂时搁浅,一旦工程恢复,这条窑马上就拉过去安装了。"没有青云山通力的同意,我们绝对不敢发给你们!"对方答复。

丁杰没办法,只好汇报鲁振元。鲁振元一脚跺在地上:"青云山那条线还不知道猴年马月能复工,岚水机械做好了放在库里,还积压资金,我们先用着,他们再赶制一条不行吗?"他完全一厢情愿,丝毫不考虑青云山张浩是不是省油的灯。按张浩的脾气,宁愿放在岚水机械的库里压着,我按月支付费用,也不借给你用,你鲁振元什么人啊?

丁杰再去找岚水机械的领导,可是根本就没有商量的余地,"青云山的订货合同白纸黑字在那摆着呢,我们可不敢冒那风险!"

丁杰只好建议鲁振元:"最好还是您亲自跑一趟青云山,跟张浩总经理沟通一下,或许张总能给您个面子!"

鲁振元一下子又火了:"我呸!这事儿还要我亲自出面?什么都要我出面,我要你们这些部门经理干什么?"

丁杰耐着性子解释说："人家张浩可是老总呢，我去，职位不对称，对人家也不尊重呢，搞不好，本来挺好的事儿，反而凉菜拌酸了。"

鲁振元斜他一眼，说："你是不是不想干了？我是总经理，我想怎么安排就怎么安排，我叫你去你就得去！还敢顶嘴？"

谁说过，总经理有绝对的权力？！

话说到这份儿上，丁杰翻翻白眼，却不敢拖延，是死是活跑一趟吧，去他娘地，办成办不成，反正是去了！

鲁振元肚子里敲着小鼓过去给钟若飞汇报，钟若飞一听就不对，敲着桌子告诉他："窑都断了，你却叫一个部门经理去扛着，他能扛得动？这根本就不是一个部门经理能办的事儿，你非要把锅里的鸭子煮夹生了，再去烧火，费柴又费时，你想过没有？"

鲁振元被训了一顿，这才感觉自己安排工作有失权衡，什么事儿都安排给下属，自己当总经理的，还能承担点什么呢？他自然没了脾气，鸡啄米似地点头答应："是是，钟总，我亲自去一趟吧！"

钟若飞说："你赶紧忙你的去，我在这里也帮不了什么，还碍你们手脚，你给我准备一辆车子，把我送到云石去。"

"好的好的，您什么时候用？"鲁振元心说：快走吧你，在这一天，我就一天睡不好觉！

"叫车现在就过来吧。下步的计划都订好了，你们推进就是，有什么困难就给我打电话！"

"哎，好好，钟总您放心！"

送走了钟若飞，鲁振元感觉头昏脑涨，无精打采提不起精神头。钟若飞坐在接待室里，虽然不怎么批评，但他总觉得泰山般的压力，压得他喘不过气来。大概是呼吸不畅，大脑缺氧了吧？请神容易送神难哪，好在他走了，走了好啊，窑已经断了，再着急也不顶用，注意休息，身体是本钱呢！

他窝在办公室沙发上闭眼眯一会，也不知迷糊了多久，醒来一看，下午三点多了，钟若飞还要求他亲自去青云山求救呢。办公室里出奇地安静，空调冷风呜儿呜儿地开着，他伸个懒腰，坐在那儿又磨蹭了一会，看看电话丁杰也没有什么信息，都这会儿了，也该谈妥了吧？这帮窝囊废，没一个让我省心！

丁杰根本就没敢见张浩，他知道自己见张总，根本就够不上那级别，张浩不当着他的面把他大骂一通才怪，我凭什么没事儿找事儿地挨一顿臭骂？你鲁振元真有意思，好事儿没我的，这样的差事就交给我了，孙子才给你尽责！真以为给你打酱油的？

他找到了分管采购供应的副总栾江涛，两个人都做一样的工作，本来也熟识，说起话来更方便一些。两人交流了一会儿各自的情况，丁杰就把来意说了，栾江涛却告诉他："我们对外根本就没宣传过新线建设停工，这事儿别说你来，就是你们鲁总亲自来，恐怕张总也不一定能答应！"

丁杰碰了一鼻子灰，蔫头耷脑准备回去复命。刚下了楼，就见鲁振元的车子远远地进了大门。

"怎么样？"鲁振元一下车，就着急忙问丁杰。

"他们说二期工地上并没有停工，而且那条窑马上就要安装了，不能转让给咱！"丁杰把栾江涛的意思复述一遍。

"什么？奶奶个熊！"鲁振元骂咧咧地瞪他一眼，似乎还不大相信，却又感觉不能不信。

丁杰早料到他肯定不高兴，要是在公司，劈头盖脸早就熊上了。鲁振元满脸愤怒，说："早知道你小子不用心，本来也没怎么指望你！回去再找你算账！"

本来就没指望我啊？没指望我还派我来干嘛？什么叫"你小子不用心"，鬼才给你小子用心！

丁杰看着鲁振元五短身材上楼的背影，像吃了个苍蝇一样恶心。他在楼下站了一会儿，看见鲁振元的司机把车玻璃放下来，远远地朝他吐了个舌头，丁杰抬手打个招呼，心照不宣地苦笑笑。

其实，丁杰在跟栾江涛聊的时候，有一个细节他虽然记下了，但没有告诉鲁振元。栾江涛有意识地给他透露过一个人，就是云石恒基的老总周国平。说他跟张总的关系不同一般，老企业的时候，张总还曾经有意举荐周国平加盟通力，但不久恒基收购云石一水，周国平做了名副其实的云石老总后，张总就再没提过此事。

丁杰之所以没有把这个情况告诉鲁振元，一则他当时也没想那么多，二则鲁振元风风火火的样子，一句两句说不清楚，万一鲁总一转头，再叫自己去出使云石，那不是搬了石头砸自己的脚？

过了二十多分钟，鲁振元从楼上下来了，张浩跟着送下来，两人看似热情地在楼下握手、道别，司机赶紧把车子提到楼前，丁杰闷着气上去给鲁振元打开了车门。

看见两位老总在楼下满面春风握手道别的情景，丁杰以为谈妥了，心想还是鲁总面子大，那栾江涛糊弄我呢！谎报军情说什么马上安装，这不也借出来了？自己办事不力，回去又有好看了！

谁知车子刚驶出大门，鲁振元刚才还笑容满面的脸上立刻就变得铁青，"唰"地一把将衬衫扣子撕开，裤脚卷到大腿上，无缘无故对驾驶员吼道："你把空调开大点儿，烧你的油啊？"

"噢，对不起，鲁总！"驾驶员慌里慌张赶紧把空调旋钮扭到最底，凉风呼呼地吹出来，压缩机轰轰地响着。

"你开那么大干嘛，你要吹死个人啊？"鲁振元不知从哪来的一股无名火，这也不行那也不中，驾驶员只好黑着脸再把旋钮调小一点。

丁杰坐在前面不敢说话，心里七上八下，害怕鲁振元反复无常会把无名火撒到他身上。

鲁振元却连看都不看他一眼，开始破口大骂张浩："什么他妈的通力，还大集团呢，看看下面这些小喽啰，没一点人情味儿，真正把通力的脸面丢尽了！"

丁杰心中暗暗庆幸：原来你亲自出面，谈的竟也不爽！他提着胆子随口安慰道："鲁总，张总兵痞出身，性格暴躁，咱以后不跟他交往就是。"鲁振元一拍大腿，发狠说："以后千万别撞在我手上，哼！"

丁杰想了又想，还是决定把栾江涛给他透露的那个消息告诉鲁振元，鲁振元一听倒有点犹豫，说："周国平这小子刚入伙不久，而且，跟咱崮西从前还有点过节！"

他说的跟周国平的过节，其实也只是工作上的事情，还是老企业的时候，云石一水和崮西恒基就是对头。为了抢客户，崮西的水泥价格总是比云石一水的定价低些，周国平往上提一提，他也跟着提一提，周国平压一压，他也跟着压一压，始终保持十块钱左右的差价，周国平曾经多次找过他，商量能不能联起手来，把价格维持在一个相对稳定而且保有一定利润空间的价位，鲁振元不是不见，就是嬉皮笑脸百般推脱，周国平感觉他不是共事的主儿，也就渐渐地断绝了联系，鲁振元心理上，认为周国平这道梁子是结下了。

丁杰就建议："现在我们都是一家了，他怎么也得有点兄弟情谊吧，实在不行，您可以让集团钟总给说和说和。"

既然给你擦屁股都不顶用，那么找个顶用的给你擦，就看你敢不敢用！丁杰的激将，对鲁振元可是够损的！

他明知道眼下周国平是唯一能跟张浩说上话的人，而鲁振元肯定不敢亲自去找周国平，或者根本就找不动他，那么就叫他找钟若飞，这一找，钟若飞不训死了他！

鲁振元哪想到这些，听丁杰这么一说，脸上立时堆起笑容，说："你怎么不早说，早说我就不用跟那张痞子白磨嘴巴子了！"

钟若飞离开崀西来到云石，周国平早就带领他的新班子成员站在楼下迎接。

钟若飞看见办公楼前绿草如茵，路面一尘不染，草坪上树木枝叶青翠，刚刚做过防腐刷漆的预热塔架面目一新，就知道周国平在设备收尘治理上肯定下了一番工夫。刚刚还为崀西的断窑闹心，当看到云石这边干净整洁的厂容厂貌时，心里略微感觉敞亮了一些。他下了车，微笑着一一与班子成员们握手，在会议室简单听取了周国平的工作汇报后，就把崀西的事故向大家通报了一遍，特别要求大家从中吸取教训，加强对主机设备的巡检养护，避免类似事故的发生。

会议正开着，钟若飞却接到了鲁振元的电话。

"钟总，您到云石了吧？"

"到了，怎么？"

"钟总，有个事儿必须得给您汇报啊，就是……"

"就是什么？青云山借窑的事儿吧？"没等鲁振元说完，钟若飞已猜出他可能是出师不利，而且，这么快就亲自给他打电话，肯定出了不少弯子。

"钟总英明，那张浩根本不买我的账。"鲁振元抖着声音把事情经过简单描述了一遍，就提起周国平的关系，"钟总您不是正在云石吗，正好给周总说一下，务必请他帮个忙吧！"

"他们的二期工程到底什么情况？"钟若飞顺便问他。

"二期早就停了，没几个人在那里叮当，可张浩却说马上要安装，分明是拒绝我！"鲁振元在电话里告状似地说。

"到底是不是很快要安装？土建到什么程度了？"钟若飞想知道的并不仅仅是张浩肯不肯借窑的问题。

"这个——我没到工地上去，土建——应该快了吧？"鲁振元呜呜啊啊说不出个一二三，钟若飞有点不耐烦了，说："你到底亲自见没见到张总？"

"我见了呀钟总！"鲁振元听出钟若飞有点生气了，心里更加慌乱，说话也开始变得语无伦次，"那个张浩，虽然表面客气，可是，可是，这理由那借口地说了一大堆，到最后还是把我推走了。钟总，是我办事不力，我……办事不力！"鲁振元一脑门子汗水，知趣地首先自我检讨一番，省得钟若飞借机批评他。

这一点，倒是出乎丁杰当时的预料！

"你想找周总帮忙，不会亲自给他打电话？还要我给你转？"钟若飞虽然不高兴，这个节骨眼上，而且当着云石班子这么多人，也不便直接批评他。

"钟总我是想，我跟周总接触不多，请您出面总是……总是……"鲁振元不敢把话说得太直接，钟若飞就知道他谁都求不动，心想你一个总经理，去求张浩尚且不行，更别说当初只派了个采购部经理出面！

钟若飞挂了电话，看看周国平，意思是说："怎么样？肯不肯帮个忙？"

周国平低着头笑笑，说："我试试吧，目前还不能确切了解他们二期工程建设进度，要是真的马上进入安装了，恐怕张浩也未必能给我面子。"

"知己知彼，先了解一下那边的情况，再亲自去一趟吧。云石和嵒西，手心和手背啊。"钟若飞并不说多，周国平已经能听出他心里的焦急和期待。"好吧钟总，我尽快联系。"

会上没有人表示意见，但不表示意见也是一种态度。大家都觉得，这个鲁振元也是，你求周总帮忙，自己不亲自出面拿出点诚意，却想借钟总领导的身份压任务，就没这么办事儿的！可你周总也太好说话了啊，自家的事儿还一大堆呢，鲁振元什么人，说接就接了，真是的！

会后，周国平和季中强等人陪钟若飞在现场转了一圈，钟若飞看到生产现场的许多变化，心里感到非常欣慰，就说："过两天我要去一趟市里，岚湾落后产能淘汰工作开展并不顺利，在你们全省来说，步子有点慢了，我们要从旁督促，经常给市里的领导们吹吹风，这不但是我们兼并联合战略的需要，也是作为国企的一份责任吧。"

周国平对国家水泥产业政策导向和产业结构调整方向也是了解的，机立窑水泥很大程度上浪费资源，污染环境，早就被列入落后产能淘汰日程，且强制性退出市场的大限快要到了，但各省、各地市具体情况不同，实施进度不一。浙江、河南等省份早在去年底之前，立窑水泥淘汰工作就已经完成了，但也有些省份、地市投鼠忌器，因为涉及淘汰后企业员工分流的问题，怕影响稳定，所以迟迟不能痛下杀手。岚湾在这方面，就存在这个问题。

钟若飞在与市政府的频繁接触中，不止一次地提到过岚湾立窑水泥的淘汰转产问题，有一次他在跟齐县长吃饭的时候还表示过，恒基集团愿意跟政府携手，由恒基集团有偿提供部分资金，作为淘汰后企业员工的社会分流、安置补贴，并帮助立窑熟料线转产为粉磨，这样至少可以避免落后设备与新型工艺争抢资源、扰乱市场，还可以减少环境的污染。但是齐县长却说："钟总啊，我们也知道落后产能大限将至，可是我们没有接到上级明确的文件啊，要知道，立窑一炸，全厂的工人们就炸了，万一他们到市里、省里要饭吃，或者组团到北京走那么一圈儿，我这个芝麻官也就干到头了！"

事实就是这样，现在的干部最头疼的就是老百姓上访，状子那么一递，还不知道有多少高官落马！齐县长当着钟若飞的面，还开玩笑诉苦说："钟总您是不知道啊，现在很多当领导的，别看在位上风光无限，但他们也是顶着很大的压力啊，地方经济、计划生育、社会治安、精神文明，哪样指标都压得你喘不过气来，而且，一有风吹草动，山坡上就呼噜呼噜往下滚，尸横遍野啊！"钟若飞心里说："当领导的为什么就那么脆弱呢？为什么就那么经不起风吹草动呢？"

齐县长还感慨道："打铁还得自身硬，现在有些干部软骨病，最经不起查，没事儿的时候相安无事，一有问题就瘫了，一摊泥了。我们倒不是怕事儿，毕竟，平安无事的好啊，谁也不愿意自己的辖区内翻墙揭瓦！"

钟若飞看他一边说一边叹气，无辜又无奈的样子，也不想怎么逼他，人各有志，官高位显的人想的只是安定平稳，多一事不如少一事，跟做企业的不一样。做企业水里泥里摸爬滚打，有事没事你都得扛着，目标只有一个，那就是赢！

钟若飞清楚地感觉到，岚湾市下辖县区对于落后产能淘汰后遗症，是有一定隐忧的，所以，他不能奢望这项工作短期内奏效。毕竟，政府有政府的角度，他们不但要从自身，而且要从经济和社会全局的高度考量问题的。

周国平知道自己当下属的，对领导的行程不能随意改变，却还是诚恳挽留说："何不在云石住一宿，明天再过去？"

钟若飞坚持说："不了，关于青城水泥的谈判，也遇到点问题，主要还是国有资产增值方面，市里面李书记和唐市长也正在给省里汇报，我给唐市长约好了，看他时间，见个面。下午还有点时间，崮东小兰那里我也很久没过去了，既然来了，就走一圈。麻烦你给我一辆车子，我可能要用几天。"

"这没问题！"周国平不必过多客套，给兰成东先去了个电话，就叫小李子开着自己的帕萨特把钟若飞送过去。站在车子旁边，当着送他的班子成员们，钟若飞开玩笑说："这段时间业绩不错，你们也不考虑给周总换一辆好车，一个大企业的老总，形象也很重要！"

季中强年龄大些，也敢跟钟若飞开一句两句的玩笑，就替周国平说："没有钟总的同意，周总不敢呢。"周国平笑着不说话，钟若飞就说："只要有业绩，什么都会有的！你们打个申请，报集团行政部吧，我回去给廖总汇报一下！"

"谢谢钟总！"大家一阵山呼，起劲地鼓起掌来。掌声里，钟若飞扬扬手，弯身上车。

说老实话，周国平的确不愿给鲁振元保这个媒，一则不知道张浩心里怎么想，你鲁振元何许人，说不定张浩即便不着急安装，也不一定借给你鲁振元用。二则多少年来鲁振元老跟他唱对台戏，甚至拆他的台，叫谁都会憋着一肚子火，巴不得你停产垮台呢！可现在毕竟都是恒基一家了，又有钟若飞相托，周国平也不能老那么耿耿于怀冤冤相报，毕竟大局为重。

钟若飞离开后，沈众就敲门进来，提醒周国平："我听说鲁总这个人肚子虽大，心胸却不宽广，是个过河拆桥的人，用得着时把你揽在怀里，用不着时能把你推到海里，交不得朋友的！"

周国平既接了令箭，就再没有推脱的余地，笑笑说："这不是看鲁总的面，而是配合集团的工作。钟总安排了，咱能不办？"

沈众想想说："要不，我先去探探虚实，摸一摸青云山工程的情况，您好心中有数！"

周国平点点头，说："这最好不过！虽然我跟你舅舅是同学加朋友，但毕竟也是竞争对手的关系，你舅舅站在老总的位子上，也不能不掂一掂这条窑的分量！"

沈众说："是，您要亲自出马，就没有了退路，万一谈不拢，心里就会疙疙瘩瘩，伤感情的。"

周国平说："钟总说过，手心手背都是肉，他是希望我们顺利完成这个任务的。"

沈众点头，说："我明白您的意思！"

沈众先打电话给青云山办公室主任刘文清，刘文清说张总到市里开会去了。沈众忙问开什么会？在哪开？刘文清知道他是张总的外甥，有些事不用怎么隐瞒，就告诉他，是唐市长找他。可能调度项目的事儿。刘文清还告诉他，唐市长谈工作，一般都安排在水木清华。

在水木清华？那岂不是太好了，沈众心脏像被什么拽了一下，猛地那么一晃悠。他抓起桌上的车钥匙就往楼下跑，恨不能现在就飞到岚湾。他已经好久没见到那个女孩，好久没听到那一下一下清脆分明的高跟鞋的声音了！

他走进大厅的时候，唐小倩刚从旁边会议室里悄悄走出来，小心地带上会议室的门。沈众知道里面还有人正在开会。

唐小倩转身看见沈众，脸上的笑容一下子灿烂起来，还是那一身深色的工装，箍着她凹凸有致的身材。她踮起脚跟轻轻走了几步，干脆放开步子，小跑过来，说："你还知道来啊？"

沈众很想张开双臂来一个熊抱，但是因为在大厅里，总台上还有几个服务员在忙着给客人登记，他不好太放肆，就极力掩饰着内心的激动，尴尬地笑。

唐小倩笑着问："QQ也不上，这些日子都干吗去了你？"

"忙，一直忙！"沈众不敢碰她的目光。自从上次自己闹性子后，他对唐小倩一直怕怕的，担心她再提起那天的情形，他知道自己真的很不应该，失了做男人那份绅士的水准。

两人坐下来嘀咕了一阵，有服务员送上一杯茶，礼貌地朝沈众微微一笑，离开了。

唐小倩问他："有接待？要来客人吗？"

沈众摇头，反问她："里面开什么会？"

唐小倩没回答，却继续问他："是不是你们钟总要来？"

沈众说："可能吧，上午刚离开我们公司，到其他公司视察去了。说是要跟唐市长——就是你爸爸，约好了，过几天要来岚湾的。"他忽然觉得纳闷，"你怎么知道钟总要来？"

"咯咯，"唐小倩脆笑道，"我肯定知道啊，爸爸在里面跟几个水泥公司的老总开会，调度几个企业的生产情况呢，青城的老总李忠刚才也在，他说明天你们钟总可能要去他那里，就早回去了。"

"原来是这样！"沈众就笑了，他应该想到这些信息唐小倩肯定知道，她爸爸是市长呢！他接着问，"青云山的张总也在对吗？"

唐小倩又是一阵脆笑，"还张总呢，干脆说你舅舅不就完了！"

沈众夸张地张大嘴巴，说："这你也知道啊？"

"你不告诉我，我就不知道了？这下我们扯平了！"她意思是说：我爸爸是市长，我没告诉你，你舅舅就是张总，你也没告诉我！这回我不怪你，你也别怪我了。

沈众笑着说："那可不一样，市长多大官啊，他一个企业的老总，给人家打工的！"

唐小倩反驳说："那市长还是给共产党打工的呢！"

沈众拿手指着她，吓唬说："要犯错误哈，身为市长女儿，这样的话可不能从你嘴里说出来！"

唐小倩仰起头，四下里看看，低声硬道："我说什么了我说什么了？谁听见了？"

沈众不再跟她犟嘴，朝会议室那边看看。

会议室的门闭着，走道里很安静，似乎细微的声响都会惊扰了里面的会议，让人感觉一种神秘而且庄严的气氛。

沈众小声问："是不是我舅舅在里面？我找他有急事儿！"

"你有什么急事儿？"唐小倩仍旧不急不慢地跟他磨蹭。

"你快告诉我啊，真的有急事儿呢！"沈众急得要搓手，表面上却还得和风细雨不能发作。

这时，会议室的门开了，沈众看见张浩正好从里面出来，手里抱着电话，捂在耳朵上，朝沈众这边看了看，先顾着接他的电话。沈众从座上站起来。

张浩接完电话，看见沈众跟唐小倩在一起很熟的样子，就朝唐小倩笑笑，问沈众："你怎么来了？周总呢？"

"周总没来，我刚才有个客户住这，过来看了看。"他随口编了个谎话，还怕引起舅舅对周国平的怀疑。

关于那条窑的事儿，他已经有点敏感了。

张浩见了这个外甥，自然不能马上就走，沈众说也很久没见到您了，坐会儿吧？张浩说行，唐经理你也坐吧！唐小倩知道沈众有重要的事儿要谈，就说不了，我还有事儿，你们先聊着。朝沈众摇摇手，走开了。

沈众羡慕而且恭维地说："舅舅，市长亲自给你们开会？"

张浩说："开个会很正常啊，市长办公室我都经常去。"他看看走远的唐小倩，说："你也不赖呢，唐经理陪你喝茶，你知道她是谁吗？"

"知道，"沈众说，"上次开会才知道的，市长的千金。"

"有门儿。"张浩低声嘱咐沈众，"你也不小了，这个女孩素质不错，可以试试，舅舅支持你！"沈众不好意思，说："那怎么可能，人家高干子女呢，"张浩就说："现在还兴什么高干不高干！他爸爸是市长，你舅舅还是老总呢，谁比谁差多少？有机会我给你介绍一下。"沈众连忙摆手，说："不行不行，您千万别掺和，多不好意思。"看他吓得脸都红了，张浩就笑："没什么不好意思的，别那么不自信，现在虽然拜金盛行，但也有好多素质高的女孩，不是看你有没有钱，而是看你有没有能力！能力很重要！抛开家庭不说，你哪点配不上她？我看很般配的，你自己也努力努力。"

这个，目前还只是沈众心头的一个秘密，不允许别人点破的。而且，沈众此行，是另有目的。他怕聊多了跑了题，就赶紧找机会岔开话头，随便聊了些最近工作方面的事情，又故意说："周总经常跟我提起您，他这么栽培我，信任我，多少也看了您不少的情面呢！"

张浩呵呵笑道："那你可要好好干，别辜负了他。我们两个虽然工作上是对手，但私下里没的说，我很尊重他，他有什么事儿，我也是不遗余力呢！"沈众听着，心里觉得很舒服。

过了一会，他装作想起什么事儿来，又似乎很随便地问："听舅妈说最近您一直在忙二期的事儿，忙的怎么样了？"

"哪有什么怎么样，国家马上要出台新政策了，全国水泥项目存量淘汰，增量限制，我们也在观望呢，不能建个半拉子再让拆了，那不白花冤枉钱！"

"噢，"沈众故意装作不知道，"我听说土建已经差不多了，要是顺利，年前可能投产，但这样的话，是不是要等到明年了？"

"明年也不一定呢，先听听风声再说吧，有些事情急不得！"张浩完全没有料到沈众话里的玄机，只当是外甥在跟他拉家常呢，不知不觉就中了套。

沈众见舅舅没有丝毫戒备，心里窃喜，却不敢真的就把舅舅当猴耍了，只好说明来意。

张浩瞪大眼睛看着他，有点不相信他是自己的外甥，倒像是周国平派过来的间谍。沈众被他看得发毛，只好说："周总也是没有办法，钟总都已经安排他了，做不好，他没法交代啊！"

张浩虽然心里生气，但见外甥有板有眼，而且条理不乱，有些策略，也打心底里满意，就说："不是我不放口，主要是那鲁振元太他妈不是东西，连句像样的话都不会说，他找我你猜怎么说？他说：张总，帮一次忙！等哪天你们这边出事故了，我也会帮你们的！这是什么话？这不是盼着我们出事儿吗？一听这话，我就把他轰走了，他还有脸找你们钟总！"

这个鲁振元，怪不得那么讨人嫌，说句话都那么不吉利！沈众有点哭笑不得。

他想了想说："舅舅，您就把这事儿当成是帮周总忙，而不是奔着他鲁振元去的不就行了，周总是个重情重义的人，他在两难时候，你不帮一把，我也没脸见他呢！"

张浩说："周国平跟鲁振元不一样，天上地下！"

沈众说："本来就是！您帮他一把，也算替我谢过周总知遇之恩，我也不会忘了舅舅的。好不好？"说到最后已经近于晚辈对长辈的哀求了，张浩青着脸顿了一会，终于说："你回去给周总汇报吧，就说明天晚上我请他吃饭！"

"吃饭？"沈众又没底了，急着问，"吃饭干嘛啊，你到底是答应还是不答应，我怎么给周总说啊？"张浩不耐烦地扬扬手，说："这个你就不要问了，你只管回去汇报吧，我还要开会，市长在里面呢！"说着就站起来。

沈众得了这么个答案，有可无可地心里琢磨一阵，只好答应一声"好吧"，目送着张浩进了会议室。

见张浩走了，唐小倩就"咯咯"地敲着地板走过来，开口就问："跟舅舅谈什么呢，看你丢了魂一样？"

沈众抬头看看她，想起舅舅刚才的话，不自觉脸就有些发热。老实说，他从心里喜欢这个女孩，她高雅的气质，简直如清水出芙蓉，还有那一张活脱脱纯净灿烂的脸蛋，脆生生珠圆玉润的笑声，无时无刻不在脑海里飘忽闪现，每次见了，都有一种无形的力量推着他，有意无意地想靠得更近些，再近些。尽管前些日子，知道了她爸爸的身份，叫他不自信了许多，但心中那份依恋的感觉，却是怎么也无法驱散。

他把刚才跟舅舅的对话说了一遍，唐小倩就说："那个鲁振元平日里嬉皮笑脸，人见人烦，我也不愿理他！"

沈众说："不是理不理的问题，舅舅要是不同意，我就没法给周总汇报，周总也没法给钟总汇报，崮西那边还十万火急呢，万一钟总再打个电话过来，周总就更难交代了！"

唐小倩开玩笑说："我看，是皇上不急太监急呢！"

沈众瞪她一眼，低下头叹气。

唐小倩推他一把，说："这点小事儿就愁成这样，你怎么不求求我啊？或许我能帮上一点呢！"

沈众抬起头，看看她，说："你能帮什么？"

"瞧不起我？"唐小倩拿眼睛弯弯地斜着他。

"不是，我——"沈众不好意思地嗫嚅着。

唐小倩扑哧就笑了，说："你舅舅跟我爸爸熟啊，爸爸去青云县视察，每次都去张总的公司看看，他也经常到爸爸的办公室汇报工作，还有，你舅妈虽然比我妈妈小了十几岁，但她们是很好的姊妹……""哦，对啊！"沈众突然跳起来，攥着唐小倩的手说："你回家跟爸爸说说，麻烦他老人家给舅舅打个电话，这事儿准成！"

"我可从来不求爸爸的，爸爸也说过，不要为自己的事儿找他做什么！我怎么张得开口啊？"唐小倩欲扬先抑，故意把手抽出来，扬起下巴颇为犯难地说。

沈众说："这不是你自己的事儿啊，这是周总的事儿啊，不对，是钟总的事儿，你就提钟总，爸爸肯定能帮忙！"

这一连串的"爸爸"、"舅舅"，前面都自觉不自觉地省略了那个代词，唐小倩听着就想笑。

"哼！"唐小倩故意歪着头不说话，沈众看看四下里还有人，不敢轻易把脸贴上去，就凑了凑，说："事成之后请你吃饭，板凳腿！"

唐小倩就放下下巴，生气似地说一声："谁跟你吃饭，我还要复习功课呢！"

"复习什么功课？"沈众问，"你不是研究生都毕业了吗？还要复习什么功课？"

"懒得告诉你！"唐小倩装作不情愿地说。

其实，当女孩子"懒得告诉你"的时候，一般都是希望你接着问下去，她一定会有更多的包袱抖出来，给你惊喜。

但是，沈众心里有事儿，偏偏没时间给她磨嘴皮子。他想，她说的求爸爸帮忙，只是有可无可的事儿，不必抱多大希望，却又不好意思太冷淡，就撂下一句话："不说就不问，等有时间再请你，这事儿就这么定了哈，我要回去跟周总汇报了。"说着就站起来。

"你——讨厌！"唐小倩没想到他这就要走，几乎同时跟着他站起来，看看他，却把身子扭到一边。

"拜拜！"沈众拍拍她的肩膀，一溜小跑着出了大厅。

车子已经开出水木清华的大门了，唐小倩站在大厅外面的走台上，好久好久。

外面阳光漫射，虽然有海风吹过来，但脸上还是有股热浪炙烤的感觉。

沈众回来给周国平一汇报，周国平就笑了，说："行啊你，算是立了大功一件！"

沈众疑惑不解，自言自语地问："这就立功啦？"

周国平呵呵笑道："你的任务到此为止，下边的工作我来做，事成之后，我向钟总给你请功！"

沈众迟疑着弄不明白他的意思，但他分明感觉到，周国平已经成竹在胸了！

06 树欲静，风竟不止

几个百姓看见终于有人出来说话，而且底气充沛，抬头看看他，先自挫了些锐气。沈众顺手揽住一个汉子的肩膀，貌似亲热却连推带搡地把他往接待室里拥，手上使了些力气，那人肯定感觉到了，但不敢反抗，只好随着沈众的力道进来，其余的人也跟进来。

张浩跟沈众说过：请周国平吃饭！可沈众没想到的是，第二天一早，张浩就风风火火地赶过来了。

张浩在楼前下了车，甩上车门，一个人跑上楼梯，也不要人打招呼，就径直朝周国平的办公室走。

沈众忽然从窗户上看见他，赶紧追出来，在走廊上迎着他，奇怪地问："舅舅，怎么一大早就过来了？"

"不要你管！"张浩闷忽忽地给他一句，带搭不理的样子，看样气头还不小。

"您等会，我先给周总通报一声啊！"沈众有点措手不及。

"我来还要通报吗？我要见你们周总！"张浩声音起得很高，故意让周国平听见。

周国平坐在办公室就听见了张浩的声音，刚要起身迎接，张浩一步就跨了进来。

"周总你看，这小子不认识我谁，居然拦着我不让进，什么时候戒备森严了！"他先把沈众告一"状"，沈众红着脸闪身跟进来泡茶。

"怎么可能，你是贵客，请都请不来呢，他敢拦你？"周国平哈哈一笑，伸手把张浩让到沙发上坐下，沈众接着把茶水端过来，又给周国平的杯子续了水，端过来，说："周总，你们聊，我先出去了！"

"去吧去吧，忙你的去！"不等周国平说话，张浩先摆摆手，把沈众赶出去。

沈众一出去，张浩就变了脸，对着周国平发开了连珠炮："锅锅，不是我说你哈。"他老家是胶东人，满口的方言土话，哥哥不叫"哥哥"，叫"锅锅"。

"你叫我外甥探探我就罢了，却又把市长推出来，什么意思啊你？那个鲁振元什么鸟人，关我什么鸟事？你们是恒基的，我们是通力的，说不好听点，我还盼着他关门大吉呢，我凭什么把窑借给他？"

"咔咔"一顿就把周国平轰懵了，"你是说唐市长？我没找他呀？"周国平一脸愕然。沈众找张浩的事儿他明白，却怎么跑出个唐市长来？他摸不着头脑，赶紧打电话叫沈众过来，问问怎么回事儿。

沈众昨天回来，当然不能跟周国平汇报唐小倩那边的事儿，毕竟周国平还不了解他跟唐小倩的关系，再说，唐小倩回家能不能求得动市长爸爸还不一定呢！

看来唐小倩昨晚上真的回去求爸爸了，而且市长也真的马上就给舅舅打电话了，怪不得大清早的就风风火火跑过来了呢！

沈众害怕舅舅误会了周总，就赶紧解释说："昨天我在酒店不是遇见唐小倩了吗，舅舅进会议室后，她过来问我什么重要事儿，我就简单那么一说，她就说回家找她爸爸，叫她爸爸给你打电话，她知道你跟市长很熟的。我还以为她开玩笑呢，也就没给周总汇报，没想到她竟……"

"哈哈！"周国平一听放声大笑，"你看看，张总，你冤枉我们沈经理了！"

"冤枉他还是轻的，抽空我还要找他算账！"张浩斜瞅沈众一眼，气犹未消地说。

沈众站在一边不敢接话，只吞吞吐吐地陪着干笑。他当然知道舅舅这火气儿，根本不是冲他来的。

周国平捅捅张浩的胳膊，意思"不要让你外甥太难堪了"，顺带着说："你外甥干什么都有贵人，市长的千金都愿意帮他，有什么办法？看起来这人脉，很重要啊！"说完，又朝张浩这边探探身子，道："我跟唐市长还真的不熟呢，我怎么敢去贸然惊动人家？甚至我连唐小倩是市长的女儿都刚刚知道，小沈不说我还不知道呢！"

张浩虽然已经确信周国平并不知情，但还是不依不饶地说："就为鲁振元那点破事儿，你竟拐这么多弯子，也不嫌麻烦，你不知道我电话是不是？要我现在告诉你吗？"他风一阵雨一阵，噎得周国平灰头灰脸不能还口，沈众站在那里坐也不是立也不是。他知道舅舅行伍出身快言快语，两人关系又贴实，说出话来就不管深浅，但这口气也太叫周总下不来台，他提示似的叫一声"舅舅"，谁知张浩却白他一眼，"你出去，没你事儿！"端起杯来喝口水，坐在沙发里呼气。

周国平朝沈众使个眼色，把他支出去，看张浩火气也发得差不多了，就赔上笑脸道歉："是我考虑不周，我赔个不是，你别生气了，喝口水消消火，掀过这一页！"他端起水壶给续上茶水，说："那鲁振元明知道跟我有过节，都能主动放下架子求我帮忙，叫你，你怎么办？救急不救贫，推不过去啊！"

"管他个鲁振元鲁振球，就一个翻脸不认人的东西，你也是忠奸不辨善恶不分，小心你救了他，反被咬上一口！"张浩提起鲁振元就气不打一处来。

周国平只得说："此一时彼一时，我都已经投诚接受收编了，他再浑，不是还有集团主持公道吗，钟总待我不薄，你不帮我一把，我见钟总真没脸面不是？"

"你说钟总待你不薄，是吧？哼哼！"张浩稍有疑迟，欲言又止，却转过来说："你呀锅锅，我真服了你！又不是你云石自己的事儿！你自己有困难找我，我没说的，可那个鲁振元……咳！"，周国平知道张浩此番兴师问罪，其意并不在自己，而在于他根本不赞成我亲自出面，搅得他左右为难。借一条窑是小事儿，做人的面子是大事儿。帮忙总有个情愿不情愿的分别，搁鲁振元那儿，叫爷爷都不一定借给他！

周国平继续耐着性子说："你为难我知道，但谁叫咱俩修了前世的缘分，你不帮我也不行啊，再说了，鲁振元再不是朋友，我们也是一条船上的人了，都是钟总的手下，我只能……"

"什么一条船两条船！"张浩接下来的话更叫周国平哭笑不得，"你刚才说钟总待你不薄，可我感觉，那钟若飞分明是在考验你，看你是不是真心肯为恒基卖力！"

张浩戳破了一个真相，不管对与不对，周国平都感到震惊。也许……也许，张浩是小人之心度君子之腹了。

周国平由着他说完，不急也不躁地反问他："就算钟总考验我，我请你帮个忙，别眼看着他把我烤煳了，可不可以？"

周国平已经尽量压着自己的火气了，他一句"考验你"的话无论对错，都极大地伤害了周国平的自尊。可是张浩仍然看不透火候，兀自喋喋不休地指着周国平的鼻子，咬牙道："锅锅哎，那鲁振元骑在你脖子上拉屎，你不理会，这次他掉水里了，你还伸只手过去，你说你图个嘛！"

"我图个踏实，图个仁义，图个无愧于心！"周国平忽然加重了语气，站起来了，"我就这么个人，你又不是不了解。别婆婆妈妈说那没用的，借不借吧，我一分钱不少，也可补偿些误工费！"

见周国平忽然就发火了，张浩不敢再接话，低下头去"吸溜吸溜"吹着杯子上面飘着的茶叶。周国平却再也停不下，紧追一步索性给他上一课："当前恒基全国性的联合兼并已经风起云涌，未来的水泥集约化趋势越来越明朗，说不定哪天，我们也会成为一家的。崮西的窑体断裂，在恒基集团是一件天大的事情，作为这个市场上唇齿相依的兄弟企业，起码的人道主义还是要讲的吧？你举手之劳，恒基集团会忘了你吗？那鲁振元纵然千般不对，这个时候你能计较什么？"

张浩除了拿眼睛白他，竟然再没一丝脾气，喝口茶说："我就是看不惯你谁都愿意帮那样子，我又没说不借给你！你大人大量，你高瞻远瞩，钟若飞不提拔你进北京，算是委屈了你！"

周国平不跟他一般见识，见火候差不多了，追上一步逼宫，说："给个态度，借还是不借。我还要给钟总汇报，崮西那边也是十万火急。"

张浩憋着气，撅着嘴巴说："锅锅插柳不让春知道，但我不行！青云山通力又不是我一个人的，不见钱我没法交代。叫他们先把款打过来，用我们的账户把窑筒体钱付了，我叫岚水机械发货。"又接着补充说："我不是看你的面子，我是看市长的面子！"

周国平哭笑不得，心想你怎么竟像个小孩子一样！他伸出手，说："看谁的面子都一样，我先表示感谢！"

张浩看看他，还不忘揶揄一句："感谢我？代表恒基？"

周国平说："行，你代表市长吧，感谢市长！"

张浩无奈地伸出手，两个人使劲地晃了晃，相视笑了。

按照双方约定，崮西先把资金打到青云山账户，青云山又把钱打到岚水机械账户，那条窑很快就发出来了。

鲁振元一边组织日夜安装，一边专程前来道谢，在周国平办公室里，鲁振元极尽了真诚，把所有感激的话说了，周国平强调说："你也别忘了，再给人家定上一条同样规格同等质量的筒体，不要耽误了人家二期安装！"

"要的要的，一定一定！"鲁振元脸上的肉堆在一起，缝里挤满了满足的笑。

周国平本来要留他吃午饭，他却说："下午有个省里的电视会议，崮西设了分会场，要求务必参加，我还得赶回去，不能迟到啊！"

他这一说，倒提醒了周国平，对啊，省里的汛期安全生产专题电视电话会议，全省各个县市都要参加的，他已经接到县政府通知了，下午两点的会，一忙起来竟忘了！

他拍拍脑袋，说："你一提我就想起来了，云石也有分会场的。那好吧，我也不能强留你，下次吧！"

"就是就是，下次我请你，嘿嘿，我请你！"

周国平笑笑，把鲁振元送下楼，车子开过来，鲁振元钻进去，探出头来挥挥手，周国平也挥挥手，然后上楼。

省里组织的汛期安全生产专题电视电话会，分会场设在县电业局。通知虽然要求各大企业主要负责人必须参加，但要求归要求，周国平完全可以派分管生产和安全的季中强去，但他听说分会场设在电业局，忽然觉得很有必要亲自参加，就给季中强说一声，亲自来了。

电视会议跟正常开会程序上差不多，但也有点小小的区别。平常的安全专题会无非是先进单位做经验介绍，接下来安监局长汇报工作，分管县长讲意见，然后由齐县长作重要讲话。如果县委陆书记也参加的话，那么，作重要讲话的还轮不上齐县长，他只能主持会议。在这个电视会议上，陆书记没参加，齐县长当仁不让要讲意见的，所以前面的经验介绍一切从简，局长汇报也尽量提速，因为还要留出时间给县长。

齐县长掐着秒表作指示，因为省里的电视会议下午三点半准时开始，给他留下作指示的时间还不到二十分钟了。他先把今年汛期安全生产形势做了分析，又把安监局长刚才汇报的工作画龙点睛地表扬一番，看看时间差不多了，话题一转，转到省里召开这次电视会议的背景上，强调说全省、全国安全形势不容乐观，尤其今年汛期提前，南方洪涝灾害频发，给我们敲响了警钟，全县机关、企事业单位务必认清形势，提高认识，做到警钟长鸣，防患于未然。

电视会议马上要开始了，画面已经切过来，主会场主席台上，杨九华省长在中间正襟危坐，分管安全的副省长也做好了主持会议的准备，会场上只有几个服务人员猫着腰跑前跑后统计什么。齐县长不敢再讲了，就草草打住，说："云石县的安全工作，有机会再开一个扩大会议，详细讲，今天，我们先一起开好省里的这个专题会议，把会议的精神吃透，提前回去落实，确保安全度汛、平稳度汛。"

领导们陆续走下来，在观众席上专门留出的座位上坐下，电视会议正好开始。

大家已经坐了一个半小时，明显感觉腰有点酸啊，背发紧，屁股底下出了汗，背膛上也出了汗，湿漉漉的难受，可是领导们坐在前排没有动静，有几个想出去抽烟的机关干部，就坐在那里东张西望，盼着有谁先出去，开个头。半个多小时过去了，会场上还是相对比较安静。又过了十几分钟，齐县长一手抱着手机，一手扯一下贴在屁股上的裤子，猫腰从会场的前侧门出去了，看样是接个电话。

他这一出去，经贸局的王局长就坐不住了，给身边的电业局孟局长使个眼色，孟局长心领神会地站起来，摸摸屁股大模大样跟着他出了会场。

两个人出去不到半分钟功夫，几个乡镇党委的干部也若无其事地出去了，上厕所！

孟局长知道王局长的爱好，出了门口就随手把烟从口袋里掏出来了，递上去，说："享受一口吧。"

王局长笑着，说："先撒泡尿。"

"撒尿碍着抽烟了？烤火抱孩子，两不耽误。"孟局长跟上去。

站在便池边儿上，王局长哆嗦了半天，表情从急迫到憋气，再从憋气到快感，一分钟才提上裤子，孟局长年轻，完事儿快，早站在旁边等着，适时地把那颗烟递上，王局长含在嘴里，哈哈地吸两口气，用哲学家的口气，感慨地说："你知道世界上最幸福的事儿是什么？"

"撒泡尿呗！"孟局长嘻嘻地回答。

"不错！"王局长凑上头点着，深吸一口，无比的享受，说："尿憋着撒出来确实舒服，但烟瘾上来了点一支，比撒泡尿更舒服。"

"嘿嘿，憋尿了撒尿，上瘾了吸烟，两回事儿，一个道理。"

"不对，是两种感觉，一样的舒服。"王局长叼着烟提上裤子，两个人嘿嘿嬉笑一阵。

"哈哈，你们敢逃会，开小差！"镇上的杜书记也进来了，看见他们俩，逮逃犯似的兴奋地说，"说吧，散会谁请客！"

"我俩想请你，可是你来得晚了些，温好的烧酒都倒完了，你看，刚冲干净！"他指着便池里还有些泛黄的尿渍，戏弄他说。

"你谁呀？老王吧？"杜书记偏偏头，不温不火，认错人似地看着王局长，故意把后面三个字拖出长腔，王局长就听出个"老王八"。

"你这'小肚肚'好顽皮，怎么跑男厕来了？"王局长喜欢把年轻的杜书记叫"小肚肚"，因为杜书记人长得单细，又戴副眼镜，白白净净文文弱弱的，像个女子，所以王局长就送他这么一个女性化的绰号。

三个人在厕所里斗了一阵嘴，谁也没占到上风，走出厕所的时候，王局长正色道："杜书记，你那边，我看见恒基的周总也来了，你就叫他管饭，最好不过了。"

"对对对，他好酒量，很久没跟他喝酒了。"孟局长也乐得前仰后合。

杜书记说："那没问题啊，政府搭台，企业唱戏，周总可不是小气的人，我这就叫他出来。"

周国平坐在里面，眼睛盯着电视屏幕也觉无聊，里面讲的那些套话本来就没什么意思，他基本上没听进多少，正好手机"嗡嗡"地响起来，他立即抱着电话出了会场。

杜书记就知道电话一响，他准出来，几个人站在树底下，眼睛正朝门口这边看呢。周国平一出门，杜书记立刻喊了一声："周总，这边呢！"

周国平赶紧跑过去，一一跟王局长、孟局长握手，杜书记一本正经地说："两位局长要给我们作指示，你看，咱也不能没个态度，晚上啊，咱们请王局长、孟局长一起吃个饭，算是落实指示，怎么样？"

"那好啊。"周国平当即表示欢迎，"王局、孟局请都请不到的，正好给我们一个机会，这样吧杜书记，今晚的活动，咱企业办，您给我们主持就是！"

"你看你看，咱周总最讲政治，王局、孟局，怎么样？"杜书记明着夸周国平，实则在两位局长面前摆谱：还是咱们的企业会办事儿！

王局长站在一边笑，孟局长就客气说："很久没跟周总一起练练了，不如就安排在我们食堂吧，省得还得出去。"

周国平赶紧阻止，说："孟局，说好了给我一个机会嘛，您这儿内部食堂确实不错，可您得先支持企业不是？"

"好好，周总人实在，既然这么诚恳，那我只能等下次了，下次我的，说好了，呵呵！"孟局长顺水送个人情，也不强争，哈哈一笑。

王局长也不欠情，打着哈哈朝孟局长说："你电老虎虽然有钱，但恒基也是咱市里县里一面旗帜，难得周总一片真心，等下次电力紧张了，你给周总那边多倾斜点，就补上了，对吧周总？"

他虽说者无心，周国平却正合我意，本来他一听孟局长在，就想到明年电荒的事儿，这不正好提前热身一次嘛，很好的。他连忙点头，说："王局、孟局一直都支持不小，还没个机会表达谢意呢，今晚无论如何算我的！"

杜书记趁机跟上一句，道："算你的也算我的，周总，我们是一伙儿的！"

饭局定下了，王局长赶紧掏出电话，孟局长就在一旁打诨说："又给嫂子请假吧？"

王局长不好意思地笑笑："给她说一声就行，说一声就行。"

"看你混的！"杜书记指着他奚落道，"我们啊，都是老婆先把电话打过来，请示咱还回不回家吃饭，对吧孟局！"

"对对，王局啊，这么些年，你还是改不了那个"气管炎"的老毛病！"

王局长眼有些花，把手机举到半米远的地方，嘿嘿笑着眯眼按键。

几个人你一句我一句和稀泥，没有一句原则性的话，但谁听着都舒服。

大家害怕齐县长末了再回去，杀个回马枪，要点名，所以都不敢走远，哈哈一阵，回去接着开会。好不容易等会散了，周国平就提前在会场门外面等着，提前告诉小李子说："晚上你看我喝得差不多了，就给我打个电话，我出来逃一逃。"小李子答应着，问："我进不了场啊，也不知道什么时候该打电话啊。"周国平说："不是有服务员嘛，桌上什么情况服务员最清楚，你可以问问她们。"小李子醒悟似地点头，说："行，一个小时左右我就上去，您听到电话悄悄出来就行了。那些人喝得晕晕乎乎根本就不在意。"

"可以。"周国平摆摆手，"你去吧！"

今晚的酒场，自然是杜书记主持，周国平副陪，王局长又从开会的人中叫上了几位，都是部委办局的干部，说是一起作陪。这很容易让人想起年轻人的婚礼，明明是自己娶媳妇，却一定要请来个司仪主持，一顿砍瓜切菜，结果司仪成了最光鲜的主角，自己反成了他的道具，家中双亲只有咧嘴的份儿，像个木偶。更有甚者，伴娘也跟着遭殃，被闹房的人推过来拉过去，走光露点是小事，弄不好要出大事儿。这些作陪的，说不定就跟闹房的差不多。

民间喝酒流传着"女五段"的说法，就是把酒桌的气氛按照女人的成长期分为五个阶段，第一阶段是处女阶段，一般是警惕较高，严防死守，轻易劝不进去。第二阶段是少女阶段，表面上半推半就，可是既然第一杯喝了，第二杯就没有推拒的理由。第三阶段是烈女阶段，两杯酒下肚，也不差第三杯，何况前面两杯已经把胆气提上来了，关上门来我怕谁？第四阶段应该是寡妇阶段，酒劲上涌，烈火烧身，即便你不找我，我还找你呢！第五个阶段，就进入老太太阶段了，明知道自己已经不行，却还要满桌子划拉，这就说明基本上要OUT了。

政府官员都是好酒量，周国平并不怕。杜书记的开场"处女酒"拖得有点长，连干了三杯，三生万物，表示多的意思。轮到周国平敬酒的时候，他端着满满的酒杯，除了感谢、祝福的话，什么都不说，但每句话都听起来那么平淡，那么朴实，那么的无可逃避。没有少女的羞涩，没有山盟海誓的表态，也没有无病呻吟的应付，但大家谁都不好意思作弊，半推半就中全把杯中酒干了，然后再把杯子朝他这边举举，以示响应，似乎这满满的酒杯里，全是浓浓的感情，为了你周总的真诚，我们一滴都不能洒落！

虽然王局长当着杜书记的面，一个劲地朝周国平竖拇指，说："齐县长说了，周总，干大事的人！"周国平沉着地坐着，点头微笑表示感谢。电业局的孟局长开始不大表态，喝完那杯酒后，竟然越过了烈女阶段，直接就到了寡妇期，你不找我我找你了！他坐到了周国平边上，端着酒杯不说话，周国平看他似乎有话要说，也只好把杯子端起来等着他，孟局长跟他"当"一碰，"喝完了再说！"周国平说声"谢谢孟局"，也把杯子干了。桌子上立时一片掌声。

孟局长放下杯子，一只手就揽住了周国平的脖子，有些酒意地说："周总，我就佩服你喝酒的神态，那么文雅，不动声色，而且，喝到最后也不多话，干才，干才啊！"周国平有意把脖子往孟局长跟前凑了凑，显得亲密无间的样子，卖个人情说："孟局别老是夸我，我醉了我知道，上次跟您一起的时候，我都断片子了，怎么回去的都忘了！""是嘛，不可能！"孟局长当然不相信，说："我当时专门盯着你，咱们都是平着喝的，我看见了，可是我说话嘴都开始漏风了，你还是跟没喝一样，所以我记得很清楚，你酒量大，酒风正，而且酒品也好，酒品如人品，我佩服你！"他说着，又端起那个空杯子，朝服务小姐举举，服务员立即过来，把酒杯给他倒满。周国平见他喝了一杯不走，而且第二杯又倒满了，就知道他下边什么意思，还不等孟局长说话，他自己就端起空杯子，对服务员说："这还一个，也满上！"又对孟局长说："孟局，礼尚往来，我回敬一个！您先别喝，我先喝为敬！"孟局长刚要阻拦，说咱俩一起啊，可话没说完，周国平已经仰脖灌下去了，孟局就连连自责道："你看你看……好，我也喝了！"两人把空杯子在半空里"当"一碰，英雄相惜似的开怀大笑。

那边杜书记和王局长，还有几个人，见周国平和孟局打得火热，就互相轮番敬了几杯，开始谈论今年的股市，边谈论边一个劲地唉声叹气，孟局长不懂股票，也懒得跟他们随伙儿，就坐在周国平边上不走了。没办法，周国平又吩咐服务员小姐再给倒满，看样子，孟局今晚上是粘上他了，喜欢喝酒的人，没个酒伴喝酒没劲，得，这场合，不喝不行，喝不尽兴还不行！

小李子给他打了两个电话了，他拿起手机看看，就挂断了，孟局长嘻嘻笑着说："弟妹吧，又没请假？"周国平笑笑，充英雄说："不是，她才不管我呢，只有回家的时候，打个电话说声回家吃饭，不回家的时候，不用请假的！"

"这就对了，跟我一样！"孟局长"啪"一巴掌拍在周国平肩膀上，说："这是生活作风过硬的男人才有的待遇，也是事业成功的男人才能得到的基本家庭信任！有的人啊，一有应酬就得请假，混成啥样儿啊！"他瞥眼看看王局长，见他们还在股市上青筋暴跳，话都插不进去，"哎哎"朝那边喊几声，没人反应，就干脆不理他了，朝服务员招招手，喊道："再来一杯，给周总也满上！"

直到现在，他才进入老女人阶段，看样子是不大行了，却还是乱划拉。一口一杯，且不论杯子大小，仿佛喝下去的，不是酒，是水。按他的话说：喝的是豪爽!

关于南方限电是否会波及北方、岚湾电力怎样应对的问题,周国平虽然很想从孟局那里了解一下,今晚却只字未提。他明白,喝酒就是喝酒,把这些事儿掺和进去,即便能了解到一丝半缕的信息,也肯定不会全面,而且,会让孟局长觉得你有什么企图在里面,那样,这顿酒就算白喝了!什么也不问,只管喝酒加深感情,这样的感情才是纯正的,以后万一真有什么事儿求他,至少不会让人家太有压力。这人要是一有压力,就会本能地产生抗力,带着抵触和不情愿给你办事儿,那才不好呢!

小李子在门外跺了一晚上脚,没用!周国平上了贼船下不来了。酒桌十点多了才散,孟局长搂着周国平不放手,醉醺醺地许下诺言:一个星期之内,你,必须带——你的班子成员,到我们局里食堂吃一顿,不然,以后我就——不认识你了!

"好啊,我们先去,然后再请你局里弟兄们到我们食堂吃一顿,定期会晤,没问题!"周国平也明显感觉到酒意了,放开胆子称兄道弟起来。

末了,孟局长赖着不走,放言道:"我请各位洗脚,哪个不去,就不是弟兄们了!"王局长脸上笑成一朵花,第一个响应:"我去!"

杜书记和其他几位也跳着拍着附和,周国平心想:这些家伙太磨叽,这下好了,一晚上不要消停。

一溜小车停在良子洗浴城下,王局长第一个下了车,站在外面四下里环视一圈,见没有相熟的人,才一边剔着牙一边晃晃荡荡进去了。

不知怎么地,酒桌上吆五喝六的气氛一下子销声匿迹,大家好像突然醒了酒,一下子变得乖觉起来,悄无声息地跟着王局长进去。王局长的驾驶员停下车,出来,奔着旁边一个熟悉的车号走过去,那辆车子司机也放下玻璃,神秘地朝他吐吐舌头,得,有熟人,下重乡了!其实,王局长醉眼蒙眬,刚才环视一圈只是个习惯动作,有没有相熟的,他根本就看不见了。

人太多,一个房间容不下,杜书记和孟局长往里走了,周国平跟着王局长进了另一个房间,漂亮的女服务员跟进来,甜甜地问一声:"先生,请问点什么价位的?"

"都有什么价位,先报报(抱抱)!"王局长吹着酒气走上来,在女孩的屁股蛋子上狠狠地捏一把,女孩"啊"一声尖叫,王局长赶紧抽手,装作没事一样奇怪地看看她，"你怎么了？"女孩红了脸，强作笑颜地说声："没什么，对不起先生！"

王局长正好借机圆满，教训说："以后小心点，啊，呵呵！"

周国平往躺椅上一歪，装作什么都没看见，迷迷糊糊地说："就要洗脚加全身按摩的吧！"

王局长却说："周总啊，我知道这边有泰式的按摩，你享受过吗？"

周国平会意，赶紧说："是吗，我还真没享受过，不如一起体验一下？"

"呵呵，"王局长神情诡异地一笑，"算了，泰式的太贵！"

周国平说："还能多贵啊，算我的！"他坐起来，对那个女孩说："麻烦你给安排一下，给我们做个泰式的吧。"

"好的，先生请跟我到这边来。"女孩站在门口，伸手做了个请的姿势。

王局长哈哈笑着，说："周总你太客气啦！齐县长经常表扬你，说你大气，是干大事的人，呵呵。"

周国平站起来，扶着王局长的肩膀边往外走，边笑笑说："王局，我能干什么大事儿啊，先陪您把今晚的事儿办好，就是大事儿。"

"哈哈哈，好好好！"王局长干笑着出了房间，两个人在那个女子的引领下，七拐八弯又进了另一个房间。这个房间明显大多了，当面一张松松软软的大床，整整齐齐铺了一层洁白的床单，早有一个年轻女子候在里面了，一身短打装扮，面容清秀，宽松的衣衫套在身上，腰肢摆动，更显得杨柳扶风，姿态婀娜。女子恭恭敬敬地朝他们一弯腰，说："这个房间只能容一位先生按摩，请另一位到隔壁房间好吗？"

"好好，王局您就在这屋，我到隔壁去。"周国平扶着王局长的肩膀把他送进去，自己赶紧退出来，王局长有些不好意思，故意"这，那"地推就一番，无可奈何地摊摊手，周国平顺便把门带上了。

他本想着借两个人一起洗脚的功夫，顺便向王局长了解一下县里关于立窑落后产能淘汰的信息，却没想到一扇门关上，就把他俩隔在了两个空间。事儿赶到这个份儿上，也真的没办法，再瞅机会吧！

刚才那位女孩领着他要到隔壁房间去，周国平悄悄地摆摆手，说："就给我洗个普通的吧，咱还回刚才那个房间。"

女孩愣一愣，笑笑，也不多话，就带着他再回到刚才的那个房间。

女孩出去，端一桶泡了许多中药，还漂着红的黄的花瓣儿的热水上来，帮周国平脱了袜子，他把两脚伸进木桶里，有点烫，缩了一下，怕女孩笑话，就提提胆，再次把脚伸进去，躺下了。

脚还要泡一会儿，女孩把电视打开，动作麻利地转到后面去，在他的头上轻轻揉捏。周国平一边无限惬意地享受着那种说不出的舒服，一边想着酒桌上的一幕幕镜头，想着王局刚才满脸诡异的表情。喝了那么多酒，眼皮已经开始打架了，他看着电视又坚持了一会，知道王局肯定不会比自己更快，就专门给女孩嘱咐说："如果我睡着了，等那边出来，你赶紧叫醒我。"

"好的先生，您休息会吧。"

墙上的电视还开着，房间里却很静，女孩仔细地揉捏着周国平的脚，周国平却没有任何反应，他已经发出了轻微的鼾声。

不知过了多久，女孩轻轻把他叫醒了，说："先生，先生？给您洗好了。"

他一骨碌坐起来，看看脚上刚换好的一双新袜子，旁边还赠送了一双鞋垫，就不好意思地说声"谢谢你"，又问："刚才那位先生呢？"

"他还没做完呢，泰式按摩需要时间长一些。"

"哦，"他定定神，对女孩说，"你把我原来那双袜子拿过来吧，我还是穿自己的那双！"

女孩抿嘴一笑，把原来的袜子递过来，周国平感觉自己有点虚伪，就解释说："还是这双袜子舒服。"这解释很多余，连他自己都觉得苍白，从小女孩青青的嘴角上，他仿佛看出了她心里的不屑！

女孩又抿嘴一笑，什么也不说，周国平忽然脸就红到了脖子上。

崮西的窑筒体已经安装好了，这几天就要镶砖、点火试运行。鲁振元在岚水机械给青云山预定的那条新窑筒体也开始制作了，一切都在周国平协调下按计划推进。

这天，周国平把班子成员们叫到自己的办公室，正商量着事儿，保安部就给沈众打电话，说沈经理，不得了了，你快下来看看，一群百姓把大门给堵上了！

沈众吃了一惊，放下电话简单通报了一下，屋里的空气一下子紧张起来，大家不知道多严重，只能面面相视，周国平不说话，谁都不敢轻易发表意见。

周国平沉默了一会儿，咳口气，说："该来的，迟早要来！"又对沈众说："你先下去了解一下情况吧，注意分寸就是，没必要担心，兵来将挡嘛！"

他这么一说，大家绷紧的神经才慢慢松缓下来。

沈众下楼，远远就看见大门上人头攒动，当中还举着一面长长的横幅"还我绿色家园，赔偿污染损失"，沈众忽然想起两个月前，北面段家疃支部书记段仁德来公司要赖的事儿，当时把他支走了，却没想到这家伙贼心不死，会不会是那个村子的百姓聚众闹事了？

沈众边走边想，到门上，装作职工模样溜达一圈，问了几个百姓，那几个百姓并不认识沈众，就说："我们找过多少回了，老是不给说法，现在麦子都收了，赔款的事儿还不解决，你们到底认不认账？"沈众明白这些人就是段家疃的村民，他在人群中寻了一圈，没有看见段仁德，就问其中一个村民："你们村支书没来？"那人说："不用他来，他来不方便呢！"沈众就听出些门道，溜达着走出人群。

上了楼，周国平问："看出些什么苗头没有？"沈众说："多半是段家疃的人，也有一部分段家疃村民的亲戚，支书段仁德没在里面。可以肯定的是，这是一起有组织的行动，背后操纵者就是段仁德。"

季中强皱着眉头说："我们的收尘效果很好啊，看看厂区的草坪就知道了，绿油油的哪有什么污染？而且，咱们的二十四小时在线监测也从来没有超标过啊。"王晓春说："不图三分利，不起早五更，很明显，就是为了要钱。"

常标想起一件事，也说："这个段仁德，上次我们搞厂内排水改造的时候，他就一次一次地来，想揽点工程，他没有资质，又没有队伍，都是些凑班子和尚，就没敢用他，结果他就耿耿于怀了。"

"对，堵门是假，要赖是真！他把老百姓组织起来给他出气，他却躲在后面遥控指挥，泼皮得很。"沈众说。

周国平听完大家的议论，平静地说："无风不起浪，很明显，这出戏准备很久了！我们每年都上门送礼，三叩九拜，结果还把人家得罪了。"

季中强开玩笑说："人就是这样，你对他百样好，他不觉得，一样不好，他就恼了。"

江波性子冲，嚷嚷道："报警！老百姓怕警察，叫镇上派出所出面来收拾！"

常标笑笑说："现在的老百姓才不怕警察呢！赶到事儿上，他能把警车给你掀了。前些日子，城南化工厂也是因为大气污染的问题，老百姓聚众上访，结果化工厂的保安出来一顿棍棒，两下打起来了，后来县里出动防暴大队，老百姓就把防暴车给砸了，还打伤了两个防暴警察，现在还住在医院里呢！"

"这件事我听说过。"沈众补充说，"那两个防暴警察只是轻伤，是有意安排的，伤了人，警察才敢抓人。两个警察往医院里一躺，防暴大队就有理由了，结果抓了十几个百姓，现在还关在南郊宾馆里。"他说的"南郊宾馆"，指的是县公安局设在城南的拘留所。县城的人都这么叫的。

季中强嘿嘿一笑，说："看来，还是警察最有办法！我同意江总的意见，报警。"

沈众看着周国平，建议说："报警也不能报到镇派出所，我知道镇派出所的厉所长跟段仁德关系很好，经常一起喝酒打牌，报到他那里，正好中了段仁德的诡计。说不定，段仁德现在就跟厉所长在一起呢。"

"那要往哪里报？"季中强问。

"要报就报到县刑警大队去，刑警大队一中队的队长郑德民我熟悉，最好听听他怎么说。"沈众说。

周国平听了大家的意见，说："我们应该吸取城南化工厂的教训，尽量不要把事态闹大。告诉我们的保安，千万不要发生肢体冲突，先把大门关好待援。"

"待什么援？"江波问。

周国平说："我这就去镇上找找杜书记，段仁德是镇党委政府管理的干部，镇党委应该能找到他。解铃还需系铃人，请求党委安排段仁德以支部书记的名义先把人疏散了，其他事再商量。"

季中强点点头赞成："对，镇党委政府就是我们的天兵天将！三国陆逊为抵抗刘备伐吴，曾向玉皇大帝借来十万天兵，结果一举击溃刘备疲惫之师，才有了白帝城托孤的故事！周总也是撒豆成兵啊！呵呵！"。

"真的有十万天兵？"江波对三国研究不是很熟，这一节可能没看过，不明白，接口问道。

"嘿嘿！"季中强得意地笑，"哪来十万天兵！不就是等来伏天，天干物燥，一把火烧过去，蜀军被火烧连营，丢盔弃甲败走白帝城，刘备一病不起，向诸葛亮托孤说……"季中强讲起历史，自是滔滔不绝，正讲得起劲，沈众给他使个眼色，意思说现在不是讲故事的时候！他才赶紧刹车停下了。

周国平笑笑，并不制止，却随着他的话接下去说："季总对历史很有研究，对三国也是了如指掌，有空你给大家好好讲讲。美国人打伊拉克，包里都装着两本书，一本是《孙子兵法》，一本就是《三国演义》，这本书不但对带兵打仗有很好的指导价值，就是对我们现在搞的企地文明共建，也是很有启发的！"

季中强突然有些红了脸，说："周总，我扯远了，扯远了！"

江波也不好意思地吐吐舌头，勾下脖子。

周国平就接着问："大家还有什么意见吗？"大家摇头。他就说："好吧，会先开到这里，大家各回其位正常工作，不要轻易出面接触百姓，也不要随便发表议论。"

变故一出，大家心里都没了底，刚才神情还有些肃穆，但经季中强一个小插曲，气氛似乎宽松了许多，说笑着出了会议室，静待局势有什么转机。

沈众叫小李子把车开过来，陪周国平一同到镇党委来。

杜书记已经了解了些情况，党委成员会上也做了各方面的分析，周国平和沈众来，正好详细研究一下对策。他也担心事情闹大了，对县上不好交代，为了城南化工厂的事儿，估计陆书记和齐县长还在头疼呢。

周国平说："只有找到段仁德，才可能把老百姓劝回去，问题是段仁德关机了，不知道躲在哪儿，沈经理打电话联系不上。"

杜书记沉吟一下，说："我叫派出所的厉所长来，他或许能联系到。"

党委政府帮助协调，但企业也需要有个态度，周国平不好把话说明了，沈众就插空提醒说："杜书记，我的意见是，段仁德的个人要求咱们不能答复，作为一个驻地企业，对周边其他村子还有一个平衡的问题，万一其他村有点事儿就效仿段家疃，那企业以后就很被动了。"

杜书记点头表示同意。周国平恰好接过来，说："我们可以每年通过文明共建的方式，对段家疃进行结对子帮扶。"

　　杜书记说："这样好！你们的态度很重要，镇党委政府是支持企业的。"

　　这时候，厉所长气喘嘘嘘地跑上来了，杜书记当即安排他："想办法尽快联系到段仁德，叫他到我这里来报到。"按道理，派出所应该归县公安局管理，但它是县公安局设在镇上维持一方治安的派出机构，所以镇党委书记也能管他。当然，听与不听、听从多少，那只有看所长本人是否配合了。

　　厉所长喘口气，为难地说："杜书记，既然别人打不通电话，那我也打不通啊，那段仁德自己长着两条腿，去哪也不告诉我啊。"

　　杜书记看着他，严肃地说："现在都什么时候了，还跟我讲价钱，你就是发动全所的干警出去找，也要尽快给我找回来！"

　　"杜书记，我……"他还要推拒，杜书记看他一眼，抓起手机，不软不硬地说："要不，我给县局的王局长打电话，叫他安排你？"

　　"别别！"厉所长赶紧摆摆手，"杜书记，我不是那个意思，我，我去，我现在就去！"

　　周国平想笑，却没笑出来。这个厉所长！

　　他又看看杜书记，杜书记坐在那里面无表情，不说话，空气短暂地凝滞了几秒钟。周国平从刚才杜书记对厉所长的那个眼神里，隐约感觉到什么，他明白，政府官员在官场上摸爬滚打多少年，有时候拼的是一种心计，即便一个眼神，一个表情，都会传达很多复杂的、微妙的意图。他们的工作方法，总是充满了智慧，曲里拐弯考验你的智商，不然，为什么每个会议最后都要强调"吃透精神，领会意图"呢？经常吃不透精神，领会不了意图，那就是官场上的智障，至少是弱智，是没有多少政治前途的！

　　周国平当然担心接下来会不会发生尴尬的一幕，他不想那么咄咄逼人，也不想等着气氛骤然变得虚套，看看党委的态度表示得差不多了，就岔开话题，随便聊了几句，说："那头不知道怎样了，我有点放心不下，要不，我们先回去？"

　　杜书记站起来，说："行，党委这边周总你放心，我们会全力以赴为企业服务的，对我们的百姓给企业造成的麻烦，我代表党委政府向企业道歉！"

　　周国平到底也没弄明白"全力以赴"这个词代表了多大的力度，至少在这个场合下，是不能具体量化的！不过，杜书记既然代表党委政府给企业道歉了，这个态度还是应该接下来的。他装作不好意思了地握着杜书记的手说：

"是我们做得不够周全，让您费心了，该道歉的是我们！"。

两人笑笑，周国平和沈众就下了楼回公司来。

从北门进来，到了办公楼前，周国平就远远地看见几个年轻人翻过院墙进了厂区，敲碎了办公楼的几块玻璃，还有几个人正要跟着翻墙进来，沈众就有点按捺不住，说声："周总，叫保安上吧！"

"不行！没有我的允许，谁都不许出手！"周国平断喝一声，声音虽然不大，沈众却听得心头一颤。

几个青壮汉子已经来到二楼了，保安们蜂拥跟上来，只跟着，不动手。

沈众把周国平拉到办公室，门反锁上，说："周总您不要出面，交给我来谈，先稳定他们的情绪，等杜书记那边的消息。"

周国平说："你注意控制情绪，不要发火，尽量把时间拖下来，我一会儿再给杜书记打电话。"

沈众说："镇上的外援能不能及时赶到？我感觉好像有点打马虎眼！"

周国平冷笑笑，说："你放心吧，当官的比我们更输不起！即便不是为了企业，他们也要考虑考虑自己。"

沈众恍悟似地咧嘴一笑，说："周总，您说的是，这个外援选得太对了！"

沈众带上门出来，几个壮汉就站在二楼走廊上，大呼小叫吵得满楼聒噪：

"叫你们老总出来，以为躲起来就没事儿了吗？"

"占了我们的地，还污染了我们的庄稼，不能连个说法也不给！"

"再不出来把这楼一把火烧了算了！"

……

保安们只跟着，不出手，他们就更加嚣张。沈众忽然觉得他们的话就是说给保安们听的，人都堆在这里，反而更不利于他们情绪平息，就故意使个眼色，大声朝保安们说："你们上来干吗，都下去！"保安们就下去了。他又朝那几个人说："大家有什么要求，咱到接待室坐下谈！"沈众和颜悦色，但那口气却软中带硬，不容反驳。

几个百姓看见终于有人出来说话，而且旁若无人，底气充沛，就抬头看看他，先自挫了些锐气。沈众顺手揽住一个汉子的肩膀，貌似亲热却连推带搡地把他往接待室里拥，手上使了些力气，那人肯定感觉到了，但不敢反抗，只好随着那一股力道进来。他进来了，后面的人情愿不情愿地也跟进来。

"坐，大家坐下吧，先喝口水，有话慢慢说！"沈众俨然一位主持公道的领导，不费吹灰之力把几个人关在了屋里。

"你说话好不好使？"有人壮着胆子问。

"不好使就别在这耗，叫你们老总来！"旁边有个年轻一点的帮腔。几个年龄稍长些的人就不再说话。

沈众笑笑，说："老总不在，他即便在，也是要听听大家的意见，然后再研究才能决定，所以，我好使不好使，你们都要先把问题反映出来，才能等老总回来好汇报！"

"你当我们三岁小孩啊？哄我们！我看见你们老总的车在家！"有个年轻人看起来很精明，沈众心里咯噔一下：忘了给小李子交代，这点怎么疏忽了。

"你不是小孩，我也不是小孩，都是大人说话，我哄你们干吗？"他笑着说："车在家不一定人在家，我们老总从来不固定用车。"

"我们院子里水泥面子飘了一地，扫一扫都够一桶了！你看咋办吧！"那个人扯着嗓子嚷完，两手一摊，脖子上暴露的青筋慢慢收拢、却怎么也收不回去了。

沈众看着想笑：至于的嘛，那冲劲儿，像哥俩分家争他祖上留下来的一间茅房。他忍住笑，说："这位老兄说得有意思，既然那么多，你扫他干嘛？不如就地抹一抹，把院子硬化一遍算了，还省得花钱买！"

几个年龄长一点的就别过脸去，偷偷地憋住脸上的笑意。年轻人又起了高腔："天天在家吃你们的水泥灰，嗓子都快糊上了，必须给我们补偿！我们要钱，污染费！"

刚才说污染了庄稼，这次却是污染了院子，看来是没有提前统一好口径！

还是要钱！

意思更明确了，沈众继续揪他的话把儿磨蹭时间，道："照你这样说，我们天天在这上班，都不能活了呢，再说，真要是那样，给你们补偿了，嗓子就通畅了？"他左一句右一句跟年轻人磨嘴皮子，屋里的气氛渐渐就松缓下来。大家喝口水，继续有一嘴没一嘴地嚷。

时间一分一秒地过去了，沈众站起来，到窗子边上看看，忽然发现大门外的人群少了许多，三三两两的人已经往回撤了，他估计可能是镇上的外援到了，就稍微加重了口气，点着指头朝那几个人说："你们今天的行为，知道是什么行为吗？是违法的！你们把办公场所的玻璃砸碎了，就是扰乱公共秩序罪，公安局要是介入，大家都很麻烦！所以，我们之所以没报案，还是为大家着想，知道都不容易，万一谁进去了，家里可就过不得了。"他故意把事情往大里说，几个人都默不作声。

"我也知道大家今天来这里，也许不是你们的本意，可能是有人鼓动的吧？这都不要紧，但我们必须给镇上汇报的，有什么问题，我们通过镇上协调解决，这才是正路！镇上杜书记也很担心你们陷进去出不来，这不，他都亲自带人过来了，外面的人已经开始撤了，你们还在这等什么？"

几个人趴到窗户上往外面瞅瞅，由于离得太远，根本看不清哪个是杜书记，就说："杜书记在哪？你这人不可信，净哄我们！"

沈众说："我哄你们干啥，没见外面的人都散了吗？你们段书记肯定也过来了呢。"

几个人你看看我，我看看你，想走却不敢先走，沈众就追上一句："等会杜书记上来，可别把大家堵屋里了，杜书记熊人可是不管三七二十一！"

大家又不再说话了，年龄大一些的那个就说："老百姓也的确怪不容易的，家里地越来越少，又没个出路挣钱，你们大公司，敞敞指头缝也够我们过一年好日子的，你给我们反映反映吧。"沈众说："我们每年都给村里一些帮扶，去年那两百吨水泥不是帮村里修路了吗？而且，村里六十岁以上的老人，公司每年都是送米送面，大家能说看不见？老人家咱平心而论，大家这么闹，到底是图的什么？还不是被人家挑唆了？"

大家都低了头，没有一个人接话。沈众又说："你们也可以放心，我们每年都会跟村里搞一些帮扶共建活动，今年，我们尽量多往段家疃倾斜一下，就什么都有了！要是执意这样闹下去，恐怕话就两说了！"

"那就好，那就好，那我们……走吧？"有人试探着提议。

"走吧，人家把话都说到这里了，还好意思坐在这里？"

大家鱼贯而出，头也不回地跑下楼去。

沈众如释重负地吁一口气，总算暂时平息了，可是外面的人怎么就撤了呢？

他过来找周国平汇报，周国平高兴地说："杜书记把段仁德扣在党委了，亲自在那陪着他，他没办法，只好打电话叫领头的把人撤了。"

"活该！把他收进局子里才好呢。"沈众恨不能把他叫过来踹上几脚。

周国平笑笑，说："企业落户地方，这些都是小事儿，工作内容之一嘛，很正常的。过两天钟总要来趟岚湾，我担心的是，别等钟总来的时候赶上这样的糟心事儿，就出丑了。"

"钟总要来？"沈众每次听到钟若飞的名字，总是有种按捺不住的激动，在他心里，钟若飞的形象总是那么伟岸、俊朗，举手投足都透着一种儒雅不凡的气质。

他又问："钟总这次来，有什么重要的事吗？"

周国平告诉他："青城水泥厂的合作差不多了，总经理李忠已经向县政府、市政府表了态，只待清产核资完成，就可签订合作协议。

沈众高兴地说："那太好了！青城都加盟了，夹在我们中间的牛腿岭水泥生存空间就更狭小了。"

周国平笑着说："牛腿岭水泥早就在恒基股掌之间了，之所以先拿下青城，就是要造成合围夹击之势，叫牛腿岭的吴玉林老总腹背受敌，支持不了多久，他就会主动就范！"

沈众忽然感觉到，原来恒基的战略也跟当年的解放战争一样道理：布点、打围、阻击、孤立敌人，最后不战而屈人之兵。他抑制不住激动地说："看来，大联合的时代真要到来了，我们为恒基自豪。"

周国平点头，说："更值得自豪的还在后头呢。联合兼并和资本运作已经成为拉动集团发展壮大的两个轮子，二者互为带动。目前，集团正在酝酿从香港H股回归A股的前期准备，一旦回归成功，又将从股市上募集几十亿的资金，有这几十亿，银行授信就可以达到上百亿，这对集团联合兼并战略将是最大的支撑，你想一下，岚湾水泥整合不是指日可待了？"

天下恒基！沈众想：作为一个大集团的老总，钟若飞每天的工作该有多忙！

第二天早上，沈众正在参加早会，桌上的手机突然嗡嗡地振动不停，他看看号码不熟，而且也不方便接，就摁上了。一会儿，电话又打过来，他心想这谁啊？不接就说明在忙，怎么还一个劲地打个不停呢？他悄悄地退出会议室，在走廊上接起来。

电话里一个中年男子的声音问他："沈经理吗？昨天老百姓堵门事件处理得怎么样了？"

这一接不要紧，把他吓了一跳。他立刻警觉起来，问："你哪位？"

那人呵呵一笑，透着惊悚和得意，说："别问我是谁，也不要问我从哪来。我这里有一段视频，详细拍下了昨天的场景，哈哈，你感不感兴趣？"

沈众一惊：坏了，昨天的事件被人拍摄下来了。

"你什么意思？"沈众压住声音问。

电话里却阴阳怪气地哈哈一笑，说："眼下环保问题可是个大问题，我这段视频，肯定值不少钱呢！"

沈众当下不知说什么好，万一带子传到上级部门，或者在网上那么一挂，肯定会闹得沸沸扬扬，集团要是知道了，追究下来，云石可是吃不了兜着走的。而且钟总过两天要来，不管怎样，得把视频先拿回来。"你说吧，到底想怎样？"

"给我十万，视频归你！"那人在电话里奸笑两声，倒显得痛快。

"这么大的事儿我不能做主，这样吧，我们先保持联系，等我汇报后再答复你。"沈众拿不定主意，想先把他稳住再说。

那人说："好吧，你快点，不过，最好不要跟我打马虎眼，我这视频可是复制完的，两份呢！"他提醒沈众不要耍聪明。

沈众回到会议室，在周国平耳朵上说了几句，周国平点点头，表示知道了，继续听季中强关于生产方面的汇报。

会议很快结束了，周国平叫其他人退出，班子成员留下，接着开个临时办公会。沈众把电话内容简要汇报一下，领导们一起分析分析对策。

谁都知道这段视频意味着什么，跟昨天的堵门事件一样，处理不好，会给集团公司捅大娄子！

江波天天跑在市场上，见多识广不太怕事儿，发言说："这个人很可能是段仁德一伙的，或者是他花钱雇过来的。老百姓虽然散了，但他还留了一手。可以肯定的是，他同样是为了钱。"

王晓春想一想，说："这视频存在不存在还不一定呢，也可能只是个幌子。"

常标办事谨慎，反驳说："我们不能靠假设，即便不存在，也要当存在对待。就像绑匪喊腰里捆着炸弹，谁敢假设他没有？"

季中强听了半天，不知道该怎么办好，就说："报案！昨天商量说报案，不是没报吗，今天不报是不行了！"

常标看看他，说："万一打草惊蛇，视频提前挂到网上，不是让我们傻眼？"

"这个不怕！"江波说，"现在市里、县里公安系统都有网管，都是高手，我们只要跟县公安局联系好，叫他们密切关注网上的动静就是了。"

大家的意见基本一致，周国平表示同意，说："遇到这种事，单靠我们企业自己的力量，肯定没法取得两全的结果，必须依靠公安机关的力量。马上报案吧，沈经理你去一趟公安局，不是有个朋友在刑警大队吗，带点礼物过去联系一下，争取他们的支持，有什么进展我们再碰头商量。"

"好的！"沈众应道。

沈众绕过了镇派出所的厉所长，直接去找县刑警大队一中队的队长郑德民。郑德民说："这样的案子，在我们云石发生过几起了，只是针对目标是某个人，因为举报人提供不出更详细的线索，无从查起，都不了了之了。这次居然针对我们的企业张口，未免也太猖狂了。" 他详细询问了一下沈众接电话的细节以及截止现在是否保持联系，沈众一一说了，郑德民想了想，就跟沈众定下一计，决定设计诱捕敲诈分子。沈众又把早会上江波的担忧提出来，说："万一我们打草惊蛇，敲诈分子提前把视频挂到网上了怎么办？"郑德民说："这个没问题，我给局里打个电话，这方面，咱们技术力量还是信得过的，保证网上干干净净！"

沈众回来，继续同那个电话保持着联系，只说等老总回来就汇报，过会儿又说老总回来了，已经同意了，正在办款，最后就说，款办出来了，就在我手里呢，现在不方便交割，到晚上吧，晚上八点准时联系。一个接一个的诱饵，把那人说得放松了警惕，就等着晚上领钱了！

晚八点多，沈众提前给那个号码发了一条信息："一小时后可以确定交割吗？"

不一会，那人就回了一条，很简单，两个字："确定！"

沈众又回了一条："少一点可以吗？商量一下，五万？"

"'决'对不行！少一分也不行！"

这条信息里，带了一个错别字"决"！

从这些信号传输里，郑德民已经基本锁定了信号所在区域，就在公司北边的段家疃。难道是他？

情理之中又在意料之外！沈众给郑德民打了一个电话，知道便衣刑警们已经就位，逐步缩小范围到五十米以内了。

包围圈不断缩小，刑警们摸到一个院落外，大铁门紧闭着，胡同里很静，拐角处的路灯昏暗无光，远处传来一两声狗吠。这不正是支部书记段仁德的家吗？

郑德民的推测基本得到了证实：段仁德昨天被杜书记熊了一顿，到底不想被免职，只好遣散了群众。但他并不善罢甘休，一心要从企业里抠点钱出来花花，就动起了电话敲诈的歪脑子。那段视频，也是段仁德胡诌出来的，他根本就没那录像设备，他也根本不会鼓捣那玩意儿。

郑德民为了抓住证据好破案，就叫沈众给那个号码打个电话，通话时间尽量拖长一点。

沈众就照着号码拨过去，过了好长时间，段仁德没接，看样子是在迟疑，沈众又打，终于，他捏着鼻子接起来了："你磨蹭什么，还交不交易了你？"

"你急什么，这不是打个电话问你，好确定交易地点吗？"沈众故意装着手里有钱不怕撕票的语气。

"那你快说，在哪交易？"电话里急不可耐了。

恰巧这时，沈众办公室的座机响起来了，沈众说："你稍等，我有个电话！"

段仁德没办法，电话里骂骂咧咧嘟囔几句，沈众根本不往心里去，他故意对着座机打哈哈，把时间拖了下来，好几分钟后才放下，又对着手机说声："不好意思啊，有个老同学约我们吃海鲜呢。"

段仁德捏紧了鼻子说："别啰唆，你几点过来？"

沈众就问："去哪儿交割？你确定个地点吧。"

段仁德极不耐烦地说："你磨叽这么长时间，等于什么都没说。这样吧，你们厂后面稻田里，从西往东数第六根电杆底下，你把钱放那，我把带子留下，你明天早上过去取。"

沈众故意担心地说："那怎么可以？我把钱放那，万一你不给我东西了，我不是被你坑爹了？"

段仁德就恨恨道："你怎么这么麻烦，跟个老娘们儿似的……"

沈众的电话粥就这么煲下去，郑德民却已经安排一个刑警翻过院墙，进了段仁德家的院子。看门狗听见动静，钻出狗窝对着那名刑警汪汪叫个不停，亏得段仁德给它栓了链子，不然，这名刑警就要先跟这看门狗过过招了。

段仁德坐在屋里听见狗叫，一边接着电话就出来了。这时，郑德民在墙外咳嗽两声，提高了声音故意说："黑天了，还去哪溜达去？"就有人回应："打牌去，年轻人打工赚了点钱，非要我去抹两圈，看不把他们裤裆输个精光！"

段仁德支着耳朵没听出谁的声音，趿拉着拖鞋到狗窝转转，没发现什么异常，就进屋去了，继续接沈众的电话："你不讲信用，再不把钱送过去，我明天就把视频挂到网上，看哪个合算！"

他话音刚落，那个刑警队员刷地掀开门口的纱网帘子，一个鱼跃跳上去，只一下，就将他按倒在地。整个动作干净利落，眨眼的功夫，段仁德已经躺在地下，手机扔在一边。

"郑队，抓住了！"那个刑警队员一手卡住段仁德的脖子，一只脚踩在他屁股上，朝外面的郑德民和队员们喊，沈众从摔在地上的手机里听得清清楚楚。

刑警们翻进院子，打开铁门，齐刷刷地站在段仁德面前。

"刑警同志，干，干吗？我，我闹着玩的，没别的意思……"段仁德趴在地下早就浑身筛糠，哆嗦得不成样子了。

"带走！"郑德民一声断喝，段仁德立时呼天抢地，"刑警同志开恩啊，我上有八十老母亲，还有三个孩子没成年，你们放了我吧！"

有人就"扑哧"笑出来，"三个啊？！只许村官超生，不许百姓上床，大喇叭天天叫人家计划生育。你自己却生了三个！"

"不要说话，带走！"郑德民呵斥那个年轻的刑警一句，段仁德也吓得不敢吱声了。众人连拖带拽把他拖出院子，扔进了警车。

警车闪着警灯，"呜哇呜哇"的警笛声划破段家疃的夜空，凯歌高奏一路开出了村子。一时间，村子里柴门犬吠，街头巷尾站满了不明内情的村民。

　　沈众立马打电话给周国平汇报战果，周国平嘴上说："叫他在大牢里反省去吧！"放下电话，心里却隐隐地为段仁德感到惋惜：好好一个村干部当不成了，老婆孩子跟着遭殃，真是咎由自取！

　　周国平没有想到，更令他惋惜的是，段仁德被抓后的第二天，镇派出所的厉所长就被双规了。段仁德供出：怂恿老百姓堵门、匿名电话敲诈，都是厉所长出的主意，商定事成之后所得十万块钱四六分成！

　　后经审讯查明，厉所长自调任现职以来，已经收受财物共计三十余万元，仅段仁德一人就给过他八万多元！

07 第一次听说市长太太的病情

　　唐小倩远远地走出来了，她今天穿得非常休闲，一件大号的白色T恤，衣角就那么随便地往腰里一束，显得轻松悠闲。藏蓝的牛仔铅笔裤裹紧了两条长腿，一双弹力休闲运动球鞋，白色短袜刚好提到脚踝以上露出半截，步子迈开，风姿绰约，活脱干练，就感觉有裹不住的青春在脚底下跳跃。

　　周国平的女儿周萍萍高考成绩已经下来了，还不错，六百五十七分，超过一本分数线三十多分。周国平很高兴。对于这个女儿，他的关心太少了。女儿小的时候，他在乡镇立窑厂工作，因为路远，交通不便，就很少回来；上初中了，他又调回云石一水，先后当上了水泥车间主任、烧成车间主任，工作开始忙了，还是很少回家，一直到她上了高中。女儿高中上了三年，他就当了三年的常务副总经理，直到现在也没有陪她检查过一次作业，只带她吃过一次肯德基，还是最近几年前的事情！那时候萍萍已经大了，似乎也不是吃肯德基的年龄了，但她还是告诉爸爸："好吃，下次还来！"

　　教育女儿的重担，就一直落在妻子马苏身上。马苏是中学的老师，教数学的，但因为周国平照顾不上孩子，她只好去求校长调调科目。求了几次，把2000块钱的购物卡塞在校长电脑鼠标垫底下，校长装作没看见，半天才把眼睛从厚厚的镜片后面翻出来，说："让你带历史，你可以吗？" 马苏虽然有点肉包子喂狗的感觉，但为了争取点宽裕的时间，竟一口接下来，说："我能行！"

　　虽然有点故意刁难，但还不错，因为历史算是一门副课，相对于主课语文、数学、英语等科目来说，时间自然就多一些。学理的转成教文，马苏并不害怕，一边学一边教。女儿做作业的时候，她就在一边学历史，女儿嘴里念英语，她就到隔壁去背历史，几年下来，硬是把中国的、世界的历史烂熟于胸，提起哪个年代发生了什么大事，马苏都能具体到年月日。而且，马苏上课有着很好的亲和力，她讲历史事件的语音、语速，都让学生们着迷。有一次，就是高中教学最后一年分文理科的那年，她噼噼啪啪讲完了一课，下课的时候告诉学生：这是给大家上的最后一堂历史课了，以后，你们理科班就没有历史这一科了。学生们一时间竟起了哄，嚷着让她再讲一次，有几个女同学竟然走上讲台，拽着她的手求她。那时刻，她感觉眼眶里热乎乎的。

女儿萍萍前几天还说："妈妈，我历史学得那么好，您应该居首功。每次看历史剧，您都能说出故事的年代、背景，我就想：妈妈怎么知道得那么多？从那时候起，我就不知不觉喜欢上了历史。等考上了大学，我还选择文科！"

马苏就告诉她："其实我最喜欢的还是数学。"萍萍就蹦起来了，说："我就说嘛，您擅长理科，爸爸擅长文科，我就综合接受了你们最优良的遗传基因，文理兼修，算是吸日月之精华，所以这次高考成绩才这么好！"

提起周国平，马苏又挂下了脸，"别说你爸爸，除了这点遗传，他可没有什么功劳可表！你哪次作业不是我给你检查？你哪顿饭不是我给你做好了端上来？你就学习这点事儿，别的都不用管，你再考不好，妈妈就不要活了！"

萍萍跳到后面，两只小手按在马苏的肩上，轻轻揉捏着说："是是是，我忘不了孝敬您，您是天底下最好的妈妈！"

周国平回来，萍萍把妈妈的话说给他听，周国平就笑着说："教育有好多方式。言传身教是什么意思？言传是一方面，身教是更重要的一方面。你妈妈是言传，我是身教，如果说我不比你妈妈功劳大，至少也不比她小啊！"

马苏反驳说："你身教什么了？你的身教就是好几天不回来，就是整天在外面喝酒吃饭？"

周国平就摇摇头，半开玩笑说："是啊，我怎么就那么忙呢。"他看着女儿，问："你说，为什么爸爸会那么忙？"

萍萍说："忙是你的专业，我也忙啊，不过我的专业就是学习。分工不一样，性质没什么不同。"马苏就说："你这是什么话，那我的专业呢？我的专业就该是伺候你们吃喝拉撒洗衣服，就该天天吃你们的气？"萍萍分辩说："哪有让你受气啊？你更年期提前，除了爱唠叨，还喜欢自己生气，老拿别人的错误惩罚自己！"。马苏狠狠地瞪着她，说："没大没小你跟谁说话呢？你再说一遍？你这就叫孝顺啊？"她扬起巴掌举在半空里，根本就没有落下的意思，但萍萍已经吓得泥鳅一样躲在周国平的背后。

　　周国平坐正了，掰过女儿的肩膀，一本正经地说："我告诉你我为什么忙，因为啊，爸爸是属鸡的，你奶奶说，我出生的时候正好是早晨，农村里撒鸡觅食的时候。你想啊，一群公鸡饿了一夜的肚子，早上撒出来，还能闲着啊？所以，我是饿着肚子来的，注定这一天到晚要忙忙碌碌，到处觅食！"

　　萍萍就咯咯地笑，说："你骗人，那猪、马、牛、羊不也是饿着一夜的肚子来的？他们怎么就不用忙碌？"周国平就说："他们有主人喂呢，主人有自己的目的，喂饱了让他们干活，喂肥了可以杀肉吃！"萍萍故意捣乱，说："那么鸡呢？鸡不是也可以下蛋、杀肉吃吗？"

　　周国平不知道再怎么回答她了，他忽然觉得这个问题很深奥，平时随便说说倒是有一番道理，但深究起来，似乎又谁都说不清楚，这好像涉及到了佛学的问题，宿命的问题，我给她说这些干嘛？

　　考完试半个多月，成绩也下来了，周萍萍一下子就解放了，而且，因为成绩不错，学校里奖励了她两千元钱奖学金。她高兴地摇晃着，对周国平说："爸爸我头一回见到这么多钱呢，你说，这笔钱我该怎么花？"周国平很想说：你留着交你的学费吧。可是，他看到女儿满脸的兴奋，又不忍扫了她的兴头，就问："你想怎么花？"这时候马苏就跑过来，伸手要抢那钱，"交给我，我给你保管！"

　　萍萍到底眼疾手快，一下子就把钱捂到了胸前，"妈妈，讨厌！"她撒娇地叫一声，又看着周国平，求救的眼神。周国平就给马苏说："你要她自己处理吧，她应该有数。"

　　马苏没有抢到钱，站在那里朝周国平瞪眼，"你就惯吧，她这么大个屁孩子会花什么钱？你给我！"她仍旧作势要抢，萍萍一闪身躲到爸爸背后。

　　周国平还是温和地笑着，问："你想好了怎么花？"

　　萍萍说："我拿出一千块钱跟同学们吃饭，剩下一千块钱买身衣服，交学费不够的，你给我补点儿！"

　　"嗯！"周国平赞许地点点头，看看妻子，使个眼色，马苏就停下来不再追她，站在一边不说话。

　　周国平说："好吧，都大学生了，应该有自己的主意了，我和你妈妈都同意你的理财方案。"

　　萍萍看看妈妈，又看看爸爸，意思问：是不是真的啊？周国平确定地再说一遍："只要你不要太疯，这两千块钱，我和你妈妈都不干涉。"

"噢——爸爸万岁，妈妈万岁！"萍萍高兴地跳起来，回头还不忘朝妈妈扮个鬼脸！

周萍萍终于有了一笔可以自己支配的资金，她盘算着该请哪些同学参加，有分数过线的，也有准备继续复习的，有县城的，也有农村的，请谁不请谁呢？平时大家都挺好的，男孩女孩都能说得来，可是范围一扩大，这一千块钱的定量支配资金就要超支！算了，就找几个最要好的吧！她千挑万选，确定了邀请名单，写在一张纸上，叫周国平过目。周国平对她的同学都不熟悉，只从名字上看得出，大约四个男孩，五个女孩，加上萍萍自己，正好凑十个人，就说："我没意见，报你妈妈审批吧。"萍萍就撅了嘴，说："这种事儿妈妈是外行，您同意就行了呗！"周国平摇头，坚决地说："必须让妈妈看看！"，萍萍只好到客厅里交给马苏，马苏接过来看一眼，就说："怎么这么多人，还有男的？"萍萍不高兴了："男的怎么啦？都一个班上的同学，您想哪去啦？"马苏说："男的就是不行！只你们六个女生随便玩玩就行了，不要花太多钱！"

"这人怎么这样啊？都什么年代了，您还男女授受不亲啊？"萍萍嘴巴撅到了天上，末了又咕哝一句："封建残余思想！"

马苏不管她高兴不高兴，拿起笔就删掉了四个男生的名字。

萍萍撅着嘴来到爸爸书房，也不说话，眼泪就要往下掉。周国平想笑却不敢笑出来，就把声音压低些，提醒说："将在外，君命有所不受！"。

萍萍要抹眼泪，忽然听爸爸这一句话，一下子就破涕为笑，随便揩一把脸，心领神会地压低了声音说："爸爸，您不愧是好领导，好爸爸！下辈子还选你做爸爸！"凑在爸爸脸上"啪"亲一口，蹑手蹑脚地就跑出去了。

周萍萍这一顿饭请的，也真够效果。她们几个孩子选的酒店叫"风波庄"，门前广告牌子上写的一句广告语很有气势：有人的地方就有江湖，有江湖的地方就有风波庄。孩子们看到这广告语，立时就有了一种身在江湖的英雄气，有个男孩子还开玩笑说："每天都身在江湖混，怎么江湖上却没有我的名字啊？"萍萍就说："咱那点江湖就几十个平方，还都是家长说了算，标准的'老人政治'，你不想想有他们统治着，会有咱的名字吗？"有个同学附和说："江湖虽大，无我立锥之地。江湖再小，亦无我立锥之地，惜哉我辈，何日才能出头啊！"那个男孩子听他感叹，却一下子雀跃起来，说："暮政必生乱，老朽何足道。回首高中三年，挥别一个时代，闯荡江湖，当自今日始！""对，英雄骑马壮，骑马荣归故乡，我辈出头之日不远矣！"

孩子们吱吱喳喳，七嘴八舌各有感慨。虽然只是个古旧小店，菜也不怎么样，但几杯啤酒就把大家喝得哭鼻子擦眼泪。毕业了，分别了，各奔东西了，动点情绪是自然的，可也不必哭成一堆啊，几个男孩子丢不了男子汉的英雄气，分头把大家拉开，周萍萍像个大人似的先揩干了泪水，说："英雄有泪不轻弹，咱们毕业了是好事儿，十几年的寒窗苦读修成正果了，干吗要掉泪，K歌去！"她看看一千块钱还剩下点儿，就把大家领到一个量贩式的沃德克歌厅，不点公主，也不要皇后，自己找曲子，自己点歌，打开音响，借着那几杯啤酒的劲儿，狂蹦乱跳了一阵，直把大家跳得浑身黏腻腻的才罢休。

回到家，酒也醒得差不多了，周国平和马苏都没睡，她不敢出声，蹑手蹑脚地回了自己的房间。周国平不想过去问得她难堪，但当妈妈的不行。马苏推开门就狠狠地瞪着她，自然少不了一顿唠叨。萍萍知道自己有点过分，就"嗨嗨"地笑着装聋作哑，马苏唠叨差不多了，萍萍就说："哎呀妈妈烦死了！我要睡觉！"倒头把单子蒙上，虽然屋里还是闷热，她却宁愿捂汗，也不敢把头露出来。

直睡到第二天早上，周国平本想借吃饭的空儿问问萍萍报志愿有什么想法儿，可是喊了半天萍萍也不起来，说头疼，再睡会。马苏跑过去掀开被单子摸额头，不热啊，就说："该！叫你出去疯！还是啤酒喝少了！"萍萍只顾继续蒙头大睡。

好不容易毕业了，紧张的高中时代结束了，适当地放松一下没什么，"你叫她睡吧！"周国平说，"我到时间了，先上班了。"就拿了包下楼去。

这段时间不是很忙，沈众这边也没多少事情，就过来问周国平有什么安排吗？周国平说没有，沈众就说："那样的话，我想请天假，有点私事儿，处理一下。"周国平说，可以，又想起一件事儿，问："你跟唐小倩怎么样了？"

他问得突兀，沈众心里又有事儿，一下子竟不知怎么回答。其实他跟唐小倩约好了，今天正要过去找她的。

唐小倩已经不在水木清华了，她去电视台上班了，昨天才告诉沈众，沈众还吃了一惊，问："你怎么去电视台了？我怎么早没听你说过？"唐小倩说："我早就告诉过你的，只是你没注意听！"沈众又问："你什么时候告诉我了？"唐小倩就在电话里咯咯笑，说："你别问了，来了详细跟你说。"

他本不想把这事儿告诉周国平，毕竟这是个人的私事儿，跟工作没什么关系。可巧周国平偏问，他就只能告诉他。

周国平听着也很高兴，说："那很好嘛，唐小倩是高级知识分子，在水木清华有点屈就了，电视台好，女孩子做个记者什么的挺合适！"

沈众说："她刚刚过去报到，报到完了才告诉我的，今天就是过去给她祝贺一下。"

周国平说："应该的，这样吧，你代表公司，也表示一份心意，毕竟她给咱们帮了不少的忙，人家冲你也罢，自愿也罢，咱都得有个姿态。"他想了想，带点什么好呢？也没什么稀罕玩意儿，就说："你自己看着买吧，买完了要发票公司处理。"

沈众本来想说不用了，唐小倩其实也不是外人，可是又想，既然周总都把话说到这了，心意也该替她领下，有时候拒绝别人的好意，其实也是一种不尊重！就答应了。

这时候，季中强敲门进来，沈众见周国平没别的交代了，就退出去。

"来，老季，坐！"周国平朝沙发那边一伸手，自己也拉把椅子坐过来，问，"有事儿？"

季中强面带忧色，说："这几天辅材进厂量有限，化验蔡远征那边出的工艺配方没法执行了，粉煤灰、矿渣粉，尤其是磷石膏，每天都吃不饱！"

周国平说："我早上下去转了一圈，也看见了，货场上基本空着，我还没顾上找常标呢。"他拿起手机准备给沈众打电话，一想又放下了，他请假了，找徐建军吧。徐建军过来，周国平说："你把领导们叫过来，一起碰碰头。"

"都来吗？"徐建军嗫嚅着问。他没主持过办公室工作，有些事情拿不准。

"对，都来。"周国平又补充说，"加上化验室蔡主任。"

"好的周总！"徐建军答应着出去。

凑在一堆，大家都显得很犯难，蔡远征的质量指标卡得很死，没办法，集团公司下达的熟料强度指标就是17~18个兆帕，多一个少一个都要通报批评，水泥的质量指标也很明确，谁都不敢过警戒线半步，有些辅材进不来，势必影响水泥和熟料的性能指标。季中强朝常标两手一摊，"怎么办？"

王晓春把资金预备好了，进不来货就是你常标的责任了。大家都朝他这边看过来。常标不是不着急，他这几天都牙疼得睡不好觉了。这段时间，各大电厂、钢铁厂都在检修，粉煤灰、炉渣基本上是限量供应，运输车辆往往排一天一夜的长队也分不到一车指标，常标一个电话接一个电话地催，还是上不来货。还有，新一轮道路严查又起来了，上级部门分指标，一个月内必须查扣多少辆车，必须有几千万的罚没资金入账，否则，队员们奖金就扣了。这些交警也真是较着劲地赛，有时候货车跑得很好，冷不丁哪个角落里钻出三五个交警，红牌一亮，罚单当即撕票，三千五千地就交给人家了，有的驾驶员就发狠：妈的，下回你要再这么鬼闪眼似的，咱就装作看不见，冲过去，撞死几个才好！

货源紧张是事实，道路严查也是事实，常标纵有三头六臂，也分身乏术。他难辞其咎，低着头，不说话，周国平虽然生气，但单纯就大伙的态度来说，他还是满意的。这个班子从来没有一个人，因为自己的工作失误而故意推卸责任，季中强有时候断料了着急，但也只是点到为止，绝不对上游工序横加指责。在资金上，即便再困难，常标也不会对着王晓春光火，他都要提前沟通完，在找不到其他更好办法的时候，再过来找周国平定夺。周国平虽然压力大点，但整个班子团结配合，互相补台，避免了可怕的内耗，这是比什么都重要的。

大家没有其他意见，也没有更好的办法，周国平就开始更进一步放权了。短期内，常标可以有权根据市场变化情况，随时调整原辅材料进货价格，但一定要比照周边企业标准，不能过高造成成本上升过快。同时，对于交通部门，要摸清楚主事儿的几个关键人物，有一种人需要特别想着：官不大，但特能办事儿！对于这种人，可以适当进行感情投资，当然，这事最好配合供货商一起进行。进不来货，我们着急，其实供货商们更着急。车辆跑不出效益，还要每天留出费用，他们比我们，把钱看得更重要。所以，他们会很愿意跟我们一起跑这个关系网的！

这是没办法的事儿，大家都这样，你不这样，就得饿死！蜘蛛之所以坐享其成，靠的就是那一张网！

常标得了尚方宝剑，心里更多了些底气，大不了把价格提高一些，从其他企业的供应链条中拉过一部分救急，哪个驾驶员不愿意多挣点运费差价？

可是，他刚高兴一会儿，周国平就把板子敲在了他的头上："造成今天被动局面，采购方面责任推不掉。大的电厂、钢厂检修，肯定有周密的计划和完善的方案，这不是商业机密。计划下达几天后才能执行，而提前的这几天，消息就能传出来，我们的采购员为什么提前不知道？还有，每次道路严查，交通管理部门都会有消息透露出来，我们也不知道，这说明什么？这至少说明我们的采购管理缺少一定的预见性，或者说外部信息不灵通。如果能提前得到这些信息，我们就能未雨绸缪，及时增加库存，就不至于临时抱佛脚。"他虽然没有点常标的名字，但常标脸上已经出火一样的刺挠！

周国平平时很少熊人，但关键时候那么几句，还真的有点叫人接受不了，好在大家都知道他的脾气，说完了算完了，从不给你小鞋穿，该怎么支持还怎么支持，该怎么照顾还怎么照顾，就像一个有时发火，但仍背你过河的老大哥那样子。大家虽然不怎么怕他，但敬畏之心一点不少，还因为他从来说一不二，叫你怎么做，我自己首先做到，不允许你做的，我从来不做。这样的领导，已经很少了！

沈众从周国平办公室出来，琢磨着带点什么礼物好呢，长这么大，还是第一次给女孩子买东西。买点好吃的？没见过她吃什么零食；买件秋天衣服？一个男孩子家，怎么会知道女孩子喜欢穿什么样的，也没有她的尺码呀。要说，唐小倩可是什么都不缺，而且看她穿衣戴帽并不是喜欢花哨的那种，这下愁坏了沈众。

他站在超市门口，想不出买什么，就不进去。他是个痛快的人，喜欢确定好目标直接抓过来的那种，买什么，想好了，进去交钱就行了。他也有时候反思，这种性格并不好，以后万一陪唐小倩逛街，没点耐心可不行。女孩子一般都是东挑西捡的，对不上脾性，是要生气的。

他想来想去，忽然看见两个女生抱着一对玩具泰迪熊出来，那两只玩具熊长得一模一样，都穿一条花边的短裙，毛茸茸胖乎乎憨态可爱，两女生各抱一个有说有笑，爱不释手的样子。他就想起春节去舅舅家时，看见表妹房间里也有一个，只是那是一只扎着围脖、穿一件花兜兜的维尼熊，还带个小小博士帽，看上去一样的憨态可爱。表妹把它随便地扔在床上，一个人在屋里的时候，就抓过来扯扯耳朵，亲亲嘴巴，抱在怀里依偎一会儿，很有种自得其乐的感觉。沈众就想：女孩子天性都一样，有些爱好是相通的，这样的毛绒玩具她肯定也会喜欢！只是唐小倩今年二十五岁，属兔的，对着她的生肖买她肯定更喜欢！

沈众在一对超柔短毛绒的LOVE兔柜台前站下来，抓在手里远近地看。这一对小兔子穿着混纺碎花布的裙子和鞋子，裙子可以脱下来换洗。头上有一根细细的挂绳，既可以摆在桌上玩，也可以挂在墙上看，最主要的是，每只小兔两只大长耳朵竖起来，耳朵上都绣着"LOVE"字样。这不正好表达一种难以言传的心意吗？

他看了又看，心里想象着唐小倩见到这一对小兔时的表现，是惊喜？是漠然？还是……他掏出钱付了，不贵，也不要发票，就直接上车奔岚湾来。

下午的时候，沈众把车子开到市直生活区的门口，他不是生活区的住户，不能刷卡，所以进不去，就停在门外给唐小倩打电话，响了两声就挂了，放下玻璃来等她。

不大会儿功夫，唐小倩远远地走出来了，她今天穿得非常休闲，一件大号的白色T恤，衣角就那么随便地往腰里一束，显得轻松悠闲。藏蓝的牛仔铅笔裤裹紧了两条长腿，一双弹力休闲运动球鞋，白色短袜刚好提到脚踝以上，露出一圈白边儿，步子迈开，风姿绰约，活脱干练，就感觉有裹不住的青春在脚底下跳跃。

沈众从车上下来，背后藏着那两只小兔子朝她招手。她看见沈众，扬一扬手中的小包，快跑几步，长长的头发就飘起来，像一团黑色的火焰在脑后翻舞。远远地，她已经张开了双臂，沈众有点慌乱，也只好伸手接着，旁边还有进出的人，他不敢过于张扬，但他伸出的手臂已经暴露了手里握着的那一对小兔子。他用右手轻轻地拍拍唐小倩的背，唐小倩却两只手臂搭上他的脖子，还他一个深深地拥抱。

"小兔子！"唐小倩跳下来，看见他手里的礼物，惊喜地喊了一声。

"送给你的，喜欢吗？"沈众憨笑笑，递过去。

"好可爱的小兔子！"唐小倩抢也似地接过来，眼睛已经不再看沈众，两手抚弄着，脸上完全是毫不掩饰的灿烂。"真像，跟真的一样！"

沈众后悔没来得及设计一个浪漫的赠送情节，而且忽然想到，既然她属兔，那么最应该在她生日的时候送她的，可是……不会浪漫的男人，在女孩子面前永远都那么被动，老做错事，而且，在最应该浪漫的时候，却那么尴尬。

"你怎么去电视台了？"沈众问。

"为什么不能去？当记者不好吗？"唐小倩也反问他。

"好，当然好！我一辈子都想当个记者，可是，我没机会。"沈众感叹。

"坏蛋！你也可以考啊，谁说你没机会？电视台每年都在招考的。"唐小倩说完了，突然觉得沈众刚才的话里有话，就有意格外地强调说，"我就是自己考的呢，不是上次在水木清华的时候就告诉你，我要考试吗？就是考的这个！"

"哦——想起来了，你说过要考试的！"沈众稍一错愕，咽一口唾沫，不敢再说了。他心里还真的以为唐小倩去电视台，完全是她当市长的爸爸给安排的呢，唐小倩这一说，他就想起那次去水木清华见张浩时，她说过正在复习的事儿，原来是为了备考电视台记者呢。

唐小倩也猜出他心里想的什么，有点不高兴，但并没表露出来。毕竟人家并没这么说破，也许你猜得不对。"你文才好，倒是真的应该当个记者。"

"不可能了！你觉得水泥跟记者有什么关联吗？"沈众漫射着眼光看看她。

"谁说没有关联？你干水泥，我当记者，能说我俩没什么关联吗？"唐小倩故意答非所问。

"有！太有了！"沈众嘿嘿笑着，看看头顶的太阳，说："别在这晒着了，把你晒黑了。"

"不怕，晒晒健康，只是不要太黑，跟你这样颜色就很好看！"唐小倩虽然这样说，却转身拉开了车门。

沈众也回到驾驶座那边，一边系上安全扣，一边说："我是男的没什么，你要这个颜色就不好看了，女孩子还是白一点好。"

唐小倩拉上车门，回头照着沈众的脸比画说："哪天我给你拍个黄瓜，做做面膜，多贴几次，把你变成个女的！"

"给我变性啊？"沈众呵呵一笑，"恶心死了！"猛一踩油门，车子瞬间启动，唐小倩冷不防重重地摔在靠背上，"啊——"她惊呼一声，回过身顺便抱住了沈众握方向盘的胳膊。

"别闹，开车呢！"沈众软软地这么一句，唐小倩却没听见似的，很享受地揽得更紧了。

车子在岚湾的大街上缓慢地开着。岚湾的街道很宽，因为是个新建城市，人口相对还比较少，所以街道显得更宽敞清闲，落日余晖洒在路边的银杏树上，反射出一片绿油油的光彩，匝道上两个穿黄背心的清洁工人在树下坐着，不知在嘀咕些什么，那神态看上去闲适自在，眼前过往的车辆似乎全与他们无关，傍晚的这一片光辉全被他们享用了。

"想吃什么，板凳腿？"沈众问。

"板凳腿只能吃一次，少食多香嘛，这次我带你去一个不吃肉，不吃草，也不吃海鲜的地方，保证你没吃过的！"唐小倩仰着脖子在他面前卖弄。

"那是什么？不吃肉不吃草，动物还能养活吗？"

"哎对了，就叫你看看不吃肉不吃草也不吃海鲜，是怎么养活动物的……"

车子停在一条不算宽敞的小街上，这里是岚湾的老城区，夜晚人更显得多，大街上熙来攘往的人流，五光十色的霓虹，此起彼伏的小贩的叫卖声，匝道上不时地腾起一阵阵热气，那是卖混沌的小贩开锅盛汤。唐小倩先把小兔子放在座上，拉起沈众的手，三转两弯就来到一个叫"小背篓"的门店前面。

"小背篓，是什么意思？"沈众说，"还是原全国人大常委会副委员长费孝通题的字啊！"

"那当然，来头不小吧？"唐小倩又在卖弄，她低声地唱起来，"采蘑菇的小姑娘，背着一个大竹筐，清晨光着小脚丫，走遍了树林和山冈……"

"我知道了！"沈众看着匾额上"小背篓经典菌菜，把健康带给世界"的广告语，就似乎知道了里面的特色，"是专门吃蘑菇的吧？"

唐小倩说："准确地讲，是喝汤的，蘑菇汤！"

沈众说："那你唱的歌里，小姑娘背着的那个，不应该是'大竹筐'，而应该是'小背篓'才对啊！"

唐小倩就翻翻眼睛，说："都一样，只是大小的差别！"

沈众哈哈笑道："唐大记者，谬论即是高论！"

唐小倩大大方方地牵了沈众的手，两个人进到店里，早有漂亮的女服务员引领着，在一张四面隔了屏风的靠角落的四方桌前坐下。女服务员麻利地把菜谱递上来："两位点点儿什么？"

沈众看看唐小倩，她早拿过菜谱翻看起来，"猴头菇一盘，松茸一盘，黄金侧耳一盘，黑虎掌一盘……"

沈众没事儿做，就看桌面上压在玻璃板底下的食谱，看着看着就笑了。这食谱很有些意思，写着：六十年代，吃不上肉；七十年代，专吃肥肉；八十年代，专挑瘦肉；九十年代，吃海鲜鱼肉；二十一世纪，不吃肉。不吃肉吃什么呢？吃蘑菇呗！

唐小倩点完了菜，抬起头问他："猪啊你？笑什么，神经病。"沈众指指玻璃板底下，说："你看看，这广告很有创意。"唐小倩就低下头，她那边玻璃板底下压着的不是一样的内容，她出声念着："吃八条腿的海鲜，不如吃四条腿的走兽；吃四条腿的走兽，不如吃两条腿的飞禽；吃两条腿的飞禽，不如吃一条腿的蘑菇！"

沈众听她念的不一样，就伸过头去看，一伸头，就看见了嫩滑的脖颈，和那件大号低领T恤底下若隐若现的罩衣一角。他一错愕，漂亮的女服务员恰好把点好的各类菌菜端上来，斜着眼睛朝他眯眯一笑，他眼角的余光刷地扫过，过电似地赶紧抽身，一屁股跌坐在椅子上，脸就红了大半。

唐小倩抬头诧异地看着他，问："怎么了你？"

沈众不经意的一个举动，叫女服务员这神秘一笑，就笑得他满脸的狼狈。唐小倩似乎明白了什么，瞪着眼说一声："坏蛋！"

只四五分钟，小锅里的汤就开了，沈众像吃火锅一样，先把一盘一盘的菌菜往小锅里倒，唐小倩"哧哧"笑着说："不是那样吃法的，要先喝汤，这是原汁原味的菌汤。"说着，递给他一个小勺，说："喝一口再加菜。"

沈众红着脸吸溜吸溜地喝几口，唐小倩开始往锅里加菜了，一边夹一边告诉他，猴头菇是胃癌的克星，松茸可以抗癌抗辐射，还可以补肾，黄金侧耳可治胃肠类的疾病，黑虎掌则有除湿、安眠的功效……

沈众听着听着，就觉得自己好像还是那个从农村刚走出来的乡下小孩子，什么都不懂。他刚刚大学毕业的时候就是这样，连领导吃饭宾主位次都不懂怎么安排，进办公室之后，才跟高春艳学了一段时间，组织会议是问题不大了，可是对点菜，他一直都掌握不好该点什么。有时候点得贵一点，邱吉富就旁敲侧击地说："这是谁点的菜？净挑好的吃！"有时点便宜点儿的，邱吉富又卖乖说："有点简单，大家将就着吃吧！"他分不清领导哪句是真，哪句是假，就恨自己什么时候才能成熟起来。

周国平曾经告诉过他：经常跟客人、领导一起吃饭，要记住谁喜欢吃什么菜，肉的素的咸的淡的酸的辣的，谁忌口，谁是少数民族，都要记得结实，这样点菜的时候就可以主次搭配，有荤有素，对客人是个尊敬。尤其跟政府官员吃饭，都有个官本位思想，你得敬着他，他高了兴，这顿饭才请得有意义，毕竟我们做企业的，用得着人的地方多些。

可是沈众老记不住，他就想：看来自己不太适合干办公室工作！他上次跟唐小倩吃饭时曾经告诉过她，说点菜是最头疼的事情，自己吃怎么都行，伺候别人，他一直学不会。唐小倩还笑他，说了一句顺口溜：事业是累出来的，勇气是逼出来的，什么都会，那就是装出来的。沈众想想，也是，谁都不是生来什么都能做、什么都会做的！

这次唐小倩亲自点菜，虽然省了他的许多头疼，但他更知道自己的确还有好多地方需要继续学习！

因为开车，不能喝酒，沈众斟了满满一杯果汁，也给唐小倩倒满，端起杯来，说："祝贺一下，从经理人到记者，一次华丽转身！"

唐小倩"扑哧"笑道："我的转身没你说得那么美，倒是你说的更华丽呢。"

沈众忽然看定了她，打趣说："你笑起来真好看！三十度的嘴角，就像QQ里的表情，百度上搜索不到呢。"

"胡说，QQ里的微笑是呆板的，我的微笑是鲜活的。"

"对，鲜活的，还会喝果汁呢！来，干杯！"

两人一口喝了，再倒上，沈众就问起唐小倩妈妈的病情，他还一次都没有见到过唐小倩的妈妈呢，只知道老人家常年卧床不起，连说话都没有气力，唐市长照顾不上，唐小倩又整天上班，只能请了一个常年的保姆薛姨伺候。薛姨家在乡下，因了这个缘故，也就常年住在市长家里，基本上算是一家人了。

他这一问，就问得唐小倩低下了头，很久不说话，偶尔抬头看看窗外，眼角里闪着泪花，沈众有点过意不去，就解释说："怕你伤心，所以一直都不敢问你，但我也应该知道妈妈的病情啊，你不愿说，我不问了就是！"

唐小倩抬起头来，擦擦眼睛，说："不是的，妈妈这辈子，太苦了！"她说着说着，竟然说不下去，眼前已经明晃晃地一片，沈众连忙递上几张面巾纸，说："好了，先不提了，我不该问你。"

唐小倩把面巾纸捏在鼻子上，眼泪像断了线的珠子，吧嗒吧嗒往下滴，说："不是不告诉你，我只是不敢轻易提起。妈妈从年轻的时候就没过过好日子，跟爸爸下乡插队，就住在青云县一个老乡家里。其实我本来还有个锅锅的，在十二岁的时候，有一次爸爸随人家去外地出差了，半个多月没回来。那天夜里下着大雨，锅锅突然高烧不退，在老乡的帮助下，妈妈冒着大雨，把锅锅送到公社医院的时候，锅锅就已经不行了……那时候我还没出满月，妈妈还在月子里……那以后，妈妈就一直精神抑郁，浑身没有力气，那些年的日子，都是老乡帮衬着度过来的……"

唐小倩越说越伤心，肩头抽动着已经泣不成声。沈众走到她身边，拉把椅子坐下来，两手紧紧地抓住她的双肩，把她拉到自己的怀里。

沈众一直都不明白，为什么唐市长都五十多的人了，却还有个年龄这么小的女儿。原来，在唐小倩之前，他们已经有过一个孩子！

沈众把这件事情勾起来了，竟没料到唐小倩如此伤心，想赶快岔开去，却不知道如何过渡，就试着问些无关妈妈身世的事情。"为什么不带她去大一点的医院检查一下？至少也该知道病因吧？"

唐小倩抽噎着说："你不知道，妈妈性子太犟。这几年病情更重了，眼皮也抬不起来，因为经常容易摔倒，整天都不出门。我和爸爸劝她多少次，想带她去北京找个专家诊断一下，可她怎么都不去，她说就这样的老毛病，除了没有力气，别的也没什么，就不想花那个钱，为这事儿，爸爸还一直生妈妈的气，加上他也真没时间，就放下了。"

"哦——"听着唐小倩的话，沈众也不知道说些什么好了，他只是那么团抱着她，轻轻地晃着身子，也许，这温馨的摇动，能胜过万语千言的安慰。唐小倩在他的怀里静静地不再说话，屏风后面这一角天地，弥漫了悲情伤感的气氛。

就这么抱着她，不知过了多久，夜已深了，屏风外面的客人渐渐稀少了，沈众把她扶起来，问："咱们回去吧？"

唐小倩抬起头，睡眼迷蒙的样子，一缕发丝被泪水打湿了，还散落在脸颊上，她拢一拢，站起身，说："走吧。"

车子缓缓开到市直小区大门口的时候，车灯一闪，沈众忽然看见张浩的车子开出来，不由自主地"咦"了一声，停下车。唐小倩回头看看，说："可能是你舅舅和你舅妈。"

"你怎么知道我舅妈也来了？"沈众奇怪地问。

唐小倩忽然想起什么，看看沈众，说："我忘了告诉你一件事儿，听妈妈说，他们在青云县下乡插队的时候，住的那个老乡家有个女儿，就是你后来的舅妈。那时候她还年轻，可能也就二十多岁，还没嫁给你舅舅呢。但妈妈很喜欢她，你姥姥做点什么好吃的，都要她送过一份来，后来我们搬走了，她们也经常过来看妈妈。"

"是嘛？"沈众吃惊地说，"怪不得你爸爸跟舅舅关系那么好，舅妈怎么没跟我说起过呢？"唐小倩就笑了："那我就不知道了，或许你舅妈觉得没必要告诉你。"沈众忽然揽过她的头，有些激动地拿手在她脸颊上轻轻掐一把，说："那我们就是亲上加亲了！"

"啊——你坏蛋！"唐小倩故意装着疼得一咧嘴，扬手在他肩上轻轻拍一把，说，"谁跟你亲上加亲，我们的事儿爸爸还不知道呢！"

沈众心里忽地颤了一下，是啊，他们的关系，除了他两个，谁都不知道，万一唐市长不同意，沈众还真没办法，毕竟两家地位悬殊，她爸爸可是市长，天上地下呢！

其实他也曾设想过，假如他和唐小倩走不到一起，他并不怨什么，他不是不爱唐小倩，但爱和拥有是两码事，自古情深缘浅劳燕分飞的事情多了去了，一切都只能随缘，他一个寻常百姓家的孩子，从小到大饱受生活的艰辛，知道好多事不可为便不为，争取了，努力了，却还是得不到，那就只能放下。爱在心里，不是攥在手上的。而且，他到现在已经很明了，唐小倩也是爱他的。这就够了！人生最大的幸福，莫过于发现自己深爱着的人，也正深爱着自己！

他顿了一下，说："我感觉你好像不定什么时候就飞走了呢，我想，你还是找机会跟家里露一下好些，不然，我们到底会怎样呢？"

唐小倩看他有点失魂落魄的样子，心里也添了丝丝缕缕的忧伤，她把头深埋在他的臂弯里，说："傻样，我爸爸很民主的，他说过，我的事情他们不管，叫我自己拿主意。"沈众说："那也得提前让他们知道……"他明白自己的身份，还想说什么，唐小倩戳他一指头，说："坏蛋，你放心吧，我会瞅机会告诉他们的。"

　　她抓起那两只小兔子，朝沈众举一举，做个鬼脸，又使劲地贴在嘴上亲了两口，说："你舅舅刚走，爸爸肯定在家呢，回去晚了他又要问我。我下去了，你慢点开车，回家给我打个电话！"

　　"好吧，做个好梦！"沈众拍拍她的肩，看着她下车，又目送她进了小区的大门，拐进草坪边上一座二层的小楼。

　　那座小楼，西山墙上爬满了青葱的爬山虎，从下到上郁郁葱葱的藤蔓，把整个山墙覆盖得严严实实，只露出两扇透着灯光的小窗，像夜色的眼睛。清风吹过，墨绿的枝叶轻轻摇曳，清凌凌的路灯底下显得安宁、静谧。

08 在鲁振元办公室里，
火药味突然间就浓起来

"我们是包容一切而不是拒绝一切，两大集团的合作，这都是
基础。我还是那句话，合作才能共赢。把心态放平和了，把眼界放
开阔了，才会有更大的发展。"

梧桐一叶而天下知秋，老祖宗的节气实在是太灵验了，时令刚过立秋，天
气就变得清爽起来。九月份是黄淮地区又一个水泥销售旺季，这个季节雨量渐
少，天高气爽，许多大工程、大项目进度加快，水泥销售便迅速活跃起来。哪
里市场最活跃，哪里的竞争也就最激烈。水泥市场再度陷入恶性竞争、混战掠
抢的纷乱局面。

这段时间，周国平抽时间帮着女儿预备了些开学的日用品，萍萍被山东大
学录取了，选的是中文专业。周国平很高兴，说："爸爸就是山大毕业的，你
再去那里读书，爸爸感到很自豪，而且，中文专业很有味道，你好好学，争取
做个国学大师！"萍萍就说："季羡林、钱钟书那样泰斗级的大师您别指望，
我能学成啥样就啥样吧，总之不给您丢脸就是。"周国平说："好，那样的
大师不敢奢望，你可要记得本科毕业继续考研、读博，只要坚持下去，不成大
师爸爸也自豪！"萍萍歪着头告诉他："我还要出国呢！"周国平侧脸一笑，
说："出国不出国，我不勉强，记住根在中国就行了！"

开学的时候，周国平实在抽不出时间去送她，因为行李太多，就安排小李
子开车，叫马苏陪着，把她送到学校。因为这个，萍萍还在电话里把爸爸数落
了一顿，说："人家同学都是爸爸亲自送，你怎么就那么忙，你忙得连女儿都
不要了！"

周国平笑着说："你这孩子知足吧你，爸爸已经够腐败了，用公司的车送
你们！要是再占用我的工作时间去送你，不是要犯更大错误了！"

"那人家爸爸怎么都开公车送孩子，你就不行？"萍萍不管这些：反正你
今天没来送我！

关于这个问题，周国平跟自己的女儿当然没法解释什么，全中国人都明白的事儿，还要什么答案吗？

周国平呵呵笑道："爸爸属鸡的，注定要忙碌一生啊！女儿你这性子很可爱，爸爸喜欢。就是老长不大，这样不好。"

"这叫青春，你老头儿了落伍了，不懂！"

"是是，爸爸落伍了，六〇后遇上九〇后。"

大清早，江波就敲门进来，嚷嚷道："周总，这市场上全乱套了，明明是旺季，却眼睁睁看着拉不出去，那个崮西的鲁振元真不是个东西！"

周国平早就了解一些情况，昨天他还在市场上转了一天，知道目前遇到的问题并不在市场，而在人为的不正当竞争。崮西为了促销，单方面偷偷把水泥、熟料分别每吨降了二十元钱，而这分明是从别人碗里抢饭吃，是岚湾水泥同业中最不讲义气的做法。眼看着车辆一批一批地绕过云石，径奔崮西去了，周国平也很生气。他跟崮东的兰成东通了个电话，先了解了那边的情况。兰成东在电话里也把鲁振元骂了一顿，决意要找钟若飞告他一状。周国平说先别那样做，我过去找你，先商量一下再说吧。兰成东说好的，我在家等您。

江波站在周国平办公室里气不打一处来，大骂鲁振元不仗义，说："他怎么不想想几个月前，他的大窑断了，是谁帮了他，现在好了，养虎成患，反咬一口了！"周国平笑笑说："这个鲁振元，本是同根生，相煎何太急！这样吧，我跟你去一趟崮东，见见兰总，越是这个时候，越需要我们协同一致，千万不能跟风降价，那我们就真的是赔钱赚吆喝了！"江波说："行，我跟您走一趟，当一回说客！"

兰成东是个不爱张扬的人，戴一副无框近视眼镜，白白净净，文质彬彬的样子，平日里对谁都没有威胁感。他虽然从事水泥多年，但年龄并不大，比周国平还小好几岁，平时话不多，但每一句都很踏实，叫人听着实在、放心，但唯独对鲁振元，提起来就来气儿，按老百姓话说，就是"两人使不着"！

他与周国平交往并不多，除了集团开会、组织集体活动，平时只是通个电话，互相通报一下生产信息。但每次参加集团的公共活动，他都主动跟周国平坐在一起，吃饭也是转来转去就转到一个桌上，他说周总从来不劝酒、不强迫，是个好大哥，跟他坐一起，心里有底。周国平也喜欢跟他交流，他从不抢头说话，不轻易发表意见，不像鲁振元那样满口脏话，大呼小叫地围着桌子乱跳。

兰成东提前到楼下接着周国平和江波，一起上楼直接就进了他的办公室。寒暄一阵，谈话的焦点就不约而同地集中到价格上来。兰成东说："周总，我是干着急没办法，你今天不来，我就去登门拜访了，大家你抢我夺，谁都不赚钱，图的个啥嘛！"

周国平也点头说："无序竞争的结果，不仅浪费了资源，还扰乱了行业秩序，是一种急功近利的短视行为！"

兰成东就有点气愤："主要还是那个鲁胖子，一粒老鼠屎坏了一锅汤，青云山张总虽然跟我们不是一家，但人家也没那么过分。他鲁振元居然不念同门利益自相残杀，干脆给他捅上去，看钟总怎么收拾他！"

江波也附和道："就是，不识相的人必须用棍教！让钟总怼他一顿，他那个大肚子就瘪了！"

周国平想想，说："咱们还不知道鲁总那边怎么想的，我认为，还是应当先做做他的工作，别急于往集团里捅，那样太过刺激他，会失了和气！"

江波说："鲁总那人当面一套，背后一套，还怕失什么和气。估计做工作也没什么效果！"

兰成东虽然也不抱什么希望，但还是说："周总先礼后兵，也对。给他指条路，他不走就怪不得我们了。"

周国平想了想，说："我想跟你一起去一趟崮西，就以我们两个公司联合的名义，要求他恢复正常价格，你认为呢？"

兰成东说："行，只要有效果，我怎么都行！我愿意随您走一趟！"

"那好，咱们现在就去，中午叫鲁总管饭。"周国平起身要走，兰成东就呵呵笑道："叫他管饭，那简直剜他的肉！"

周国平说："他的肉太肥，不香，咱就吃顿便饭，花不他几个钱。"

兰成东就笑，说："挑肥的，拣瘦的，挑来拣去还是个带肉的，没办法，是只苍蝇也得吞下去了！"

周国平叫兰成东坐他的车，兰成东说："还是两辆车好，咱不是讲排场，主要是叫那鲁胖子看看，我们是两家公司来找他的，他更不敢不给面子！"

"也好，是这感觉！"周国平笑着，跟江波坐一个车，兰成东上了自己的车。

果然不出兰成东所料，坐在崮西老总办公室里，鲁振元死乞白赖不松口，狡辩说："周总、兰总，不是我鲁振元不配合，你们想想看，我的大窑刚刚运转了不到四个月，今年的指标眼看着被你们拉下了，我不赶紧用销量补一补，不是等着挨熊吗？"江波想堵他一句：你不想想你的大窑是怎么才转起来的！可是老总们在一起商量事情，没他插话的份儿，就忍住了。

鲁振元嬉皮笑脸强调理由，兰成东实在气不过，就吓唬他说："你这样搅得大家都不赚钱，亏的可是集团。要是钟总知道了，他会怎么想？"这话果然有点效力，鲁振元不再那么底气十足，嬉笑着说："钟总怎么会知道，我们只是短时间的一种促销手段，钟总也该理解我们的，对吧！"

"钟总理解你，你理解钟总吗？他手下近百家公司，都像你这样，本、利倒挂，集团的业绩从哪来？没有业绩，股东会怎么想？股市会怎么样？"兰成东一看这家伙死猪不怕开水烫，不来点硬的不行，就说："钟总经常告诫我们，要对股东负责，要对投资者负责，要对社会负责，你这么个弄法，恐怕对哪方都不好交代！"

周国平看看鲁振元有点泄气，就追上一步吓唬他："我和兰总今天来，主要就是跟你沟通一下，你要是不同意，我们就回去了，可别到时候真的传到集团，我们可都没好日子过。要是麻烦钟总专门为这事儿来走一圈，我想难受的还是你，你说呢？"

鲁振元翻翻眼皮看着他，说："你不会跑到北京告我状吧，周总？咱哥们可是一直都相处不错，上次大窑的事儿您帮我，我还一直没好好谢您呢，只说有情后补，可一直也没得个机会……"

"今天就有一个很好的机会啊，周总都亲自来找你了，就看你怎么个谢法！"兰成东故意将他的军。

周国平却说："鲁总你客气了，大窑的事儿，手足兄弟，义不容辞，谈不上感谢。我和兰总来跟你商量价格的问题，也不是为了一个公司两个公司，小至岚湾市场，大至我们恒基集团，都会从中受益。这是个攸关行业健康发展的问题，对你我来说，都是一个应尽的义务！"

鲁振元早没了先前的锐气，迟疑着说："周总说得有道理，但我们这边价格提上来，人家青云山张总、牛腿岭吴总、青城李总、宁城郑总他们呢？他们跟咱可不是一个集团的，人家不一定跟咱么一致呢！再说了，那些立窑厂价格本来就低，咱们要是把价格提上去，他们可就捡了天大的便宜，咱们不是把市场拱手送给他们了？"

"鲁总这么想就不对了！"兰成东说："咱们恒基水泥一直做的就是品牌，我们的品牌最大的价值就是稳定、均衡、经得起检验。立窑的质量怎么能跟我们相比呢？上年岚湾一家大型超市用的就是立窑水泥，不是建到半截就塌了吗？那以后呢？市建委不是明确规定凡是高层建筑，至少框架必须用商混，用旋窑水泥吗？所以啊，即便立窑厂价格再低，跟我们，也不会有多大的竞争力！"

周国平也说："兰总讲得对，立窑厂目前走的是低端市场，而我们走的却是高、中端，国家政策对我们新型干法水泥也是扶持的，立窑那点市场，你不必担心！关于青云山和那几家旋窑公司，你只管放心，我和兰总跑一圈也无妨，青云山张总没问题，青城的李总正在跟我们谈合作，相信他不会不识时务。这几家协同起来，剩下的几家自然有压力，不会一意孤行的。"

鲁振元再找不出更合适的拒绝理由，却还在无理取闹说："张浩才不是识大体顾大局的人呢，上次我去找他借窑，他死活不借，要不是你周总，我鲁振元早就趴下了呢！"

周国平和兰成东就相视笑了，到底是张浩不够意思，还是你鲁振元根本就人品太差？猴子永远看不到自己的红屁股，还好意思说呢！周国平继续耐心做工作："只要你崮西能保持一致，那几家工作我去做。你从今天就开始调价，我保证三天之内岚湾水泥统一标价，怎么样？"

事已至此，鲁振元已不能再强行争辩，只得点头同意说："好吧周总，我听您的，只是，这事儿千万不可给钟总知道，否则，你我就——哈哈！"

兰成东补上一句说："那就看你鲁总怎么个配合法了，你要是说话不算数，或者背地里搞什么名堂，我们可就保不了你了！"

鲁振元生气地说："你这什么话？我鲁振元再怎么也是一个公司的老总啊，大人说话，还跟小孩子过家家一样？"

兰成东寸步不让地讥笑道："这种事，你鲁总也不是做不出来啊！"

鲁振元青筋一鼓一鼓地怒道："我做什么了？兰总什么意思，我哪儿得罪你了？"

　　火药味突然浓起来，眼看着要干仗，周国平看看兰成东，意思说你平时不这样啊，今天怎么跟他竟较真起来了？他不想在这个节骨眼上让两人闹僵，就使个眼色给兰成东，又对着鲁振元呵呵一笑，说："你们两个，怎么都跟个孩子似的了？鲁总，我和兰总说好了，今天中午就在你这吃饭，不会不欢迎吧？"

　　鲁振元只好说："你周总能留下吃顿饭，算是看得起我老鲁，我怎么会不欢迎？咱这山上最近正好出了一种野菜，据说能补肾壮阳，我这就叫食堂准备，请你们尝尝！"

　　兰成东看来实在是不喜欢这个人，总想逗他两句，看着他青筋暴露的样子，都是一种享受！他揶揄地说："我吃素倒是可以，人家周总可是第一次到你这吃饭，你也不能连一个荤菜都不上！"

　　鲁振元又急赤白脸地说："谁说没有荤菜了？我这里食堂什么菜没有？当然不能慢待了周总，我知道周总可是钟总手下的大红人呢！"

　　兰成东趁机接一句，吓唬他说："鲁总又弄错了，周总可是比大红人还要红，他跟钟总已经是拜把子兄弟了，鲁总还不知道吧？你消息也太闭塞了！"

　　他本想唬他一跳，谁知却让周国平也吃了一惊，他怪怨地看着兰成东，兰成东却朝他使个眼色，意思是你不要声张，我玩他呢！

　　鲁振元不明内情，怔了一下，似乎真的信了，"啊呀呀"地叫着说："是吗周总，那您以后可要多多关照啊，我保证下午就把价格提上来！"他满脸堆笑，眼看要跪下去磕头的样子，兰成东心里早笑成一朵花了，周国平却有点担心：玩笑开大了！

　　他不能当着鲁振元的面反驳兰成东，又不能明确地承认他说的话，只得不置可否地笑笑，说："咱们这些人，靠的是业绩说话，完不成任务，关系再近也没说服力的。"

　　他这个态度，叫鲁振元更摸不着头脑，只能更加俯首帖耳，"那是、那是"地连连点头。吃饭的时候，鲁振元又专门吩咐小灶上另外上了几只大螃蟹，秋天的螃蟹肉肥味美，蟹黄鲜嫩，兰成东不放过任何一次奚落鲁振元的机会，开玩笑说："这一只螃蟹，恐怕要吃掉鲁总半吨水泥了！"鲁振元鼓溜溜的眼睛瞪着他，却不好发作，只涨红了脸说："下次去你崮东，你该请我们吃野猪肉，喝鹿血酒！"

周国平使劲憋着不敢笑出来，看看兰成东，心想：你把这胖子肠子都涮细了！

吃完了饭，鲁振元明显喝多了点，摇摇晃晃下楼把他们送上车，还没等周国平放下玻璃跟他道别，他就兀自转身上楼休息去了。看着他懒懒的背影，周国平就有种担忧，他知道鲁振元今天是多么的不情愿，这种不情愿的或者被逼的妥协，不知道能维持多久？

想着今天的收获，兰成东还是有些激动。他本来对鲁振元并没抱多大希望，此时也不无担心地问周国平："周总，你感觉这个鲁胖子能照咱们说的做吗？"周国平摇摇头，说："不一定，这家伙出尔反尔，搞不好咱前脚刚走，他后脚就变了主意！"

"这家伙，完全可能！"兰成东肯定地点点头，扶扶眼镜，又问："那下步该怎么办？"

"我下午去趟青云山，尽快找张总谈谈，把我们的成果给他通报一下，逼他挺住！"周国平虽然说得很有把握，其实也是忧心忡忡。

"我陪你去。"兰成东自告奋勇说。

"不要。"周国平摆摆手，"青云山跟崮西不一样，这是不在我们集团内的企业，人去多了会引起张总的疑虑，我想，还是自己走一趟好些。"

兰成东说："也行，恒基以外的企业，青云山是个大头，做通了他的工作，岚湾市场就基本上达成区域性协同了，那几个企业同意也好，不同意也罢，我们已经有了五成以上的把握，如果鲁胖子再反水，我们就直接汇报集团，叫他靠边玩去！"

他在心里确信，这次周国平去青云山，可以说成竹在胸，稳操胜券的，如果这样，这次价格联动就能真正实现市场的协同！他似乎觉得相当踏实了。

周国平和江波见了张浩，一点也不用绕弯子，开门见山说明来意。张浩亲自给他们各自泡上一杯茶，坐下来就开始抱怨："锅锅哎，我这边离崮西近，他那边一刮风，我这边就开始下雨点，市场同此凉热呢！"

"张总，也许，风是往南刮的，您在上风向，是催着他走的，怕什么！"江波插一句玩笑话，他跟张浩也不外生，说话不用虚套。

张浩看他一眼，没好气地说："问题是他不但往南刮，而且往北刮，往东往西四散里刮，刮得乌烟瘴气，我怎么办？"

周国平接过来，说："就防备他刮胡风，所以今天这不来找你了嘛！"

"找我怎样？我不是他爹，又管不了他！"张浩发狠地骂道。

"呵呵！"江波实在觉得好笑。他每次见张浩，都有种很快意的感觉。张浩敢说敢做的直筒子脾气，他喜欢，也佩服。

周国平也跟着笑笑，说："你不是他爹，你是他啥？他降价，你也跟着降价，你是他啥？"

"我是他爷爷！"张浩孩子样吼了一句，"他爷爷哄着孙子玩呢！"

江波看着发起火来像头狮子一样的张浩，知道他只是骂人，并非真的发怒，就一直跟着呵呵地笑。周国平听着却不大舒服，骂鲁振元也等于骂恒基啊，也等于骂钟若飞骂他周国平啊！

当然，他也明白张浩绝没有这个意思，但他心里还是觉得非常难堪。他脸色有点僵硬了，张浩也似乎感觉自己有点过了，就放下语气叫声"锅锅"，说："我不降价，就只能等着憋死啊！"

"憋死也总比亏死好些！"周国平努力抑制着自己的情绪，说："憋死了，钱还能留下来；亏死了，不但钱赔进去，还照样得趴下，欠一屁股债，不是坑苦了后人吗？"

张浩就仰头大笑，无可奈何地解嘲说："亏死了，谁都看不见，你憋着停着就不同，社会上还以为你怎么了，不但市里县里要问你，而且你面子上也不好看啊！"

周国平就大惑不解地说："这不自欺欺人吗？宁愿亏死也要争那张脸皮？"

"那怎么办？你说嘛，你有什么好办法？"张浩两手一摊，论堆卖。

周国平说："有个办法，不妨试试！"

张浩说："什么办法？跟你们一样硬着头皮撑？"

"对！"周国平告诉他说，"崮西那边我已经说好了，他们下午就把价格调上去了，我们一起行动，必要的时候限产保价！"

张浩听了，似乎不以为然，冷笑着说："之所以出现这种局面，责任还在你们恒基，一个崮西就把一锅清汤搅酸了，你却来找我！"

江波插话道："张总，酸了还好说，臭了可就更没得救了！"

"臭了就泼他鲁胖子身上，摁着脖子灌！"张浩又没好气地吐出一句。

周国平实在有点憋不住，压了又压，终于还是硬邦邦地顶他一句，说："你怎么一提就扯到恒基身上了？一个崮西能代表整个恒基啊？至少我们和兰成东那边还是挺着的嘛！"

张浩一瞪眼道："我就那么一说，你急什么？恒基又不是你的，我也没说你云石什么啊！"

周国平顿觉失态，怎么就压不住这火气呢？你跟他较什么劲啊！毕竟是崮西破例在先，不是人家青云山有意坏规矩，干嘛拿人家张浩横挑鼻子竖挑眼的？

他不知怎么了，这几天动不动就想发火，没的来由。

他赶紧把语气缓下来，说："两码子事儿，我今天仅代表云石，实实在在想找你商量的，你别生气，咱俩又不是旁人，深一句浅一句别在意！"

"那你干嘛对着我来？我哪说错了？"张浩瞪着眼不依不饶，顶起牛来。周国平心里懊悔，关系再好也不能太放肆了，毕竟两人各自代表不同的企业，且是冤家同行，人家能接待你已经不错了。也就是张浩，换了别人，或许早就送客了！他苦笑笑，说："不闹了，你说得没错，是当锅锅的说话太呛，还不能原谅一次？"周国平一般不会这样妥协，也一般不会说话这样失水准，闹得场上都不愉快。

江波看着这场面觉得很尴尬，两位老总，两个老兄，虽然心里没什么，可今天是来谈判的，方案还没拿出来，两人就开始闹脾气了，他作为一个下属，眼看着自己的老总一连声地给张浩道歉，他心里不是滋味。他刚要说点什么，被周国平使个眼色挡住了。

周国平明白，无论他说什么，张浩都会感觉是两个对一个，不均衡不对等，以张浩的脾气，搞不好谈判要崩盘。

张浩坐在旁边的沙发上不说话。周国平就慢慢试探着把话引向正题。"崮西老鲁那边已经表态了，我想听听你的意见！"

"我的意见跟你们恒基有什么关系？现在知道找我来了，当初鲁胖子偷偷降价的时候，你们怎么不出面干预？"周国平心里忽然想笑，张浩啊张浩，给你点阳光你还灿烂个没完了！他耐着性子说："别把恒基、通力掰得那么生分，我们都在这一个市场上，维护市场的稳定是我们共同的责任。老鲁降价也就是最近才几天的事，集团还不知道呢，我本来想给集团汇报的，但考虑那样会对老鲁不利，所以就本着先沟通为上的原则，好在老鲁比较配合，他同意了，我们干嘛还不赶紧调上来？眼看着一天好几十万的效益白白流失，能不心疼吗？"

张浩显然也不愿意开着机器不赚钱，周国平把话都说到家了，自己也不是歪扭胡缠的人，他歪着脑袋说："鲁胖子今天说了，明天就可能变了，你对他有多少把握？"

周国平说："崮东的兰总已经接受，我们四家公司先协同保价，每吨回归到原有价位，然后我再想办法联系一下其他几家公司，尽量协同一致，保护我们的市场，保住我们的利润。鲁振元要是敢擅自变卦，我就直接向集团汇报，谅他应该不敢。"

"那好吧！"张浩看着周国平，"只要保证鲁胖子说话算数，我这里就没有问题。另外，宁城老郑和牛腿岭老吴那边，我一个电话就好使，你就不用再跑了！"周国平一听，喜出望外，他知道张浩在通力集团下属企业中一向有威望，宁城通力的郑向南很尊重他，牛腿岭的吴玉林是个民营企业，经常依托张浩这边的技术力量给他解决些技术难题，而且，他们都知道张浩跟唐市长关系不错，所以在许多问题上一般都会给他面子。

三个人坐下来，随便聊了一会，张浩躁动的情绪明显是缓和下来，思忖一通，说："你们钟总的胃口是越来越大了，我听说岚湾的所有新型干法生产线都已经收在他的视线中，估计用不了多久，通力就要被你们逼出岚湾了！"

周国平虽然不太了解钟若飞最近的筹划，但经张浩这么一说，就知道他肯定听到什么风声了，他装作知道一些地说："天下大势，分久必合，唐市长最近经常往北京方面跑，可以看得出市里对恒基的重视程度，毕竟这是一家中央企业，拥有的资源和政策优势，是市里非常感兴趣的。"

张浩感叹道："不能不承认，这些年，通力被恒基拉下了一大截，现在，以恒基的产能规模，两个通力恐怕也赶不上了。就说这一年来你们在河南、山东、河北的发展，就已经再造了一个通力，而且在云贵川地区的布点也已经开始，恒基的未来，不可限量！"

周国平说："恒基以兼并联合为主、自建新线为辅的战略发展模式，已经得到了国务院国资委的高度认可，并且指出，通过联合方式引导产业结构调整，推动企业做大做强，是企业发展的必然趋势和必由之路，你们通力，不是也在做着同样的努力吗？"

张浩点点头，说："我们这种努力，应该承认走得比较艰难。我总结了一下，发现你们恒基之所以如此迅速地扩张，离不开两个重要的因素，一是灵活的融资手段，你们在香港上市后，每年都能从股市上募集几十个亿的资金，然后通过银行授信，又可以取得几百亿的银行贷款，这是我们通力望尘莫及的。二是你们包容性的文化，这是一种巨大的不可抗拒的力量。有人说，中国的企业文化，最大的特点就是没文化，在你们恒基却不是这样。你们无时无处不把文化做到极致，包括员工对企业的归属感和自豪感，也都能在你们的脸上看得出来。我刚才一提到恒基，你就急成那样，这就充分说明了你们的责任感和凝聚力。这一点，是任何一个竞争对手都感到可怕的。"他说完，看看江波，江波正微笑着听他讲话。

周国平笑笑，说："想不到你对恒基的认识如此有深度，俗话说，良禽择佳木而栖，我真的觉得，恒基是个不错的创业平台。只要你愿意加盟，我倒是可以跟钟总介绍一下，恒基从不欺生，老总还是你的！"

张浩又看看江波，打哈哈道："别开玩笑了，我只是个马前卒子，不比你锅锅啊，你是钟若飞的忠臣良将！"

周国平说："你说什么呢！我跟你一样，也是一个马前卒，但我愿意为恒基效力却是发自内心的，正如你说的，恒基有着包容性的文化，这是一种包容万物、不容抗拒的力量！"

两个人谈了大半个下午，张浩执意留他们吃饭，周国平拒绝了。回公司的路上，江波兴奋地说："周总，今天真的收获不小，一天时间就把价格问题解决了！"

周国平笑笑，说："最大的收获还不止这些，我有种感觉，如果不错的话，我们今天为恒基的联合兼并战略准备了一份大礼，青云山很可能成为我们恒基的新成员！"

江波马上说："对了周总，您一说我也感觉到了，张总好像对我们恒基很感兴趣，心向往之的。"

周国平说："只要他肯加盟，我们就可以做些外围的工作，我猜想，他可能听到了什么风声，毕竟他跟唐市长以及市里的很多领导都有很密切的交往。"

"哦——"江波答应着，心里却在琢磨：当一个领导，脑子里每天要装多少事情，好多事情，我们打破了脑袋也想不到的！

从这次价格协同的努力中，周国平越来越深刻地感受到，一个区域的市场协同，对行业的健康发展，对一个企业的健康发展，有着多么重要的意义。尤其在岚湾这个水泥分布稠密的地区，单体企业各自为战造成的恶果已经看到，浪费了资源，搅乱了市场，加大了成本，降低了利润，长远说，这就是对一个行业的自残，而对这种自我损毁的漠视，简直是一种犯罪！周国平想，哪天应该去趟北京，向钟总详细汇报一下近期的工作了。

这些日子，虽然价格提上来一大截，但市场就是买涨不买跌，公司里每天的发货量都超过两万多吨，周国平心里很满意，一一打电话问问崮西、崮东、青云山以及其他企业的情况，回答都是产销两旺，听得出大家都很高兴，只有鲁振元还不满足，电话里说："周总啊，你们每天出厂两万多吨，我这边撑死了才不到一万吨，而且每天的量都不稳定，你把客户让给我们些吧！"

周国平就想：凭你那做派，谁愿意跟你做业务！却安慰他说："你那边两条日产两千五百吨的线，产能又不大，这个出厂量也算不错了，没有存货不就可以了？"

鲁振元却说："熟料出厂量倒是可以，但是水泥磨却吃不饱啊，每天都要停下四五个小时呢，运量如果能提一提，水泥磨就可以满负荷生产了！"

这家伙贪心不足！哪家的水泥磨不是有开有停？市场就那么多需求量，都满负荷开产也消化不了啊，再说了，大家都享受峰谷电价政策，你把生产调度好，利用水泥磨检修时间做好削峰填谷不是很好吗？周国平一直隐隐地有些担心，总怕这家伙有一天搞什么背信弃义的鬼把戏。

临去北京前，他把班子成员召集到一起，凑了凑情况，把手头的工作安排下去，又特别叮嘱季中强，一定要把安全放在前面，即便不出产品也不要出什么安全事故。季中强说，周总就放心吧，现在从公司层面到车间、班组，都实行三级巡检，我把"听、看、摸、闻"四字口诀的安全要领全部培训了一遍，大家安全防护意识很高，不会有问题的。

说实话，他强调归强调，但对于自己亲自选定的这几位班子成员，周国平还是很放心的。他总揽全局，把大部分管理权下放给他们，不该问的从来不问，他们各自自由发挥，将分管的工作做得井井有条，周国平也正好腾出精力来思考点综合性的事务。其实，一个企业好比一个家庭，家和则万事兴隆，内部和谐，外部平和，广聚人气，这个家庭才有生气，才能兴旺。在这方面。周国平算得上是一个合格的家长。

九月的北京天高云淡，大街上流动着国庆节前的喜庆气氛。周国平带着沈众来到集团总部，先跟钟若飞约好了见面的时间，就在附近一家宾馆住下来。按照钟若飞的时间安排，见面应该是到下午了，因为上午日程排得很满，几个省的政府大员要分别接见，而且岚湾的唐市长也来了，中午要陪他们吃饭。

看看时间还早，周国平就问沈众："咱们出去溜一圈？"沈众当然高兴，说实话他这辈子还是头一次来北京，要不是跟周国平借公差的机会，也许还不知要等到什么年月才能来北京一趟。走在大街上，他感觉眼睛都不够用了。他想起一个笑话：说有位同乡来到北京，车子走在高架桥上下不去了，只能在桥上来回转圈，每一圈都能看到高架桥下"北京饭店"那个大楼，就说北京这么大啊，光北京饭店就开了八家连锁！可不是吗，北京比岚湾，大得远了去了！

到天安门的时候，由于阴天，沈众竟然转了向，他硬看见天安门是坐南朝北的，给周国平说，周国平就哈哈大笑。他特意在人民英雄纪念碑前留了张影，又请人给他和周国平在天安门前合照一张，心里非常激动，他想起家乡那个山沟沟，骑个摩托车都要十几分钟才能转上山外的公路，好在现在都修了村村通，也是很窄的路面，开辆车进去都掉不回头来。他想着什么时候也能带着爹娘出来逛逛北京啊。

下午两点的时候，他们准时在集团大厦十二层的电梯口等着，不过几分钟时间，钟若飞从电梯出来，秘书小王来不及给周国平他们打招呼，就小跑着先去钟若飞办公室开门。钟若飞显然是多喝了几杯，眼圈周围有些晕红，沈众看上去，倒觉得这一圈晕红，更增添了这位国企老总的奕奕神采。钟若飞握一下周国平的手，说："你们久等了，我办公室门小王过去开了，你们先去办公室坐，我洗把脸。"

周国平没去办公室等他，就陪着站在卫生间外面等候，约莫过了几分钟的时间，周国平听见里面干咳的声音，接着又是流水哗哗的声音，他知道钟若飞中午喝了不少，正在吐酒呢。各省的官员都少不了敬一圈，不是唐市长也来了吗？很可能是谈合作的事儿，钟总定然不能少喝！

他是用手指插进喉咙抠出来的，这感觉周国平有过。有时候场合上实在推不过，难免多喝几杯，就必须抠出来。虽然对胃黏膜损伤厉害，但那么多酒精留在胃里也是一样的损伤，而且，不抠出来会影响一下午的工作。他知道抠酒的难受，使劲把手指往下插，在喉咙底部搅，"哗"一下，还要重复第二次、第三次……眼泪都出来了。

又过了几分钟，"哗哗"水声过后，钟若飞从里面出来，秘书小王赶紧上前照应。周国平伸手想扶一把，钟若飞摆摆手说："吐出来就好多了，喝酒是一件苦差事啊！"

"是的，您多注意身体！"周国平跟在后面走着，说。

钟若飞走到办公桌前，把手机和钥匙掏出来放在桌上，又过来挨着周国平就近坐下。小王冲一杯茶端过去，也给周国平和沈众各泡上一杯，朝周国平低声说："钟总只有半小时休息时间，匀给您了，三点整，国资委领导来视察。"周国平点点头，表示感谢。

周国平要抓住这半小时的时间，简单把岚湾水泥企业区域性价格协同的情况给钟若飞汇报了，钟若飞当即表示肯定，说："恶性竞争的问题不光岚湾存在，其他省区也有这种情况，集团正在起草一份规范价格行为的文件，意思跟你们是一样的。现在，好多公司都还停留在'量、本、利'的理念上，这对行业的健康发展是不利的，要保持一个企业、一个行业的长久发展，就必须向'价、本、利'的方向转变。目前，恒基企业已经在全国水泥行业争得了一定的市场话语权，这个时候，就必须站在区域的角度、行业的高度来引导市场，维护市场秩序，尽到一个大企业的责任。"

周国平深表赞同，说："以价格战为主的恶性竞争让每个企业都苦不堪言，我们岚湾大部分企业基本上都认识到了，可是在协同上还缺少主导性企业，我们目前的协同，还只是停留在口头上的君子协定，没有规范性的文件，恐难持久，所以我们很盼望集团的文件尽快下发，这样，我们就有个纲领性的标准了。"

钟若飞笑道："乱世需奇才啊。民国时期军阀混战，领袖人物层出不穷。我看，在岚湾市场整合完成之前，你不妨先担起这份责任来，在无序竞争中探索合作的可能，需知合作才能共赢，你争我夺是不可能发展的。"

周国平谦虚地笑笑，说："在岚湾，我们自己的企业要协同起来，并不难，关键还有通力的企业，还有部分民营企业，我怕力不从心呢！"

钟若飞说："责任面前讲不得谦虚！你怎么不可以？岚湾的恒基企业，你可以先当个总指挥，产能调度权给你，市场区域划分权给你，定价权也给你，怎么样？"

周国平摇摇头，说："钟总，有您的信任和支持就可以了，至于这些管理权限，还是收在集团比较好，有什么问题我会及时给您请示。"

"你就放手干，对你的执行力，廖总和我都是信得过的。"钟若飞把话说到这里，等于给了周国平一柄尚方宝剑，只是周国平考虑再三，不敢轻易接下，又不便过于推辞，钟若飞也不过多强调，意思传达到了，周国平心里应该明白。

钟若飞问起岚湾市通力下属几个企业的情况，周国平正想把青云山张浩介绍给他。就说："青云山的那个老总张浩，是小沈的舅舅。"他指指旁边的沈众，沈众朝钟若飞礼貌地欠欠身。

"哦，很好嘛，你舅舅我认识，上次去岚湾，在唐市长办公室见过面，他好像跟唐市长很熟的。"钟若飞微笑地看着沈众，沈众心里有些激动，回答道："是的钟总，我也是刚刚知道，他跟唐市长好像有私交，舅妈跟市长的夫人很要好，她们是好朋友。"

钟若飞皱起眉头，思考什么似的，看看他，点点头说："你这个信息很重要！"

周国平接上去说："钟总还不知道呢，小沈跟市长的千金也是好朋友，您看，两人很般配吧！"

"是吗，就是水木清华的那个——唐小倩，对吧？不错！"钟若飞有些意外地高兴，又说："处得怎么样了？要不要我帮你们撮合？唐市长跟我很说得来的！"说完呵呵笑起来，周国平也笑着说："钟总肯做媒，小沈，没问题的。"

沈众有些红了脸，不好意思地说："谢谢钟总关心，我们——还不一定呢！"

"不一定就是有希望，至少都有意思，这就好嘛，唐市长那里我给你做工作，可以吧？"钟若飞又说，"不过，得有个交换条件，你把你舅舅的情况跟我透露一下！"

"谢谢了，钟总。"沈众就把那天晚上唐小倩告诉他的关于唐市长一家下乡插队，住在舅妈家的情况简单说了一下，钟若飞"哦哦"地点头。沈众的话无意中说出来，钟若飞就想到了唐市长、唐小倩、沈众、青云山、张浩、周国平之间的关联，也许，这个信息真的对他很重要！

过了一会儿，钟若飞站起来，从背后的文件柜里取出一副卷轴，告诉周国平和沈众，说唐市长这次来北京，给他带来了水木清华魏晓君的一幅水墨丹青，就是唐小倩托他带来的。他把卷轴铺在桌上，让周国平欣赏。

周国平想起，钟若飞第一次去岚湾的时候，在那间茶室里，唐小倩曾经说过："水木清华魏总的女儿魏晓君，是中国书法家协会理事、中国美术家协会会员。钟总要是喜欢，回头我找魏老师给您求一幅画，麻烦周总给您带过去。她的画代表的是国家级的水平。"只是这次她拜托的不是周国平，而是她的爸爸。

钟若飞一边把画轴展开，一边说："画的是一幅海上日出图，意境特别深远，深褐色的海水泛着细碎的波浪，火红的云霞映在半天，一轮朝日喷薄而出，几只海鸥划过日轮，整个画面构图深邃却层次分明，让我想起我们的联合大业，真是画到我的心里去了！"钟若飞忘情地描述着那幅画，说："唐市长还告诉我，这是他女儿专门为我从魏晓君老师那求来的，代表女儿的一片心意！我还说呢，这个孩子跟我们恒基，有着不一般的感情，看来，我的感觉没错！"他看着沈众，笑笑说："小沈你回去替我好好感谢一下那个唐小倩，还有，也感谢那个画家魏晓君！"沈众腼腆地笑着，只好答应。

他又转身嘱咐周国平说："不要薄了人家，这都是我们身边的社会资源，环境友好型企业怎么创建？就是要取得社会上方方面面力量的支持。包括唐市长，我们都要特别尊重才行，毕竟他为我们恒基实施联合兼并战略给予了很大的支持，可以说，没有他的支持，至少我们不会像现在这么顺利！"

周国平点头答应着，他一直考虑钟若飞对青云山那边的意思，就问："上次跟青云山张浩交流的时候，他曾经流露出向往恒基的意思，不知道钟总是否已经考虑过他们？"

钟若飞就看定了他，突然问了一句："你跟张浩关系怎样？"

周国平一愣，心想：恒基和通力毕竟是竞争对手，是不是钟总有什么顾虑？他想了想，跟着说："我们是研究生班的同学，私交还不错，业务上也经常互通有无，但大家各为其政，他也并没什么为难我的。"

周国平一边说一边心里忐忑。想不到钟若飞却说："这就很好。我们是包容一切而不是拒绝一切，两大集团的合作，这都是基础。我还是那句话，合作才能共赢。把心态放平和了，把眼界放开阔了，才会有更大的发展。"钟若飞停了停，却话题一转，说："关于你和张浩的交往，最近有几条说三道四的信息，包括邮件。这些，我是不信的，廖总也不信！"

周国平冷不丁被这话吓了一跳，赶紧问："钟总？他们说我什么？"

钟若飞呵呵一笑，说："这个，就不告诉你了，你只管放心，任何空穴来风的消息，我向来不理不问，你和青云山的价格协同，足以说明你的高度，这种合作，只要把握好尺度，不但无害，反而是有利的。"

怎么叫尺度？是肯定还是怀疑？周国平把握不准，心里就格外忐忑。他岔开话题，试探着问："关于青云山公司，集团有没有意向？"

等问完了，忽然感觉真是晕了头，这话问得太没水准，对老总怎么能问起这样的问题？

钟若飞却笑着说："岚湾是个新兴城市，各项基础设施建设方兴未艾，集团公司已经看到了。这次唐市长来北京，就是谈包括青云山在内的岚湾水泥企业并购的事情，市政府有意把国有股拿出来，跟恒基联合，这是个向好的信号，我跟唐市长私下里沟通过了，我感觉市委市政府表现得比较积极，所以我们就不必太主动，欲擒故纵嘛。好在前期洽谈已经开始了，如果张浩再配合一下，兼并工作会更容易些。"

周国平高兴地说："只要青云山打破了缺口，通力在岚湾就不攻自破，这是一个楔子，必须拿下的！"

钟若飞点头说："廖总很清楚，我们在其他各省的布点是我们的长期战略，但对岚湾，我们采取的是分众合围，现在云石、崮东、崮西都是我们自己的企业，用不着担心，下步青城水泥也很快要加盟，剩下两家通力企业，只要青云山操作顺利，另外一家宁城通力也是迟早的事儿。所以，我们一定要跟岚湾市政府保持密切交往，他们可是决定恒基坐镇岚湾的主要跳板。"

周国平激动地说："钟总你放心，我明白您的意思。"他转身看看沈众，沈众也会意地点点头。

这时候，秘书小王过来敲门，"钟总，国资委的领导马上到了。"

钟若飞说："好的，我马上下去迎接。"他站起身，对周国平和沈众说："有时间的话你们多呆两天，出来了也正好放松一下！"

周国平赶紧说："不了钟总，我们晚上就回去了，有时间再来看您，也希望您有时间多到下面指导。"

"我会的！"钟若飞握一下周国平的手，就随小王先下楼去了。

回岚湾的路上，周国平眼睛看着外面，思绪却飘得很远，他一句一句地琢磨着钟若飞的话，心里就有了个大概的结论。沈众转身看他，问："周总，这是谁打的小报告啊？肯定是那个鲁振元！"

周国平笑笑，说："钟总又不信，管他干嘛！"他想起那天兰成东说过："他跟钟总已经是拜把子兄弟了。"其实，这句话不如不说，说出来，恐怕就把鲁振元刺激了。

回到公司，江波第一个先过来汇报：鲁胖子又把价格偷偷降下来了，崮西大门外车水马龙。

周国平最担心的事终于发生了，这个鲁胖子！

"具体情况怎样？"他问江波。

江波说："从昨天晚上开始，每吨降了十块钱，上午的时候我出去走了一趟，这驾驶员的信息太灵了，只一个早上，'哗'一下就全开那边去了。崮西销售经理鲁兴华说，他只是执行鲁总的安排，还觉得对不住咱呢。"

"你认为该怎么办？"周国平喘着气说。

"干脆，汇报集团，就说鲁振元扰乱市场秩序，破坏价格同盟，叫集团处理他！"江波也不考虑，直接气呼呼地说。

"不行！"周国平想了想，"还是老原则，先礼后兵，钟总对我们的价格协同是肯定的，而且很快就下发规范性的文件，不怕鲁振元不听！"

他立马站起来，说："叫沈经理派车！"

崮西这边，鲁振元正等着苗县长过来参观呢。

他一个月要交给县政府三百多万的税收，县长就常来看看，说是支持，其实鲁振元并不喜欢。办公室主任段尊云汇报他时，他当即就阴着脸说："又来干什么？赚点钱都交给他们了，还嫌不够？"

段尊云就说："这帮县大老爷都这样，越表现好他就越看的着你，越是一分钱不交的，他还一年都不去一次的！"

鲁振元就生气，说："国有企业，赚的每一分钱都是国家的，交给他们也是国家的，这个口袋倒那个口袋，有啥意思？不过是白养了一群税狗子！"

段尊云嘿嘿笑着附和说："就这么养着还不满意呢，三天两头朝你汪汪两声，不然就封你账户，再不就冻结资产，唉，不好伺候啊！"

鲁振元也嘿嘿笑着往后一靠，又开五指下意识地往头上梳理一番。他头发不多，有人告诉他，经常做梳头的动作能促进血液循环，自我按摩还可生发，他就把这个动作当成了习惯。

说再多也没用，该接待还不能怠慢。鲁振元叫段尊云赶紧安排人把楼前卫生打扫一遍，出去买点水果，要两种水果拼成一盘封塑起来的。他又亲自去中央控制室看看，叫操作员们把电脑摆成一条线，工作服穿戴整齐，显精神一点儿。末了，他领着他的班子成员到楼下去迎接。

段尊云打电话问崮西县政府办公室："县长快到了吗？"回话说："车队刚出发呢，怎么也得个十几分钟。"班子成员就开始抱怨，不敢朝鲁总说，就只对着段尊云嚷嚷："一个破县长看把你激动得什么样，要来个市长、省长，你还不得尿裤子啊？"段尊云只是呵呵笑着任人打趣，谁叫他只是个办公室主任呢，办公室主任这角色就是人家的出气筒受气包，说什么听着就好。

鲁振元随那些副总们打一阵哈哈，迈开短腿朝大门口走去，崮西的大门只有一个老头跟一条小狗把着，白天开门，晚上关门，轻松得很。几个月前，鲁振元不知从什么地方弄来一条日本观赏犬，毛纯白色，外形与中国犬相似，只是体型小些，体重也比较轻。据说这种观赏犬警觉、机灵、活泼，还能够与人友好相处，易于喂养，对主人听从且温顺。如果追溯这种观赏犬的渊源，可追溯到一千七百年前，武则天时代由中国传到日本，后再转道传回中国，几经变迁，就有些基因变异，现在变得有些野性了。

鲁振元把它起名叫贝贝，交给门卫老头养着，白天拴在门卫室东墙根下，晚上就跟门卫老头同居一室，鲁振元很喜欢他，吃完饭就经常过去调戏一番，然后被它汪汪一顿，再剔着牙走开。有时候，老头喝点酒，睡着了，小狗就没人喂了，汪汪地叫，鲁振元把老头熊一顿，就不再指望，改由办公室负责贝贝的饮食起居。所以，段尊云除了搞好领导的服务，另外一项重要工作，就是喂好贝贝，少挨熊！

　　鲁振元来到狗窝前，见门卫室的老头不在，只有贝贝一窜一跳地朝他扑，有铁链子拴着，每一跳都被生生扯回去，它索性就不跳了，摇摇尾巴舔着舌头朝鲁振元撒娇，鲁振元就心疼地说："饿了？等会叫你段锅锅来给送吃的，乖啊。"他捧着肚子，困难地蹲下去抚摸小狗，贝贝就驯从地朝他怀里拱。

　　段尊云跑过来，说："鲁总，苗县长马上到了！"

　　他扶着肚子站起来，说："来呗，咱在这等着他了。"

　　苗县长的车队在办公楼前停下，一大群人就呼啦围上来，鲁振元哈着腰一一握手，请县长接待室里坐坐。苗县长笑着说："就不上去了，今天带着老干部、老领导们转转，看看咱们崮西这几年的工业发展变化，你们崮西恒基不错哈，是咱们全县财政的骨干呢！"说罢，叫鲁振元头前带路，到生产现场转一圈。

　　鲁振元一边给苗县长指指点点讲解着什么，一边还要照顾记者的摄像机镜头，一看见那镜头举起来，就赶紧催动短腿快走几步，赶上县长大步流星的步伐。

　　苗县长边走边说，你们绿化工作做得不错啊。鲁振元就说他们积极响应县政府号召实行节能减排；县长说最近经营状况搞得不错啊，鲁振元就说他们把有限的资源发挥最大的效益，为崮西经济发展作贡献；县长问工人工资怎么样？鲁振元就说国有企业绝对让职工百姓得实惠，不给政府添心事……

　　顺着事先设计好的参观路线，县长一行在两条窑之间走马观花，回到办公楼前，象征性地站了几分钟，各有关部门领导交头接耳地问几个无关痛痒的问题，就算是交流一遍，行程结束了，县长说大家参观完了肯定体会很深，有关部门回去要好好体会，把崮西的经验整理出来，上升到理论的高度，然后指导全县的经济实践。大家纷纷点头说是，县长回过头来说一声："鲁总再见。"鲁振元哈着腰也说一声："县长慢走！"

　　扬着手送县长他们上了车，鲁振元忽然想起什么，转头找段尊云，"小段呢？叫小段赶紧去给贝贝弄点好吃的，老头儿哪去了，把贝贝饿坏了！"

　　"好的鲁总，我这就去。"段尊云正朝苗县长的车队挥手告别，听见鲁振元叫他，就赶紧背后答应着，小跑去了。

　　"好了，大家散吧！"鲁振元振臂一呼，大家于是一哄散去。

09 这种不情愿的或者被逼的妥协，
不知道能维持多久

鲁振元去北京的头一天，孔志国就飞到岚湾，先到云石见着周国平，彼此交换了意见，就把他亲自送过崮西来。

周国平听完江波的汇报，单车独骑来到崮西。

他这次来，其实并没抱多大希望，上次兰成东那么忽悠他，他都敢我行我素，可见根本就不是耳软之人。周国平也想过，一旦直接反映到集团去，钟若飞肯定不会再饶了他，这似乎太让鲁振元下不来台，而且陷自己于不仁不义。万全之计，还是再跑一趟。

鲁振元料到周国平还会再来，他早想好了理由。听周国平一说，脑袋一下子就晃出三个麻花，"周总啊，我这边情况太特殊，即便跟你们同一个价格，车辆也还是不多，你看看青云山那边，整天车成队人成排，我心里能不着急嘛！"周国平劝他说："咱们的水泥都有一个很小的销售半径，他青云山虽然车多，但从青云山拉到崮西的还是少，因为运距远不划算，所以，那些车辆只是面向青云县本地市场，或者往北销了，根本冲击不了你的崮西市场，你犯不上跟他较劲啊！"鲁振元却强词夺理，自恋地反驳说："如果没有他青云山，那么我的水泥就可以进入青云市场，你想想，那一天的量，多来劲！"周国平心里这个气，想你这什么逻辑，如果岚湾只有你一家水泥，那你还占山为王了呢！他耐心地开导说："你做出降价的决定，是否考虑过后果？国内水泥本身就是微利行业，你现在每吨下了十块钱，如果明天青云山每吨下二十块呢？兰总那边也下二十块呢？你肯定要跟着降，那样市场就乱套了。价格一路跌下去，我们不得跳楼啊？"鲁振元晃晃脑袋哈哈笑了，说："那怎么可能，他们每吨降二十块，那不得亏死啊？再说了，兰总那边他不会跟我过不去的，都一家的，你周总也肯定不跟我一般见识，对吧？他张浩顶多跟我一样，十块钱的空间，再多了，跳楼都来不及，我明白着呢！"周国平仔细听听，原来这鲁振元摸透了大家的心思，在耍赖：量你们也不会跟我赛，我下来十块钱，不赚钱至少能赚个销量，你们是不敢跟我一样胡来的！

　　周国平一时觉得很无奈，面对这样一个泼皮无赖，有理也说不清楚！他心里有些急躁，虽然说话的语气还是尽量保持平和，但有些话堵在嗓子眼里不说不快了。"这个价格你能撑多久？撑不住的时候这个市场你怎么收拾？要我说啊，车多车少主要还不是价格的问题，关键看客户是不是愿意买你的账！现在市场很旺，最不适合打价格战的时候，你却朝令夕改，搞短期行为，客户心里能踏实吗？长此下去，同行业的兄弟们怎么看你？市场怎么评价你？咱们都是做老总的，得有点行业责任对吧！"鲁振元本来就没多少耐心，听着听着更不高兴了，说："你少给我扣帽子！你意思说我这人不够仗义对吧？我最看得开的一个人了，从来就不在乎别人怎么评价。有句话不是说得好吗，走我的路，谁愿意说说去！"最后一句话出口，他随手那么一挥，干脆利索，似乎要把周国平挥下楼去。

　　看来他的情绪也到了临界点上，发作起来收不住了，一句话、一个手势还不过瘾，翻翻眼皮又阴阳怪气地说："周总，我分不清你来是帮我还是损我，但我感觉你是专程来教训我的。对不起哈，要教训我的话，上面可是还有钟总呢！"他朝周国平撇撇眼，十分不屑的样子。周国平听出他在耍浑了。

　　这家伙酸臭不吃，干脆当一堆臭屎待着吧！周国平冷笑道："鲁总，我可是好言相劝，听不听是你的事情，到时候可别怪我没提示过您！"

　　"你不要劝我，你以为你是谁？你不是跟钟总关系很好吗？那你叫钟总来批评我吧！"鲁振元头一掰，歪过身子去不再正眼看他，却随口又撂下一句，"你跟青云山张浩眉来眼去，别以为谁都不知道！"

　　"鲁总你说什么？"周国平立时恼了，他一提张浩，周国平忽然就想起了钟若飞说的邮箱信件、手机信息的事儿。

　　"我是说——我没说什么！"鲁振元显然意识到刚才的话过了头，但依旧梗着脖子，一副死猪不怕开水烫的样子，补充说，"你也别老拿钟总吓唬我！"

　　周国平看看他，半天说不出话来，十分厌恶地摇摇头，语气强硬地说："青云山张总那边你放心，他跟你不是一个天平上的！我也不是拿钟总吓唬你，我跟你一样，都是当差的，只是明白凡事要多为集团想想，总不会错的！"他不想再说什么，站起来说："今天就谈到这吧，我先告辞了！"

他伸出手想表示个意思，哪知道鲁振元看也不看他，他只好识趣地把手缩回来，转身出了鲁振元的办公室。

鲁振元从窗户上看着周国平上车的背影，想着他最后那一句硬邦邦的话，忽然感觉自己做事儿有些毛躁，他出门自己连送一送都没有，以后万一……去他个球，他周国平算什么，有唐市长在，怕他周国平？怕他钟若飞？

这家伙，看来跟唐市长也相当熟！

周国平平静地下了楼，其实他心里不但憋着一肚子火，而且灌满了一肚子铅，压着，一点一点往下沉。从前在邱吉富面前，这样的情况有过，但没想到在鲁振元面前，也搞得灰头土脸，我何苦来呢！尤其上次兰成东杜撰的那张"跟钟总把兄弟"的名片，本来就不堪一戳，现在竟被鲁振元当着面撕得粉碎，周国平的自尊心受到了严重的打击。

比起崮西车水马龙的场景，其他几个公司可真的是门前冷落鞍马稀，除了正在执行合同相对稳定的几个大客户外，基本上没有新户建卡，三三两两的大货车就像电影院门前散场后的情侣，黏黏糊糊，徘徊游荡。周国平带着江波几乎每天都在跑市场，大型工程建筑工地、各水泥粉磨站、商混站……可是，利益永远是这个市场上唯一的信条，客户们都说："我们也是讲成本的，崮西比你们低十多块呢！"，"合作的机会还会有的，以前给我们的照顾，感谢了……"

江波回过头就骂："妈妈的，水泥熟料紧张的时候怎么不讲成本？"

周国平几天来心情都灰灰的，好像打了败仗，还没有从鲁振元给他的内伤中缓过劲儿来，加上熟料库满外放，就连水泥磨也必须临时停下来检修，感觉有点顶不住了。兰成东也打过电话来，问怎么办，周国平不能把话说绝了，就退一步告诉他："虽然坚持就是胜利，但你们根据自己的情况定吧！"

钟若飞曾经告诉过他：岚湾的恒基企业，你可以先当个总指挥！但那只是口头说说，没有正式文件，周国平还必须认识清楚"自己是谁"！

兰成东就着急，说："您怎么定？"周国平说："集团公司最近就要规范市场价格，我想再坚持几天！"兰成东就说："我跟您一样，撑两天再说。那个鲁振元不是正经玩意儿，干脆捅上去算了！"周国平叹一口气，说："他是什么人你该知道，找过他两次都无济于事，说明他已经豁出去了，捅上去恐怕也是开水烫死猪，没用的，大家都在岚湾共事，犯不着伤了和气！"兰成东就在电话里跺脚骂娘，说鲁振元是背信弃义的小人一个！

放下兰成东的电话，周国平再给张浩拨过去。

他知道，即便他不找张浩，张浩也会找他的。你说你铁肩担道义，却闹得到头来大家跟着遭殃，你以为你是无量佛啊？

他拨通了张浩的电话，却害怕听到他的声音。多好的合作伙伴，虽是竞争对手，但更多的事情两家商量着办。张浩的身上，有一种军人说一不二的作风，也有种仗义疏财的大度，认为对的，绝不更改，能坚持的，从不放弃，周国平从心里敬重他！

不出所料，张浩在电话里朝他发了一通牢骚，但周国平明白，这是张浩一贯的作风，没有抱怨，反让他觉得太过平静是不正常的，但抢白几句并不代表背叛。人在心里有气的时候，说话的语气都会呛。只是有的人能理解，有的人难接受，按照命相学里说的，张浩这样的脾气，是要犯小人的！不过周国平却觉得，张浩坦坦荡荡，身边没见几个小人，倒是自己，却有小人告黑状。他苦闷地摇摇头，好多事情没法解释！

这几天，周国平情绪跌到了低谷，回家也不大说话，坐在沙发上眼睛盯着电视，思想却时不时地就开了小差。马苏跟他同床共枕了多少年，知道他的烦恼从何而来，就主动控制着自己，尽量少一些唠叨，洗菜做饭，也尽量动作轻微，不要弄出盘碗相碰那种刺耳的声音。在这个一百平米不到的房间里，安安静静的，就是一种陪伴、一种安慰。

吃过晚饭，周国平打开电视，斜躺在沙发上，半睁着眼睛，似是听电视，也似是闭目养神。马苏不声不响地把碗筷收拾干净，把客厅的茶几抹一抹，端上刚买来的松子，坐在周国平背后一粒粒地剥了，放在周国平面前。

女儿周萍萍不在家，这个家里就少了些生气，马苏又不敢多说话，气氛显得有些冷清。马苏一边给他剥松子，一边软软地问："还为单位那些事儿郁闷呐？"

周国平哼一声，说："没有！"

他嘴上说没有，其实是一种敷衍，连他自己都知道这两个字里空洞的意思。

马苏当然明白，也不计较，说："干吗太认真啊，有些事就这样，你跟它过不去，它就跟你过不去，跟谁过不去，也别跟自己过不去！"

周国平又哼一声，笑笑，没说话。

马苏见他老没反应，存心叫他开口，问："云石恒基姓周吗？"

周国平意识到自己的态度，有些不配合。人家上赶着你，你连个反应都没有，人家也许就不陪你玩了！于是他动一动身子，回过头认真地看着马苏，说："云石恒基不姓周，现在不姓周，将来也不姓周，但是，并不影响我对云石的感情啊，也不影响我为它工作啊！"

马苏温和地笑了，说："那你看看你现在这状态，是为云石恒基奋斗的状态吗？"

"我怎么了？"周国平诧异地问。

马苏细细地说："我觉着情绪是可以传染的，我们校长一不高兴，老师们心里就很忐忑，脸上都不好看。你想着，你可是领导，你的情绪也会影响到很多人！"

"你说得对！"周国平感觉到，自己的情绪看来的确有点失控了，你的表情，你的举手投足，已经过分地渲染了你的心理状态，这不应该，这很严重！

他坐起来，不再躺着，抓起茶几上马苏给他剥好的松子，一颗一颗地填进嘴里，一边嚼一边说："这么香，比瓜子还香！"

"本来就是！松子多少钱一斤，瓜子多少钱一斤？一分钱一分货！"马苏没话找话地，但也很认真地回应着他的态度，可是不管她怎么费尽心思，周国平还是没有多少话。

第二天上班的时候，沈众拿了一份文件敲门进来，高兴地说："周总，好消息，集团的文件传真过来了！"

"什么文件？"周国平正忙着，也不抬头。

沈众说："关于区域市场价格协同的文件，发红头要迟几天到，就先发传真了！"

周国平忽地站起来，拿过来一行一行逐字逐句地看下去：凡同一区域下属恒基企业，务须执行统一售价，不得随意降价倾销扰乱区域市场，致企业盈利能力下降，行业利益受损……所执行价格，可参照当期均价上调二十到三十元每吨，库存较大企业，可在适当期间内采取限产保价策略……

"太好了！"周国平赶忙坐下来在文件签约单上批示："请各分管领导传阅，并召开会议传达；请江波副总经理即刻落实！"

沈众也很激动。这些天周国平有些焦躁，他知道他心里着急什么，所以自己也格外小心，不敢轻易说什么话，生怕说错了惹周总不高兴。老总心里不高兴，当下属的日子肯定不好过。幸亏是周国平，要搁鲁振元，他一生气当下属的都得跑远远地不敢让他看见，不幸被他叫过去，肯定要被他熊个七开六透气！

沈众又补上问一句："要不要问问崮东、崮西公司是否收到？"

"对！"周国平说，"你策略一点，别弄得太明显，好像我们在给人家施压！"

"我明白！"沈众答应着出去。

沈众先打电话给崮东办公室主任焦冬青，焦冬青告诉他已经收到了，兰总正在给大家开会传达。沈众给他寒暄一阵，说些"欢迎来指导"、"向您学习"之类的话，挂下了，又问崮西办公室主任段尊云。"段总好啊？"

段尊云就打哈哈，"什么段总啊，又给我起外号！沈总有什么指示？"

沈众也哈哈笑着说："上午集团行政部打电话过来，说有一份红头文件先传真到各企业了，我一直都没收到，想请示一下您那边收到没有？"他说完了，就仔细听电话里的口气。

"噢，你是说那个价格协同的文件？……啊，没有没有，我什么都没收到呢！"段尊云支支吾吾，刚说了半句却突然改口，似乎有人在旁边暗示着什么。"我真还不知道呢，我问一下鲁总，看鲁总知道不知道。"他用了两个极端的副词，夸张地重复了两遍，沈众就听出那口气里有些慌乱。

"哦，好的，我再问一下崮东的焦主任，看是不是把我们漏了！"沈众这样说，意思是给段尊云一个确定的暗示：文件肯定已经下发，如果是漏了，再迟不过明天就一定能收到！

"好的沈总，您收到了也给咱一份，一起学习！"段尊云说着，哈哈两声赶紧挂了电话，沈众就在想象着他挂完电话，肯定会抹一把额头的汗水！

他把了解的情况连同自己的感觉一并给周国平汇报，周国平就皱起了眉头：这个鲁振元，无药可救了，连集团的文件也敢隐匿！他不是没收到，而是装作没收到，就可以暂缓执行！周国平曾经听季中强说过一段党史中关于西安事变善后处理的描述：张、杨二位将军兵谏蒋介石后，共产国际也收到了消息，在讨论处理意见时，斯大林的主张是杀蒋的，于是把电报传到延安，指示延安方面按照共产国际意见协同张、杨解决。巧的是，那几天延安的电台突然出了故障，共产国际的文件就延误了几天才收到。而就是那宝贵的几天，延安方面就已经及时作出决定，要和平解决西安事变，而且已经成功劝说张、杨二位将军放走了蒋介石！这从另一个意义上说，鲁振元的做法又有什么不同呢？

周国平当即把电话挂到集团行政部，钟若飞的秘书小王告诉他，文件一起下发的，除了传真件，还有Email，我发完后又跟踪落实了一遍，崮西已经收到了！

周国平坐在椅子上出神，沈众生气地说："这个段尊云，也学得不地道，撒谎不知道脸红！"

周国平笑笑说："上行下效啊！"

沈众哼一声，说："不是我们当下属的妄加评论，那个鲁总，你对他仁至义尽，他却对你两面三刀，这种心态，叫下边弟兄们怎么尊敬他，怪不得下边的人阳奉阴违，没个说他好的！"

周国平说："这是他们的教训，反过来也是我们的经验。有人在这里跌倒了，我们就绝不会再在这里跌倒，因为我们把他的教训拿过来，当成自己的经验了。要引以为戒才是！"

周国平把崮西的情况给兰成东说了，兰成东说："再给他一天时间，如果再以没收到文件为理由拒不调价，那就是香了不吃臭了吃，看他的造化了！"

为了督导价格协同文件的有效落实，集团公司派出副总经理孔志国为组长的督察小组，即日起下到各企业督战，第三天就来到了崮西。鲁振元一下子慌了神，口头汇报就露出了破绽，孔志国叫人把财务报表调出来一看，果然不出所料。孔志国当场批评鲁振元违抗集团命令，身在其位，当受其过，应当承担全部责任。鲁振元这才觉出点味来，他脑袋转得倒也快，当着孔志国的面，装模作样把销售部经理鲁兴华臭骂一顿，意思是自己已经传达布置销售部执行了，但鲁兴华可能因一时之贪执行慢了些，罪不在我，在于下属执行不力！

鲁兴华是鲁振元的侄子，一年半前鲁振元任总经理时刚提拔上来。段尊云前天还看在鲁振元是他叔叔的情分上，曾经暗中提示过他：目前这个价格可能不行了，劝他早给客户打个招呼，免得忽然提价工作难做，鲁兴华还大大咧咧地说："现在市场这么好，维持现在的价格我还能多卖点，到时候奖金也能多拿点儿，我为什么要凭着便宜不捡，我脑子进水啊？"

鲁振元满以为侄子能把这责任暂时给他担过去，他好给孔志国玩个捉迷藏。不料鲁兴华并没领会，硬着脖子说自己根本就不知道有这回事儿，大谈自己一天能出多少量，能给公司回收多少货款。鲁振元在一边急得搓手，却不敢发作，脸红到脖子为自己辩解。

孔志国心里非常明白，却没必要发火，严肃地说："关于崮西的行为，已经损害了股东的利益，也损害了集团的利益，在行业中造成很坏影响，我们督察组应如实汇报情况，同时要求崮西公司立即执行集团指示。"

鲁振元一下子慌了神，仍然辩解说："孔总，我们也只是想多卖一点，减少库存，保持产销平衡，我们知道错了，还请您高抬贵手，高抬贵手！"说着，叫人提过两瓶五十年茅台和两条黄鹤楼1916香烟，说："孔总，一点心意，您也不经常过来指导，我也没机会表示敬意，这回您来，正好……"

话没说完，孔志国就不冷不热地笑笑，打断说："你要是执意送我，我只好收下，但我回北京之后，肯定还是要交给钟总！"

鲁振元脑子里早就晕成一片，根本没听出孔志国在奚落他，以为要给钟若飞也带一份呢，就连忙嬉皮笑脸地说："对对对，孔总说的是，我给钟总也准备了一份，怕您路上不方便，想着单独给他送去，这样，就麻烦您转呈钟总最好！"说着，叫人把另一份也送上来。

孔志国真是哭笑不得，想这鲁振元猪脑子啊，得，像你这样的领导，一个好端端的企业也给你带垮了，真是百闻不如一见！他强压着火气站起来，说："鲁总啊，你这份礼也太重了，我无法给你转呈，回头钟总叫你去北京时，你再当面送上吧！"

鲁振元依然赔着笑，诚惶诚恐地问："那，孔总，您这一份？"

"麻烦你也一块儿交给钟总吧！"孔志国把话撂下，大步走出接待室，招呼督察组另外几个人上车去了。

鲁振元眼前一黑，一屁股跌落在沙发里，明晃晃的大脑袋断了颈椎一样，窝进了沙发的靠背。

孔志国带领督察组在下边转了一圈，除了岚湾的崮西恒基，各省企业都严格执行集团公司文件精神。在集团的会议上，督察组如实汇报了沿途督察情况，并对崮西恒基拒不执行集团决定、私自压价行为提出了处理意见。钟若飞气得当场碰翻了茶杯，说："这个鲁振元，每次都是考虑他为崮西公司的发展也做出过一些贡献，不想让他太难堪，现在看来，真是扶不上墙的烂秧子！这样的干部，损害恒基的形象！"

大家一致举手表决通过，免去鲁振元崮西总经理职务，调集团另行使用，崮西公司暂由云石公司总经理周国平代行管理。决议草案提请董事会审议通过！

文件一经签批即可生效，下发各分、子公司传达知悉。

周国平感觉事出突然，坐在办公桌前，看着文件还在迟疑。钟若飞的电话就打过来了："这是廖总提名，集团办公会一致通过的意见，压力是重了些，但对你也是个考验，希望你不要顾忌个人方面的事情，服从集团决定，还要妥善处理与崮西现有班子成员的关系，维持过渡期间的稳定。"

周国平有心说：我这个时候出任崮西，未免嫌疑也太大了，其他班子成员会怎么想啊？他们会认为是我拿下了鲁振元呢！能不能派别的人去？钟若飞却在电话里补上一句："你不用顾虑太多，对你本人，集团公司是信得过的，对云石的工作，集团公司也是支持的，鲁振元来北京的时候，我会跟他谈话！在你接手崮西公司之前，我会派孔总再飞一趟岚湾，给你们接接头。"

周国平接着电话，泪水竟不听话地涌出眼眶，顺着脸颊滴落下来。他自己也说不清这个时候为什么会流泪，流的什么泪！

鲁振元去北京的头一天，孔志国就飞到岚湾，先到云石见着周国平，彼此交换了意见，就把他亲自送过崮西来。

有孔志国坐镇，见面会就少了些尴尬。在孔志国例行程序性地再一次宣读完集团任命文件之后，祝方金带头鼓起了掌，丁杰、石庆建、段尊云等也跟着鼓起掌来，顿时，会议室掌声响成一片，每一张面孔都带着善意的微笑，也许，里面还包含了对鲁振元下台的快意。掌声持续了很久，好多人发现掌心都红了，发热了。

周国平做了简短的表态发言后，当着孔志国的面，发出一个特殊的倡议：云石、崮西两公司即日起，联合开展"奋战四季度，创造新业绩"的百日大干活动，要求两公司各相关部门、车间携手筹划，搞一场比武打擂。云石公司由季中强具体负责，崮西公司由祝方金具体负责，各部门密切配合，各司其职，迅速掀起奋战活动的高潮，为冲刺全年任务目标奠定坚实基础。

"好！"会场上又响起一片掌声，这次大家一边鼓掌，一边相互点头微笑，似乎摩拳擦掌攒足了劲，就等着一声令下大干一场了。

孔志国最后的总结讲话长达半个小时，言辞之间透露着集团公司对周国平的认可和肯定，这为周国平顺利接手崮西铺平了道路，也相当于代表集团公司给予了他应有的权威。

调离崮西赴京候命的鲁振元，此时却正垂头丧气地站在钟若飞面前，叫他坐也不敢坐，只垂手站立在四五米远的地方，像个犯了错误等着挨训的学生。

"你坐嘛，站着是个什么态度？"钟若飞声音不大，鲁振元心里却一哆嗦。他只好挪到沙发前，蹲下去，试着将半个屁股搁在沙发上。

"你对崮西公司的前期发展，是做了贡献的，也正是因为这些，集团包括廖总，对你一直都很宽容，但你却不知道珍惜，走到这一步，应该自己反思。"钟若飞说着，亲自下来给他泡上一杯茶。

"是是钟总，您批评得对，我知道自己做了很多糊涂事，心空小，执行力又差，我错了！"钟若飞办公室里还没供暖呢，鲁振元就一边使劲地瞅地板，一边使劲地往额头上抹汗水。

看着那熊包样儿，钟若飞恨不得踢他两脚，但他是一位高管，高管最可贵的品质，就是关键时候能控制自己的情绪。他接着说："云石的周总，就比你强多了，你说了他那么多的坏话，他却从来不给你拆台，这是什么品格？你比比看？一个人做事也好，交朋友也好，都要经得起推敲。任命他接任崮西的老总，是集团公司反复讨论的结果，你是不是心里不太服气啊？"

"没有没有，周总为人厚道，高风亮节，确实也有能力，我——我从心底下佩服他！"鲁振元说这话，听起来倒是带了满满的诚意。钟若飞点点头，说："都是干了几十年的老水泥了，彼此都了解，能够相互尊重，互相协作，这是一个团队能打胜仗最起码的操守。自己做了什么，自己并不知道，但别人却是看在眼里的。当别人都清楚而自己依然糊涂的时候，这个人就要被踢出局了。很简单的道理！"钟若飞没有更多地挑破他做的那些龌龊事，但鲁振元已经后背里冷飕飕的，恨不能找个地缝钻进去。听着钟若飞不再多说什么了，他壮壮胆子抬起头，支支吾吾地说："钟总，我……"

"想说什么？说就是！"看他想说又不敢说的样子，钟若飞就气不打一处来。

"我，是想——我最近血压有点高，能不能，我请一段时间假……"

"血压高休假就能休息好吗？"钟若飞反问他一句。

"我——有时候经常犯晕，上厕所蹲久了就不敢站起来，像要跌倒一样，两眼冒火星儿……"鲁振元支吾着说。

钟若飞嘴角动了一下，差点笑出声来：这就叫高血压啊！谁蹲久了不也是一样！这家伙是没有脸面呆在总部，让他回家反省一段时间也好！

他不想戳穿，就说："可以，我给廖总汇报一下，叫行政部给你考着勤，算你出差。"

鲁振元弯腰猫背连声道谢，一溜烟出去了，没忘记把门轻轻带上。

周国平新官上任，成了两家公司的总经理，地位自然让人觉得提升了一大截，张浩就撺掇其他几家公司给他祝贺。周国平本不想张扬，但张浩执意说："这对岚湾水泥绝对是个利好消息，如果岚湾水泥包装上市，肯定要飙升涨停的，必须要隆重祝贺！"兰成东也打电话说，青城的李总、宁城的郑总、牛腿岭吴总都来，大家一起坐坐很好。他只说"坐坐很好"，实实在在，毫无张扬，也没表示什么刻意恭维之类的话，周国平觉得心里很熨帖，也很亲切。想想大家都是同道中人，何况前段时间价格协同的时候，大家都很配合，这算是一个人情呢，就说好吧，不过我来做东，谢谢大家的支持！

几位老总哪肯让周国平做主陪？张浩硬生生地把他从座位上端下来，抱到主宾的位上，几个人嘻嘻哈哈地摁着他不能动。张浩先把主陪位子坐好了，喊着："今天通力公司请恒基，青城李总马上就是恒基的人了，也当是客。牛腿岭老吴自立门户，更该是客，郑总，你做副陪！"

郑向南赶紧把副陪的位子抢了，吴玉林抢了三陪，实是三宾的位子，他就权作是陪的。

大家屁股坐得稳稳当当，周国平一看，不必再争，笑着说："哪有这样请客的，鸿门宴啊！"张浩大笑："放心，今天只管喝酒，不管舞剑！"

兰成东不敢坐二宾位，李忠马上要加盟恒基，为了借这个场合表示欢迎，就把他拉过去摁下了，自己坐在四陪的位子。按照张浩的说法，吴玉林既然是陪的，那么你这个四陪其实就是四宾，是个上位。

"有本事的谁敬酒都是大杯，没本事的敬谁酒都得干杯！今天咱不论谁有本事谁没本事，统统大杯伺候！"张浩行伍出身，酒量很大，匪气也重，高门大嗓，第一杯时就自诩酒风正，不搞鬼，以身作则约法三章，任何人都可以监督。他端起酒杯，高举过头顶，说："周总大喜，岚湾水泥巨头都在，可谓群英荟萃，谁不喝谁就是对周总高升不高兴！"

大家嘻嘻哈哈举杯饮了，张浩又说必须连喝三杯！他跟郑向南一同端着杯子，说第一杯贺周总大喜，第二杯代表通力敬恒基水泥的岚湾企业，还有个体户老吴！把吴玉林说成是个体户，大家就哈哈大笑，吴玉林也不介意，端起杯先喝了，意思是主要敬你恒基呢，我是顺便捎上的，我先喝起，先喝为敬！周国平和李忠、兰成东无奈，只得仰脖喝下。第三杯的时候，估计有些难度，张浩故意装出些霸气，站起来了，一手端杯，一手卡腰，单脚踏在椅子上，学那梁山好汉众头领的模样，说声："平日里只顾工作，弟兄们交流少些，像今晚这样英雄聚首，实在难得，既然大家心气相投，何不学那梁山英雄的胆识豪气，大碗喝酒，大块吃肉，干脆来他个一醉方休！这是兄弟们感情酒，我先喝了！"说完一饮而尽，把杯子倒扣过来，"谁敢不喝？"

他这一闹，大家借着头两杯的酒意，就跟着大呼小叫起来，郑向南第一个附和："这杯酒喝的是感情，感情酒谁敢不喝？"仰脖灌下，做三陪的吴玉林应声喝了，周国平和其他二人面面相视，然后一阵大笑，不约而同地扬脖喝下。

主陪的酒喝了，下面就轮着副陪，这是规矩。郑向南一点都不示弱，积极响应张浩的号召，说："我老郑除了祝贺周总高升，就是感谢大家伙儿对我宁城的支持帮助，别的也不会多说，湿漉漉的感情，先干了！"也是连着三杯！这六杯酒下肚，桌子上就有点乱套，周国平话也多起来，好几次竖着拇指给李忠说："李总，和平是功德，北平的傅作义就是和平解放北平的大功臣，青城水泥你自己的，和平加盟恒基，你就是恒基的功臣！"李忠端着酒杯不放下，说："恒基一家，很快，我们就是其中的一员了！"周国平见他始终端着杯子，就说："来，干一杯，先祝贺！"两个人一起喝了。

牛腿岭的吴玉林开始下位了，端着酒杯走到周国平和兰成东跟前，说："周总，兰总，我自立山头这么多年，虽然也有些业绩，但总有种风雨飘摇的感觉，看到恒基风生水起，真的很羡慕。如果恒基看得起咱，别忘了引荐一下，我敬两位！"周国平和兰成东相视一笑，站起来说声"一定"，一口喝了。

末了，周国平掰着张浩的肩膀，说："你那条新线，加快点进度，我有个最新消息，凡是年底前新上项目不能点火的，一律叫停，全国一刀切，你土建都起来了，不差那一哆嗦，再努把力，这趟末班车可不能错过了！"张浩说："不是早已经叫停了吗？我这不正在观望吗，哪敢轻举妄动？"周国平就低声说："政策还是有松动的，你手续齐全，形象工程也有，应该在政策允许范围内。我这次去北京，钟总还让我回来提醒你呢，北京那边有什么问题，他可以帮忙的！"

"真的假的？锅锅哎！"张浩两眼放光地看着周国平。

"骗你干嘛？钟总很关心你呢，他在北京，消息灵，政策研究得透，他专门让我提醒你，还能有错？"周国平神情诡秘地告诉他，张浩就感觉是专门给他开的小灶，"一般人不会告诉他"的真诚！

"好！有钟总支持，我知道该怎么做！来，干一个！"张浩呼地把酒杯端起来，举到周国平眼前。

此时的杯子里，已经不是酒，是水了！

得了周国平的密旨，张浩心里感动，礼尚往来地有意透露给他一个机密。他附在周国平耳朵上，压低了声音嘀咕说："鲁振元从北京回来，听说去找过唐市长，被唐市长批了一顿，接着就去省城了。"

周国平一惊，问："他去省城干什么？"

张浩"切"一声，道："你说干什么？他心不甘呢。肯定想去省城拜拜门子，不定找谁给说句好话，好让市里给你们钟总求个情呗！"

周国平不动声色地听着，冷笑道："去呗，能官复原职最好了！"

这次周国平的确放纵了一回，他喝了太多的酒，提前到洗手间抠了一回，也没抠出多少。他趴在马桶上的那一瞬，就想起了钟若飞，钟总当时的感受应该是一样的吧！

他估计明天早上起不来早，就给沈众打个电话，说明天早上晚到一会，告诉季总，早会就不参加了。沈众听他舌根发硬，就问要不要过去接您？周国平说不用，小李子跟着呢，你休息吧。

沈众估计快到家的时候，就给小李子打过电话去，要求务必把周总送上楼，进门后见着苏姐方可离开。小李子答应着。

10　唐市长的太太突然摔倒，
第一次住进了医院

　　秦婉躺在病床上，形容消瘦，头上包着的纱布渗出些血迹，眼睑看上去有些下垂，偶尔咳嗽几声。唐小倩趴在床前流着眼泪叫声"妈妈"，秦婉吃力地睁开眼睛，想笑却面部表情僵硬，喘口气说："我没事儿，就是摔了一下。"

　　唐小倩去电视台上班快一个月了，沈众知道她这段时间肯定很忙，除了晚上在QQ上聊会儿天，白天也很少给她打电话发信息。

　　唐小倩也的确是忙，实习期间经常跟台里的老师们出差，这一个月轮换了好几个部门，学剪辑，练主持，采编节目，新闻部最近又新开设了个栏目，叫做"数字岚湾"。国庆节前，市委宣传部专门安排电视台，要通过数字的变化，直观展示岚湾近年来经济以及社会各项事业的繁荣发展，唐小倩就分在这个栏目组，当了一名实习记者。她白天跟着出去采访，晚上回来整理文字，把白天拍摄的画面剪辑出来，交给老师们审查，通过的，就安排次日播出，通不过的，就继续深挖内涵、提升高度。唐小倩人聪明，学得快，长得也好看，栏目组的同事们都愿意带她外出采访，很快，工矿企业、文教卫生、港口经济、城市建设等各个行业她都涉足，有时节目做得比一般同事都好，很多次台里的领导都当面提出表扬。当然，关于她的家庭背景，除了几个主要领导，很多人还是不了解的，更不知道她的爸爸竟然是这个城市的市长。

　　唐小倩很早就想做一期关于恒基的节目，并不仅仅因为有沈众在，她对整个恒基有一种特殊的感情。市里几个大企业的名单已经进入了栏目组的日程，她正好假公济私地见一见沈众。

　　"忙什么呢？也不理我！"她电话里先说沈众的不是。

　　"不是怕你忙吗，我的大记者，今天怎么有空？"沈众虽然心里偷喜，却努力保持着应有的定力。

　　"你忙还是我忙啊？你可以留言的，我每次上来都不见你，坏蛋！"沈众听着，就好像看见她已经撅起的嘴巴。

"你要有空，今晚上我请你吃饭吧。"沈众没有女孩子那么多的磨叽，喜欢痛快直接。

"就知道吃！"唐小倩心是口非地白他一句，却又说，"是你来，还是我去？"

沈众随口说道："老是我去，你也不来！"

唐小倩故意叹一口气，说："唉，山不过来，我就只能过去了，谁叫我是求你帮忙呢！"

"你求我？帮什么忙？"沈众想不出，自己还能帮到她什么！

"咯咯，"唐小倩在电话里笑了，"我去了不就知道了？"

县城东部新区新开了一家"家常菜馆"，沈众单身生活有时候没地方吃饭，就去过几次，跟掌厨的大妈已经混熟了。这边炒菜都是一色的农家口味，家里父母怎么炒，这边也是怎么炒，吃着吃着就能想起孩子时的情景：爸爸妈妈哥哥姐姐围坐在小方桌前，妈妈从自己的菜园子里拔几根葱，摘一把豆角、茄子什么的，往锅里随便拨拉拨拉，味道就那么实在。全家一大碗，你一筷子我一筷子，一碗菜争着不足让着就有余，吃到最后还剩半碗，妈妈就不舍得扔，放到纱网的橱子里，下顿热热再吃。那时候绝想不到，还会有今天的分餐制！爸爸喜欢喝汤，有时倒点开水就呼啦呼啦喝光了，一家人吃饭那个香啊！现在很少能找到一种能吃得那样香的饭菜了，你看看哪家餐馆一炒菜，除了味精一大把，就是胡椒面、花椒片的，菜没菜味儿，肉没肉味儿，大桌的山珍海味竟无处下箸。

菜馆里只有一个厨师，就是那位姓姜的大妈。姜大妈头上扎一片青底白花的碎花花布，打着绑腿，干净利索。大厅里全是小地桌，马扎子，想炒什么告诉她，一色的新鲜青菜。有人说豆角长虫子了，漂亮的女服务员就告诉他：这是大妈乡下的儿子自己种的，从来不打农药；有人说这青椒怎么这么辣？女服务员就告诉他：都是自家种的，可能是浇水少了。脆生生的对答，散发着缕缕清新的乡村气息。

店面不大，人却不少，来晚了就没座位了。沈众提前过来，先点了个熬豆角、凉拌马苋菜、蒜泥蘸豆腐，还有一个留给唐小倩自己看着点。他很自信自己点的这几个菜，经过姜大妈炒出来，肯定是地道的农家味，唐小倩肯定也没吃过的。

　　他把菜谱递给女服务员，姜大妈隔着厨房的玻璃就看见了，说："小伙子你来啦，先坐着，喝口水，一会儿就好！"姜大妈认得他，格外热情。沈众捧着双手说："不急大妈，我还要等个人呢。"

　　沈众用电话指引着唐小倩的行车路线，约摸过了将近一个小时，唐小倩才将白色雪弗莱缓缓停在家常菜馆外面的路岩石下，停车熄了火，打开车门，手里拿个小包下来。

　　她今天穿了一件藏青色牛仔裤，黑底白星星的长袖衬衫宽松舒适，微烫过的波浪卷发松松地披在肩上，把一张干净利落的脸庞托出来，显得气质优雅，成熟高贵。

　　"你怎么才到？"

　　"坏蛋你电话里也不说清楚，害我七拐八弯像进了迷宫！"

　　"我电话里说的够清楚了啊，生活在大城市的人，进小县城都晕向！"

　　"云石大城市呢，哪里是小县城！那么多路口，没一道直的，红绿灯也多！"

　　"所以啊，还是大城市好！劳你尊驾，屈就一下呗！怎么还烫头发了？"沈众咧嘴笑着，抬眼看见唐小倩肩上的大波浪，感觉一种别样的新鲜。

　　"工作环境变了，形象也要改变，好不好看？"唐小倩拢一拢头发，提一提肩上的小包，语气干净利索。

　　"好看，显成熟多了。"沈众赞美两句，很多人，大庭广众下也不便多夸，就说，"快来里面吧，我给你点了几个农家菜，看你喜不喜欢。"

　　沈众用眼角的余光朝屋里环顾一圈，见每个吃饭的人都抬起头来盯着唐小倩看，有几个人还在角落里凑着头，指指戳戳嘀咕什么。美女就是美女，走到哪里都有令人炫目的效应。唐小倩却大方自然地跟在沈众后面，问："坐哪儿呢？"那些贪婪猎奇的食客们，在她眼里根本就视若无物。

　　女服务员把点好的菜端上来，沈众递给她一双筷子，说："都是些土菜，来，快尝尝，味道怎么样。"唐小倩从陶瓷碗里夹一小块炖得很烂的山豆角，嚼一嚼，说："没什么特别的味道啊？"沈众说："你大筷子夹啊！"唐小倩就狠狠地夹了一筷子，送进口里，再嚼，这下嚼出味道来了，烂烂的，软软的，香就是香，咸就是咸，清新分明，没有任何的杂味，喉头滑动，一口菜竟咽下去了。她忍不住再夹一筷子，说："真的很好吃哎，我怎么没吃过这样的菜，豆角还可以炖着吃！"

沈众微笑着看她狼吞虎咽的样子，说："这是自家岭地堤堰子上种的，跟菜园子里长长的那种不一样，至少绿色无污染，不喷农药。城里人一般吃不到，在农村多是这样吃法，白天下地干一天活儿，晚上回家炖一锅山豆角，有汤有菜，吃着舒服。"

唐小倩就问："可是这菜汤怎么是黑色的？"沈众就告诉她，"这是用铁锅炖的，铁锅炖菜富含矿物质铁元素，对人体补铁有好处，而且铁锅炖菜出味道，只是颜色暗一点，虽然不好看，但味道却好。"唐小倩看着他，笑笑说："看不出你对做菜还挺有研究的。"沈众也不谦虚，说："那是，农村出来的孩子，五谷杂粮分得最清楚，孔子曰：四体不勤，五谷不分，孰为夫子？"

"说你胖了你就喘！"唐小倩咬着筷子咯咯笑。

她又夹一口凉拌的马苋菜，清清凉凉鲜嫩爽口，嚼一嚼还带点滑腻的感觉；蒜泥拌豆腐却是另一种口味儿，用筷子夹下一小块儿，放在细碎如泥的蒜酱里蘸一蘸，竟有种黏腻顺滑的香味儿，唐小倩嘴里始终填得满满的，呜呜嚷嚷说："你点的这几个菜我都吃过，但这种吃法儿，却是第一次，比爸爸炒的板凳腿还好吃。"沈众开心地笑着，说："过去农村人穷，吃不上肉，只能把地里产的野菜变着法儿的调，调来调去，就什么味道都调出来了，你当记者的，很应该到农村去体验一下生活呢！"

"对对对，"唐小倩咽下一口山豆角，郑重地说，"我正想着让你带我去你家一趟呢，你家不是就在农村吗，去看看你家老人，顺便下地体验一下生活，好不好？"她说得认真，一脸的幸福，沈众一时不知该不该答应她。

"好的，好的！"沈众顿了顿，不着边际地支应过去。

很长时间了，他都想着，是不是该把唐小倩带回家让自己的父母亲看一看？但是，他始终担心唐小倩这边。他们的身份悬殊太大了，唐市长和市长夫人能接受自己这个农村孩子吗？万一唐小倩见了大山深处自己家乡闭塞落后的样子，会不会产生动摇？如果见了面，却在某一天她不声不响地跟自己分了手，我白发年迈的父亲母亲怎么接受得了？

说到底，面对市长的千金，面对这样一个风姿绰约的婀娜女孩，他心里根本就没有自信过！

　　他又想起了上次回家时，村头小土岭上有一家三口拉犁的情景，因为地块太小，家里又没养黄牛，只能老婆孩子齐上阵，又回到那个刀耕火种的年代了；晚上隔壁的李大爷家没有架上电，仍旧点着煤油灯吃晚饭，看不上电视就只能早早睡觉；邻居家的小侄女站在大街上抱着一个煎饼卷在啃，问她煎饼里卷的什么好吃的？她摊开煎饼卷，里面抹了一溜花生油，撒着几个盐粒儿，就吃得那个香啊……沈众想得心情沉甸甸地往下坠。

　　唐小倩抬起头问他："想什么呢？"才把他从大山深处捜回来。

　　他回过神来，问唐小倩："不是说要我帮忙嘛，叫我做什么？"

　　唐小倩就把来意说了，问沈众合不合适？你们周总感不感兴趣？沈众笑笑说："这个我得回去请示周总了，按说，周总应该同意，因为自从云石一水变更为恒基企业后，一直也没有再扩大宣传，只是上次交接仪式上，市电视台做了一次报道，那以后就没有了。宣传是个好事儿，会做，还要会说嘛，这对树立品牌形象有好处。"

　　唐小倩就把自己的设想详细说明了，把采访的细节又商量了一下，说你先给我准备一份解说词，等哪天周总有空，我就带人过去。沈众问："就这事儿？没别的事儿了？"唐小倩笑着说："就这事儿，算你帮我。"

　　两人边吃边谈，一顿饭不喝酒竟吃了一个多小时，在众人猎奇的目光中出了小店。沈众本想陪她到新开发的云水河公园去转一转，唐小倩却接到了家里薛姨的电话：

　　"小倩你在哪里？你快回来一趟吧，你妈妈摔倒了，唐市长在外地，我叫了救护车已经来医院了！"

　　薛姨急急慌慌的语气，又说叫了救护车，叫唐小倩一下子如雷击顶般不知所措，眼泪刷地下来了。

　　她也急急慌慌地问："妈妈摔得怎么样？严重吗？薛姨你别着急，别着急，我马上过去！"

　　说是马上过去，但她挂了电话，却一下子定在了那里。

　　"怎么回事儿？"沈众急忙问。

　　唐小倩定醒了半天，才带着哭腔说："妈妈摔倒了！"

　　"摔倒了？怎么样？"

　　唐小倩摇摇头，不说话，眼泪却哗哗地流下来。

"爸爸呢？爸爸知道吗？"

"爸爸去省城开会了，应该还不知道！"

沈众吓了一跳，慌着说："你别着急，我跟你一块去，开你的车！"从她手里抢过钥匙，叫一声："快上车！"他几乎拉着唐小倩飞也似地跳上车，打开车灯，车子立即发动了。

唐市长的夫人秦婉躺在病床上，形容消瘦，头上包着的纱布渗出些血迹，眼睑看上去有些下垂，偶尔咳嗽几声。唐小倩趴在床前流着眼泪叫声"妈妈"，秦婉吃力地睁开眼睛，想笑却拉不动面部僵硬的肌肉，喘口气说："我没事儿，就是摔了一下。"

唐小倩哭着说："你怎么不小心呢，摔哪儿了？厉害吗？"

旁边的薛姨也擦把泪，很愧疚地说："我下楼买菜就那么一会，大姐自己起来上卫生间，不小心就滑倒了，头上破了皮，大腿上起了青。都怪我，我要是早上楼几分钟，大姐也不会摔倒了！"说着掀开被角给唐小倩看，沈众自觉地往外撤了撤。

唐小倩掀开一角，见妈妈的大腿外侧一大块淤青，就问薛姨，"拍片了吗？骨头没事吧？"薛姨就说，拍完了，值班的医生说问题不大，片子明天才能出来。"唐小倩又看看头上包着的纱布，轻轻抚摸着问妈妈，"妈妈你疼吗？出了好多血呢！"秦婉就吃力地喘着气说："不疼，我躺着就好。"又嘱咐女儿，"别告诉你爸爸，他去省城开会了，要好几天才回来，他回来了，我也就好了。不要告诉他。""嗯！"唐小倩眼泪不听话地往下流，点着头说，"等爸爸回来，一定带您去北京看看，您就别再犟了！"秦婉点点头，说："好吧。"

唐小倩又招招手叫沈众到床前来，说："妈妈，小沈也来看你了，他说没见过您呢。"

沈众赶紧站到床头一侧，叫一声："阿姨，您不用担心，很快会好起来的！"

秦婉睁开眼睛，看了看沈众，喘口气说："你就是小沈？"她想坐起来，很努力地动了动，又躺下了，断断续续说："小倩经常提起你，她不懂事儿，你，看着她点儿。"沈众看看唐小倩，不敢答应却又不得不点点头，说："阿姨，您放心吧，我会的。"秦婉实在是没有力气再说什么，躺着喘气。薛姨对沈众说："大姐需要休息，医生不让多说话！"沈众就"噢！"一声点点头。秦婉却说："我说话不行，可是能听，你们只管说你们的，我不碍事的。"唐小倩朝沈众幸福地笑笑，才想起还没感谢薛姨，就说："谢谢你薛姨，不是你在家，妈妈肯定动也动不了。"薛姨就不好意思了，连声说："小倩可别这么说，是我没照顾好大姐，亏得大姐伤得不重，不然，我都没法给你和唐市长交代呢。"唐小倩又朝着妈妈说："以后薛姨不在的时候，你尽量少走动，等薛姨回来了，再扶着你活动活动也行。"秦婉闭着眼睛，"嗯"了一声，说："不怪你薛姨的，是我自己逞强，我寻思我能行的。"

沈众站在一边不知道该说点什么，第一次跟未来的岳母见面，他心里扑通扑通直跳，好在老人家似乎对他并不反感，他感觉心里稍微踏实了一些。

恰好查房时间到了，一名上点年纪的医生带着几个护士进来，医生知道秦婉是市长的夫人，查得格外仔细，末了，指着秦婉，问唐小倩："她是你妈妈？"唐小倩说："是，我妈妈。"医生"哦"了一声，又亲切地问："唐市长没来？"唐小倩答："爸爸出差了，回不来。"医生就说："是啊，唐市长太忙了！这里你放心就是，唐市长不在，有医生和护士，我都安排好了，我们院长有特别交代，这个病房二十四小时有人值班。"他看着薛姨，说："有什么事情，你喊一声就行，随叫随到！"薛姨"哎哎"地答应，唐小倩就说声："谢谢您了医生。"

那位医生站着跟唐小倩说了一会儿话，唐小倩顺便问他一些有关这个病的情况，医生告诉她说："你妈妈这个病，我们初步怀疑是胸腺瘤，只有切除才能逐步好转。只不过，咱们市医院这方面手术还没有足够的把握，最好到北京请个专家。等唐市长回来了，我们再给他汇报。"唐小倩就问："咱们医院以前没做过这样的手术吗？"医生笑笑，说："也做过几例，因为——因为我们没有十足的把握，不敢轻易做。"唐小倩明白，妈妈不是一般的病人，是市长的夫人，医院的医生都不敢轻易接这个手术！

沈众今晚是注定不能回去了，哪怕是在走廊上溜达一宿，也要陪过这第一个晚上，这是准女婿的最起码的义务。明天是否能回去，他还得看情况再说。

他到走廊上，摸出手机给周国平打个电话请假。周国平问他："有什么事吗？"沈众本想找个别的理由，可转念一想，不能不让周国平知道，毕竟周总不是别人，而且钟若飞特别交代过，要跟市里的领导处好关系，特别是唐市长，要"特别尊重"的，所以，市长的夫人病了，他应该来探望一下，不告诉他实情，他肯定会不高兴。想到这里，就把情况如实说了，周国平简单问了一下伤势，就叫沈众好好照顾着，公司可以不用来上班，等明天一早他就过去探望。

沈众进屋，并没告诉唐小倩他给周国平打电话的事情，只对她说："今晚我不回去，我跟薛姨在这看着，你回去睡觉，等明天你看能不能给台里请个假，过来跟薛姨换班。"唐小倩说："我也不回去了，我跟你一块守着吧，叫薛姨先回去休息，明天来跟我换班不是更好？"沈众一听，这样更好，不但能一起守着病人，还能多陪陪唐小倩，就说也好，薛姨你先回去吧！薛姨谦让两句，毕竟这个安排并无不妥，就说："好吧，明早晨，我顺便给你们带点早饭过来。"上前给秦婉盖盖单子，说大姐你好好休息，我明天过来陪你。秦婉睁开眼睛，招招手，"嗯"了一声，薛姨就回去了。

既然妈妈并无大碍，唐小倩和沈众就没刚才那样担心了，这一夜，除了喊护士给妈妈换药，他们就没出去过病房半步。两个人坐在对面一张干净的床上，小声嘀嘀咕咕地说着话，秦婉躺在病床上，虽然不睁眼，照样能听到他们的对话，今天第一次见过了沈众，人长得高高大大，宽厚的脸庞，浓眉大眼，面相上没什么缺陷，又知道他是张浩的外甥，很般配的一对，叫她觉得放心了不少。

虽然秦婉已经没有能力过问女儿的婚事，但无时无刻不在心里念叨，女孩子到了二十五六的年龄，是该找个人家了。她爸爸整天忙，加上特殊的身份，根本不可能出面给她物色对象，自己又无能为力，只能盼着唐小倩自己选一个，不图地位高低，不图有钱有势，人好最好！上次张浩的妻子过来看秦婉时，秦婉还专门托付过她，虽然知道唐小倩谈的那个对象就是张浩的外甥，但自己没见过，就没提起这档子事儿。看来，沈众也没把这事告诉过他舅妈，这孩子仔细着呢！

下半夜的时候，她睁开眼看见唐小倩歪在沈众怀里迷糊，沈众就那么安静地坐在床上抱着她，也已经迷迷糊糊了。秦婉似睡非睡地躺到天明，一夜心情很好。

一大早，薛姨来换班的时候，唐小倩才惺忪着睡眼醒了。薛姨给他们带来了小米粥和煮茶叶蛋，还有肉饼。大家一起伺候秦婉吃了一点，也各自喝碗粥填填肚子。薛姨说你们回去睡会吧，白天我一个人就够了。唐小倩看看沈众，沈众说不急，也不困，再待会吧。

十点多的时候，有人敲门进来，是周国平和钟若飞。

"钟总，"唐小倩连忙站起来，"您怎么来了？"

蓦地，唐小倩不知触动了那一根神经，忽然看见钟若飞，竟像见到了自己的爸爸，惊喜当中鼻头一酸，眼泪在眼眶里打旋儿，唰地滚落下来。

钟若飞竖起手指"嘘"了一声，叫她别大声说话。他走到床前看看秦婉，她似乎又睡着了。唐小倩擦把眼泪，说："不要紧的，一点外伤。您怎么知道我妈妈住院？"钟若飞就指指周国平，说："你们不告诉我，就没人告诉我了？"

唐小倩就明白了，是沈众告诉了周国平，周国平又连夜汇报了钟若飞。他是一大早赶飞机过来的。看着眼前这三个男人，唐小倩心里说不出的踏实和温暖，她感觉自己就像在家里、在爸爸面前一样的放松，她对恒基的好感，对沈众的爱恋，不能说没有一点这种爱屋及乌的效应。现在，妈妈正躺在床上，爸爸也不在身边，而她却更沉浸在一种无以言表的幸福之中。

钟若飞问起妈妈的病情，唐小倩就把医生告诉她的话复述了一遍，钟若飞笑着说："我早就劝过你爸爸，叫他带你妈妈来北京一趟。他忙啊！回头，我再给他联系。"

唐小倩说："爸爸劝过她多少次呢，只是妈妈太倔，愁出远门，结果每天就这么躺着，好好的人也该躺出毛病来。"

"你也做做你妈妈的工作嘛，最好你也去，女儿是最会照顾妈妈的！"钟若飞笑着说。

"嗯，"唐小倩点头答应，"等妈妈好些了，就让爸爸回来，他是个工作狂，要他撂下工作呆在北京，那还了得！"唐小倩说得钟若飞和周国平都笑了。

钟若飞转头看了看沈众，对唐小倩开个玩笑说："小伙子对你还好吧？他要是对你不好，你可以告诉周总，叫周总批评他！"

唐小倩咧着嘴看看沈众，不好意思地说："他，还行吧。昨晚上陪着妈妈，也是一夜没睡呢！"沈众有点不好意思，低着头笑。

钟若飞就给周国平说："你给他放几天假嘛，唐市长不在，叫他在这帮着跑跑腿也是好的。"周国平说："这没问题，什么时候唐夫人出院，什么时候再去上班。"唐小倩一听，又能好几天可以跟沈众在一起了，高兴地说："谢谢周总！"说实在的，她一个女孩子家，还真的伺候不了一个病人，有沈众在，她就不必担心什么了。

这时，秦婉睁开了眼睛，动一动，问："谁来了？"唐小倩忙上前说："妈，这位是恒基的钟总，他从北京过来看您呢！这位是云石的周总。""哦，是钟总啊，老唐常说起你。"秦婉喘口气，"谢谢，你们坐啊。"她想笑一个，脸上肌肉却不听使唤，还是没笑出来。

钟若飞上前握着她的手，坐在床前说了几句安慰的话，见秦婉有气无力的样子，就说："您还是躺着吧，躺着休息些。等唐市长回来，一定带您去北京治疗。"秦婉叹一口气，幽幽地说："我这病，就这样了，不必花那钱。"钟若飞说："在北京，您这病根本就不叫病。我有个同学是这方面的专家，我回去就联系他，先了解一下情况，他一定能把您的病治好。"秦婉半闭着眼睛，点点头，不再说话。钟若飞坐了一会儿，说："大姐您好好养着，我们先回去了，我回北京等着您。"说着，站起身，秦婉再睁开眼，说声："谢谢了。"抬起手，挥一挥，算是送他。

唐小倩跟着出来送，钟若飞朝薛姨点点头，周国平对沈众说："你留在这，帮小唐一起照料一下，公司里没多少事情。"沈众像个孩子，听话地点点头。

下楼的时候，钟若飞似乎在想着什么，放慢了脚步，问周国平："小伙子最近工作怎么样？"周国平知道他问的是沈众，就说："不错的，工作很踏实，忠诚度和执行力都没得说，综合能力也很强，是个上进的小伙子。"钟若飞若有所思地说："优秀的年轻人要重点培养，集团的发展很快，对人才的需求也是刻不容缓。从现在起，我们就应该把眼光放得更长远一些，眼睛能看到哪里，我们就能走到哪里！"周国平说："是，我正想跟您汇报，可以的话，等过了年，再让小沈多担些担子，也好往高层管理方面培养培养他。"钟若飞同意，说："对，一方面要在综合管理方面继续培养他，另一方面，要给他点时间，年轻人谈情说爱的年龄，最需要的就是时间。而且他这个对象，也不是一般人家的孩子，要把他的个人问题当做一项工作来看待，你说呢？"周国平明白钟若飞的意思，说："我从外围上尽量提供方便，这一桩婚事要是成了，云石公司也算是攀上了一门皇亲国戚，呵呵！"钟若飞也笑了，说："企业的发展，离不开政府的支持啊，唐市长对我们恒基一向很重视，我们倒不是为了攀亲结贵，是尽量不要让他在个人私事上对咱们失望。当领导的，能做到什么，就不要吝啬！"周国平点头说："我明白，您放心吧钟总！"

钟若飞又问了其他几个水泥公司的情况，周国平把上次吃饭聚会的事情给他说了，又把青云山的二期工程重点作了汇报，钟若飞说："从侧面再给张浩做做工作，不是催他，是鼓励他。就说我们在北京，有些事情可以帮上忙的，叫他不要客气。这样的话，首先从心理上打消顾虑，把工程进度往前赶，新线一旦投产，产能扩大一倍，收过来以后，就相当于我们在岚湾又建了一个新厂，从战略上讲，是划算的。"

周国平告诉他说："我上次吃饭的时候把国家产业政策方向给他提示了一下，他很高兴，也下了决心，正筹措资金把工程拾起来，顺利的话，明年上半年就能点火。"

钟若飞说："不能等到他们点火！下次唐市长带夫人去北京看病的时候，我再找他谈，尽量争取年初收购完成。市里面，在省里已经跑得差不多了，我们也要主动出击，越提前越好。因为国家已经决定，明年准备拿出四万亿用于基础设施建设投资，缓解全球金融危机的影响，这对水泥建材行业来说，是个利好的春天！"

钟若飞一边走，一边将国家的政策方向和市场预期讲给周国平听，嘱咐周国平闲暇时间多关心一下政治信息，因为政治有时是市场的晴雨表，代表着一个行业未来时期的发展趋势。

钟若飞说着，周国平一边点头，一边就想到了岚湾地区立窑水泥的事儿。他告诉钟若飞，上次跟经贸局王局长一起吃饭，本想深入了解一下岚湾地区立窑水泥存量淘汰的情况，结果没瞅着机会，但从平时掌握的情况看，由于地方保护不同程度地存在，省行业协会的呼吁一时半会儿还很难落实。前段时间风声紧的时候，立窑厂一部分熟料线为了争取省里的扶持资金，表面上象征性地拆除了，但扶持奖励资金一到手，他们马上又重新开张，死灰复燃了，而对这个问题，省里有关部门也是睁一只眼闭一只眼，没有人往深里追究，可见，那些立窑厂有着惊人的能量！所以，短期内不能指望地方上落后产能得到彻底干净的淘汰。

钟若飞听了，若有所思地笑笑，说："淘汰落后产能，政府压力的确很大，这个，我已经感觉到了！上次从你那走了，去见唐市长的时候，他的担心跟下边县区是一样的。他说作为一个城市的市长，下个文件还是很容易的，但关键问题在于，文件下发以后可能会连锁反应地产生许多问题，他不能不考虑，毕竟当前形势下，稳定压倒一切！"

周国平听到这里，有些失望，说："唐市长要是也害怕担责，恐怕就没人敢往前推进了。"

钟若飞摆摆手，止住他说："不是我们想象的那样！省里虽然制定了存量淘汰的时间表，但主管部门不能跟踪推进，下面谁愿意冒这个风险？唐市长所面对的，我很理解。我也知道，他并不是担心自己的进退，他说过，都这把年纪了，已经不再指望提拔！但有一句话，叫我听了很震撼。"

"他说什么？"周国平问。

"他说，他退了不要紧，但是恒基集团整合岚湾建材市场的规划，就可能因为他的退出而至少在一段时间内搁浅，他决心把央企引进岚湾、打造岚湾经济增长极的宏伟蓝图就可能会流产，这是他最担心的！"

"哦！"周国平低着头，认真地听着钟若飞的说话，设身处地考量着唐市长身在其位难下决断的境地，不由感慨道："唐市长，是岚湾的好市长！"

钟若飞笑笑，说："所以啊，岚湾落后产能淘汰的问题，我们不能简单地看做是岚湾市自己的问题，还是要放在当前地方上不同的大环境中去考虑，有些事，不能以你我的意志为转移。"

"我明白，"周国平说，"有所为，有所不为，明智之举。知其不可为而强为之，徒耗其力而无果！"

"呵呵！"钟若飞笑了，"有些事，急不得，不能只是一厢情愿啊！当前我们的主要工作，是走好联合兼并的路。落后产能淘汰的问题，非你我所能左右。"

"那我们也不能无所作为啊。"周国平虽然赞同钟若飞的观点，但他还是有些不甘心。

钟若飞虽然无奈但也非常坚定地说："我们能做的，就是及时了解国家以及地方上的产业政策信息，从企业自身的角度，为产业政策调整、落后产能淘汰工作做些力所能及的助推，怎么说无所作为呢？提高水泥产能集约度，推动国家建材行业产业结构调整，是我们央企责无旁贷的事情，只能说以后的每一步，都要分清主次，相机而动。毕竟，立窑水泥退出市场，有市场的取舍，也有政策的扬弃，我们再发展了新型干法，本身就是为立窑水泥提供发展的方向。此外，我们力主淘汰立窑，只是为了今后更好地善用资源，减少污染，并不是把他们逼上绝路，他们完全可以向粉磨方向转产嘛！"

周国平琢磨了半天，突然想起什么，迟疑地问："钟总，您的意思，是让他们从熟料生产向水泥粉磨转产？"

"不可以吗？"钟若飞反问他。

"对呀！"周国平恍悟道，"这样不但可以共存共荣，而且可以拉长水泥制造的产业链条，促进行业集中度的提高，这才是一条很好的调整路子，我怎么没想到！"钟若飞这么一点拨，他忽然感觉很兴奋，仿佛在黎明前的黑暗里看到了一线光明，从心底里为立窑水泥企业的发展前景感到庆幸，他们可以不必倒闭，完全可以转产嘛！

"钟总，"周国平有些激动地说，"等下次见了唐市长，您可以把这个意见提出来，不失为市政府节能减排的一个很好的思路！"

钟若飞又笑了，说："我上次已经跟唐市长提出来了，他也赞同，要在市政府扩大会议上再进一步探讨呢。"

"那最好了！"周国平抚掌笑道，"政府部门肯定会为您这个思路感到振奋。我就说嘛，恒基水泥不但要整合带动整个行业，而且，还要引领行业健康发展，践行一个央企应尽的责任！"

"说得对！"钟若飞微笑着，一边点头，一边往前走。小李子看见他们下楼来，已经把车子提前开到了门厅里。周国平为他拉开了车门。

上了车，钟若飞又把玻璃放下来，嘱咐说："唐市长那里，你要经常去汇报，多听听他的指导，了解一些信息。"

"我知道，您放心吧！"周国平答应着。

钟若飞把头放在车窗玻璃上，似乎还有话要说，小李子耐心地等着。

他把头稍微往外探探，说："上次见唐市长，他告诉我，鲁振元去找过他了。"

"是吗！"这事儿周国平上次听张浩提起过，但在钟若飞面前，他只能装作不知道，问，"他去找市长干吗？"

钟若飞笑笑，说："有点不甘心吧，想让唐市长出面说个情，给他点事情做！"

周国平说："我也听说他跟唐市长很熟呢，经常在公开场合把唐市长搬出来。"

钟若飞又笑了，说："你不明白，他是拉大旗作虎皮，其实唐市长并不喜欢他。他去过市长家里，每次都弄得市长左右为难。"顿了顿，又说："有些事情不方便给你说破，不过一个人什么样的品行，时间久了，大家心里都有数，平常你自己注意一下就是了，也不必往心里去。"

周国平无可奈何地笑笑，说："他怎么说随他去，钟总您只要信得过我，就够了！"

钟若飞叹一口气，说："你，我是了解的！"又说起鲁振元："我们已经给他机会了，可他不珍惜！"

周国平摇摇头，苦笑着，心想：这个鲁振元，我没怎么得罪你吧？真是树欲静而风不止！

钟若飞对小李子说："直接送我去机场吧。"

周国平有点意外，说："不到公司看看了？"

钟若飞笑笑说："不去了，这次主要是看唐市长夫人，刚才谈了一些，情况也了解了，回去还有好多事情。"

周国平只得说："那好吧，岚湾这边您只管放心，有什么困难，我会直接给您汇报！"

"好！再见！"

钟若飞点点头，车子直奔岚湾机场。

钟若飞在回北京的路上，已经把秦婉住院的消息打电话告诉了唐自省，不过只是以朋友的身份说的。他知道唐小倩和家里人都没有将秦婉住院的消息透露出去的原因，但他也知道，秦婉是唐市长的妻子，即便再忙，妻子住院了也该告诉他，好叫他该打个电话就打个电话，能早些回去就早些回去。人之常情，不外市长。

他把秦婉的情况如实说了，叫他不必担心，夫人伤得不重，而且女儿和沈众都在。唐自省电话里谢了，也告诉他自己在省里，已经瞅开会的间隙见过了杨省长和有关部门的领导，省里的意思基本上同意岚湾出让国有资产的意向，不过还需要岚湾拿出一份切实可行的报告，报到省经信委、行管办等相关部门进行讨论。等他一回到岚湾，马上就组织相关部门召开项目论证会，形成一套系统完整的方案报省里审批。钟若飞也在电话里向他简要介绍了恒基集团在香港的情况，预计明年初就可能回归A股，资金情况没有任何问题。

放下电话，唐自省就给唐小倩打电话，询问秦婉的病情，唐小倩复述了医生检查的结果，说："钟总说了，他回去就联系他的同学，准备接妈妈去北京看病呢。"唐自省强调说："等我忙完这一阵，一定去。不过，在我回去之前，不要向任何人透露你妈妈住院的情况！"唐小倩调皮地说："我知道，你是怕政府的人给你惹麻烦，我谁都没说，过两天妈妈就可以回家了，他们就是知道了，也来不及过来探望。"唐自省就说："你和你薛姨坚持几天，等我回去就给你放假！"唐小倩答应着，本想告诉他还有沈众在呢，可是她知道电话里说不清楚，万一爸爸问这问那，她也不好怎么解释，就只看了看沈众，没有说。

周国平把沈众留在这里，不但可以陪唐小倩照顾病人，而且更有时间两个人能朝夕相处。该吃饭的时候，薛姨就回家做了，带过来，吃完饭自己在病房里守着，两个人可以有一两个小时的时间在病房楼下的小树林里坐坐，沿着人工湖的湖堤走走。晚上的时候，他们就把薛姨撵回去，两个人一起挤在旁边的病床上小声说话到深夜。秦婉虽然躺在病床上，但只要挂完了吊瓶就没什么事情，不需要跑里跑外地伺候。她静静地听着两个人在床上窃窃私语，女儿不时旁若无人地咯咯笑出声来，她心里感觉非常踏实。她不知道两个人发展到什么程度了，但就这几天的表现，她知道自己的女儿还是有分寸的，而且沈众这个年轻人并不轻狂，知冷知热的，尤其下半夜女儿睡着了的时候，他都轻轻地起来，看看自己睡了没有，给自己披披被单，再去把电灯关了，回到女儿的床上安静地睡会。她看见年轻人这几个夜晚下来，人都显得瘦了，心里不知不觉地竟有些疼惜。

也就是在这些天里，唐小倩从沈众那里了解了更多的关于恒基、关于云石公司、关于周国平的一些情况，使她对下次的采访活动有了更加清晰的思路。

秦婉住院后的第五天上，唐自省才从省里回来，医生告诉他，夫人其实可以出院了，毕竟医院不是个好地方，可以回家继续打几天消炎针巩固。唐自省就给唐小倩说："你们给妈妈办一下出院手续，我先去给李书记汇报一下情况，下午过来接你们出院。"他跟沈众没说多少话，也没更多的时间聊，嘴里说"你们"，其实已经把他包括在内了。沈众却还是有些怕他，他始终清楚地知道，眼前这个年长的老人是这个城市的市长！他不敢想象一个穷人家的孩子，竟然能有机会这么近距离地接近一个城市的市长，更不敢想象一个穷人家的孩子，竟然跟市长的女儿在谈恋爱，这根本就是件不可思议的事情。

其实，钟若飞在电话里只是一带而过地提起了沈众的名字，不知道唐市长是否听得出一点印象，他不便过多地介绍沈众，也不能给市长开玩笑说"您未来的女婿"之类的话，一则这不在他们工作范围内，二则，还不知道人家市长什么态度，一个恒基下属公司的中层干部，会不会有攀亲结贵之嫌？蜻蜓点水，不管你同不同意，反正这件事我钟若飞是知道了！

当然，对于沈众这个名字，唐市长虽然陌生，但他却不止一次地听女儿说起过"小沈"，而且他也隐约地想到了女儿和"小沈"的关系，那么今天钟若飞提到的这个沈众，应该和眼前的这个男孩是同一个人！他在进病房的第一时间，就有意无意地打量了沈众一眼，这个眼神，沈众是有察觉的，只是唐市长后来竟没再仔细地给他一个正眼，而且也没更多感谢的话。只从这一个似乎不经意的眼神，他不敢判断这个未来的岳丈是否相中了他。

唐市长回来了，沈众反倒觉得很不自在起来。想想这几天单独跟唐小倩在一起的日子，虽然熬夜，但他很兴奋，唐市长回来了，他就知道自己该回公司上班了。他走到角落里打电话给徐建军，叫他下午派辆车过来接他。

电话打出去了，决心就算定了，不可能再打电话把车退回去了。从现在开始，他跟唐小倩的相处就该一分一秒地计算了！他回过头来，久久地凝视着唐小倩长长睫毛下的眼睛，眼角竟有种湿湿的温润。

"怎么了，给谁打电话？"唐小倩仰起头问。

沈众看着她，只笑笑，说："下午我就不送妈妈回家了，我直接回公司了。"

"公司有急事吗？周总给你打的电话？"唐小倩不明白，他的笑容怎么忽然竟那么吝啬？

"不是。"沈众摇摇头，"你爸爸回来了，车也方便，我就不必跟着过去了吧！"他心里不是不想，而是有点不敢，或者说怕。他害怕在市长面前跟唐小倩在一起的那种尴尬。

　　唐小倩有点担心，但担心什么，她又说不清楚。她有些着急地看看沈众，说："为什么呀？这些天让你跟着熬夜，我也过意不去，可是，我不知不觉就先睡着了，你照顾妈妈比我还多。"

　　沈众长吁一口气，笑笑说："你说什么呢，我很愿意啊。我宁愿你睡着了，我来照顾妈妈的。只要你休息好，我就更放心！"他说的是实话，但他也感觉到，此时的脑子里还是有些纷乱，他忘不掉唐市长那个高大的背影，和他虽然和蔼但也有些严肃的表情。

　　"那，你什么时候还有时间？什么时候还能联系我？"唐小倩撅着嘴巴，很无奈，也很懂事地问他。

　　沈众知道，已经到了相见时难别亦难的时刻，他作为一个男子汉，不能不想办法让两个人从分手的沉重中赶紧走出来。他装着轻松地笑笑说："那还不简单？你想我的时候，就给我打电话。"

　　"不是，我是说，我想见你呢？"唐小倩小孩子似地跺脚说。

　　"那也容易，那我就找周总请假呗！"沈众仍然笑着，轻松地说。

　　"这还差不多！"唐小倩咧嘴笑了，"可是你也不能老是请假啊，我不想你太为难，也别叫周总太为难了，我知道，他需要你，这些天，他已经很开恩了。"

　　沈众就说："那我就晚上下了班过来找你，反正路又不远，只需半个多小时呢。"

　　唐小倩仰起头，幽幽地说："是啊，半小时，可是这半个小时，竟感觉好像离得跟省城差不多远呢。"

　　沈众笑了，说："我是在乡下，可不是在省城。我要是在省城，还好了呢！"他意思里说：我要是在省城工作，或者说我要是省城的人，我就敢大大方方地娶你呢！事实上，他一直就是这个意思，只是每次都不敢这样说出来，他怕唐小倩说他心理不健康，依唐小倩的个性，她完全有可能这样教训他。

11 马耳朵山上的温情一夜

沈众到前台拿出身份证登记了一个好一点的大房间，服务员把他领进屋，带上门出去了。沈众掏出手机，告诉唐小倩哪个房间，又把门虚开了半边，在门后等她上来。

经过一段时间的精心准备，唐小倩对云石恒基的采访节目终于在电视台播出了。她把节目播出的时间及时告诉了沈众，好让沈众通知周国平准时收看。

这天晚上，马苏坐在沙发里绣她的十字绣，周国平把电视调到岚湾综合频道，看完中央台新闻联播结束，插了一段两分钟左右的广告，"数字岚湾"节目如约亮相。第一条新闻就是"凝聚——看云石恒基如何实现二次跨越"，镜头从生产线上车水马龙的繁忙场景切入，渐进式衔接广角综述，重点从文化的角度，通过前后数字变化的对比，介绍了云石恒基如何脱胎于民企，如何践行恒基集团包容性文化理念，加盟恒基集团不到一年，实现了业绩增长一倍以上的业绩。

一般地说，对于做企业类的节目，往往脱不了程式化的思维架构，制作出的节目也往往泛泛而论，出不了新意，观众随便看看还行，但看来看去找不到亮点，就像下馆子吃饭，吃来吃去都一个口味，吃完了也不知道上的什么菜。可是唐小倩制作的这期节目，虽然避不开体现企业发展变化的镜头切换，但她接受沈众的建议，巧妙地选择了文化的视角，通过与周国平关于理念的对话访谈，和对一名岗位上普通工人关于归属恒基自豪感的特写采访，意在他山之外地巧妙揉进企业文化的介质，把文化作为企业发展的凝结剂，毫不掩饰地渲染了文化对于企业发展壮大的作用，还是很有新意的。

周国平一边看，一边点着头微笑。马苏放下手中的针线，依着他的肩膀一起看，当看到周国平与唐小倩面对面采访对话的镜头时，马苏突然扑哧笑了，自言自语地说一句："还行！"

周国平奇怪地问她："什么还行？"马苏眼睛盯在电视上，笑而不答。

周国平故意把身子一偏，马苏本来依着的肩膀突然撤了，整个身体就一下子歪进了周国平的怀里，她"啊"地叫一声，要坐起来，被周国平摁住了，问她："什么还行？"

马苏嗔怒地说："你怎么那么坏！"

周国平又问："你刚才说我什么还行？"

马苏索性就倒在他怀里，不再起来，"说出来就没意思了，不如自己体会！"

周国平知道她要说什么，却故意道："不说出来，又体会不到，更没意思。你看见什么了，是我说的不好？"

马苏挣扎着坐起来，说："面对一个美女，表现得还挺有定力呢！"说着，竟兀自忍不住哧哧笑起来。

周国平装着莫名其妙了一会儿，说："你瞎想什么，你知道那个女孩是谁？"

"是谁？"马苏奇怪地问。

"小沈的女朋友——不对，是对象！"周国平说。

"是嘛！"马苏有些讶异，仔细地盯着唐小倩看一眼，说，"好看！这丫头俊模俊样，配小沈倒也中！"

"而且，她还是市长的女儿呢，小沈有福气吧！"周国平似乎有些替沈众自豪。马苏更加惊讶，问："哪个市长？"

"唐市长啊！她是唐市长唯一的女儿，两个人正热乎着呢！"周国平说。

"嘿，看不出，小沈还有这本事，市长的女儿他都敢追！"马苏似乎还在将信将疑。

"呵呵"，周国平笑了，"想不到吧？缘分的事情，不能用常理来解释。感情是万能胶，粘上就跑不掉！"

"嗯——"马苏拖着长腔嗯啊一阵，"女孩子胶起来，可比男孩子更黏糊，不会是那女孩胶的小沈吧？"女人对这样的话题向来都感兴趣，她又关切地问："她家里同意吗？"她意思说沈众家农村的，门不当户不对，即便唐小倩同意，她家里也不一定会同意。

"谁家里？"周国平明知故问。

"那女孩啊，那可是高干家庭呢！"马苏不自觉地就替唐小倩多了些挑剔。

周国平笑笑，说："那有什么同意不同意的？感情是两个人的事，恋爱也是两个人的事，市长女儿怎么啦？就不食人间烟火啦？"

"你文不对题嘛！"马苏在他的肩上推一把。

周国平说："你是说两人地位不对称吧？这没关系，钟总对这件事情很关心。他们是高干，小沈也可以进步啊，钟总已经提示我了，说小伙子不错，合适的时候，可以提拔一下！"

"钟总倒会成人之美！不过那个小沈，也的确很不错，人实诚，能力也强，还年轻，这样的青年才俊，你们就应该多想着人家。"马苏从心底里喜欢沈众这样的年轻人。

周国平点着头，说："而且在恒基与岚湾合作的背景下，这已经不仅仅是小沈自己的事了。"

"那，你们的意思，小沈知道吗？"马苏问。

"怎么可能让他知道，他唱自己的，我们在后面给他搭台，这种事不合适告诉他。"周国平说。

"哦，"马苏若有所思地答应一声，忽然说，"你们对小沈，倒是挺关心的，什么时候，你也关心关心咱们家萍萍。"周国平听她口气，知道她又在想自己的女儿了，"这哪儿跟哪儿啊？怎么联系到萍萍了？"

马苏不理，接着说："这个点儿，萍萍要是在家的话，也该放学了，你不想想她一放学回来饿的那样子，扑棱扑棱翻箱倒柜找吃的，学校里吃不饱呢。也不知现在大学里伙食怎么样，你就不知道给她打个电话问问！"

周国平听她说着，劝她说："现在的大学里伙食好着呢，不是咱们上大学那时候，有钱也没的买！"

他一句话就穿越到了二十多年前自己上大学那时候，马苏奇怪地看看他，说："那时候你有钱，有钱买好吃的？你家也不比我们家强多少啊？"

周国平脑子里过电影似地闪过当年一幕一幕，整天背个黄书包，里面盛着吃饭的家什，几个同学下了课打打闹闹往食堂去，排好队，从口袋里捻出几张饭票，看看橱窗里连点油花花都不漂的豆芽菜、水萝卜汤，竟也不舍得吃，再捻出一张放回口袋里。有时候遇上没课的周末，就为了省一顿早餐，竟干脆睡个大懒觉，中午起来一块吃。即便那样也省不了多少，两顿攒一顿，吃得更多……可那时候也不觉得苦啊！要说改善伙食，那就是周末去马苏的学校找她的时候。一个人能吃掉两块钱，但两个人只需花三块钱，就能吃到一条鸡腿！马苏的爸爸是教师，家境总比他们家好一些，有时候周国平兜里没钱了，都是马苏掏钱埋单。女孩子吃得省，家里给的生活费经常花不完。

周国平想着想着就笑了，说："跟钱有关系吗？没钱不是一样毕业，一样娶了你，一样走到现在！"

马苏撇撇嘴，白了他几句，又想起自己的女儿，没来由地叹口气，说："考不上大学心里着急，可是考上了，也没感觉怎么样高兴，萍萍毕业了，还是愁，找不到好工作，考个大学有什么用？"

周国平说："这么想就不对了，我问问你这个师范学院的高材生，考大学仅仅是为了找工作吗？"

马苏说："用不着你教训我！你没听人家说，上了四年大学，换来一麻袋证书，用这一摞证书，竟买不到一条麻袋！"

周国平嘿嘿地笑，说："现实归现实，萍萍是个优秀的孩子，你现在就替她四年后愁，早点了吧？亏你还是个人民教师呢！也太悲观了，这心态怎么教你的学生？"

马苏一提到孩子，似乎所有的都可以不再想了，她眼睛虽然盯着电视，但思维却无端发散，再也集中不起来，她只顾瞎想什么，周国平的话有一句没一句地应着。孩子不在身边，周国平又每天顾不上回家，她已经提前感受到了空巢的孤单。

唐小倩的这期节目，旗帜鲜明地提出了文化对于一个企业长远发展的重要性，上个世纪90年代，虽然社会上也曾经铺天盖地地提倡和推广过企业文化建设，也大肆宣传过儒商的概念，但真正把文化的内涵成功贯穿到企业经营中的，却很少。大家只是喊喊口号，做几个宣传栏，挂几幅标语口号，辟几间阅览室，就是建设企业文化了。其实，很多人骨子里根本就不懂什么是文化，所以有外国人就给中国企业把脉，说中国的企业文化最大的特点，就是"没文化"。虽然有点危言耸听，但也不能否认人家说得没一点道理。唐小倩在节目中把"以人为本"的文化内涵定位在人性上，强调的是"管理不冲人性"，宣传恒基水泥更广意义上的"包容文化"，源自于"一把手文化"，呼吁从一把手做起，加强学习和修养，培养自身人格魅力，提高个人领导力，上行下效，是建设真正企业文化的最佳切入点。且不说这个观点是否偏颇，但还是引起了岚湾分管工业的张副市长的重视。

电视节目就是这样，拍得再好，也有人撇嘴，拍得再差，也总有某些情节吸引你。就像演给老百姓看的大型相亲栏目，台上二十四位美女，帅哥来了一拨又一拨，走了一拨又一拨，望眼欲穿地等啊等，谁都不知道在等谁，在等什么。但说不定在哪一期上，就会有人把你给牵走，因为总有一款适合你，何况再不走，那张脸看腻了，观众就要哄你下台了！

电视新闻虽然不是演给老百姓看的，但是领导们喜欢看。因为他们经常出席这会议那活动，记者跟着全程拍摄，他要检查一下记者剪辑的片子怎么样，或者说，主要是看看自己在台上表现如何，捂着嘴打哈欠或者偶尔挖一下鼻孔那段，是不是给掐了？打着手势眉飞色舞发挥得连自己都感动的那一段，是不是给留着？当然，也有的领导很注意从各地各单位的新闻搜索中发现一些闪光点，说不定从这些漫不经意的镜头里，能激发出星火燎原的创新灵感。

张副市长就喜欢看新闻，尤其是本市和周边市地的新闻，从头看到尾，直到播音员说"下面再回顾一下今晚节目的主要内容"时，他才拿起遥控器换另一个频道。

张副市长据说就是在全省"一推双考"的时候，作为副处级干部从企业岗位推上来的，之后又一步一步到了市政府分管工业副市长的位子上。他从企业中来，深知企业文化建设与经营管理联系的密切，也切身感受过企业一把手在推行文化建设中一些华而不实的做法，导致了文化建设和生产经营"两张皮"现象，也导致了外国人说咱"没文化"。

唐小倩那期节目播出的时间，正好是他从宾馆准时回家，躺在沙发上打开电视的那一刻。他眯着眼睛，一半是看，一半是听，但当他看到字幕打出的记者名字是唐小倩时，就有意识地睁开了眼睛。他一边看，一边琢磨，琢磨来琢磨去，忽然就真的找到了灵感：是个好题材！对，可以作为一个课题推进一下！

没过几天，张副市长就安排人员以这期电视节目为切入点，组织相关部门下到企业作深入调研，在全市范围内开展关于文化建设的大讨论。

自然，云石县小组调研的首选企业就是云石恒基。而且，唐小倩作为这期节目的总策划，顺理成章地成为调研组的一名成员。

既然调研企业第一个选在了云石恒基，那么沈众也自然而然地作为一名编外人员，被编入了唐小倩所在的那个小组。周国平趁机把沈众专调出来，叫他先把手头的工作交给徐建军临时负责，你就陪调研组的领导们专心搞材料吧。

周国平在欢迎市政府调研组莅临指导的欢迎会上，破例地向调研组成员介绍沈众说："这位是我们沈总，今后一段时间的调研，就由沈总全程陪同！"

"好，早就听说沈总大名，以后多关照！"年轻的组长似乎对沈众有点熟，但什么时候、在哪儿听说过他的大名，沈众就无可考证了。

这是把沈众往前推一把的绝好机会！一则为了便于企业陪同人员与市调研组成员接待身份的对接，二则，也顺应了钟若飞此前说过的意见。在此前周国平向各位班子成员单独沟通的时候，大家都一致举手通过，虽然文件还要等集团公司走程序批复暂时未下，但沈众的身份一下子就跻身班子成员行列。沈众自然非常高兴，而且感激不尽。

调研小组下到企业，又是座谈，又是翻资料，整个会议室每天都烟雾缭绕。年轻的组长感觉这样已经打扰了企业正常的秩序，就跟县政府打个招呼，把整个云石县企业文化调研办公室临时设在了县委招待所的201房间。

每天一篇心得，每早一次碰头会，云石县小组调研材料一天天充实，一天天丰满，大家都知道沈众文笔最好，那么材料最后的加工提炼就落在了沈众的身上。

其实，沈众文笔好，说的是他文学创作的功底好，面对有点八股性的政务汇报材料，他可实在比不上那些政府秘书们。他们整天围着领导转，深谙领导们的喜好，就连领导们谁喜欢用什么口气，谁喜欢讲话时借题发挥，谁喜欢长篇大论，都十分熟悉。面对一群写手，沈众感觉真的有点班门弄斧了。

他千推万辞推不掉，这个说沈总就不要谦虚了，你是作家呢！那个说我今晚上有应酬，北京来朋友了，要请他吃饭，全都忙！县委招待所虽然专门开了房间，但大家晚上一般都不在这住，云石到岚湾只有半小时的车程，有回家的，有彻夜不归的，有第二天也不见人的。沈众虽然提拔了，但在政府官员面前，企业的身份永远矮人一头。没办法，他只能硬着头皮接下了。

这天是周末，虽然没人说今天可以休息，但大家都很自觉地没来上班。沈众一个人趴在桌子上埋头赶材料，唐小倩却敲敲门进来了。

"你怎么不休息？"沈众看见她，很高兴，没站起来。却把一只手朝她伸出去。

"那些人呢？"唐小倩四下里看看没别人，一下子就爬到了沈众的背上，调皮地揽着他的脖子晃来晃去。

沈众说："他们不是迟到就是旷工，在我们公司，哪有这回事儿，今天你又是第一名呢！"

唐小倩在他脸颊上亲一口，跳下来，背着手在屋里走来走去，说："这些人怎么能跟企业的人比，我就知道他们没一个当事儿干的！你也别干了，咱们出去玩去！"

"去哪玩？"

"旅游！"

"旅游？"沈众笑一笑，"旅游无非就是从自己呆腻的地方，到别人呆腻的地方去！"

"你配合点儿好吧？要不，咱们去爬山？"唐小倩显然很兴奋，这个房间里没有别的人，她所有的顽皮都可以尽情地放开，她从后面搂住沈众的腰，晃着说："工作都把你的生活殖民化了，我给你创造机会摆脱一下！我好久没爬山了，外面阳光很好，没有风，不冷，我要你陪我！"

"行！"沈众忽然把笔一扔，"跟这些人，没必要这么卖命，把我生活殖民化的，不是工作，而是他们！个个耍滑头，把活儿交下来就不管事儿了！"他站起来，看见唐小倩今天一身运动装打扮，紧气利落，更显得英姿飒爽，原来早就做好了出游的准备。

"这回明白了吧？"唐小倩咯咯笑道，"跟你们做企业的不一样呢，也不知道谁惯的毛病，自由散漫，指望他们，共产主义是实现不了了！"

沈众就看着她笑，说："你反动啊？打击一片可不好，政府官员不是也有好的吗？"

唐小倩似乎早有准备，立即接上说："那当然，我爸爸就是好领导，他从来就没休过一个星期天，还教育我也尽量多加班，多替人家干点呢！"

沈众说："你爸爸是市长，当然跟一般人员不一样！"

"坏蛋，除了工作的态度，哪里不一样？"在沈众嘴里，关于爸爸的评论，唐小倩始终都觉得敏感，而且，他老在"爸爸"前面加一个"你"字，就像两块永远粘不在一起的口香糖，叫唐小倩有种画蛇添足般地不舒服。她不想因为爸爸的身份人为地在两人之间制造些距离。

沈众赶紧打住，赔着笑说："准备去哪？我也要换一双运动鞋呢！"

"咱们就去马耳朵山怎么样？那个山高，而且陡，过瘾呢！"唐小倩似乎早就想好了，沈众一问，她就脱口而出，"我陪你一起回宿舍换鞋。"

"好，走！"沈众把桌上的材料胡乱一推，揽着唐小倩的脖子出来，把门带上了。

马耳朵山坐落在云石和岚湾之间，是东南部平原上突兀崛起的一座高山，十多个山头连绵起伏，海拔虽然只有三百多米，但在成片的平原上陡然耸起，突兀而立，更显得雄伟壮观。相传宋朝年间，红袄军首领李全、杨妙真抗击金军就在此扎寨。山顶上一片平展的开阔地，是他们练兵演武的地方。当年，李全屯兵在此，杨妙真替父兄领军一路杀来，在山下与李全交锋，两杆长枪相对，直斗得山下梨花飞舞，杜鹃烂漫，仍不分胜负，最后比武成亲，成就千古佳话。

沈众把车子停在山脚下，两人也不乘缆车，跑一会、追一会、歇一会拾级而上，打打闹闹并没觉得多累，深秋的阳光洒在身上，汗津津的。两边山谷里本来郁郁葱葱的树叶已经基本上落光了，偶尔有一丛两丛的枫叶在对面山洼里火红成一片。深秋季节爬山的人少，唧唧喳喳的鸟鸣声把山谷渲染得更加寂静。半山腰里停下来，放眼山下开阔的陡山水库粼光点点，唐小倩撩一把额头上散落的头发，说："坏蛋你别走那么急，行不，你站下我给你照张相！"沈众说："还是我给你照吧！"接过相机对着远山深谷一阵乱拍。唐小倩说："坏蛋你照的什么，我在里面吗？"沈众说："你当然在里面，没有你，这些风景都不叫风景了。"唐小倩说："我看看？"她打开底片夹一张一张翻开看，果然在她不经意的瞬间，沈众早把快门按下去，照片的前面是唐小倩绰约的风姿，背景就是远山红叶和水库，景深很浅，背景有些虚化，更显得照片上的人清晰凸显。唐小倩说："坏蛋，想不到你摄影水平还挺不错。"沈众故意骂她说："是坏蛋想不到，还是你想不到？"唐小倩追上去一阵粉拳雨点般砸落。沈众哈哈笑着教她说："摄影有很多学问，光圈和快门要配合好，尤其在晴朗的天气里拍摄外景，要充分考虑侧光、背光的效果；还有，摄影很讲究黄金分割，尤其风光背景下的人像拍摄，要把你想突出的重点放在照片的三分之二处最合适，而不是把人物安排在正中间。人在照片中间会显得画面太满，没有层次感。"唐小倩说："你夸夸其谈倒有点道理，就好好给我照吧，给我留下最美的记忆。"沈众逗她说："长得好看的女孩都喜欢拍照。"唐小倩回头说："你在说我自恋吗？"沈众说："哪个美女不自恋？凡自恋者皆美女，像我，就不会自恋，因为我长得不好看。"唐小倩瞪他一眼，说："谁说你不好看？在我眼里你是最帅的！"

两人嬉嬉闹闹一气爬到了金盆顶，沈众告诉唐小倩："这里就是当年李全、杨妙真演武操军的地方。"唐小倩爬上栓马石，俯身远眺这一片开阔地，沈众仰脸看着："说你这样子，活像是当年的杨妙真一样威风凛凛，要是手里再有一杆梨花枪就好了！"唐小倩就问："李全是使什么的？"沈众说："使'铁枪'的。"唐小倩说："你去折两根树枝，你一根，我一根，不就什么都有了？咱两个比试一番，再现当年比武招亲的场景如何？"沈众笑道："我们都已经是了，还比什么武，招什么亲？"唐小倩努努嘴说："是了是什么意思？坏蛋谁跟你是了？看枪！"说完往下跑两步，纵身跳下来。沈众吓了一跳，赶紧上前迎着，扶住她。

"不要命啦，你以为真就是女飞侠了？"唐小倩趁势扑在他的怀里，双臂一勾两腿一跃，轻灵地跳上沈众的腰胯，认真地问他："你怎么知道李全是使铁枪的？"沈众告诉她："李全起义前是个屠夫，在河里洗刷牛马时，从河沙中得到一杆铁枪，长八尺，重四十五斤。李全从此精研枪法，步下马上，舞铁枪纵横如飞。起义后，一杆铁枪所向披靡，被人呼作'李铁枪'。"

"那你说两个人谁的武艺更强些？"唐小倩成心考考沈众似的不停地问，沈众有意炫耀一番，说："谁的武艺更强些我无从考证，但我知道明朝抗倭将领戚继光在论述长短兵刃利弊时提起过杨妙真，说她'二十年梨花枪，天下无敌手'，杨妙真的枪法武艺，竟能隔朝让一代名将推崇如许，技艺之高，可见一斑。"

唐小倩咯咯一笑，说："戚继光说的什么你也知道？"

沈众得意地笑笑，说："他有一部传世著作，叫《纪效新书》，是木刻本的，里面有这么一段记载。"

"哪里弄到这样一本书，还是木刻本的？"唐小倩吃惊地看着他，说："你读了很多书啊，我简直都成了你的粉丝了！"

沈众得意却又装着谦虚地说："偶尔看到的，因为对那段历史也感兴趣，竟记下了。"

　　他越是轻描淡写那么一说，唐小倩心里就越是佩服他的脑子好使，两腿叉在他的腰上，"叭"地给了他一个响吻，沈众满足地笑笑，把那半边脸又侧过来，说："再来一个，这边！"

　　"不给了！"唐小倩调皮地借势往上一窜，把脸深深地埋在了他的脖子底下。

　　沈众就这么抱着她往前走，唐小倩怕他累，要下来，沈众却两手叉在她的屁股后面箍紧了，如今想逃都逃不掉了。沈众说："叫你自投罗网！"唐小倩故意害怕似地啊啊叫着，说："快放下我啊，救命！"身子却借着沈众的臂力越贴越紧，真的像万能胶一样黏在一起了。

　　前面是一丛开满野花的灌木，唐小倩挣下来，快跑几步蹲在野花的下面，等着沈众过去。

　　"你干什么呢？"沈众走过来问。

　　唐小倩看着他，只是笑，不说话。等他走近了，唐小倩闭上眼睛竟背出一首小诗：

　　"如何让你遇见我/在我最美丽的时刻/为这/我已在佛前求了五百年/求佛让我们结一段尘缘/佛于是把我化做一棵树/长在你必经的路旁/阳光下/慎重地开满了花/朵朵是我前世的盼望/当你走近/请你细听/那颤抖的叶/是我等待的热情……"

　　沈众愕然愣着，及至回过神来，呵呵笑道："多美的小诗！这是席慕容的《一棵开花的树》，我也和你一首：假如我来世上一遭/只为与你相聚一次/只为了亿万光年里的那一刹那/一刹那里所有的甜蜜与悲凄/那么/就让一切该发生的/都在瞬间出现吧/我俯首感谢所有星球的相助/让我与你相遇……"

　　念到这里，唐小倩忽然上前捂住了他的嘴巴，"好了，到此为止，下面的不准再念！"沈众拿开她的手，笑道："念不出来不完整，一首诗是一个过程呢，哪能只相遇就完了？"

　　他接着念下去："与你别离/完成了上帝所做的一首诗/然后/再缓缓老去。"

　　沈众念完了，说："好了，缓缓老去，就完了！"

　　唐小倩撅起嘴巴，说："不要老去，就现在，多好的时光！"她上前偎依着沈众，眼睛看着远处的连绵群山，山风吹过，心里涌上无尽的温馨。

沈众转过身去，顺手采了一朵牵牛花，说："来，给你簪上！"唐小倩顺从地任由他摆弄一番，插好了，沈众退一步，端详一阵，说声："好看！东风袅袅泛崇光，香雾空蒙月转廊，只恐夜深花睡去，故烧红烛照红妆。这是苏轼的《海棠》诗，配你正合适，很有意境。"唐小倩也不示弱，顺口念出一首词："卖花担上，买得一枝春欲放。泪染轻匀，犹带彤霞晓露痕。怕郎猜道，奴面不如花面好。云鬓斜簪，徒要教郎比并看。"沈众叫道："这是李清照的《减字木兰花》，说的是女人为悦己者容的迫切和忐忑，你不用。你本来就很好看了，花面不如你面好呢！"唐小倩跟着咯咯笑。

沈众自己也顺手采一朵，别在耳朵上，摇一摇，问唐小倩："好不好看？"唐小倩扑哧就笑了，说："哪有男人带花的，不伦不类！"沈众再采一朵，一个耳朵上别一支，摇头晃脑故意弄得花枝乱颤要掉下来，他一边抬手扶住，一边发了学究般的考证，说："这个你有所不知，其实在发饰还没有缤纷的古代，簪一朵花在鬓，虽然是所有女人的最爱，但簪花并不是女人的专利，《水浒传》中就曾这样描写过短命二郎阮小五，说他一出场，便'斜戴着一顶破头巾，鬓边插朵石榴花，披着一领旧布衫，露出胸前刺着的青郁郁的一个豹子来'，那时候，男人就簪花了。"

唐小倩笑着说："亏你脑子好使，连书里的句子都记得清楚，你知道还有谁喜欢簪花？"

"当然知道，"沈众像脑子里有一本《水浒传》正一页一页地翻开去，随口就说，"有个水浒人物叫病关索杨雄，他在蓟州做两院押狱时，也是'鬓边爱插翠芙蓉'的。还有个浪子燕青，经常是'腰间斜插名人扇，鬓边常簪四季花'这样一幅形象。那个时代，鲜花与草莽，娇艳与粗犷，竟也和谐融洽，至圣至美，可见，簪花的至高境界是大俗大雅。"

唐小倩心里更加为他难得显露的文学功底折服，粲然一笑道："是呢，鲜花之于男女，就像咖啡加了伴侣，细品之下，你会惊讶地发现二者相得益彰的韵味，怪不得作家萧萧说'一枝花可以丰美一场人生'，人生如花，花如人生啊！"

沈众看看她，逗她道："感同身受了？不是掉进花坞了吧？"

唐小倩扬扬手，说："坏蛋，不要提花坞两个字，一提花坞，就想起林黛玉了，别让我伤感好吧。"

沈众坏笑着，说声："多愁善感的唐姑娘！"无限爱怜地将她揽进怀里。

马耳朵山巅，金盆顶上，一对恋人相拥而立，沐着深秋的阳光，山风里衣袂飘飘地抱在一起。

在山顶上转了一个上午，下午一点多的时候，两个人都饿了，就在山顶的酒馆里吃了顿午餐，很随便地点了几个菜，因为山上的饭菜出奇地贵，炒个土豆丝都要二十块钱，还远没有唐小倩最爱的"板凳腿"好吃。毕竟是在山上，多少要尝一尝山中野味的，沈众就点了一个烤煳的山麻雀，扑扑上面焦煳的灰烬，撕一条袖珍"大腿"捏着给唐小倩，"你尝尝，可香了！"，唐小倩接过来，甜蜜地笑着，填进嘴里，虽然没多少肉，但她仍然大口地嚼着，咯咯地笑着。这是他们点的唯一一个够奢侈的菜了，一只山麻雀要十块钱，沈众说："美食不可多用，少吃多香，嘿嘿！"唐小倩也说："烧烤的东西尽量少吃，能致癌呢！""胡说什么，太恐怖了！"菜不多，两人吃得津津有味。

吃过饭，他们在山顶的林带里嬉闹了一阵，山风渐渐冷了，地下的影子也已经拉出很长，沈众抬头看看天上晕黄的太阳，忽然有所感悟，回头问唐小倩："考考你，你知道一年四季哪个季节最短？"

唐小倩想了想，说："每个季节都是三个月，你要问我哪个季节最长我知道，秋天最长。因为七、八月份都是三十一天，四个季节中唯有秋季两个月连在一起都是三十一天的。"

沈众笑笑说："可是我问的是哪个季节最短。"

唐小倩想了又想，终于摇摇头，说："我不知道。"

沈众说："你笨啊？秋天最短啊。"

唐小倩问："为什么？秋天应该最长才是！"

沈众说："一日不见，如隔三秋，什么意思？"

唐小倩这才明白，禁不住咯咯笑起来，说："一头猪撞墙上，我撞猪上了！"

沈众故意跟她玩文字游戏，又问："哪个季节最忙？"

唐小倩有了前一次的经验，警惕地说："也是秋天？"

"为什么？"沈众故意往深里挖。

"秋天是收获的季节啊，地里的农作物都成熟了，急着收获，能不忙吗？"唐小倩似乎肯定又不敢肯定地说。

"你只知其一，不知其二。"沈众笑话她。

"那你说为什么？"唐小倩歪着头看定他。

"多事之秋嘛！"沈众得意地回答一句。

"啊？这样啊？！"唐小倩抢起小拳头就砸，"你忽悠我，坏蛋！"

"哈哈哈——"沈众开心大笑起来。

唐小倩说："我也考考你，你说，什么礼物不能明着送？"

沈众怔了一下，他知道这肯定也是个脑筋急转弯，就尽量不往正路上想，忽然心头一动，想到了一个成语，就说："我知道，你难不住我！"

"那你说，什么礼物？"唐小倩看着他，心里有些得意，知道他肯定答非所问。

"秋波，对吗？暗送秋波嘛！"沈众一点一点地晃着脑袋说。

"你——"唐小倩本以为他肯定想不出，好炫耀一下自己的胜利，没想到不但没难倒他，而且这么快就猜中了，有点恼怒，肩膀一缩不再理他。

沈众见她有些失望，就故意哄哄她，说："这个题目太简单了，傻瓜也能猜得出。不行你再说一个，我猜猜看！"

唐小倩赌气说："没了，就这一个呢！"

沈众又笑了，说："给你机会了，你不用，我再考你一个？"

唐小倩忽然想起来一道题目，又拍着手说："不行，你再猜我一个！"

沈众微笑着说："好好好，你说。"

唐小倩洋洋得意地说出一个题目："什么时候最公平？"

沈众已经猜出来了，却故意装着冥思苦想的样子，挠挠头皮，说："这个让你难住了！"又说，"你别急，我再想想！"

唐小倩乐呵呵地看着他抓耳挠腮的样子，很有一种成就感。"什么时候最公平，什么时候最公平——肯定也是秋天，对不对？"沈众自言自语着问。

"为什么？"唐小倩撅起了嘴巴，担心又被他猜中。

沈众却傻笑着说："我琢磨着应该是秋天，因为今天的谜底都没离开秋天嘛！"

见他终于没有猜中，唐小倩又转忧为喜，呵呵笑着，说："只猜对了一半，是秋天不错，但你没说出根据，我告诉你吧，看你怪可怜的！"

沈众装着惊喜的样子，"真的是秋天啊？根据是什么？"

"平分秋色嘛！"唐小倩以胜利者的语气笑话他，"这道题目最简单了，都猜不出，还说我笨！"

沈众恍然大悟的样子，说："是啊，这个最简单了，我怎么就没想到呢？我只顾了看你，脑子不够用呢！"

"狡辩！"唐小倩斜他一眼，笑得两个肩头起起伏伏抽动。

山上的太阳落得晚，但一黑下来就很快。因为不想坐缆车，沈众就说还是提前下山吧，太阳一下山，风就更凉了。唐小倩站起来，拍拍身上的草屑，伸个懒腰喊一声："走，下山喽——"

在山上玩了一天，唐小倩有些累了，下午吃完饭又在林带的草地上躺了一会，站起来更觉得浑身酸疼。下山的时候，唐小倩就觉得两条腿直打哆嗦，有时候瞬间性地打不过弯来，跌跌撞撞很危险，挪两步一个台阶，脸上已没有了上午灿烂的笑容。她小心翼翼地牵着沈众的手，沈众从她颤颤悠悠的那只手上感觉到她的心已经半悬着吊在嗓子眼了。到山半腰的时候，太阳已经接近了西边的山尖，山谷里深幽幽的多了些暮色，而下山的路还很长。沈众问她还行吗？要不我背你吧？唐小倩摇摇头，说实在不行了，我们就住下吧，那边有个旅馆。沈众朝她手指的方向看去，右前方一座白色的小楼，红瓦白墙，飞檐高挑，"半山居宾馆"五个霓虹的大字已经打开了，在丛林中若隐若现。沈众看看她，说："行，那咱们就住那，我扶着你！"

到了"半山居"宾馆门口，天就黑下来了，秋虫唧唧在门前的衰草里鸣叫。沈众征询唐小倩的意思"咱们开几个房间？一个还是两个？"

唐小倩脸上汗津津的，风一吹，汗虽然没了，但额头却还有些黏腻，一捋乱发贴上去，她迎着风撩一撩，笑笑说："听你的！"。

沈众心中窃喜，就不再多问，说："你在这等一会，我先进去，你等我电话。"唐小倩会意地点一点头，坐在门前的石头上歇一会。

沈众到前台拿出身份证登记了一个好一点的大房间，服务员把他领进屋，带上门出去了。沈众掏出手机，告诉唐小倩哪个房间，又把门虚开了半边，在门后等她上来。

唐小倩站在门口敲门，沈众躲在门后竟吓了一跳，忙一把将她拽进来。"我的姑奶奶，你敲什么门啊！"

唐小倩捂着嘴巴笑出声来："你怕什么啊？"沈众低声说："咱们还没有

本本呢！"

"你刚才叫我什么？"唐小倩满脸得意之色地问。

"叫你什么？"沈众没反应过来，稍一回想，有些羞恼，骂道，"切！叫你臭屁！"

"咯咯咯！"唐小倩却一阵脆笑，骄傲地说，"你叫我姑奶奶呢！"

"姑奶奶就姑奶奶！叫一声又不是真的就是了！"沈众没时间给她拌嘴，呼地把门关了，反锁上，回身将唐小倩抱起来，转了两圈，唐小倩在半空里叫："你放我下来，放姑奶奶下来。"沈众怕她叫，赶紧将她放到床上，唐小倩顺势一骨碌就躺下了，"啊，好舒服啊！"她感觉像好几天都没有这么舒舒服服地躺在床上了。

沈众拧亮了床头的壁灯，把顶灯关了，暖暖的光便浸满了房间每个角落。沈众说："去洗个澡吧，回来我给你放松一下！"

"嗯！"唐小倩答应着，把扎着的头发解开，一头秀发披在肩上，一张略显苍白的脸上有种素颜纯真的天然。她坐在床上，却没有动。沈众说："我先出去回避一下？"唐小倩低头笑道："不用，你闭上眼睛就是！"沈众逗她说："光闭上眼睛就行？那好办！"他使劲地把眼睛闭上，手里的遥控器却把电视打开了。

唐小倩笑一笑，没有过多地要求他，除了外套，闪进卫生间把门掩上了。

沈众关了床头的壁灯，听着里面"哗哗"的水声，眼睛盯在电视上，心里却"咕咚咕咚"跳个不停。屏幕上正好闪过一对恋人拥吻的镜头，男人的手在女人的背上游走……他闭上眼睛，黑暗中，一头窝在了沙发里。

水声响了半天，卫生间的门开了，唐小倩穿一套紧身的秋衣秋裤站在壁镜前摆弄打湿的头发。

"坏蛋，你也洗洗吧，睡觉舒服！"她看着壁镜里的自己，耳朵却听着外面的动静。

她喊了两声，房间里仍然没有回音，她心里忽然有些发毛。

"坏蛋？坏蛋？"

沈众窝在沙发里紧闭着眼睛喘气，没有回答她，她开始有些害怕，停下了摆弄头发的手，光着脚丫走出来，在电视的光里寻找沈众的影子。

"你睡着了吗？"她一边寻找一边说话给自己壮胆。"坏蛋你，干嘛呢，我害怕！"

沈众听着唐小倩带了哭腔的声音，只好爬起来，唐小倩正要弯腰推他一把，却被他顺势拉进怀里，两个人在沙发里滚作一团。

"干吗，坏蛋你干吗？"唐小倩叫着，徒劳地挣扎，却没有半步要离开的意思。"别叫，外面人听见！"沈众低声吓唬她，她只好不敢再叫。

沈众在她身上狠命地拱了一阵，呼呼地喘着气，半天才停下来。唐小倩把他的头抱在怀里，娇喘微微，却黏黏地说："你该去洗澡啊！"

沈众不说话，看着她，爱抚地在她嘴角捏一把，然后去了。

出来的时候，唐小倩已经躺在床上，一条薄薄的单子勾勒出一段身体，清晰匀称，就那么横陈在沈众的眼前。"你不准上来啊！你说过你睡沙发的！"唐小倩提前向他发出警告。

沈众感觉到，这语气不是警告，是诱惑。

"我什么时候说过我要睡沙发？我说过吗？"他不听那一套，一骨碌就翻身上来。

"啊——"，唐小倩叫着，吓得赶紧团了身子往里躲。

"我给你按摩呢！"沈众咕哝着，已经扯住了单子的一角，身子一缩，就钻进去。一床的欢笑在灯光明灭中洒满房间。

一个人的房间太寂寞，两个人拥在一起，就缤纷了一世界。

12 张浩糊里糊涂就进了
鲁振元设好的套儿

周国平在办公室里再也坐不下来，心里有些兴奋，踱来踱去，总感觉有什么紧要的事儿要做，却不知从哪里下手。十六万吨的出口订单让他激动，更让他兴奋的，是这次居然力所能及地再次帮青云山一个大忙。

岚湾的第一场雪，在周国平的担忧中还是来了。

封冻了，意味着大部分室外工程要停工，意味着水泥市场不可逆转地进入了淡季。暗云低垂，周国平紧锁着眉头站在窗前，看着远处晦暗的天空，他的心情也像这天空一样，阴沉着不能放晴。

每年这个时候，大部分水泥厂家销量下降，设备又不能停下来，产品拉不出去，库满了就只能外放。云石的厂区里已经堆放了一些，周国平担心这些熟料一经雨雪，强度肯定会有变化，必须想个办法好好封存起来，以待来年春暖花开市场抬头。但在这方面，其他厂家并没有可借鉴的成熟经验。

季中强敲门进来，周国平就知道他又要提场地限制的问题。现在熟料堆放挤占了辅料存放的场地，生产必须的石膏、矿渣等要从远处的堆场上用装载机端过来，这样每吨要增加一块钱左右的成本，季中强可是对成本卡得很死，每月的例会分析他都要对成本问题作出严格的强调。车间主任找他汇报，他就只能找周国平要政策，好像老总那里揣着永远也掏不尽的锦囊妙计。

其实，这不仅仅是问计，更多的，是季中强对这个老总发自内心里的信任和钦佩。

他坐下来，还没说话，周国平就朝他笑："兵来将挡，水来土掩，老季，会有办法的！"

季中强有点不好意思，说："老是给你出难题，该批评我了！"

周国平说："哪里！有困难就摆出来，说明还信得过我！"

季中强说："我倒是有个建议，干吗不启动国际贸易？咱们面对的两个市场，又有自营出口权，那可是其他公司没有的优势！"

周国平却说："这个我想过，即便出口不赚钱，也可以平衡产能的。但还有一个信息，我一直拿不定主意！"

"是什么信息？"季中强问。

周国平说："我们一起分析一下！最近省里下了一个各地市节能减排指标进度表，咱们岚湾节能工作不尽如人意，已经被省里列入倒排计划的名单了。"

"那关我们什么事？"话一出口，季中强马上就意识到什么，又说，"你在考虑是不是限电的事儿吧？"

周国平点点头，问："你说有没有可能？"

"切！"季中强歪歪脑袋，"咱一个水泥厂，一年顶多用它网上两亿度电，咱还有余热发电厂呢，能自给一亿两千万度，这才到哪里啊？倒是那个岚钢集团，一年要耗它五亿度还多，政府要限电，也该先给岚钢拉闸！"

周国平摇摇头，笑着说："岚钢可是市里最大的利税大户呢，给它拉闸，那不是自找难看！"

季中强点一根烟，赌气说："本来就是这样！又要马儿跑，又要马儿不吃草，天下有那好事儿？政府要节能减排，当初就不要让那钢铁厂落户岚湾啊，人家给你赚钱了，你却嫌人吃得多，没这道理！"

他只管自己发牢骚，周国平一边听着，脑子里却一直考虑省里那份进度表究竟会给岚湾政策带来什么样的影响。如果真要对工业企业拉闸限电，那么所有的水泥厂家都要停产，家里这点存料还成问题吗？反过来说，如果大家都停下来，短暂缓解一下市场上产能过剩的供求关系，未尝不是好事儿！而且，回转窑停了，那些一直在低价倾销扰乱市场的立窑水泥，不是也可以暂时收敛一下吗？

但这似乎不是季中强考虑的重点，他一个生产副总，所关心的，只是那些外放的熟料怎么过冬！

"节能减排政策咱们响应了，实际工作咱也做了，至于完成完不成省里的指标，那是政府的事儿，咱可以不管！"他的话题始终离不开那些外放熟料，说："这样堆在外面成山成垛的，工人们看着心里也不透气，而且，存放时间长了，指标性能就不敢保证了。"

周国平收了思绪，看着他说："限电不限电，现在还不好说，但出口的事儿，我也在考虑。上个星期给江总打电话的时候，也提起过，他这两天已经开始联系了。只是受国际金融海啸的影响，各国基础设施建设也不景气，再给他点时间吧！"

季中强把烟屁股掐灭，笑笑说："我就想嘛，周总肚子里一本大账，明白着呢！我只是着急，才来找您，可别怪我没事儿找事儿地催您！"

"老季，见外了吧？"周国平笑着说，"大家的心情是一样的，你不来催我，我还觉得你漠不关心呢，咱们做领导的，最怕就是'冷漠现象'，有一个'鱼缸'的故事你听说过吧？"

"没有！"季中强看着他，"我知道你脑子里有故事！说说听听？"

周国平拉把椅子过来，坐近了，给他讲起了鱼缸的故事："有人做过一个实验，把一条大鱼和一条小鱼放在同一个鱼缸里，第二天，发现小鱼不见了。"

"哪去了？"季中强眯眼笑着问。

"被大鱼吃掉了呗！"周国平说。

"那肯定！大鱼吃小鱼，从来如此！"季中强似乎觉得这个故事没什么悬念，并不怎么好玩。

可是周国平却接着说："后来，那人在鱼缸里放了一个玻璃夹板，把鱼缸分隔开，又买条小鱼放这边，大鱼在那边。"他一边比画着，一边说："但是大鱼还是总想着把小鱼吃掉！"

"嗯！"季中强有了兴趣，又点上一根烟，说："这回吃不到了！"

"对啊！"周国平又说，"大鱼每次都想吃小鱼，可是每次都吃不到，头撞在玻璃夹板上咣咣响，后来干脆不吃了，也没那个想法儿了！再后来，那人就把夹板撤掉，结果发现，大鱼和小鱼同在一个鱼缸里，游来游去，互不侵犯，和谐共生了，这说明什么？"

季中强吐一口烟雾，眯眼笑着说："周总啊，我知道你说的什么道理，这就叫'冷漠现象'！"

周国平不笑，反而认真地说："所以啊，老季，有问题能给我说，说明大家看在眼里，急在心里，还不至于'冷漠'，这最好了，怎么是没事儿找事儿呢？我感激还来不及呢！"

季中强把第二根烟屁股掐灭，也认真地说："周总，感激的话，就见外了！我俩搭班子这么多年，什么时候对工作冷漠过？说真的，我都这个年纪了，干了大半辈子水泥，能遇到你这样的领导，我值了！我最想说的，是希望你千万别把我当外人，即便哪天我退了，我们照样是好兄弟！你信不？"

"我信，我当然信！"周国平见他忽然动了感情，就使劲地点点头，"茫茫人海，能在一起工作、生活，那是缘分！缘分到了，谁也拆不散，都珍惜吧！"

"必须，一定！"季中强下意识地往茶几上瞅一瞅，拿手那么一划拉，周国平就感觉到，如果桌上摆一杯酒，他能端起来一口喝了！

两人的谈话，平平淡淡，自然而然，谁都没有怎么煽情，可是似乎都觉得，两人的眼角都有些湿润了，再说下去，彼此会有掉泪的可能！

感情有时候就是这样，总在无由处来去无声，无可逃避。

桌上电话响了，是江波打过来的。他告诉周国平客户联络的情况，周国平理理情绪，说："正好季总也在，你不如过来一趟吧，大家一起凑凑情况。"

江波敲门进来，看着季中强就笑了，他不知道刚才两人对话的状况，也就没在意情绪氤氲的气氛。还不等季中强开口，就开玩笑说："季总，先给您检讨了！"

季中强也笑笑，说："你检讨什么，周总刚才都告诉我了，你又没偷懒！这个时候，咱都往一处想才行，你只管联系老外，我把质量关把好。我就不信，咱这熟料质量一流的，如果咱卖不出去，估计其他厂家就只能停产了！"

江波坐下来，对周国平和季中强说："我联系了一个老外，准确地说是个中国人，咱云石的老乡。现在帕劳一家建筑公司负责采购，答应过来看看。"

"帕劳，帕劳在哪个国家？"季中强问。

江波笑笑说："帕劳不是属于哪个国家，而是本身就是一个国家，叫帕劳共和国，是大洋洲的一个小国家，我开始也不知道还有这么一个国家，那个国外的朋友告诉我才知道。"

季中强就有些不好意思，自我解嘲地说："我说呢，这么小一个国家，基础设施建设肯定也好不到哪里去，能用我们多少熟料？"

周国平笑笑说："我知道帕劳这个国家，原来是属于美国托管的，好像在上世纪90年代初才从美国的托管中独立出来。人口虽然只有两万多，但他们的旅游业很发达，用于旅游设施建设的投资也不小，如果我们取得这个国家的水泥熟料进口特许，一年几万吨应该也不成问题。毕竟国家再小也是一个国家。"他又对江波说："我的意思是，客户只要有，就不要挑肥拣瘦，出口订单再小也不少于一船，几万吨的数字值得操作一回。另外，再继续寻找其他的客户，我们不怕订单多，如果我们做不过来，可以推荐给兄弟厂家，相信他们会求之不得。"

江波答应说："可以，两条线同步进行，一方面做好帕劳客户的接洽，一方面把网撒得更大些，我争取半个月内做一船出去。"

季中强笑着说："那好，你只要把我现存外放的熟料清理掉，到时候我请你吃饭！"

江波却面有难色地说："我会尽力说服他们，但根据国外客户心理推测，估计人家不喜欢外放的。我看，对于那些外放的熟料，还是应该想办法妥善存起来，等到明年国内市场启动，再慢慢消化。"

周国平也有所担忧，说："外国人喜欢挑剔，这一点要考虑出来。你只管找买家，联系成了尽着他们挑。先别指望他们会对咱们的存货感兴趣，只要现产的不要再外放了就好。我们先想个办法，怎么样才能确保这些外放的熟料完好无损地过冬。"

他没有再提市里可能限电的问题，毕竟目前还都是空穴来风，限电不限电，谁也说不准，眼下当务之急是要平衡产能，顺利越冬。

季中强本来指望能把这些露天堆放的熟料给他清理掉，经江波和周国平这么一提，他又没话说了。

周国平又说："关于熟料冬储的事，我们想不出好的办法，不妨开个头脑风暴会，把工人们召集起来，看大家有没有好的建议。"

季中强抬起头，赞同说："对了，应该相信，群众的智慧是无穷的。以前我们对现场的小改小革，不是也经常组织工人征集合理化建议吗？事实说明，这个办法很有效果。"

周国平点头，打电话把沈众叫过来，把他们商量的意见稍一通气，说："你下个通知，叫各车间、部室主要负责人带队，组织一线工人下午到会议室集合吧。"又嘱咐一句说："提前把会议的主题告诉大家，叫他们好有所准备！""好的，周总！"沈众答应着，回去下通知。

会议采取座谈会的形式，沈众叫办公室准备了些水果，大家边吃边聊，气氛非常放松。周国平一边招呼大家吃水果，一边把公司的意思说明了，大家开始随便发言。有的建议用篷布苫盖，但马上就有人反对，说篷布成本太高，冬天风大，经不住撕扯。也有人建议采购些石子覆盖在熟料堆上，待来年把石子层剥离出来，底下的熟料可以照样出售。

这个办法也不错，但周国平却觉得似乎又不太理想。一则石子透水，起不到良好的保护作用，层下的熟料难免仍会受到雨雪融水的浸洇；二则，石子的采购成本也很高，虽然可以回用，但撒盖过程作业量很大，还要动用大型机械，似乎有点小题大做。

大家的发言莫衷一是，周国平远远看见有个叫罗文的职工坐在角落里一直没有讲话。这个罗文周国平认识，不仅因为他的名字跟《把信送个加西亚》的那个士兵同名，而且还因为他头脑活络，喜欢小发明小创造，是机械车间的发明能手。他五十岁不到的年纪，是个装载机驾驶员，家就在附近的农村。据说他只有初中文化，但动手能力很强，他驾驶的装载机有时出些小毛病，他从不找专业人员维修，都是自己动手鼓捣好的。现在每月的考核结果，他的装载机总是工作量最大却耗油最低，从没出过大的机械故障。上个月，还被评为车间的明星员工。

周国平对这个人很有印象。他微笑着看看他，说："老罗呢，老罗有什么好建议？"

罗文站起来，不好意思地说："我有个想法，不知道可用不可用。"

季中强就着急地说："你这个老罗，都知道你有点子，可用不可用地你也要说出来！"

罗文咧嘴笑着说："我们农村正月天都是从猪栏里往外起粪，起到猪圈外面堆起来，因为怕淋雨失了肥效，就掺点麦糠，和点泥巴，用泥板在上面匀匀地抹一层，下雨下雪都不怕。等春天往地里运肥的时候，就把泥巴揭去，里面的肥效不但不失，而且经过一段时间的密封发沤，那个氨水味儿更闻不得呢。"

罗文说完，会议室哄堂大笑。季中强哈哈笑一阵，说："他说得很好嘛，多朴实的道理，你们好多人家里都有地，都起过圈肥，你们怎么说不出来？"他转头看看周国平，"怎么样？周总，这个办法不错！"

周国平微笑着不断地点头，说："不错，这主意好！"他当即拍板，就依计而行。又交代沈众说："将这条合理化建议记录在案，作为发明成果存档。行政部拿个意见，对老罗进行重奖！"

会场上"哗"地响起一片掌声，大家的眼睛都看着罗文，掌声里透出一种集体自豪和感动。大家都感到，周国平的确是带着诚意问计于民的，而这种诚意，在很多地方是感受不到的！

这的确是个很好的办法。泥巴可以就地取材，麦糠也不缺，加上水，和成泥，雇几个老农摊在料堆上抹平就是了，成本低而且操作简便，效果一定不错！周国平心里感叹：智慧是不分什么层级差别的！小小一个原始的办法，就解决了这么大一个难题，还是群众的智慧来得广泛实用，他们长期工作生活在基层，积累的经验和窍门简直光芒四射。他不费吹灰之力得到了熟料冬储的处方，这个冬天即便再多的熟料外放都不怕了。

当然，他也不能无限度地外放，毕竟厂区的空地还是有限的。他还要继续要求江波加快外贸出口的联系，并想办法说服各大粉磨站利用淡季加大冬储。

他拿起电话逐个了解一下崮东、青城还有其他几个水泥厂的熟料存放情况，大家也都为此一筹莫展。周国平就把罗文的办法介绍给他们，建议他们不妨一试。

给张浩打电话时，张浩接起电话就呜哩哇啦一顿，说："正想给你打电话呢，你在电视上出尽了风头，现在全市都向你们学习，大家都以你们为榜样呢，你说的'身为领导，要把人当人待'、'管理不要与人性相对冲'的理念，虽然都会说，但不是每个人都能做到的，我服你！"周国平笑笑说："我也没想到市里搞个课题到处调研。不过我说的是实话，每个人做事的风格不一样，各有各的道，你也不必当真。"张浩"切"一声，说："你再低调也是名利双收，就不必谦虚，我知道你已经彻头彻尾地被恒基文化赤化了。"

他"咔咔"一阵乱射，周国平没有插言的机会，好容易瞅个空挡，说："别给我绕弯子了，直接说你现在熟料外放了多少？"张浩知道不能瞒他，只好说："我满院子都插不下脚了，可愁死我了，你那边怎么弄的？快传传宝，你是典型，我们要向你学习呢！"

周国平听着舒服，嘴上却骂他道："你跟谁学的那么虚你喝酒了啊？神经病！"周国平骂他，那不叫骂，那是感情，那是亲密，那不是一般人就能骂出来的，也不是对着一般人就能骂的。

张浩不生气，嘿嘿笑着说："真的，锅锅，你说今年的市场这是怎么了，粉磨站明明库里都空了，也不赶紧点存点货，都他妈明年不干了啊？"

周国平开玩笑说："市场就是买涨不买跌，他们等着明年涨价再买呢！国家四万亿的拉动已经逐步显效，海底隧道和跨海大桥马上就开工了，几条高速公路即将招标，你等着吧，开春水泥市场肯定火暴，价格还要涨，你那点外放的熟料到时候还不够抢的，你愁什么？"

张浩揶揄他说："你总是对未来充满信心，库里库外都往外漾了你还喊呼涨价，谁买啊？我没有第三只眼，我也看不到明年能涨到哪儿去！"

周国平呵呵笑一阵，说："冬天来了春天就不会远了，看不到前方你就看清楚脚下，给你提供个熟料冬储的方子，先把院里的熟料密封存好了，保你明年光鲜依旧。"

张浩只顾了给他磨叽，竟忘了问他有什么好办法保存这些外放熟料，周国平一提，他就嚷嚷道："你快说，什么好办法？"

周国平就把云石的做法告诉他，张浩茅塞顿开似的啊呀呀一通叫，说："这么简单的办法我怎么没想到呢？我们家老爷子以前猪圈起粪也是这样弄的，我怎么就忘了呢！"

周国平又嘱咐他，"你把熟料打垛起得高些，可以节省空间，估计二三十万吨还是能存下的。"张浩连声称是，连日来的愁云立刻烟消云散。周国平又试探地说了出口熟料的打算，"我准备启动外贸的路子，如果联系成，我可以帮你消化一点！"

张浩说："对呀，你们不是有自营进出口权吗，面对国内海外两个市场，你不用，就白白浪费了资源，你抓紧联系，到时候等着沾你的光！"

周国平说："看看江总联系的什么情况吧，如果我们联手打包出口，你的质量指标就必须跟我们保持一致！"

"那是那是，"张浩连连答应道，"你这个电话该早打啊，你一打，我心里就敞亮多了！"

两个人电话里交流了一阵，周国平放下电话，仔细琢磨了一会儿，脑子里竟有一种大胆的设想瞬间清晰起来：如果外贸业务顺利，其他几个厂家不是也可以联手操作吗？

他脸上闪过一丝成功在握的微笑。

江波把手头掌握的几个外国客户资料往周国平办公桌上一摊，掩饰不住兴奋地说："帕劳这个假洋鬼子还有点爱国心，说服了他们的老板指名就要咱恒基的，只是量太小，价格也低，听那意思可能还得喂一喂，好在胃口不大，只要了一个点。"江波语气里有些不屑，周国平笑一笑说："国人的通病啊！跑到国外去也改不了，丢中国人的脸！"江波补充一句说："不过他说倒是可以做长期业务，这个公司不大，但在菲律宾也有工程！"周国平说："谅他一个两万来人口的国家，除了旅游，也没什么大项目。"

江波摊开另一份资料，说："您看看这个，非洲的，上个星期接待了一群黑人，其中有一个还是那个国家的将军，排四把手呢。这个家伙可能说了算，指标传过去以后当即就定了二十万吨。"

周国平抬头看了看江波，似乎怀疑他兴奋得有些颤抖的声音里，能有多少确信的把握。江波笑笑，说："非洲的价格好啊，国家虽然穷，但这个将军却是财大气粗，肯定是个垄断分子，翻译告诉我，咱们的价格根本就赶不上他们国家的十分之一，对咱们的报价很感兴趣呢，我都后悔报低了！"周国平点点头，说："非洲的市场我是了解的，他们的价格中有一大半包含在运费里，实际上水泥熟料的价格倒是不高，主要是倒运的费用高，包括卸船、汽运。非洲国家物流业很差，而且节假日根本就不干活，运输车辆很难联系，所以运费自然就高上去了。"江波说："您说得很对，翻译也跟我谈到这个方面的问题，她也说这个国家的人太懒惰了，咱们中国人就是能干，为什么印尼和西班牙都发生了排斥华人的恶性事件？就是他们认为中国人挣钱不要命，抢了他们的饭碗。"周国平哈哈笑了，说："中国人只知低头拉车，不知抬头看路啊，外国人对华人的敌视长期以来已经形成了一种环境，我还考虑那个帕劳的同乡，也许他想的是：外国人的钱，不挣白不挣，不黑白不黑呢！"江波也哈哈笑道："肯定，肯定是！"

江波把另外几个国家的订单给周国平一一介绍了，周国平非常高兴，说："告诉季总，只管开足马力生产，再多的熟料叫他不用愁，就怕他产不出来呢。"江波提醒他说："要不，咱从中挑选几家，价格不好的，比如帕劳假洋鬼子这一单，咱就不接了，不赚钱白赔吆喝。"

"不，只要稍有利润，咱们通吃！"周国平胜券在握地摆摆手，把联合崗东、青云山以及其他水泥企业的设想告诉了江波，江波却心有疑虑，说："行倒是行，他们都没有自营出口权，巴不得挂靠咱们拉他一把，就是怕这个价格人家能不能接受，而且，别让人说咱从中捞取什么好处！"

"什么意思？"周国平抬头问他的时候，自己心里也想到，江波的担心不无道理，费力不讨好的事情最让人恶心，明明一腔热情，却让人家觉得你有企图。可是周国平这一反问，江波却觉得自己有些小人之心了，立刻不好意思起来，说："不是，我可能想多了，我是说，上赶的买卖不好做，最好让他们求着咱们才行！"

"你说得对，人心难测，我脑子就是太简单了，人家怎么想的，不能不考虑啊！"周国平沉吟着说。

江波缓和一下，说："周总您还是为别人想得多，不过他们心里应该清楚，会感谢您的！"

周国平苦笑笑，说："那谁知道！不过，青云山那边应该没问题，我已经给张总透露了一下，他正求之不得呢。这一批出口单子，就咱两家做，先确定两船，回头我再联系张总详细谈！"江波说："行，我马上给客户确认。"

周国平想了想，提示说："那个帕劳的同乡，不是想赚点回扣吗？你最好遂了人家，只要敢要，朋友就好交，要建立个长久的业务关系，这应该是个突破口！"

江波笑着说："对，只要他需要，我们就满足他，先把他拉下水，我好在价格上面再升一升！"

江波把非洲那个将军的大单初步计划作为第二批出口安排，先把帕劳和西亚的两个单子接下，凑足十六万吨正好两艘大船。

周国平在办公室里再也坐不下来，心里有些兴奋，踱来踱去，总感觉有什么紧要的事儿要做，却不知从哪里下手。十六万吨的出口订单让他激动，更让他兴奋的，是这次居然力所能及地再次帮青云山一个大忙，这对加深两个公司甚至两个大集团之间的合作是非常有意义的一步。而且，一旦操作成功，还可以带动和促成青城、宁城、牛腿岭等公司的合作，这何尝不是一件意义重大的举措呢？

他第一个拿起电话给张浩拨过去。张浩一听立时蹦了起来，说："周总你等着，电话里不方便，我这就过去面谢！"

一个小时工夫，张浩就把车子停在云石办公楼下，叫司机在下面等着，自己快步奔上楼来。

"都说你张浩飞毛腿，看来还真的名不虚传！"周国平站起来伸手给他，象征性地碰一碰，顺手带他到沙发坐下。

"我飞毛腿不如你伶俐嘴，几天功夫好几万吨熟料拉出去了，我高兴，大雪天也能跑出尘土来！"张浩一边脱掉风衣，一边笑着坐下，端起早已冲好的茶水暖暖手。

"我只是报喜不报忧，八字才画了一撇呢，你就等不及了！"周国平调侃他说。

"我是真的着急，一天上万吨的产量，这大雪一封路，一辆车也进不来，我厂区再大也装不下几十万吨熟料啊！"张浩两手一摊，看样，他也觉得这笔单子事在必成了。

周国平把签约的价格和出口的国家给他说了，又把强度指标、碱含量指标等客户的常规性要求强调了一遍，张浩点头说没问题，你周总怎么定的，我就怎么执行！周国平说可不是我定的，而是合同的条款要求，国外贸易容不得出半点差错，否则，国际官司打起来，可不是闹着玩的！

两人哈哈了一阵，这件事就算拍板了，周国平打电话告诉江波，就按照咱们商量的操作吧，张总完全同意！江波汇报说已经给客户约好了，一两天他们就过来签约。

周国平看见张浩虽然满脸喜兴，但脸色却有些憔悴，逗他说："昨晚上又一夜没休息好？"

张浩嘿嘿笑着说："什么呀，昨晚上喝得有点大了，你知道的，我喝多了就睡不着觉！"

周国平就坏笑，说："你睡不着觉也不让人家睡觉？"

张浩急了，反击道："你可是锅锅哈，我媳妇儿你可得叫妹子呢，也真好意思！"

周国平却说："我说的不是弟妹，是二嫂！"

"还三嫂呢！"张浩不做贼，心不虚，但脸还是略略红了，"我可没那艳福，不像那个鲁胖子，小三小四，小五小六妻妾成群，光翻牌牌都忙不过来！"

"哈哈——"周国平大笑，"你见过？"

"我没见过，但我知道！"张浩低声告诉他，"不怕你批评我，昨晚上喝酒就是跟他一起呢！"

周国平一怔，"怎么会跟他一起？"

张浩不理，"你听我说啊，喝到中间有个女人打他电话，他不敢接，摁上了，那女人偏不停地打，鲁胖子没办法，只好拿起电话，捏着鼻子装个女人，说：'他换电话了，他不用这个号码了！'可是那女人更来劲，以为又是鲁振元新勾搭的哪个小妖精呢，非要问：'你是哪个？'鲁胖子脸红到了脖子根，也没回答他是谁，就匆匆挂了。"

周国平捧着肚子笑得不行，他本来是跟张浩开个玩笑，想不到却把鲁振元钓出来。"你不是向来不喜欢他，怎么竟跟他一起喝酒了？"

"儿子才愿意跟他喝酒！"张浩偏一偏头，"不是说嘛，有本事的谁请都没空，没本事的请谁都没空，鲁胖子比我有本事呢！"又想起什么事儿来，说："有个事儿我正想告诉你，你慢慢听我说啊！"

他把昨晚上的酒局说了一遍，听得周国平心惊肉跳。

昨天下午快下班的时候，张浩正在二期工程现场转悠，手里的电话就忽然响了，是鲁振元打过来的："张总又坐下了？"

什么又坐下了，你鲁振元整天围着桌子转，就以为别人也跟你一样！张浩不冷不热地说："鲁总有何指示？"

"哈哈哈哈，没有纸，光屁了！"鲁振元先是一顿放肆的大笑，"晚上请你喝两杯，一定赏脸哈！"张浩正想推辞，鲁振元却搬出了一个大人物，"晚上唐市长过来，是他点名叫我通知你的！"

"唐市长？"张浩有些纳闷，"你在哪？"

鲁振元笑道："我在岚湾呢，唐市长办公室，他去洗手间了，叫我务必通知你，你不去，他也不去了！"他有意给足张浩面子，市长都说了"他不来我就不去"，我还能不去吗？

"好吧！"张浩答应下来，"去哪？"

鲁振元又说："唐市长说了，你在青云山，我在崮西，不如都到岚湾来，花满楼，怎么样？说好了哈，六点，不见不散！"

张浩知道花满楼是岚湾一个四星级的涉外宾馆，老板就是岚湾富商邱吉富。花满楼外观算不上富丽堂皇，但里面仿照了古代建筑式样的设计，雕梁画栋，飞檐斗拱，厅堂处设有假山池沼，怪石盆池，各房间帷幕茵榻，年轻漂亮的女服务员，都是一袭旗袍，花团锦簇，身段窈窕，往来穿梭。多年来，邱吉富每次宴请商界、政界高朋，都是在这里摆席设酒，盛情有加。连他自己都吹牛说：你们根本就不可能喝上真正的茅台，茅台酒一年能生产多少？两万吨！三分之一运到了国宾馆，三分之一送给了部队高官，三分之一就在花满楼，所以，市场上所有的茅台酒都是冒牌货。

唐市长怎么能到这样的场所去？张浩将信将疑，不过他又考虑邱吉富跟唐市长也很熟，说不定市长一高兴就真的去关照关照，而且鲁振元说得有鼻子有眼，张浩莫辨真假，只好去了。

说到这里，周国平盯着张浩死死地看，张浩心里也虚，瞪眼说："你看我干吗？我不是还没说完嘛！"周国平盘起二郎腿笑笑，示意他继续说下去。

说着说着，张浩竟自己生起气来。

"我到了一看，妈的，哪有什么唐市长，全是几个地痞流氓，满屋的乌烟瘴气，女孩子们的旗袍开缝到了大腿上，端茶递水献殷勤，鲁振元则大把大把地往她们的胸脯子上塞小费。"

"唐市长呢？"周国平诧异地问。

"我还在问呢！"张浩气呼呼地说，"我靠，到坐下了鲁胖子才告诉我，说唐市长临时有事儿来不了了，谁知道那小子请没请他，反正到最后也没见市长的影子。"

"哈哈，"周国平对着他穷开心地一笑，"想不到青云山的老总，也有被人家忽悠的时候！"他这句话虽然明着涮张浩，但也有意无意地刺激他：叫你交友不慎，谁请你都去！

"他操我呢！窝囊死了！"张浩跺脚发狠。

周国平有点好奇地坏笑着，问："后来呢？"

"后来就是喝酒呗，既然去了，再走也不好，咱不是君子，也不能做小人不是！"张浩赌着气说。

周国平又朝他坏笑，说："你是看人家旗袍好看吧！"

"去你的，谁给你开玩笑，我都气死了快，人心情不好的时候容易醉，才喝了几杯，回家竟感觉晕乎了！"张浩白他一眼，周国平还是坏笑，故意说他：“你晕乎得还真快，醉翁之意不在酒啊！”

张浩拿他没办法，也不管他怎么挖苦，只顾自地说下去：“鲁胖子给我介绍，说谁谁公安局副局长，谁谁石膏矿大老板，谁谁煤老板……我都对不上号，连姓都忘了。他们一个劲地敬我酒，我寻思他们成心灌我呢，就憋着不喝，一群什么鸟人，懒得理他们！”张浩说得有些激动，周国平听着，就有种身临其境的感觉，渐渐地皱起了眉头。

“他到底请你去干什么？”周国平感觉鲁振元处心积虑地请张浩喝酒，肯定事出有因，否则，他请谁也不会请张浩，毕竟他心里对第一次借窑的事儿耿耿于怀，恨透了张浩。

张浩说：“开始的时候只是对窑筒体的事儿表示感谢，我说要谢你得谢周总啊，没有周总我还搭不上茬呢。他说谢你是肯定的，但那口气我就听得不大顺耳，感觉不是从心里谢，是应付场合。”张浩咂咂嘴唇，说：“我感觉，他是对你占了他的位子心里有气！”

“我知道！”周国平似乎早有感觉，“那我有什么办法，我又不是故意拆他的台！他恨我也有他的道理，只能由他去。”按鲁振元的为人，不把他周国平恨死了才怪！

“谁闲得跟他一般见识，还不是他自己拆了自己的台！”张浩气呼呼地说，“他不光恨你，我听得出，他连你们钟总，也不太尊敬。还有，对唐市长，似乎也有不小的意见！”

“我知道，你上次说过！”周国平一笑，“他对钟总肯定有些不满，正常的，但他对唐市长不满，可能就是因为唐市长没帮他说话！”

“是的！”张浩语气平缓下来，不紧不慢地说，“这家伙酒量不小，但有个毛病，喝点酒嘴上就缺个把门的。我猜钟总免了他后，他去过市里不止一次，找唐市长，想让唐市长出面给说说情，被市长熊完了，他就恼了，说‘处了那么久，还不如养条狗’！我靠，这是人话吗？”

周国平就紧蹙了眉头，暗自寻思：这家伙是不是拿到了唐市长的什么把柄？他淡然一笑，说：“我知道鲁振元跟唐市长关系不一般。”

“他狗屁！”张浩呸一口吐在地上，“那是以前，而且是鲁振元一厢情愿，别看唐市长去崮西县视察必去崮西水泥，但那是看在他给政府交税的面子上给他些鼓励。搁现在，市长能替他说话？一个小鸡肚肠的鲁振元，一个是胸怀大势的钟若飞，孰轻孰重？"

　　提到钟若飞，周国平不能随便发表意见，泛泛地说："人的感情是架天平，倾向哪头，哪头就重些。市长对恒基，的确支持很大！"

　　"对了，"张浩直直身子说，"你周总洞若观火，总是经典！他鲁振元是谁？也不掂量掂量自己吃几碗干饭，仨核桃俩枣就能打动了一个市长？钟若飞手里攥着几十个亿的项目，那分量多重？唐市长能不明白？"

　　周国平听着听着，脑子里就有所警觉，似乎想到了什么，对张浩说："他请你喝酒的真正目的，也许还远不在发几句牢骚上！"

　　"什么意思？"张浩看着他，"你想到什么了？"

　　周国平蹙着眉头说："你跟唐市长关系不错对吧？"

　　"可以这么说！"张浩回答。

　　"鲁振元知道你们这层关系吧？"周国平又问。

　　"他肯定知道！"张浩确定地回答。

　　"而且他也知道我俩的关系吧？"

　　"肯定啊，那条窑不就是你给说和的嘛！"

　　"这就对了！"

　　"什么对了？"张浩不解。

　　周国平提示说："鲁振元说的这些话，他会指望你传给唐市长，也传给我，然后，我再传给钟总，这样，你完成了他交给你的任务，他的目的就实现了三分之二了！你想想，是不是这样的？"他慢慢地把鲁振元发牢骚的背景串起串来。

　　"这……"张浩瞠目结舌，愣怔半天没说一句话，"真的就是这样的！他奶奶的鲁胖子——我怎么竟然成了——"

　　周国平冷笑道："鲁振元一箭三雕，枉费了恒基多年培养的苦心！"

　　张浩思维由于恼怒几乎陷入了混乱之中，他拍着茶几分辩道："我不是成长舌妇了吗？我可不是那意思，你千万别误会，我只是给你分析这个事儿，你怎么想那么远了，我张浩是那样人吗？他奶奶的鲁胖子！"他感觉糊里糊涂孩子似地进了鲁振元的套儿，凭他张浩的智商，怎么也不至于落在那个白痴手里，他的自尊心受到了打击，尽管他死不承认，但他已经无可辩驳地成了鲁振元事实上的传话筒。他两手抓着周国平的胳膊使劲攥，懊悔不迭地说："多亏锅锅你给我一分析，我才觉得不应该告诉你的，害的你左右为难！这样吧，你就别给钟总说了，我也不告诉唐市长，这件事到此打住，叫那鲁胖子不能得逞！"

周国平点点头说："看来这个鲁振元并不简单，要么是粗中有细，要么是背后有高人指点，我们以后都小心点，不然，说不定哪天也被他踢一脚！"

天近中午了，张浩起身告辞，周国平要留他吃饭，他说家里还一大堆事儿，吃饭什么时候还吃不了？改天我请你们，连同我的小外甥，他虽然常去家里看他舅妈，但我很少能陪他喝杯酒，到时候一并补上。周国平就笑他跟鲁振元一样，一顿饭有好几个意思。张浩脸就刷地红了，说："从此不提这事儿，从此不准再提这事儿！我算是丢大发了！"周国平留不住，只好送他下楼，张浩回过头来一个劲地握着他的手，叫着："锅锅，你永远都是我的好锅锅！"

13 周国平越来越感到，不能
把鸡蛋放在同一个篮子里

过了春节，接着就是春天来了，春天孕育着生机，孕育着希望，还等不到玉米背娃娃的时节，那美丽的蒙古包就会很快转移消失在各家粉磨站的大库里，每个企业都在追求的元月、首季开门红，会让大家在明年全年里都满怀信心，干劲倍增。

江波在给帕劳和西亚的两个客户定的合同中，大部分条款基本上是一致的，只在价格方面，他略施了点策略，把帕劳的价格再高出十元，留作假洋鬼子回扣，但是给西亚的价格，却明显高出帕劳订单二十块钱每吨。因为两个客户是分开谈的，彼此互不接触，所以不用担心穿帮引起攀比。

两个客户为了确保交期，都在合同上按照国际惯例对船期作了明确的约定：元旦前离岸。拖延一天，中方要付1%的滞期费；提前一天，客户可给予中方0.5%的奖励。生产这边一切正常，只要组织好集港、装船环节的衔接，交期是不成问题的，这一点，江波完全有把握。他不但要确保准时，而且还要尽量提前，争取那0.5%的奖励呢！

他给周国平汇报完毕，就随即投入了对海关、商检、港务局等部门的交割公关。周国平则分头安排季中强赶排计划，常标负责石灰石、煤炭等大宗原燃材料和辅料的足额库存保证生产需要，蔡远征全面负责对云石公司、崮西公司以及青云山三方熟料强度和低碱指标的协调把关，务求高品位、一致性的质量，王晓春则负责调度好资金，不能在资金方面出现任何脱节。

各方面指标都压得很紧，大家明白应该做什么，应该怎样做，周国平就腾出时间每天一个电话保持跟张浩的联系。

他告诉张浩，这第一批十六万吨熟料只能给他六万吨，张浩说，六万吨也就只一个星期的产量，能不能多匀点？周国平就实话告诉他，我们还会有第二批、第三批呢，不用着急，操作好了，这点外放熟料根本不成问题。再说，我这边压力也很大，崮西那边堆场都满了。张浩想想也是，周国平兼着两家公司的老总呢，两家公司的外放量肯定比他大，给他六万吨，已经不少了，不能不知足。就说好吧，等下一批的时候多放点量给我！

他跟周国平，完全可以直接开口要，而不必虚玄客套太多。

张浩同时在电话里透露出一个信息：明年全省可能会发生电荒！像水泥企业这样的能耗大户，肯定在供电量上有所限制，这样对我们的生产可能会有所影响，你早有个思想准备。

周国平一惊，这明年还没开始呢，怎么就传出要限电了？虽然岚湾市节能减排压力很大，但也不至于紧张到那个程度吧？他心里这样想，却也不能不感到一丝危机，就问张浩："你听谁说的，消息确凿吗？"

张浩说："我也不敢肯定，那天我去市里办事儿，市政府办公厅的王俊敏主任随意露了那么一句，谁知道真假！"

"他怎么说的？"周国平指望从王俊敏的话里理出点线索。

"他说市里今年的指标是肯定完不成了，也到年底了，省里通报批评是板上钉钉的事儿。你想啊，今年完不成，明年还不得有大动作？还不得提前动作？"张浩一半是转达王俊敏的原话，一半加进去自己的猜测。

政府传出来的消息向来有种内参一样的神秘性，但这种神秘绝不是空穴来风，往往很快就会被证实。既然是王主任亲口说的，周国平不能掉以轻心了，就告诉张浩，说："这个消息很重要，他随便说说，但我们却不能只是随便听听，你最好找个机会再证实一下，别到时候火烧屁股了才反应过来，就很被动了。"张浩哈哈一笑说："先不用理会吧，停电你怕什么？咱这院子里存料还堆得小山一样，一个月两个月问题不大！"

周国平还是忧心忡忡地说："别指望存料度荒年，真要全市范围的限电，恐怕各大粉磨站、商混站也难逃此劫，大家都停电了，你这些存料卖给谁去？"

张浩听着有道理，说："还是你考虑全面，是这么个道理！可是眼前这些外放料怎么办？看着心里都发堵，你先把外贸单子接下来，应付眼前才好啊！"

周国平商量说："不能把鸡蛋放在一个篮子里，你看暂定两套方案行不：出口该做还做，但仅限于现时生产的部分。那些外放料既然存起来了，就不要动了，万一真的限电了，也不至于一点存货也没有，保持合理库存还是必要的！"

张浩哈哈一笑，痛快地答应道："很好，这样就能开足马力生产了！我反正就跟着你走，你怎么定我就怎么办，主意你拿！"

周国平放下电话，突然觉得心里有些烦躁，因为什么，自己也说不清楚。

熟料集港、装船整个过程跟江波设想的完全一致，赶在新年元旦的前一天，货船提前一天离岸，江波拿到了客户的奖励，兴冲冲地来找周国平汇报。正好沈众也在，周国平笑着问："这笔钱打算怎么花？"江波不好意思地笑着说："我申请给弟兄们留顿酒钱，其余的上交，同意吗？"周国平说："酒钱没问题，不过，为了庆祝这次外贸成功操作，沈总专门安排行政部，为弟兄们筹备了一场元旦晚会，正好用钱呢，你看这样可以吧，你把这钱交给沈总办晚会，我再从财务上拨出点来给你，叫弟兄们看完晚会好好撮一顿。"

"那好啊，到时候一定请您和各位领导们一起去！"江波激动地说。

沈众接过那个塑料袋，沉甸甸的，客气道："这是奖给江总的，办晚会给你花了，不好意思呢！"江波倒爽快，说："什么是我的奖金！那是大伙共同的。周总不已经说了吗，他还会给销售的弟兄们专门奖励呢，这笔钱你花在晚会上，大家一起看娱乐娱乐，比花在吃饭上更有意义！"

周国平笑着说："花这点钱奖励大家可是太少了！云石、崮西两个公司业绩都不错，百日大干活动也画上了圆满的句号，咱不是在动员会上有过承诺吗？把那个承诺兑现了，另外再对部分业绩突出的单位表彰一下，你们有什么意见？"

江波简直有些兴奋，说："我们举双手赞成！"

沈众一脸的灿烂，说："表彰就结合在元旦晚会上怎么样？这样，晚会的内容会更充实，气氛会更热烈！"

周国平点头说："可以，你们先拿个方案，班子会上议一议，奖励的事儿先给集团打个报告，争取春节前兑现了！"

这次班子会，气氛显得比以前更轻松，大家脸上带着笑，讲话也随意了很多。季中强和祝方金分别就云石、崮西的完成指标向班子成员汇报了，沈众又把年终奖励方案宣读一遍，征求各位领导的意见，大家都一致鼓掌通过。

周国平总结说："最近，针对各兄弟厂家滞销存货的难题，我们及时倡导操作了一次外贸出口业务，不仅缓解了云石、崮西两公司自身产销失衡的问题，也为青云山水泥帮了大忙。更重要的，是在更深意义上，为周边各兄弟厂家今后一段时间平衡产能提供了思路。为他们树立了战胜困难的信心。这应该是我们构建软实力、树立恒基品牌形象的重要亮点。"

经他这么一提，大家忽然感觉到这段时间每个人所做的工作，因为帮助了青云山水泥，而变得有意义起来，上升到了"兼济天下"的高度。而且，周国平说的"为周边兄弟厂家树立了信心""构建软实力、树立恒基品牌"，更让他们觉得有种超越高尚的成就感，每个人都为自己能为集团做点贡献而自豪，心里充盈了满满的成就感。

最后，周国平把张浩提供的信息摆出来供大家讨论。由于对未来的不确定性，大家虽然心里都压着一块石头，却没有更好的建议。周国平分析说："明年用电紧张，将是个不争的事实，决不能掉以轻心。我的意见是，要看到我们在岚湾区域市场上既有的话语权，站在大局的高度，整合本区域外贸市场达成协同。出口业务可以继续谈，大的订单可以继续接，接过来，可以协同各厂家参照上次外贸经验联手操作。但与上批订单操作需要作出调整的是，今后外贸单子要坚持一个原则，按照钟总在全国行业协会上呼吁的构建价值型市场的理念，限量、保价！根据各厂家的库存和后续生产的增量，测定一个上限，不允许某家出口太多，免得来年市场一旦抬头，或者政府限电，产能发挥不出来，库存却拉空了，大家都后悔怪怨，到那时，我们就会落个费力不讨好的结局。同时，这次联系客户要更加充分地掌握主动权，价格方面不做过多的让步，保证兄弟厂家出口业务的盈利空间。"

大家都认真地听着，赞许地点头。

他看看江波，又说："这次出口工作中，大家都付出了艰辛的劳动，尤其江总，在联系客户谈判、对主管部门公关方面，都积累了丰富的经验，相信这一次也不会有问题。"

江波谦虚地笑笑，说："主要周总支持，还有各位领导密切配合，我们营销方面只是跑跑腿动动嘴，值不得提。通过这次运作，也摸索到了一些门道，争取下次做得更稳健、更有效益！"

"好！"周国平说，"你只管放长线钓大鱼，我们一起给你做大后方，人、财、物何时要何时给，要什么样的就给什么样的。"他又看着季中强，"对吧，季总！"季中强笑得眼角挤出沟壑，连连点头说："没任何问题，我们就等着周总发红包了！"

"只要大家没问题，红包就更没问题！"周国平转头对沈众说，"沈总跟财务王总协调一下，争取一个星期内奖金发放到位！"

"太好了，感谢周总！"大家一齐鼓起掌来。

元旦前一天，周国平把几个水泥公司的老总们都请过来了，作为特邀嘉宾一起观看公司的表彰晚会。周国平是以平常聚会的名义请他们来的，但真正的目的却是让大家一同感受一下恒基的和谐文化。联手青云山出口熟料，让张浩和青云山水泥的干部职工都很鼓舞，大家沉浸在喜庆的气氛中，这气氛对其他公司肯定是一种感染和带动。

云石的外放熟料已经用泥浆封存起来了，生产现场看不见散放的料堆。下午大家在现场参观的时候，远远看见两个山包一样的料堆，上面都用泥浆均匀地密封着，料堆的背阴还有未化的积雪，那就是云石的存料了。一次出口走的只是新料，现产现卖的，这些封好的存料就没有动，估计放到明年夏天也绝没问题。兰成东请示性地问周国平："周总，下批外贸单子准备走的就是这些吗？"周国平告诉他："那是已经冬储密封好了的，可以留作明年开春下锅的米，准备走的还是新料，西边还有一部分没有封存的，等江总跟肯尼亚客户谈妥交期，先把那些集到港上装船，然后一边生产一边集港，两不耽误，还节省些厂内倒运成本。"兰成东领悟地点头赞同。郑向南走过来央告周国平："周总，大家都是一样的兄弟，你也别光罩着张总啊。下批单子要是宽裕，也给我们消化点。"李忠和吴玉林也跟着帮腔，张浩就在一边嘿嘿地笑，故意夸张地说："你们以为周总那么好求啊？我差点给他下跪才答应给我六万吨的。就凭你们这一句话，周总就同意了？周总，得让他们请酒才行！"郑向南拉住周国平，站下来，拍拍胸脯说："请酒还不是小意思，哥几个轮着，我先请，然后你，然后你，你！"他拿手指指兰成东、李忠和吴玉林，说："什么时候周总答应带我们了，才算完，不然，一天一顿，五十年的茅台咱没有，三十年的五粮液还是现成的，怎么样周总？"周国平一直在笑，觉得大家的意见统一的差不多了，就说："你们要是感兴趣，我就请我们江总多接些单子，不过也只是帮大家消化一点，不能把宝全押在出口上。那些外放的熟料你们不是也都封好了吗，那就不必太着急，封好的搁那，不要因为一时着急，影响了冬储。往后生产的，可以走外贸。"

"这就对了，周总你说吧，需要我们怎么配合，我们绝无二话！"郑向南朝那几位老总划拉了一圈，问他们："怎么样？"那几个人都说："周总，我们都听您的调度！"

周国平心里非常满意，嘴上却说："我得听听江总跟老外谈的价格怎么样，总不能让大家亏着卖吧，合适的价位才能接单。我给他的报价空间是每吨利润二十到三十元，你们能接受？"

"这区间就很好了，总比堆在厂里强，成本挤压流资困难才最危险！"李忠跟着附和说。

周国平听了心里更踏实，一锤定音说："先这么定着，真到操作的时候，咱们再碰一碰，走，到我办公室先喝茶，等着晚上一起看节目！"

几个人前呼后拥地跟在周国平后面走回来，周国平个头高，走在前面忽然感觉像个老大。他有些不好意思，就有意放慢些脚步，随在大家中间一起走。

虽然金融风暴继续蔓延，各个国家市场持续低迷，但一些国家的刚性需求还是存在的，有的国家为了摆脱危机，也采取措施拉动内需，许多建筑工地上铺着摊子不能停工，所以，只要摸透了客户的心理，有张有弛地拉一阵锯，大把的订单还是有的。江波有了第一次谈判的经验，这次就显得谨慎稳健，不急着表态。肯尼亚那个将军的翻译全部说完后，他还要微笑笑，留出两三秒思考的时间伺机进攻。经过半个多月的艰苦拉锯，最终以每吨"让利"五元的优惠条件与肯尼亚签订了三十万吨出口单子，又从印度一家公司手里接下了二十万吨，都是元宵节前交货。总共五十万吨的出口计划就揣进了江波的口袋里。

他把这个消息汇报给周国平时，周国平从桌子后面站起来，兴奋地张开双臂上前给江波一个热烈拥抱，说："你不但为云石，而且为岚湾水泥企业，又立了一次大功，他们都会感谢你！"他自己都感觉到声音有些发抖，太激动了！

江波的兴奋也自然掩饰不住，他不能像周国平一样放肆而忘情地搂紧他，只用手轻轻环抱一下周国平宽厚的后背，说："没有您放给我的政策和资源，我再努力也办不到。我知道您跟钟总想的一样，至少在岚湾，要构建一个大水泥布局，我们所做的，只是您运筹帷幄的一小步呢。"周国平笑道："你这样想，说明你的视野已经站在一个新的高度。其实，这个想法我从来没说出来，我只是从恒基集团联合扩张的战略中看到了一个方向，把岚湾的水泥企业整合起来，应该是这个战略的组成部分，所以，我们从现在开始，就应该朝着这个目标努力。"

"其实，早就已经开始了！"江波说，"我看得出来，几个企业的老总们都很敬重您，您已经站在整个岚湾区域市场的高度上了。您的领导力和影响力正像磁场一样吸引着大家，我从来没感觉到，岚湾的同行们像现在这样贴实，这样密切。"

周国平笑笑，说："能得到别人的尊重，那是因为咱们一直都尊重他们。包括这次联手外贸，更大程度上是站在他们的角度上，考虑他们的利益才做的，如果只是咱们自己，这次外贸做不做都行，我还想着多搞点冬储呢。"他看着江波，以兄长的口吻告诫他说："咱们应该清楚地看到，目前企业间的竞争关系已经转变为竞合关系，真正从'红海时代'迈入了'蓝海时代'，大家已经越来越多地尝到了恶性竞争的苦果，越来越多的企业家已经认识到合作的重要性要远胜于竞争，开始主张友好适度的竞争。大家在一起，不能像以前那样你争我夺头破血流，搞到最后两败俱伤。毕竟，合作才能共赢，同行之间不能以打败对手为目标，而是要共同联手，营造一个健康的行业市场，保证共生环境，在行业共同发展中获得企业自身的效益和发展，成己达人，成人也能达己，必须要有这样一个思维定式的转变！"

"周总，跟着您，有奔头！"江波激动地说。

他认真地听着、思考着周国平的话，每句话都如同一把钥匙，一点一点春风化雨般开启着他内心深处一道道无形的门扇，渐渐地，他的心里更加亮堂起来。他很愿意倾听周国平说话，始终那么平和，那么新颖，那么语重心长，流水潺潺，似乎都是发自心底的感悟。他有时候真的想问一句：周总，我们都有一样的大脑，为什么好些东西您能说出来，我却想都想不到呢？

过了一会儿，周国平又自然地把话题转到这次出口额度的分配上，嘱咐说："如果他们执意要多走点量，就把七成的订单让给他们，咱们只要走一点，平一平产能就可以了！"

江波会意地说："我明白！可您会上说的，要给他们限量……"

周国平解释说："他们现在的外放料太多了，心里急得不行，都让给他们还嫌少呢，只要告诉他们适当保留一点库存就可以，设备还在生产着呢，现产的增量也够他们冬储的。"

江波点头说："分给他们多少，您说了算，我只管把集港工作做好就是了。这几天就得提前去找他们通融了！"

周国平点点头，说："后勤方面的工作我安排。一两天我再找他们碰碰头，把指标和交期定妥，兰总那边好说，一个集团的，强度指标都一样，其他几个公司必须把质量统一好。前方就交给你了，海关、商检那边你有上次的经验，应该好办，主要是港上，需知阎王好说，小鬼难缠，下边具体办事儿的弟兄们，该打点就打点，装船速度很关键呢！"

江波说："行，我再请他们一顿！"

周国平笑着说："有劳你的铁胃了，但一定要注意身体，喝酒不要开车！"

"没问题，"江波说，"有小张跟我一起，他开车，不喝酒，也会照顾人。"

周国平说："我给晓春安排好，叫他准备好现金，等船离岸那一天，准时给大家发奖金！"

江波灿烂地笑着说："我会跟踪集港装船全过程，您只要协调组织好备货，我就力争提前三天完成装船，到时候，光客户奖给咱们的就够发奖金的！"

"那就多发一点！"周国平把手一挥，红光满面。

江波顺着他挥手的方向，仿佛看到了八艘大船一字排开，满载着"联合国牌"的熟料漂洋出海，乘风破浪驶向海天交接的地方。

每个企业都分到了八万吨左右的集港指标，不用说，这个春节注定要加班了，可是大家心里都很高兴。院子里堆得小山一样的料堆，全部用泥浆密封抹平静静地矗立在那里，原来的时候，看着就犯堵，像压在每个员工的心头上，这回看上去，却像一个个大大的蒙古包一样漂亮。他们知道，这将近一个月的时间，生产的熟料再也不用外放了，每天有少部分散户拉一点，大部分直接就运到了港上。过了春节，接着就是春天来了，春天孕育着生机，孕育着希望，还等不到玉米背娃娃的时节，那美丽的蒙古包就会很快转移消失在各家粉磨站的大库里，每个企业都在追求的元月、首季开门红，会让大家在明年全年里都满怀信心，干劲倍增。

周国平的女儿周萍萍学校放假了。那天天空飘着鹅毛大雪，高速公路封路了，下边的道路也有点冻，车开得很慢，萍萍在车上坐了整整五个小时。快到云石的时候，天快黑了，她给妈妈发了个信息，马苏看外面雪下得正紧，骑个摩托车路上肯定没法走，就打电话给周国平，叫他抽空去车站接她。

周国平从小李子那里要过钥匙，说声"下午不用送我了"，就自己开车去车站接萍萍。

快到车站的时候，萍萍就打过电话来："爸爸，你要我等到什么时候呀？我头发都白了！"

周国平一手扶着方向盘，一手抓着手机说："马上到了，你说什么，怎么头发白了？"

萍萍就咯咯地笑出声，"我站在雪地里呐，大雪落了一头一身！"

"傻姑娘！候车室里不下雪啊，为什么不进去等？"周国平说。

"我就不！"萍萍似乎撅起嘴巴说，"候车室里那么多人，吵死了！外面下雪多好啊，又没有风，感觉这个世界好安静呢，只有雪花一片一片地飘落下来，我都快成雪人啦！"她一边说一边笑，周国平就仿佛看到到她站在雪地里，扬起手，接着雪花自得其乐的样子。半年没有见到女儿了，成大学生了，知识会让女孩子变得更有气质，萍萍肯定出落得更好看了。

长途车站里车来车往，候车室外一片银白，只有前面的空地上被碾压得随处是车辙，周国平把车子开到台阶前，放下玻璃朝女儿招手。还没来得及下车呢，萍萍就提起地上的行李箱，拖拖拉拉往这边跑，脚下太滑，手里的行李也有点重，萍萍"哎呀"一声，一个趔趄摔倒在雪地上的车辙里。

周国平赶紧下车，抢上前扶起她，"怎么这么不小心，摔哪里了？"萍萍揉揉胳膊，站起来，鼻子嘴巴皱成一团，口里"嘶嘶"地吸着气，看样很疼，却开玩笑说："没事儿，穿得厚呢，在学校里也摔过几次，有经验了！"周国平心疼地说："这么大个孩子了，脚底下没根儿，怪不得你妈妈老不放心你，回家又有的叨叨了！"萍萍脸上变换回原样，龇牙咧嘴地笑着说："怕什么？这天气摔一跤还不正常，你小的时候就没摔过啊？"周国平想说"我摔过但我是男的，而你是个女孩子呢，走路不稳重"，可话到嘴边，却变成了"我从来不摔跤，所以从不让你奶奶担心，我上大学那几年，你爷爷奶奶在家只是想我，可没挂牵我！"

　　"骗人！"萍萍反驳说，"想还不是挂牵啊？谬论！"

　　周国平笑笑，拍她一把，说："快上车吧！"

　　萍萍才一瘸一拐地拉开车门坐上去，周国平替她把行李放在后备箱里，"砰"地盖上后备箱盖，车子开出车站的大门。

　　"大学里好吧？"坐在车里，周国平很自然地问起大学的感受。

　　萍萍欠欠身子，把头凑到爸爸耳边，撇撇嘴说："大学有什么好啊，套用我们山大新生流行的一句心得，就很能体现大学的生活：每个月总有那么三十几天不想上课，每天在课堂上，压力太大了，就给自己取个英文名，叫压力山大，直接压得我得了精神病，谁知自打得了精神病，整个人精神多了。唉，大学有什么意思！"

　　"什么乱七八糟的？！"周国平听得皱起了眉头，"你上大学就学了这个啊？"他显然对女儿不学好有点生气。

　　"不是，同学们传的，我只是觉得好玩，这跟学习有什么关系啊？"萍萍委屈地说。

　　"整天不干正事儿，能学好课程啊？"周国平带着苦笑感叹一声，"不一样，真不一样了！"

　　萍萍奇怪地问："什么不一样了？"

　　周国平侧脸笑笑，说："现在的大学，跟我们那时候不一样啦！"

　　"本来就是！"萍萍堵上一句，"现在的大学是色彩斑斓的，你们那时候大学可是一片灰色的世界！"

　　周国平又苦笑笑，说："你不懂，回家可别给你妈妈说这些，不然，非揍你不可！"

　　萍萍夸张地叫一声："才不给她说呢，她比你还古董！"

　　"我古董？"周国平自问一句，忽然就有种怪怪的感觉，是啊，有时候跟八〇后的孩子们交流，好多话听不懂，就感觉自己已经融不进这个群体了，更何况跟九〇后的女儿对话？在上大学的女儿面前，自己是不是真的有点古董了？

　　回到家，马苏早张罗了一桌子好菜，还破天荒地拿出一瓶白酒，说："宝贝女儿半年没在家吃饭了，今天你陪女儿喝杯吧！"萍萍两手一勾揽住了马苏的脖子，说："妈妈你可是最讨厌爸爸喝酒的，我上大学才半年，你比从前可是解放多了！"

马苏解下围裙，说："我是讨厌你爸爸在外面喝酒，在家喝点儿，我不反对！"

周国平争辩说："你以为谁愿意在外面喝啊？谁喝那么多就好受？"他接下来给马苏讲了个真实的故事：说镇上杜书记刚上任的时候，县里各部门领导下来视察的多，党委班子成员经常在外面陪酒，家属都很有意见，杜书记就想了个办法，请党委班子成员的家属们出来吃饭。家属们都很高兴，说杜书记领导就是领导，想得周全，连家属都考虑到了。可是在酒桌上，杜书记什么也不说，只是按照对上接待的程序喝酒，一天一顿，连着喝了一个星期，家属们就全受不了了，说，原来喝酒也这么累，俺理解了，再也不管那口子了。结果从那以后，班子成员在外陪酒，家属们都不敢再唠叨什么了。

"这个办法好！这叫现身说法，那个杜书记也太高明了！"萍萍在一旁鼓掌叫好，马苏却说："我才不信！那些家属们就那么听杜书记摆布？男人们是他的下属，那些女人可不是！"

周国平说："是杜书记的下属不错，但也是那些女人的男人，谁不希望自己的男人干出点成绩好提拔？"

"不喝酒就不能提拔，一定要天天喝酒才能提拔？喝坏了身子提拔上去又有什么用？"马苏认死理地跟他争。

周国平嘻嘻笑着说："是那么个理儿，但喝酒也是工作，国情如此，谁又能逃得了呢？"

"理都在你们男人那里，怎么说怎么对，我跟你争什么！"马苏张罗碗筷不再理他，萍萍已经摆好了椅子先坐下了，偷偷地捏一块酱牛肉干往嘴里放，马苏一转身看见了，眼疾手快照着她的小手就是一巴掌，"洗手去！"萍萍缩缩脖子站起来，趁马苏回身进厨房的功夫，又用手把那块酱牛肉干填进嘴里，嗒嗒嗒跑去龙头上洗手。

电视上又在演新版《西游记》，虽然没什么情节，一家三口却谁都没有换频道的意思，萍萍哎呀一声说："都放了N遍了，还有没有新鲜的啊？电视台也真是，给我遥控器！"她翻来翻去找到了江苏卫视的大型相亲娱乐节目"非诚勿扰"，"这个好看！"她挂着筷子，津津有味地把眼睛盯在了电视屏幕上，马苏最不赞成女儿看这类情啊爱啊的节目，一把抢过遥控器，又摁回了

《西游记》，萍萍喊一声"妈妈你干吗——"，可是遥控器被马苏坐在了屁股底下，"哎呀烦人！"萍萍腰一软趴在了桌上，盯着妈妈赌气不再吃菜。过了一会儿，鬼闪眼地问："妈妈，你知道世界上最遥远的距离是什么？"马苏看看她，心里也觉得好笑，毕竟还是孩子，脑子里鬼点子层出不穷。她说："我不知道，我上大学的时候老师没教！"

"你早OUT了，"萍萍得意地说，"世界上最远的距离，就是我俩一起出门，我去买苹果四代，你去买四袋苹果。"

"什么'苹果四袋，四袋苹果'？"马苏不解地看看她，又看看周国平，周国平喝一口酒，差点没咽下去。马苏知道自己有点老土，也不理会，端起杯子递给萍萍，本来叫他喝口水，脱口说出的却是："你吃菜！"

萍萍接过杯子，愕然地看着妈妈，再看看爸爸，五秒钟，忽然跟周国平一起哈哈大笑起来，笑得不行了，捧着肚子又在地上笑。

"死丫头，被你气糊涂了！"马苏也知道自己心不在焉，跟着笑起来。

萍萍捧着肚子还在笑，她后面的笑是因为她想起一个笑话，一边笑一边给妈妈讲："我们班有个同学，也是经常心不在焉，有一次上 photoshop 课，老师正在上面讲要领，她却在下面一边给男朋友发短信，一边很勇敢地对老师喊：'老公，我的电脑没连上！'闹嚷嚷的教室安静了一会，瞬间全体爆笑。我们电脑课老师是个五十多岁的老头，推推眼镜瞅瞅她，说：'我这个庐山瀑布汗呀！'"

萍萍刚说完，马苏"咔"一下，两手捂嘴，一口饭就喷了一捧，"咔咔咔"地咳嗽没完，周国平嘿嘿笑着，说："'你看你，你看你，还有没有样！"萍萍一个人笑得眼泪都出来了。

"好了好了，吃饭呢！"马苏拿筷子点点桌子。"啊呀笑死我了！"萍萍说完才擦擦眼睛拾起筷子，眼睛又盯到电视上去。

画面上唐僧师徒四人正来到一家荒野农舍，端着碗钵化缘，萍萍思维活跃，突然问爸爸："爸，你说，中国第一廉官是谁？"

周国平奇怪地看着她，说："我怎么知道？"

萍萍眼睛盯在电视上，嘴里在说："这个人是副厅级巡视员，跟国家领导人有亲戚关系，去西方考察只带了三人随从，从不警车开道，也不公款吃喝，有时甚至自己出去讨饭吃，三个随从因为清苦，就常常闹辞职。这个人在西方考察多年，见过多位国家元首，成绩很大，但他回国后也没要求升官发财，只是潜心教育，死后也没有任何家产，没有子女，但英名流播后世，妇孺皆知。这个人是谁？"周国平和马苏对着眼睛看，越听越糊涂。

萍萍就得意地告诉他们，说："他，就是唐僧！"

周国平释然，马苏笑笑说："这孩子上大学才半年，怎么变得神经兮兮的？"

萍萍不理，又说："你知道沙僧为什么不能成佛？"

"不知道！"马苏其实真的不知道她脑子里装的什么玄机，却故意不耐烦地大声说一句"不知道"，萍萍"嘻！"一声，说："没劲！爸爸你说。"

周国平有心听听女儿到底有什么"高见"，就说："你告诉你妈妈。"

萍萍"嘿嘿"一笑，又得意地说："如来佛说了，沙僧在《西游记》里台词太少，只有五句，而且没有创意：大师兄，师傅被妖怪抓走了；二师兄，师傅被妖怪抓走了；大师兄，二师兄被妖怪抓走了；大师兄，师傅和二师兄被妖怪抓走了；师父放心吧，大师兄会来救我们的——所以，沙僧不够资格成佛！"

"呵呵！"周国平又笑，"你这观点虽然荒谬，倒是很有见地，在学校里整天上网吧？"

萍萍白他一眼，说："谁整天上网了？再说了，上网又怎么啦？大学里不禁止上网，比在家的时候还宽松呢！"

"在家的时候不让你上网，还不是为了你学习好？让你天天上网你能考上大学？"马苏跟女儿说话通常不用好气。

萍萍皱皱鼻子做个鬼脸，说，"妈妈你就是一个老古董！"

"嗨！"周国平训她说，"刚才在车里说我是古董，怎么你妈妈也是古董了？"

"嘿嘿，"萍萍立刻满脸灿烂地说，"爸爸，我说的第一个古董，是宝贝的意思！"

"那第二个呢？"

"第二个嘛——"她看看妈妈，调皮地说，"也是宝贝的意思，古董都是宝贝！"

"死丫头，快吃你的！"马苏不跟她理会，自己明明吃饱了，却放下碗夹一筷子菜送到女儿的碗里。

14　唐市长莫名其妙地
接到了省纪委的电话

　　两个大人像孩子一样，在铁皮屋子外面的场地上跳跃了一阵，酣畅淋漓的欢呼声随风飘远。在这寒风凛冽的大年夜，在这热火朝天的码头上，两人陪着劳作的工人们一起，添上了新的一岁。

　　因为中间跨个春节，江波知道一过年车辆就不好联系，就给周国平建议："最好提前集港，免得到时候因为运力不足影响装船！"周国平点头同意，说我马上给几个老总们挂电话。

　　江波回头跟港口调度联系好了，腾出足够的场地存料，又把几个大物流公司的车辆定妥，从小年的第二天开始，各个公司的熟料就源源不断地往港口上集货。

　　因为大家准备充分，到春节除夕这天，各公司新产的熟料已基本拉完，江波对物流公司老总们说："先放两天假，叫师傅们在家过个团圆年，大年初二一早准时出车，千万要安排好顶班人员！"物流公司哪里接到过这么大而整装的运输单子，几乎江波说什么，都得言听计从。

　　安顿好了物流这边，还有港上的装船队，没办法，这个春节装船队是必须加班的了，歇人不歇马，大家只能辛苦些！他给码头总调度长一箱云水贡酒，两条苏烟，又给装船队每人现场发放五百元加班费和一条苏烟，叫大家分成两拨轮流值班，每拨人马回家半个晚上，春节晚会就不要看了，回家聚一聚赶紧来换班。大家接了钱物，心里高兴，年夜饭跟平时吃饭差不哪去，不就一个晚上吗，在哪一样过，还能赚点加班费，干吗跟钱过不去？电视上唱的"千万里，千万里，我一定要回到我的家"，那是撩拨人的！

　　就这样，大家都草草地过了个半拉子除夕，港口装船一刻不停地进行着，江波连家也不回了，打个电话说加班，不要等他，就裹着大衣在大船周围来回转。在装载机、吊车轰鸣的噪音里，他偶尔也能听得到远处零零碎碎霹雳啪啦的鞭炮声，因为还不是子夜，所以爆竹声显得稀疏，等十二点钟声一响，才会如总攻号角吹响后的枪炮声一样密集。

不过，在装船码头上，他的总攻却已经提前开始了！

夜风里，他蓦然回头，看见远处车灯明灭间，一辆小车往他这边驶过来。车子停下，一个高大的身影打开车门，披个大衣，手里提着两瓶酒，从货场远处的灯光里走出来，冷风吹过，他缩了缩身子，脚步却更加坚定。

"是周总？您怎么来了！"江波赶上去伸出双手。

"过年好啊！"

"周总您过年好！"

周国平一手提着酒瓶，只能腾出一手接过江波，也许是周国平刚从车里出来，江波感觉到他的手暖乎乎的。

"走，进屋喝两杯，过年嘛！"周国平扬一扬手中的两瓶云水春，还有几个小菜，用个手提袋提着。

"呵呵，"江波爽脆地笑笑，"进屋！"

临时搭建的铁皮屋子也不暖和，连个煤球炉子也没生，风从四面墙角钻进来，站下身就打寒战。周国平不自主地嘘一口气，江波闻得到一股酒味儿迎风飘过来，笑着说："在家跟嫂子喝的？"周国平笑笑说："没有，跟老季他们，都在公司呢，我们只喝了一点儿，过年嘛！他们还要去现场，没让喝多！"

"您没回家啊？"江波不知道他是从厂里直接过来的。

"回家干吗？在哪都是过年！"周国平说着，拉过旁边的一个小方桌，从底下抽出两把马扎子，"来，坐！"

江波愣怔了半天，不知道该说什么，只好团着身子坐下。

周国平把两瓶酒放在桌子上，从手提纸袋里拿出四样小菜，一个灌香肠，一个松花蛋，一包花生米，一包榨菜丝，还有一饭盒水饺，没有碗碟，他就把塑料袋都打开，挽两道，放桌上，"你这没有筷子，就用两双半吧！"他笑着起开白酒，对着瓶口说："来，新年快乐！"两人举着瓶子碰一碰，仰脖灌上一口。

江波喉头有些噎，"哈哈"地咽下去，说："嫂子包的水饺？"

周国平点头说："都凉了，你有热水吧？烫着吃！"

"热水有！"江波拉过一把暖瓶，把热水浇在饭盒里，坨住的水饺就慢慢松散开来，江波夹起一个，嚼着，说："香！猪肉芹菜的，嫂子手艺不错！"又说："孩子放假了吧，您也不能在家陪陪，这儿有我就行了，您还不放心怎么的？"他说这些话的时候，感觉有些不大自然了，总觉得心里有什么东西压住他，压得声音都似乎在发颤。

周国平笑着说："我哪有什么不放心，我是来陪你过年的，我知道这机器越响得厉害，人就越孤单，师傅们都在忙，也没人陪你，我来，至少可以说说话！"江波鼻子一酸，眨巴眨巴眼皮，很久，说："周总，我明白您的心意，兄弟知足了！"

他赶紧低下头，眼眶里明晃晃一片，泪水终于憋不住，哗地就涌出来，一颗一颗砸在脚下的地上。

寒冷的大年夜，狭小的铁皮屋子里，风从壁角四面挤进来，似乎有意要冲散空间里慢慢氤氲的情绪。终于，这个年轻人不知从哪里涌上来一种感动，忽然就泣不成声！

"干嘛呢，怎么跟个孩子似的！"周国平举起瓶子，在桌子上蹾一蹾，说，"兄弟们一起共事，图的是个痛快，大家辛苦我感动，但说出来就觉得没劲了，感谢的话留在心里，来一口！"

"当啷"一碰，一仰脖又灌了一口。

两人你一口，我一口，半瓶酒就下去了，墙上的挂表响了十二下，远处响起了密集的鞭炮声，周国平从提袋里拿出一盘鞭炮，从墙角找了一根竹竿，挂上，说："一夜连双岁，五更分二年，出去祝贺一下！"

周国平举着竹竿，站定了，说："你点！"

江波抽出一根香烟，点着了，吸两口，吹吹火头，凑近那挂鞭炮，把鞭芯子捻一捻，烟头一戳，丁点的火星儿亮了，赶紧跳到一边，拿大衣领子捂着半个脸，等着那挂鞭炮在火焰里跳舞、腾空。

"啪——啪啪——"鞭炮声响过，纷纷扬扬的碎屑落了红红的一地，周国平和江波齐声欢呼："过年喽——过年喽——"

两个大人像孩子一样，在铁皮屋子外面的场地上跳跃了一阵，酣畅淋漓的欢呼声随风飘远。在这寒风凛冽的大年夜，在这热火朝天的码头上，两人陪着劳作的工人们一起，添上了新的一岁。

不出江波所料，五十万吨熟料提前一天半时间装船外运，大船离岸的那天，几家外国公司很守信用地将三十万元奖励打到了云石公司的账户上。

这笔钱该怎么使用呢？周国平有点犯难，很显然，功劳主要在云石这边，但没有其他基地公司紧追快赶的配合，尤其春节期间各公司一线员工的无私奉献，这笔外贸业务操作得也不会这么顺利，这一天半的时间也不一定能争取下来，他们应该得到应有的奖励。可是这三十万一瓜分，每家拿到三万五万，还不够塞牙缝呢，人家倒会觉得你周国平作秀。

周国平把沈众叫过来，问他有什么建议？

沈众似乎看出周国平的为难，想了想，说："我替您出面，找我舅舅帮忙，他跟那几位老总关系贴实，嗓门又高，说话好使！"

周国平看着眼前这位自己一手带起来的年轻人，总在关键时候顶上去，脚踏实地，干脆利索，他点点头，脸上露出满意的笑容。

第二天晚上，张浩就打电话把老总们约到了一起，说今晚我们一起要隆重感谢周总周全啊，他还请示周国平一定要把江波带上，好让大家敬他一杯酒。周国平同意，就带江波一块过来。

新年第一场酒，张浩决意自己先做东，争执不过，只好从了他的意见。大家一阵抱拳拱手拜完年，照例把周国平摆在了贵宾的位置，又把江波硬拉在了仅次于周国平的第二贵宾位上。郑向南还是副陪。

一圈轮番敬酒，周国平和江波却之不恭，半杯半杯地表示一下，因为还在年里，大家肚子里都有点酒涝，谁也没有勉强他，倒是谁敬酒自己把杯子喝干了。

酒过三巡，张浩有意无意地把话题往那三十万奖励上引，他提着嗓门说："周总要把那笔钱分给我们，叫我说，三十万少了，三百万才够呢，对吧兄弟们？"

兰成东明白张浩的意思，抢着说："就是，三十万怎么分？虽说大家都很珍惜这笔奖励，但具体到钱上，谁也不缺，反正我们公司不要！"青城的李忠也附和道："周总帮我们解决了一大难题，我们已经感激不尽了，还没拿出钱来谢您呢，哪有再拿奖金的理？我们公司也不要！"

宁城郑向南见张浩已经定了调子，又是本集团的大哥，自己当然也不能再说什么，牛腿岭的吴玉林喊道："我更不敢接，别看我是一个体户，但我们资金不成问题，而且使用起来也灵活，不跟你们似的，还要这请示那汇报。江总在这次联军战役中劳苦功高，我提议，这笔钱就奖给他，大家同不同意？"

"好，我同意！"张浩第一个举起右手，高高地喊了一嗓子。

"最好，我也赞成！"

"没意见！"

"……

周国平要说什么，却被大家七嘴八舌的吵嚷声淹没，江波推辞不过，有点不好意思，眼光瞟向周国平，周国平却故意低下头不看他，他明白周总已经默许，再推却就有点得便宜卖乖了，只好拱手表示感谢，说："我先代表营销的弟兄们谢过各位老总锅锅，但是，功劳是大家的，这笔奖金也应该大家共享，我虽然代表营销团队把这笔钱收下，但我们绝不会乱花分文。"他看看周国平，周国平礼节性地朝他点点头，江波接着说："我想用这笔钱，给大家献上一份厚礼！"

"什么厚礼？你得先说出来，不然我们不同意呢！"吴玉林问。

江波笑一笑，有点无奈地说："本来不该公开的，不过吴总问了，我也不好再卖关子。我想，这不年也过了，马上天气转暖，各大工程、大项目都会重新启动，咱就利用这个市场抬头的先机，几家公司再次联手，提前做一个大型宣传，造造势。各位老总您看如何？"

"这个主意不错！"张浩带头说，"你先说说看，怎么个联手造势法？"

江波又看看周国平，周国平给他一点头，说："我同意，你说吧！"

江波笑笑说："我想用这三十万，搞一个大型的爱心公益晚会，大张旗鼓地展示一下我们岚湾水泥行业社会责任意识，晚会上请一部分有名气的岚湾籍书画家现场作画，然后全部拍卖，所得款项全部捐赠给岚湾市的希望小学……"

"有气魄！我举双手同意。"吴玉林不等江波说完就抢着喊道，"钱要是不够，我们牛腿岭可以拿一点，也尽一尽我们民营企业的社会责任！"

"江总，我支持你，你接着说。"张浩拿胳膊碰碰周国平，竖起他的大拇指。周国平笑着点头同意。

江波接下来却说："我只是有这么个设想，具体的方案，如果大家同意的话，还是请各位老总一起商定。"

张浩就看着周国平，说："你是锅锅，你说该怎么弄？"

周国平笑笑说："江总刚才的提议我也觉得很好，这是我们岚湾整个水泥行业献爱心尽责任最好的方式，这个活动举办的最终目的是高尚的，但我们要确定好主题，要借这个活动宣传我们的水泥行业，所以，要体现'岚湾水泥'这个大品牌。很重要一点，因为这个活动搞起来，场面会很大，意义也好，最好同市里的'文化建市'这个主题结合起来。这样，市委、市政府就会感兴趣，有了他们的支持和参与，活动的层次就更高，影响力就更大。"

"还是周总想得全面！"兰成东响应道。

"周总高屋建瓴，就以您的意见办！"大伙也跟着兰成东一起响应。

"那好，"周国平很高兴，"还得有个具体牵头的人，大家议一议，看谁在这方面有经验。"

"我们哪搞过这个啊，舞枪弄棒还行，沾点文化味的我们可不行，周总您就别谦虚了，非您牵头不行！"张浩嚷嚷说。其他人也都乐得清闲，跟着说："周总您是大哥，您怎么招呼我们就怎么干，我们这些人，做些跑腿的活儿还行！"

周国平当仁不让笑笑说："好吧，牵头组织就由我们沈总来做，他是文化人，这方面不陌生，就不过多牵扯各位精力了！"

"那我们先谢谢周总、江总，再敬二位一杯！"

大家推杯换盏，深夜才散。

第二天，周国平把这个活动计划告诉沈众时，沈众惊了一下，他虽然组织过几次晚会，但都是限于本公司小规模的娱乐，这次这么高的层次，他确实也没什么经验，却又不能推辞，就犹豫着问："活动大约定在什么时间？"周国平说："你先拿个方案，找有关方面取取经，等你脑子里有个大体的概念时，我们再向市里汇报，然后确定时间，免得时间太仓促影响活动效果。不过，"周国平想了想，"不能拖得太久，最好在阳历的三月份以前，也就是出了正月，那时候天气暖和了，市场开始启动，是我们品牌宣传的好机会。"沈众嘴上答应着，脑子里已经开始盘算找谁取经。周国平看出他的犹豫，解释说："大家一致推举我们牵头，我没怎么推辞，主要是想通过这次活动，锻炼一下我们的队伍，也开拓我们的社交空间，毕竟，整个过程少不了要跟市县领导们打交道，这是个接近政府的好机会。同时，谁牵头谁更受益，活动搞好了，人家对咱们的品牌会印象更深些。你不用畏难,有市里县里主管部门参与,你做好联络工作就可以了。"

他这么一说,沈众一下子就轻松多了,但还是觉得老虎啃天无从下口。他答应着,说:"我这就去了解一下,还有将近一个月的时间,应该够了。"

正月,机关部门都还没有上班,万事就早不就晚,沈众只好打电话找唐小倩商量。谁知唐小倩却咯咯一笑,说:"文化圈里我熟,我带你去找市文联罗主席,叫他帮你谋划谋划。"

她调电视台工作至今,尤其春节前后,市里大型庆祝活动参加过不少,而且亲自主持过台里面的节目,在这方面虽算不上轻车熟路,至少懂得些路子。她说得轻松,沈众就听得轻松,问什么时候去见罗主席?唐小倩说你等下,我先打个电话问他有没有时间。五分钟的功夫,就把电话回过来了,"罗主席在家,家里有客人,不过都是老家来的,不避讳什么,叫我们现在可以过去。你现在就开车往这赶吧!"

"好的,我马上过去接着你。"沈众跟周国平请了假,从车库里开出车,按照唐小倩的安排,从县城里买了两瓶高度的云水贡酒带上,就直奔市直生活区来。

他在大门上接着唐小倩,问:"罗主席家住哪?"唐小倩说:"就在文联大院内,生活区在文联办公大楼的后面。"沈众调转车头又往文联人院驶去。

刚过了春节,市文联大院显得很冷清,这天没有风,阳光很暖和地照着,已经能够感觉到春意盎然的气息。文联大楼后面的家属区,一楼住户都有个小院,光秃秃的老梧桐树底下,家家户户门口都贴着"欢度春节"的春联,红彤彤一片。沈众提着两瓶酒,说:"看这些老梧桐,就知道这个大院很有些历史了!"

唐小倩说:"岚湾还没设立地级市的时候,这里就是岚湾县委大院,我们在这里住过,不过那时候还是平房,一家一院的,就在这座楼的后面那个位置。"她伸手大约地指一下,"现在都盖了楼了,但我还能记着我们家什么样子!"

她说着,脑子里就很清晰地闪现出她小时候住过的那两间平房,院子不大,但作为孩子的唐小倩对空间却没有什么概念,她仍然觉得很宽敞,她仍然可以跑进跑出在院子里踢毽子,在大门口跟其他小朋友们玩游戏。

　　沈众上下看着，带了十分肯定的口吻，说："这些一楼带小院的住户，住的肯定是些有身份的领导们。"唐小倩咯咯笑道："算你聪明，谁都知道的！"她指着一棵大梧桐树下的那个门楼，说："那就是罗主席家，走吧。"

　　唐小倩在前面，"咚咚"捶了几下木门，因为隔着院子，怕里面听不见，她使了些力气，里面才开门出来个小女孩："你找谁呀？"声音很细很甜，带着点奶味儿。

　　木门打开，沈众见那小女孩五六岁模样，梳着两个小辫子，大红的小夹袄裹在身上，一双小马靴却几乎没过了她的小腿儿。

　　"你是谁？"唐小倩蹲下去，像个幼儿园的小老师一样尖着嗓子问她。

　　"我是小小，爷爷在屋里喝酒。"

　　"噢！"唐小倩知道这是罗主席的小孙女，就说，"那带我们进去吧，我们是爷爷的朋友。"

　　"好吧，跟我来。"小小大人似的前面带路，沈众就提着酒尾随在唐小倩后面跟了进去。

　　"爷爷爷爷，来客人了！"小小推开门就喊。

　　"罗伯伯，过年好！"唐小倩进门满面春风地先给罗主席拜个年，罗主席头发有些稀疏，往后梳着，人却瘦瘦的很精神。他只穿了件羊毛衫，正陪着大人孩子一群客人喝酒呢，一看唐小倩进来，赶紧站起来一拱手，"唐大记者过年好！欢迎欢迎，快请进！"又跟沈众握握手，说："这位就是沈总吧？"沈众赶紧躬一下身子道："小沈！罗主席过年好！"说着把两瓶酒递上去。罗主席就吃一惊地说："你看看，来就来呗，还带什么礼物，客气客气！"沈众就说："云水特产，高度的，给罗主席尝尝！"罗主席呵呵笑着接过去，又跟桌上的客人们招呼一下，说你们先喝，不用等我，回头对唐小倩说："老家的兄弟和孩子们来城里看我的。"他想起什么似的，又说："要不，你们也坐下喝两杯？大过年的，来！"作势要拉他们入座，唐小倩忙说："不了罗伯伯，我也不会喝酒，找您说下情况就走！""好好，那咱们书房里坐！"

　　说是书房，也可以说是个小卧室，靠墙摆了一张单人床，窗下摆了一张写字台，上面堆着一摞一摞的书报，边上摆一个练习书法的笔架，小屋子有种书香的气息。罗主席从外面拖了两把椅子，叫两人坐下，先问唐小倩"市长过年好啊，正想着过去给他拜年的，却还没走出去。等上班了吧，上班了我去他办公室汇报。"

拜年就是拜年，却改成汇报了。唐小倩就说："我替爸爸谢谢罗伯伯了，他一大早就出去了，说是要去企业给工人们拜年。"罗主席呵呵笑着说："市长太忙啊，人家过年他更忙，得劝他多注意休息才是，都五十多了，比我也小不了几岁呢！"说完忽然觉得不妥，政府官员对年龄一般都很忌讳的，就有点窘，习惯性地做个梳头的动作，却只是轻轻地在头顶掠了一下，呵呵笑着说："不过，市长看上去，比我小多了，不显年龄呢！"

不说年龄还是没离开年龄，就觉得更窘，赶紧站起身说："忘了给你们倒水，你们先坐着。"出去找水壶。唐小倩连忙把他拦住，说："不用了罗伯伯，我们不渴，您不要麻烦了，我们坐会儿就走了。"罗主席故意不高兴地说："那怎么行，显得伯伯礼数不周呢！"唐小倩笑笑说："我们是晚辈，您就不要客气了。"沈众也站起来说："不用了罗主席，真的不渴。"

"真的不渴？"罗主席追问一句，身子却还保持着往外走的姿势。

"真的不渴，您坐罗主席。"沈众上前扶他一把。

"那好吧，我可不客套了。"罗主席呵呵笑着坐下，"具体怎么个弄法，沈总你说说看！"

沈众就把活动的背景和大体构想描述了一遍，罗主席一边听一边点头，又问了具体演出时间，却皱起了眉头，说："论说，这个时候书画人师们都在家，过年嘛，应该还没走出去，但晚会穿插的节目，不到一个月的时间，有些紧张，大家都在走亲戚串朋友啊，人不好组织。"唐小倩就笑笑说："所以嘛，我们就来麻烦罗伯伯了。"

一句话给了他许多鼓励，罗主席顿了顿说："既然唐大记者出面，又同意以市文联的名义主办，也是我们共同的工作，我责无旁贷，责无旁贷啊。这样，我这几天就赶紧组织人员，把成熟的节目再顺一顺，叫他们结合企业生产情况再创作几个新颖的，半个月时间差不多够了。"沈众接上一句说："罗主席，公司的意思是，虽然以市剧团为主，但我们每个公司穿插一个节目，也好更贴近水泥行业的特色。"

"这个没问题，这样更好！"罗主席掐掐指头算计一下说，"这样的话，中间再间断性地穿插进大师们写字作画的节目，时间就应该在两个小时以上，两个小时就行，不要拖长了，领导们观看演出会累。"他想得很全面，沈众点头同意。

过了一会，罗主席提出一个问题，问沈众："关于活动冠名的问题，冠谁的名呢？"这个问题沈众并没有准备，他看看唐小倩，唐小倩也不知道，罗主席就说："里面有个规则，一般谁出钱多，就冠谁的名字，既然你们云石恒基出钱，那就以'云石恒基杯'冠名最好。"

沈众当即就想，这笔钱是以奖金的名义发给江总的，而江总是云石恒基的人，那么也就可以这样认为：活动是云石恒基为主的，冠"云石恒基"的名字应无不妥，其他公司都作为承办方一一列上，也是可以的。

但他也明白，冠名是个很敏感的问题，弄不好会引起其他水泥公司的异议，所以他最终也不敢拍板决定，只好说："这个问题等我回去给我们周总汇报一下，定完了再给罗主席汇报。"

"也好，这样的事儿还得一把手定。我等你们的消息就是。"罗主席笑着说。

细节商议得差不多的时候，唐小倩起身告辞，罗主席笑着送他们出门。

从罗主席家出来，沈众问唐小倩："书法家和画家请哪些人好呢？这方面还是你比我熟。"

唐小倩胸有成竹地说："你不是要义卖吗？那就要请名气大一点的，最好是国家级的，能拍出好价钱，水木清华的魏晓君老师是一个，我再让她联系几个，咱岚湾全国书画艺术之乡，书画家十个八个好请。"

沈众很诚恳地说："那这方面可就全拜托你了，到时候你把他们的名单和主要成就给我，我好写台词，他们在台上专心创作的时候，总不能冷了场，要有人旁白介绍才行。"

"这个我知道，包在我身上。"唐小倩得意地朝他扬扬下巴，沈众带了感激地看着她笑。

接着，沈众又把周国平准备邀请市领导参加的想法告诉唐小倩，问她怎么个请法，唐小倩抿嘴一笑说："你不是说主办方是市文联吗？那一大半工作就是市里的了，你得跟市委宣传部联系，文联是属于宣传部管理的。"

沈众就说："市委宣传部我又不熟，只跟下面几个科长有过联系，可他们也定不了啊。"

唐小倩教他说："那你就叫周总给爸爸打电话，爸爸跟市委李书记汇报完了，他们自会有安排。"

"对呀。"沈众嘿嘿一笑，"你说我怎么就这么笨，你一句话就把问题解决了！"挨着唐小倩的肩头轻轻撞她一下，唐小倩没防备，"啊"一个趔趄，沈众又赶紧一把拉住她，唐小倩站稳了，撅着嘴骂他："坏蛋，你吓我一跳！"沈众仰头哈哈大笑。

时间不算太多，手头还有大把的事情，沈众不敢有片刻的懈怠。忙到现在，沈众竟还没回过家呢，更别说亲戚朋友家坐坐了，只在年除夕那天，在单位里给父亲打过一个电话，说今年过年要加班，不能回去陪你们了，等过了年再回去，父亲说："你忙就是，家里你娘也还好，镇上你当书记的那个田同学又派人送来了米面，你别忘了打个电话谢谢人家。"沈众答应着，心就像飞回那个山沟沟一样。

镇党委的田书记是他高中时的同学，现在都当书记了，沈众也没顾上去给他人家祝贺一下，人家却还想着过年过节去看看老人，他心里有点过意不去，抽空一定约同学们请他吃顿饭！

他把车子开出文联大院，本想陪唐小倩多待会的，可他心里很乱，不光是为活动的事儿。

唐小倩从副驾驶的位子安静地歪过来，他一手扶着方向盘，腾出右手把她揽过来，车子在街道上慢慢滑行，他想了又想，终于说："送你回家吧？"

唐小倩懂事儿地答应一声"嗯"。沈众听得出，这一个字，润物无声，却包含了许多的挣扎与不情愿。

沈众回到公司，把联系市文联的过程给周国平汇报了，又提起邀请市领导的事儿，沈众说能不能您亲自给唐市长联系一下，这个环节最好走从上到下的程序，既然把规格提起来了，那么跟唐市长见面也是迟早的事儿，不如借这个机会，顺便提前找他汇报一下。周国平也觉得早该正面接触一下市长了，只是一直都没有机会，上次钟若飞走的时候还专门嘱咐过的。

他又想了想，说："直接去找唐市长倒可以，但我们这次活动也涵盖了县级这一层，漫过头摘帽子，他们会觉得我们不会做事。这样吧，我们先给齐县长汇报一下，最好跟齐县长一起去找市长汇报。"

沈众也觉得有道理，说："这样最好，我没考虑到。"周国平就说："你先联系一下县政府，问下齐县长在不在家，我们这就去找他。"沈众笑着提醒他："这个时候县里还不上班呢，不知道县长在不在办公室。"周国平一想，呵呵笑道："你看我这脑子，咱们不放假，竟忘了人家还放假呢。那就等上班以后再说吧，你可以把前期的工作先准备着，上班以后我们直接去县政府找县长汇报。"

"好的。"沈众答应一声，退出去了。

过了元宵节，政府机关上班总算正常了，沈众就给县政府办公室打电话，问齐县长在不在，县府办那边告诉他，齐县长刚去市里出差了。

周国平一听，不是正好吗？堵他个顺便！就说："我直接给他打吧。"

给县长打电话，沈众就不合适了，领导都讲个职位对等，沈众是个副总，还够不上级别。

周国平在电话里没问齐县长在哪，只当正常请示，把组织活动义捐的事情简单汇报了，齐县长连声说："好好，这是个很有意义的活动，政府这边全力支持，还需要什么协调的吗？"周国平就说："您看是不是该向市政府那边汇报一下？我不是很熟，不知道该怎么去呢。"齐县长就笑着说："这个好办，我现在就在市里，你过来一趟吧，我带你去见唐市长，唐市长对咱们云石的工作可是非常关心的！"

周国平求之不得，叫沈众立刻调车过来。

上了车，周国平才想起，竟然忘了问县长去哪里等他。沈众说："咱就去市政府大楼底下等他。"周国平说行，到了以后再给他电话。

政府官员就这样，你不问的他就不说，你问的他还留一半呢！何况是你求他，又不是他求你！

周国平和沈众在市府大楼底下等了一会，齐县长的车过来了，司机给他开了车门，周国平迎上去，握握手。县长也不多说什么，就往台阶上走，周国平紧跟着，县长不问，自己也不能多说。沈众落在后头，周国平回头看看他，沈众迟疑着，拿不定主意是否跟上，忽又看见门厅外面的执勤卫兵，就赶紧上前，想给他通报一声。谁知那个执勤的武警看见齐县长，早就"啪"一个敬礼打过来了，沈众只得一边站好，伸伸手做个请的姿势。齐县长朝那个武警点点头，微笑着进了电梯。

沈众摸不透深浅，站在电梯外面，周国平看看他，沈众摆摆手，意思说您陪县长上去吧，这个场合我不能参加啊。周国平当着县长的面也不能表示什么，就点点头，齐县长亲自摁上了"九"层。

九层的电梯外面，唐市长的秘书小彭早已恭恭敬敬地候着了，电梯门一开，小彭就躬一下身子，叫声："齐县长好！周总好！"齐县长热情地握一下小彭的手，哈哈笑道："彭主任最近忙吧，也不陪市长下去指导指导，很久没看见你了呢！"他熟稔地喊声"彭主任"，小彭有点不好意思，但下面的话请他下去指导故意说成"陪市长"，小彭心里就觉得很熨帖。他又一躬身笑着说："云石工作在齐县长领导下那么优秀，还要指导什么啊！"又伏在齐县长耳朵上低声说："市长刚从北京回来，路上还提起您呢！"提起什么，他没说，齐县长也不能问，就故作谦虚地笑着说："还靠彭主任多支持，多支持啊！"

周国平站在一边赔着笑，小彭看他一眼，觉得只顾跟齐县长说话，有点冷落了旁边的客人，就一边给他点个头，一边朝齐县长说："市长在办公室等您了，咱们过去吧！"

"好好，哪能叫市长等我们，我们来晚了！"齐县长自说自道地一边走一边咕哝。

小彭紧走几步，先敲两下唐市长办公室的门，里面传出"请进！"的声音，他才把门推开，站在门上说声："唐市长，齐县长和周总过来了！"

齐县长还站在门外，就抢先给市长拜年："唐市长您过年好！"语气很虔诚，是发自心底的尊敬。

唐市长站起来，伸手迎过去，"小齐，小周过年好，来来来，坐！"

周国平没多说话，脸上带着笑，跟了进去，躬身接住唐市长的手，说声："给唐市长拜年了！""好好！"唐市长答应着，顺手把他往沙发上一带。

齐县长在沙发前面站了一会，寒暄了几句年节的话才坐下来，问唐市长："市长最近身体好吧！"这本来是对年长者见面后最贴心的问候语，但在这个场合，在市长办公室里，这句话让周国平觉得可有可无。

唐市长笑着说："还行吧，就是过了年眼睛有点花呀！"这也是一句应付的话，眼睛花不花，也不在过年不过年，过个年也就是七天小长假，怎么眼睛就竟然花了！

这时，小彭已经给他们每人泡了一杯清茶，清凌凌的茶叶一根根金针一样竖在杯子里，缓缓漂下去。

花眼是老年人的共同特征，跟身体没多大关系，但齐县长却关心地说："您工作太忙了，叫谁谁都受不了，得注意身体才是，坐久了就起来活动活动，身体放松一下。多跑跑步也挺好，我就是，坚持跑步，出一身汗，增强代谢呢！"

唐市长仍回到办公桌后面坐下，笑笑，说："你说得对啊，生命在于运动，市里每年都搞全民健身活动，我也报名参加，活动活动是有好处的。"齐县长马上说："响应市里的号召，我们在下边也组织，文明办每年都要举行两次大型广场健身活动，大家积极性都很高，效果还不错。"唐市长说："关键是个引导，现在社会生活节奏快，很多人把身体锻炼这块就放下了，作为政府，就要寻找有效途径，采取合理的方式，把居民的工作和生活协调好。小康社会的含义本身就包含了居民生活质量，而身体健康是生活质量最首要的一条，不能忽视啊。""对对对，市长您说得太对了，健康才能幸福。让人民生活得幸福、有尊严，是建设小康社会的应有之义。"对唐市长的讲话，齐县长聚精会神地听着，记下了，并感同身受地深表赞同。

周国平静静地坐在一边，面带微笑地听两位领导带有工作性质的真情交流，除了运动、健身，别的似乎跟他没多大关系，不能插话也不能分神，就有点尴尬，却只能等着。

唐市长从齐县长一句接一句的附和中抽出空来，招呼周国平说："周总你喝水，最近公司怎么样？"周国平说："还行，市长您一直支持，我们却一直没敢过来打扰您。"唐市长就笑笑，说："支持什么，倒是你们为云石、为咱们岚湾做了不小的贡献啊。"周国平不好意思地说："哪里，企业该做的！"齐县长正好插话说："周总这次正有件事情跟您汇报呢！"唐市长"哦"一声："说说看。"

周国平把爱心行动的计划简要地说了一下，齐县长笑眯眯地看着唐市长等指示。

周国平汇报完了，唐市长点头说："这个创意不错，我们岚湾是全省乃至全国的水泥大市，这几年发展相当不错，也应该联合起来向全市人民做个展示，而且你们的落脚点选择在爱心捐赠上，很有意义，我同意。但我要向李书记汇报一下，听听他什么意见。"

齐县长高兴地说："谢谢市长支持，我们县委县政府一定做好配合，给企业做好服务。"他看看周国平，又说："有市长支持，咱们可要搞出水平来，好向领导们、向全市人民汇报！"

他说的"咱们"，意思是这次活动也有县政府参与指导的功劳，而且把这次活动当做向领导、向全市人民汇报，似乎更表示，他已经将这项工作纳入县政府主管部门常规考核的硬性任务。

唐市长站起来，说："你们稍等一下，李书记这会儿正有时间，我先去看看他有什么指示。"

"好的好的，我们等您！"齐县长站起来，心想唐市长你好歹叫我一块，过去跟书记见个面啊，唐市长却回头说："你们先坐着喝水，我马上就回来。"

齐县长只好坐下。他见市长这么性急，以为是周国平的关系，闲聊似地问："你跟市长很熟吗？"

周国平猜出点什么，故意含糊答道："还行吧！"说罢笑笑。

齐县长马上哈哈笑道："周总啊，你这人就是谦虚，市长为你办事不过夜，说明他的关注！不错，咱们云石有你们这样的好企业，县里也感到自豪啊！"

周国平故意说："主要是齐县长您带我一起过来的啊，市长更重视！"这句话没有否认自己跟市长的关系，也给足了齐县长面子，就乔得县长莫测深浅。

周国平又说："您对我们的支持也很大，去年初工人们闹事儿，多亏了您帮我们渡过难关，不然，会乱套呢。"他重提县财政拿出五百万帮助企业发工资的事儿，顺便也表示了感激。

"啊，你还记得那事儿啊，都过去的事儿了，县里也是为了稳定嘛，企业不稳，政府也闹心，事实证明，我们的决定没错！你们及时把工人们稳住了，我也放心了！"齐县长又哈哈笑道。

周国平说："齐县长那么支持我们，我们必须要带领弟兄们好好干，企业发展了，就能多缴税，也算企业对您的感谢！"

齐县长笑着说："不用感谢我，又不是我一个人的意见。应该感谢县委县政府！不过你们也确实争气，去年地税国税总共交了一个多亿吧？"他看看周国平，"我记得不错吧？"

周国平点头，说："没错，一亿两千万！"

"对了，一亿两千万！"齐县长说，"这个数字在全岚湾的工业企业中，也是前几名的！而且我听说归你管的那个崮西恒基，交税也不少吧？"

周国平又回答说："那个公司规模小些，交了不到一个亿。"

"就是！哈哈，我们云石要是再有你们一个恒基公司，我们的财政数字就漂亮多了，你说，市长不是更满意吗？哈哈哈。"

还在市长办公室里，齐县长竟说得有些忘形了，周国平只好说："有您县长多支持，我们会继续努力。"

两人正说着话，唐市长从市委那边回来了，进门坐下。齐县长问："市长，李书记那边有什么指示？"唐市长说："李书记对你们的创意完全同意，只是提出对活动的过程要加强审核，要确保整个活动健康积极有意义，不能出原则性的问题。"齐县长马上接过去说："那是那是，刚才我还跟周总说起这事儿，思想性要绝对保证，李书记指导的是！"说完朝周国平这边偏偏头，周国平附和说："请市长放心，我会及时向齐县长汇报！"唐市长就说："这样吧，我安排政府办公厅王主任靠上，有什么事儿，你们可以通过县里找王主任沟通。""要的要的！"齐县长笑着说，"那最好不过，有他指导，保证万无一失！"

唐市长打电话叫小彭把王主任叫过来，不大一会儿，王俊敏拿个笔记本敲门进来，说："市长，您找我？"顺便朝齐县长和周国平点头示意，两人就站了起来。

唐市长把两位此行的目的给他说了一遍，又把李书记的意见说了，王俊敏一边记录一边连连点头，齐县长笑着说："有王主任亲自指导，我们更有把握了！"

这时，市长办公桌上的电话响起来，齐县长就说："市长您还忙，有事儿我跟王主任汇报。要不，我们就先不打扰了？"可是，唐市长已经抓起了电话，顾不上给他回答，只扬一下手，齐县长就跟得到许可一样，和周国平一起随王主任退出去。

"郭书记好！"齐县长在出门的时候，听见唐市长在电话里这样叫了一声，他心里琢磨：哪个郭书记？是省委的郭庆民书记吧？他知道他们俩是老朋友了！

　　既然来了，不如趁便把应该请示的全请示一遍，省得来回跑腿，大家还不一定时间凑巧。

　　齐县长和周国平随王俊敏来到接待室坐了一会，因为有唐市长亲自安排，王俊敏非常重视，把他最关心的现场秩序和治安、演出前的接待议程安排，以及演出过程中市领导们的坐席等都做了明确要求，关于活动具体组织，他说："我这边很忙，肯定是靠不上，不如你们跟市建材协会对接一下，我先给他们打个招呼，让他们出面，是给他们支持，他得感谢你们！"周国平听着，觉得有道理，把市建材协会摆出来，既代表市政府意见，又名正言顺地代表岚湾水泥建材行业，就像穿在中间的一根线，好多工作会很方便。他点点头，客气道："我们马上跟建材协会联系，不过，具体工作还少不了麻烦您王主任多指导！"王俊敏哈哈一笑，说："放心吧，我只是上传下达，组织活动方面，齐县长您有高度，有县长亲自指点，肯定没什么问题！"他这句话听起来是谦虚，其实居高临下，既恰到好处地恭维一番，又有意无意地把他套进来，暗示他对这项活动要责无旁贷地把关推进，同时还点明了自己幕后总策划的身份。齐县长干笑笑，说："王主任夸我呢，我们会多向您汇报的。"

　　看看商议差不多了，齐县长站起来说："我们这就回去准备，您那么忙，不敢打扰啊！"王俊敏也站起来，哈哈说："我瞎忙，倒是您齐县长时间宝贵，这样吧，我这就给建材协会马主任打电话，回头让周总过去对接一下就行。"他把齐县长的时间给挪出来了，显示对县长工作繁忙的关心。

　　"行，这个我来办！"周国平答应着。

　　三个人握握手，齐县长和周国平一前一后出了门。

　　周国平心里有点不爽：王俊敏随便把人情卖给了市建材协会，那么市文联那边呢？沈众已经联系好了以文联为主办方啊？

　　不出齐县长所料，唐市长接到的电话正是省纪委书记郭庆民打来的。他在电话里先把老同学埋怨一顿，说不去看他，又说我这里过了年上班竟没有茶喝了，你下次来记得给我带两提岚湾春茶，唐市长打趣道："新鲜的春茶还不行，得到四月份才下来呢，不过去年的春茶应该还有，我派人给你送点先喝着，新茶下来马上送过去。"郭庆民就说："那不行，要你亲自来，你最近什么时候过来一趟？"唐市长觉得他有点着急，似乎有什么事儿，就说："最近手头有点忙，要不，等下个月吧？下个月过去看你！"郭庆民在电话里想了想，说："也行，你来省城的时候务必到我这来一趟，我要喝你的春茶！"

"没问题，一定！"唐市长放下电话，越想越觉得这个电话有点神秘，他跟郭庆民是老同事老朋友了，向来有什么说什么，他打这个电话，要春茶喝只是个幌子，肯定有别的事儿！还能有什么事儿呢？

15 小聚京城商大计

　　唐市长赞叹说："你们廖总曾经跟我说过一个形象的比喻，说企业好比一棵小树，在不同阶段经历不同的成长，先长高，以求得到阳光和雨露，再长粗，增加抵抗风雨的能力，最后达到枝繁叶茂、硕果累累。看看恒基发展，的确如此！"

　　集团公司人力资源部对沈众的任命文件下来了，周国平叫他把文件挂到公司内网上，宣布一下，沈众有些不好意思，迟疑着问："是不是该转发一下？以公司的名义！"周国平笑了，说："副总经理这个职位是集团任命的，又不是咱们云石恒基任命的，不需要转发！"沈众忽然明白过来：对呀，怎么犯糊涂了！到副总这个层面上，基地公司就没有任免权了，这是集团公司规范和加强人力管理的一种集权需要，凡是副总以上的人事任免，必须由所在基地公司考察报批，然后由集团公司人力资源部继续考察，报经总经理同意后下发！

　　其实，云石的申请文件两个月前就已经报到集团了，但经过人力资源部多方面的跟踪考察，时间就拖下来了，而且这段时间钟若飞整天在外地飞，他的批件就迟迟不能签字，而这种人事任命的事情，无关生产经营或市场调整急需，提前一天不早，拖后一天不晚，人力资源部也就没必要跟着催。

　　沈众这边，倒是没有任何的急躁，因为，虽然公司没有任何的文字性宣布，周国平也没在任何会议上给他传达，但在许多公开场合，都有意给人介绍说"这是我们沈总"了——周总如此器重，已经应该知足，有没有文件又算什么！

　　沈众虽然早已经是事实上的云石公司副总，但集团的文件下来，等于在法定意义上给予了认可，这可不是一件小事，这意味着他已经正式成为中国恒基水泥集团下属公司的一名高管。所以，来自同学同事朋友的祝贺自然少不了。但至于喜酒，尤其是内部同事们执意要摆的宴请，他却一概谢绝，只是小范围内几个同学聚了聚，算是给一直关注他发展的同窗好友们一个交代。

别人可以不告诉，但是唐小倩，最应该第一个告诉她！

他想象着唐小倩接到电话时的样子，是为他雀跃惊呼呢，还是静若止水地笑笑？这女孩子性格有时令人捉摸不定，开心的时候可以跳到你的背上，不高兴的时候只是动动嘴角，勉强给你个回应，好像所有的一切都不关她事，还有时候平静得像个哲学家，只陪着你笑，不表示态度。当然，再高明的哲学家也是人，心里开心不开心，在恋人的眼里是藏不住的。

沈众把电话打过去，响了很久，那边却传来"嘟嘟"的声音，没人接！怎么回事儿？沈众纳闷，再拨一遍，响了几声，终于接起来了："稍等一会。我马上给你回过去！"

沈众听见唐小倩上气不接下气地接了一句，就挂了，他还清晰地听到那双高跟鞋敲击着地板"咯咯"清脆而急促的声音，似乎是在楼道或者走廊里，还有嘈杂的吵嚷声。

在哪儿呢？沈众把手机捏在手里，对着屏幕出神。有好几天没联系她了，因为忙于活动的筹备，他几乎没有一点时间坐下来认认真真地打个电话，偶尔打开QQ，也只是看见她静静的黑着的头像，盯上一阵子也不见晃动，心中的那份期待只好怅然地收起来，转头忙活他案头大堆的工作。

过了好长一会儿，唐小倩把电话打过来了。

"你干吗呢，很忙吗？"沈众抓起手机就问。

"坏蛋，我在北京呢！"唐小倩还在呼哧呼哧地喘着气，好像刚刚停下跑步。"在北京干什么？你怎么啦？你跑什么了？"沈众急切地问。

"忘了告诉你，"唐小倩喘口气，"妈妈不是做手术嘛，钟叔叔已经给联系好了，他同学安医生正好回国，人家过两天还要出去，就瞅人家时间，带妈妈过来检查一下呀！"

"什么时候去的，怎不说一声？"

"昨晚上连夜赶过来的，没来得及告诉你。"

"哦，"沈众顿觉诧异，又问，"你跟谁在那？"

"除了爸爸，没别人了，爸爸不让告诉别人！"

"那我算是别人吗？"

"你不是别人啊，可是爸爸就是那么霸道啊，他谁都不让说，我也不敢啊！"

沈众有些不高兴，但此时不是生气的时候，只耐着性子说："去那么远，就你两个人怎么忙得过来，我去了，至少能替换一下。"

唐小倩说："没事儿，我给爸爸商量好了，我说，你不让告诉别人，那我就跟你轮班！你值夜班，我值白班，咯咯。"她这个时候还是笑得那么清脆。

"我也去吧，毕竟，在北京不是在家里。"沈众说。

"不用，你最近特忙，把活动筹备好是你当务之急。"唐小倩阻止他说，"我们上午过来的，现在只是等着排号，安医生说下午就可以手术，手术完了卧床休息几天就好，不费事！"

"那你爸爸呢？"沈众问。

他称呼唐小倩的妈妈叫妈妈，但对唐市长，他却当着唐小倩的面从来也没敢叫过爸爸。每当这两个字要出口的时候，他的脑子里总是有那么一阵纠结：称呼什么好呢？

"爸爸在里面跟钟叔叔说话呢，你们钟总过来了！"唐小倩说。

"是吗？"沈众又诧异地哦了一声，急慌慌地说，"我知道了，你先挂了吧，我去跟周总汇报一下！"

钟若飞都亲自到了，那么这件事的性质就不一样了，沈众觉得必须要通知周国平一声。

"坏蛋，你告诉周总干吗？爸爸会说我的！"

唐小倩心里单纯，根本没想到这里面的玄机，也许在她看来，只是她妈妈住院。但在沈众看来，就不仅仅是唐小倩的妈妈住院，而且是市长的太太住院！这个问题，周国平是必须要知道的。

"倩！"沈众轻轻地喊了一声，当他叫出这个字的时候，忽然觉得心里软软的，眼圈湿热，他想到一个女孩子在那个陌生的城市，面对着生病住院的亲人，该是多么的无助。好在有爸爸在，她尚可以不必太过彷徨，凡事有爸爸撑着呢。

是啊，无论对谁来说，父母永远都是自己的依靠！尤其在自己最无助的时候，我们首先想到的，是自己的亲人。

"你先照顾妈妈，我知道该怎么做！"沈众在心里叹息一声，要挂电话，唐小倩却任性地一顿喊叫："不要！"

"干吗？"沈众无奈，只好等她把话说完，"还有什么事？"

"我——没事就不能陪陪我啊？猪啊你！"

秦婉在病房里躺着排号，现在没什么要紧的事儿，唐小倩心里自然没多么着急，她没什么话说，却赖着不挂电话。这孩子，在爸爸眼里，在沈众眼里，似乎一直都没有长大！

"好了倩，都这时候了还任性耍赖！"沈众心里有事儿，不跟她磨叽，"挂了吧，我待会再给你打过去！"

"嗯——"唐小倩还是不情愿地黏糊了一阵，说声"好吧"，等着沈众先挂，直到电话里响起"嘟嘟"的声音，她才失落地收了手机，嘟着嘴巴回病房去。

沈众马上把唐小倩妈妈去北京看病的消息汇报了周国平，而且告诉他钟总也过去了。周国平听了站起来，说："唐市长夫人住院，我们不能不去看看，而且钟总在那，我们去晚了，他会批评我们的，再说了，你更应该去跟着照顾。"沈众点点头，说："我也觉得该去，可是……""可是什么？这没有任何理由的，她可是你未来的岳母！"周国平说。沈众赶忙解释："我明白周总，可眼下活动筹备工作正赶时间，我怕走不开。"

周国平想一想，说："这样吧，市府、县府那边，你可以用电话保持联系，必须要见面谈的，你可以乘飞机往这赶，北京到岚湾，不用两个小时。内务方面的事儿，先交给小徐顶着，也该注意培养下边的人，适当给他们锻炼的机会，他们好更快地成长。"

"嗯。"沈众点点头，"那我们什么时候动身？"

"宜早不宜迟。"周国平说，"你先订两张明天早上的机票，我跟你一块去。带车太慢，这个时候，时间比钱还值钱呢。"

"好的周总！"沈众刚要出去，周国平又把他叫住了，"上次你说主办方的事儿，确定市文联了吗？"

"基本上确定了，怎么了周总，有变化吗？"沈众问。

"可能要有点变化，"周国平也为难地说，"你再给文联沟通一下，不行的话就把他们放在后面，跟市建材协会并列作为主办方行不行？"周国平说完，看着沈众。

"这个——"沈众稍一迟疑，周国平又说："实在不行就算了。"

这么一点小事儿，他不想让沈众跟着犯难。

"不是的周总，这也没什么不行的，我再找罗主席说说就是了！"沈众看得出周国平肯定遇到什么棘手的事儿了。

周国平坐在椅子上，挪动一下，说："主要是市政府办公厅的王主任这么要求的，既然说了，不好违背！"

"我明白，这好办，您放心就是！"沈众说好办，其实还真不好办，他怎么跟罗主席说呢？

沈众答应着去了，周国平在屋里给钟若飞打个电话，先汇报一下明天的行程，附带着征求一下钟若飞的意见，电话里钟若飞又嘱咐几句，告诉他唐市长只给市委李海洲书记请了几天假，说是有点私事儿，并没说夫人住院的事儿，所以，不会有很多人来探病。这个时候正是需要人的时候，务必把那个小沈放几天假过来帮帮忙。周国平一一答应，说关于公司最近生产经营情况，等明天到了再详细向您汇报。

订完了机票，沈众兴奋地给唐小倩打电话，告诉她明天要去北京的行程安排。

"太好了！"唐小倩也忘记了是在医院，高兴得差点蹦起来，"你什么时候能到？你开车来还是坐飞机？你跟谁？"

沈众告诉她，是和周总一起，唐小倩责怪说："不是给你说不要告诉周总吗，爸爸不让告诉任何人的。"沈众就说："别人可以不告诉，但周总不告诉，能行吗？要么爸爸批评你，要么周总批评我，你说该怎么办最好？"唐小倩想想，也觉得既然钟若飞都来了，那么周国平来也算不得外人，就说："那我得跟爸爸解释一下，这对他来说，可是个原则性的问题。"沈众说："你也可以不必先告诉他，等我们到了，就说见钟总的，钟总不在，我们才知道妈妈来北京了，这样说，他就不会怪你了！"唐小倩又想了想，说："也行，还是你脑子好，只是我从来不会说谎，到时候别穿了帮。"沈众笑笑说："说谎不难，难的是一直说同一个谎而不出漏洞，你是个乖孩子，就装着什么也不知道，不说话就是了。"唐小倩骂他一句："你才是乖孩子呢！"

秦婉这时已经进了手术室，唐市长不能跟进去，就坐在病房里跟钟若飞说话。秦婉进去有一个小时了，唐市长不自觉地就看看表，钟若飞知道他着急，就随便找些轻松的话题岔开他的思想，两位领导在病房里难得有一次与工作无关的近距离拉呱。

　　唐小倩挂了电话闲得无聊，她倚在走廊的墙上，盯着手里的电话出神。沈众已经挂了，她却还在幻想着手机屏幕再次亮起。上次沈众陪她在医院守着妈妈一个多星期，楼上楼下跑前跑后，什么事都不用她问。她就像个不懂事的孩子，困了就睡，醒了就笑，一点都没感觉到慌乱，妈妈就出院了，有这么个男人在身边，比爸爸在还有安全感。她当然希望沈众这次也同样能过来陪着她，即便爸爸回去，她都不用害怕。刚才钟总那个姓安的同学医生说了，手术不会很复杂，也就是说，只要挺过了这一两个小时，她和爸爸的担心就都会过去，剩下的，就只是守着妈妈等她恢复，她没有必要太为妈妈的手术揪心。钟总的那个同学虽然不多说话，但他的沉稳让人感觉起来，他有足够的把握。

　　这个时候，那个坏蛋要是在身边，就真太好了！

　　第二天上午，岚湾飞北京的班机准时降落在首都机场，周国平和沈众随着人流出了航站楼，沈众扬扬手准备叫出租，却听见老远有人喊一声"周总！"，周国平循声看去，钟若飞的秘书小王一边扬手一边往这边跑过来。

　　近前了，周国平讶异地问："小王，你怎么来了，钟总呢？"

　　小王喘口气，说："钟总还在医院陪唐市长，叫我过来接您呢！您在飞机上电话打不通，我就在这等着。"

　　周国平眼睛一热，半天没说出话来。

　　"走吧周总，车在下边停车场上，这边开不过来。"小王说。

　　"谢谢了，小王！"

　　周国平握着他的手，使劲地晃了一下。沈众也跟小王握了一下，随着周国平往停车场走去。

　　秦婉躺在床上，身体的麻药到现在还没散去，她安静地睡着，唐市长和钟若飞、安建国坐在一边小声说话，唐小倩趴在妈妈的床头，给她梳理额头上散乱的头发，一丝丝妥妥帖帖地夹在耳后。

　　有人敲门了，唐小倩条件反射似的站起来，快速走过去打开门。

　　"周总？"她故意装作非常吃惊的样子，"爸爸，周总他们来了！"她回头朝房间里喊一声，着急忙慌地把周国平让进屋里。沈众跟在后面，手里捧着一大束香气扑鼻的鲜花，几个晶莹的水珠颤颤悠悠要滴下来的感觉。

　　唐小倩招呼一声爸爸，其余的似乎就跟她无关了，转过头来一把抢过沈众手里的鲜花，就像一把搂住沈众的脖子一样，无限幸福地凑到鼻子上闻一闻，她一手捧着鲜花，一手拉着沈众来到妈妈的床头。

"周总，你们怎么来了？！"唐市长倒是真的有点吃惊，伸出手接着周国平，却回脸看看钟若飞，钟若飞笑着不说话。

周国平两手握握唐市长，说："正好来找钟总汇报工作，这么巧听说秦姨身体不舒服，也在北京，我们就直接过来了。"他挨个跟钟若飞、安建国握了手，钟若飞顺便给他介绍了安医生，"久仰久仰！"周国平握着他的手晃晃，又持续了几秒。

病房里不是寒暄的地方，他看看床上睡着的秦婉，问唐市长："秦姨还好吧？"

"还好！手术很成功，多谢安医生啊！"唐市长朝安建国笑笑。

安建国扶一扶镜片，说："夫人还睡着，不如咱们到接待室去说话。"

钟若飞也呵呵笑着说："周总来了，这个房间就显得小了，叫夫人休息，两个年轻人在这先守着，我们出去吧！"

"好好！"唐市长答应着，朝沈众点点头，笑一笑，"年轻人，辛苦你了！"

沈众赶紧鞠个躬，说："没事儿，您去休息吧！"

他不知道喊什么好，连个"伯父"也没叫出来。

都出去了，秦婉还睡着，这个小小的病房就成了两个年轻人的世界，唐小倩双臂一伸，两腿一翘，一下子就缠住了沈众的脖子，骂他道："坏蛋，想不想我？"

沈众像个木桩，直直地站在那里，承载着唐小倩全身的重量，脸对脸地咧着嘴只是笑。他看看还没醒过来的准岳母，忽然两手一抱，把唐小倩整个身子就紧紧地揣进了怀里，走几步转过秦婉的病床，两个人同时跌进旁边另一张干净的床上。

中午吃饭的时候，钟若飞把安建国也叫着，安建国说你们去吧，我下午还有手术，钟若飞就白他一眼，说："怎么啦？真把自己当专家啦？唐市长是我的贵客，你不去，我多没面子？"说完，朝唐市长哈哈笑笑，唐市长就说："安医生，恭敬不如从命吧，钟总请客，我也正好借花献佛，好好谢谢您呢！"

安建国扶一扶没有框的镜片，有点木讷地说："那我也不能喝酒！"，钟若飞哈哈笑道："谁叫你喝酒了？我说的是吃饭！"

唐市长看看周国平，哈哈笑了，安建国就有点脸红，赌气说："好吧，你是大老总，有钱人！不吃白不吃，走！"

周国平看看钟若飞，说："还有小倩，不一起吗？"钟若飞看看唐市长，故意说："他们，不要咱操心了，不是还有小沈嘛！"

唐市长笑笑，说："不用管他们，他们自己随便吃点就是了！"

"就是，年轻人嘛！"钟若飞朝周国平使个眼色，哈哈笑着，拥着几个人下楼去。

几个人坐到桌上，话题不自觉就往工作上靠。唐市长告诉钟若飞，通力集团关于将岚湾两个企业股权出让的意见基本出来了，通力总裁王维金虽然有些不舍，但岚湾市政府手里持有接近一半的股权，王维金只能屈就，他们同意有条件地撤出岚湾市场，前提是保留一部分股权。市政府已经完全同意他们的要求，并答应今后通力在岚湾的投资可以享受更大的优惠。下步，你们可以再接触一下，商定联合重组的日程，然后派驻第三方审计入厂核资，核查报告一出来，合作的进程就快了。

钟若飞十分感谢岚湾市政府的鼎力撮合，并顺便向唐市长通报了近期恒基集团在河南、山东、河北以及西南地区的联合发展成果，周国平坐在一边静静地听着。唐市长赞叹说："你们廖总曾经跟我说过一个形象的比喻，说企业好比一棵小树，在不同阶段经历不同的成长，先长高，以求得到阳光和雨露，再长粗，增加抵抗风雨的能力，最后达到枝繁叶茂、硕果累累。看看恒基发展，的确如此！"

钟若飞笑笑，说："企业的逻辑，本身就是成长的逻辑。如何把企业做成硕果累累的参天大树，是我们今后五到十年的重要任务。我们唯有发展，再发展，才能对得起社会各界的期望，对得起我们的股东，才能更好地尽到我们作为央企的责任！有市长您和岚湾政府一如既往的支持，我们就有足够的信心。"

"央企的责任，说得好啊！"唐市长说，"企业只有把自我成长融入社会发展之中，成为社会发展和谐健康的力量，才能体现更大的存在价值。我知道你们恒基把建设社会责任型企业当做始终不变的理念，这是完全正确的。最近我去韩国浦项钢铁拜访，他们把环境、安全、责任、质量、成本五项要素依次排列，前三项都与社会责任有关，这也是将企业成长融入社会发展的很好例子。"

钟若飞点点头，又详细汇报说："对于浦项钢铁的责任型理念，我们也是深有感触。我们把企业的发展和环境保护、社会责任及与竞争者共生多赢作为坚定不移的长期理念，向来追求的包容性成长，就是主要通过与自然和谐、与社会和谐、与竞争者和谐、与员工和谐的'四个和谐'来实现的。实践证明，这是打造百年老店基业长青的需要，也是作为国企、央企的责任所在。"

唐市长满意地点点头，说："有你钟总这样胸怀全球矢志发展的领导，恒基的未来不可限量啊，你记着，你是我们岚湾的贵客，岚湾的大门永远为恒基敞开着！"

钟若飞欣喜地说："感谢市长如此看重恒基！唐市长也是心忧天下，责任在肩。您对恒基的支持，谁能说不是出于一种更高层次的社会责任？我能感觉出来，您的厚望，我们完全明白，也请您放心，恒基一定会在岚湾竖起一面旗帜，为岚湾经济发展作出我们的贡献！"

唐市长笑了，说："一个城市的经济社会发展指标如何，主要还是看工业经济占到多少比重，能起到多大的带动作用。看到恒基发展迅猛，我们市委市政府也高兴啊，市委李书记经常问起周总他们几个企业的运作情况，他很关注。在一次谈话中，他已经关注到你们企业发展的后劲问题，以及人才储备问题。保持发展后劲，离不开大量的专业人才啊！"他故意抬头看看旁边的安建国，说："就像安医生这样的顶梁柱式的人才，越多越好！一个医院的知名度或者总体水平，有时候要靠几个顶尖人才来支撑。企业大同小异！"

安建国静静地听他们谈论，坐在一边插不上话，好在他本来就不善言谈，倾听是他的习惯。他不好意思地笑笑说："我不懂经济，也只能靠这个吃饭，谈不上人才不人才的。"

钟若飞接过来说："唐市长表扬你，你也不必谦虚，事实就是这样，你这块牌子不但代表了你们医院的技术实力，也是我们国家在医疗领域总体水平的代表呢！"

安建国拿块餐巾纸在本来已经很干净的桌子上抹来抹去，朝钟若飞努努嘴，说："你就别跟着起哄了，我觉得市长刚才说得很对，你步子跨得那么大，没有人才支撑确实不行。"

钟若飞笑笑，说："人才的问题的确是个问题，这方面跟唐市长汇报的少了，事实上这些年，我们在实施联合兼并战略方面，也是两条腿走路，每联合一个企业，我们都首先注重了当地人才的培养和使用，只是在理念上、文化上进行潜移默化的整合，虽然有一些成效，但还是跟不上需要，看起来，唐市长给我们牵线搭桥，促成跟高校产学研结合方面，还有很多工作要做。"

"不错！"唐市长笑着说，"我要说的也是这个问题。把高校教育引进企业，让管理人员走进高校深造，是一条行之有效的途径！"这时，周国平起身出去催菜，唐市长看着他的背影，笑笑说："跟周总虽然接触不多，但我感觉他对你们的理念接受还是比较到位的，他的好多做法，一定程度上跟你很接近，也是个干大事的人！"

钟若飞会心地笑了，说："感谢唐市长对他的认可，您说得对，我对他的期待已经很久了！他虽然加盟时间不长，但廖总很器重他，是个很优秀的管理者，根据我们的想法，一个优秀管理者的成长，离不开长期的一线和基层锻炼，我们还是想再给他充足的时间去经历更大的风浪。"

"是的！"唐市长感慨道，"管夷吾举于士，孙叔敖举于海，百里奚举于市，故天将降大任于斯人也，必先苦其心志，呵呵，钟总深谋远虑啊，你放心，这方面需要我们做什么，你只管说！"钟若飞感谢说："那边的公司目前还是向政府要奶吃的孩子，吃得多一点，长得壮实些，吃得少一些，发育就慢些。所以，为了尽快长成身量，自然还要从政府那里多要些奶吃！"

安建国扑哧笑出来，说："你把市长当奶牛了！"

唐市长哈哈大笑，说："我没那么多牛奶，国家才是我们最坚实的后盾！作为政府，给孩子喂奶都一个喂法，关键是谁会吮，谁就吃得多些，光贪玩不爱吃食的孩子，身子骨总是孱弱，所以，吃奶也是有学问的！"

"市长说得有道理！"安建国深表赞同。

三个人围着桌子哈哈笑一阵，周国平进来，不知他们笑什么，钟若飞就把吃奶的事儿再说一遍，周国平也忍不住笑起来，说："那我就好好研究，先学会怎么吃奶！"

别看只一顿饭的时间，但对两个异地相逢的年轻恋人来说，并不比一个夜晚来得短，沈众和唐小倩宁愿不吃饭，也不愿把时间浪费在推杯换盏的酒桌上。

钟若飞他们走后，唐小倩趴在沈众的脸上亲了一口，说："坏蛋，你把周总搬来，看样爸爸这一关算是过去了，你教周总怎么说的？"沈众笑着说："周总还要我教！他比谁都明白呢，知道该怎么说！"唐小倩忽闪着眼睛，想了想，忽然说："你们恒基的男人，都特别的有情有义，钟总，周总……"说话的时候，她抬头望着天花板，声音里带有一种深情的向往，似乎在憧憬着什么。

"那我呢？"沈众问，"我也是恒基的男人！"

"你更是啊，我相信我的感觉！"唐小倩虽然很确定，但她仍要沈众当面问一问，好验证她的感觉："你觉得呢？是有情有义的男人吗？"

沈众笑笑，说："我愿意做你的好男人，真的！"

"怎么做？坏蛋！"她嘴上问他，却不需要回答，把头埋在了他的胸前，两只手臂缠住他的脖子，幸福的感觉氤氲在她的心里，幽幽地说："跟你们在一起，感觉我也成了恒基的一员。真的，恒基做人做事，都特别的真诚，叫人难以拒绝。"

"何以见得？"沈众故意问她。

唐小倩抬起头来，看着他，说："比如这次来北京，是钟总亲自给爸爸打电话，人家安医生在胸外科手术方面是国内数得着的顶级专家，很忙，过两天还要去美国，半年才能回来，不是钟总的坚持，爸爸可能还抽不出时间，一拖又是半年，妈妈还要多受半年的罪。"

沈众点点头，也是满含了感激地叹道："手术做完了，妈妈的身体马上就能恢复了，再也不用躺着受罪了！"过一会儿，又问："钟总每天都过来吗？"

唐小倩说："安医生是他同学，他本来可以放心的，可他还是每天都过来看看，爸爸心里感激，却也不敢跟他客套，太客气了钟总就笑话他官僚，嘻嘻，我发现他们好像多年的老朋友一样了！"唐小倩说起话来有种说不出的得意。

沈众说："钟总虽然那么大的领导，但我感觉他不论做事，还是交友，都是用心来对待的，你看人家，同学都是全国顶级的专家，而且那么要好，真让人羡慕！"

"这是一个人后天发展和所处环境决定的！"唐小倩似乎在发感慨，"小的时候，都是一块玩耍的小朋友，但是慢慢长大了，工作了，有的朋友就渐渐分开了，新的朋友随之进入你的圈子，大浪淘沙，你在一个新的环境，忽然会发现身边的朋友，跟原来的朋友格格不入了，有时候说句话都很难，怎么说呢？"唐小倩皱着眉头似乎在寻找更恰如其分的表达，又似乎找到了真理，说："人的地位、学识、工作环境决定了你交往的圈子，钟总身居上层，他的朋友自然也不是一般的百姓！"

沈众咂摸着她的每一句话，虽然有些偏颇，但仔细想来，似乎也真的就那么回事儿。他没有要反驳她的意思，反而顺着她的思维，说："人所处的每一个环境，都对应着他在那个环境里该尽的责任，而要实现这些责任，就必须经常地跟那些能够配合你实现责任的人交往，而那些人所处的环境或者层次，都是跟你的环境或者层次对应存在的。比如钟总，他有好多在现有层次上的责任，而这些责任，我们一个普通百姓的层次是帮不了的！"

"深刻！"唐小倩笑了，"现有的环境和层次只是一个方面，更主要的，要实现你的责任，还要学会交朋友。不会交友就不会做事，爸爸经常教训我说对人对事都要心存感恩，不要计较别人为你做了多少，而是要记得思量自己为别人做了多少，这样才能交到朋友，你们钟总，周总，都是适合做朋友的人。"唐小倩好像打开了话匣子，侃侃不绝地发表她的意见。

沈众感同身受，点点头说："是的，敬佩能引起仿效的力量，从他们身上，能学到好多东西，但也有好多东西不是想学就能学得来的，那是一种修养，一种气质，是从内向外的，所谓'腹有诗书气自华'，应该就是这个道理。"

"嗯！好多东西需要时间的沉淀，阅历对一个人很重要，也许我们还年轻吧，等到了他们这个年龄，你肯定也会跟他们一样成熟！"唐小倩似乎找到了哲人的感觉，越说越带着哲理的味道。

"你喜欢成熟的男人？"沈众逗她道。

"成熟的男人让人踏实，有安全感，可以依靠，就跟你们男生看女生一样，那些红嘴唇绿指甲的女生永远不适合做老婆的。"唐小倩似乎非常确定自己的论断，语气里还带着一种不屑。

"呵呵，"沈众笑笑说，"那这些红嘴唇绿指甲岂不是要长期存货永远嫁不出去？"

"这个啊——"唐小倩早有准备，不假思索地说，"你放心吧，存在就是合理，人类生态也有一种自我平衡的功能，你这里有供应，他那里就会有需求，不是还有那些嗲声嗲气豆芽菜样的奶油男生吗？他们来者不拒呢！"

沈众捂着嘴，看看床上还没醒过来的秦婉，哧哧笑个不停，"你一句话就把男人女人分得那么清楚，不但像个哲学家，还是个社会学家了，可见研究生比我博学！"

"本来就是，我哪说错了？你可以考证啊！"唐小倩不甘示弱，虽然知道自己的观点近似荒谬，但又不是讲堂上的教授，何必每句话都那么考究？争辩嘛，本来就不论对错！

要离开北京的时候，周国平把联合几个企业组织爱心公益活动的计划大体给钟若飞汇报了一下，并请示他是否能亲临参加。钟若飞对岚湾企业以民间形式组织公益活动表示赞同，对云石恒基牵头担责也表示满意，但就自己是否参加却提出了不同看法。他告诉周国平，恒基作为上市公司，某项举措很大程度上可能会影响到股市的波动，所以恒基在岚湾的合作，目前还是商业机密，所有操作都没有大张旗鼓进行。作为上市公司总经理，高调参加这样的活动是不合适的。而且，岚湾市政府国有股出让，唐市长虽然倾向于恒基，但其他几家水泥巨头同样觊觎已久，在这种情况下，恒基不便于在公开场合表现出与岚湾市过从甚密的迹象，避免放大竞争烈度，导致岚湾政府方面为难。

钟若飞轻描淡写一番点拨，周国平茅塞顿开，更觉得自己像一只井底之蛙，虽有腾挪跳跃的满腔热望，但永远也看不见头顶上那一小圈蓝天之外的广袤宇宙。

"那，我们想以岚湾水泥企业自发联合的名义，请唐市长参加，您看是否合适？"周国平小心翼翼地问。他现在心里有点忐忑，恐怕自己没站到一定的高度，哪些方面会想得不周，或者触碰到集团联合战略中无形的敏感红线。

钟若飞考虑了一下，说："这要看市政府的态度，你们只要选准了角度，市里面应该是同意的。你们不如跟市里建材行业协会取得联系，就以他们的名义把岚湾的水泥企业召集起来，那是再合适不过的。活动由他们主办，不但他们有业绩，而且市里肯定要支持，那样，即便唐市长不能参加，也必定会派分管的副市长参加。"

"钟总您说得对，我们也想过建材协会那边，一方面可以展示协会领导下的水泥建材发展实力，给市政府增光添彩，另一方面，也可以利用协会的号召力，在春季市场启动之前提前提振市场信心，各兄弟企业又不会显得厚此薄彼，便于今后的团结。"周国平没敢说已经跟市政府办公厅王主任接洽的事，但也很庆幸跟齐县长事先见了王俊敏一面，听取了他的意见，多少有了点思想准备。

周国平陪唐市长先行离京，沈众和唐小倩多呆了一个星期，期间要每天不离左右地陪着秦婉，也没得空出去转转。医生同意可以出院的时候，秦婉也提议过放他们出去玩玩，但是徐建军一个接一个的电话，叫沈众心里实在静不下来。

关于会场的布置，徐建军已经联系了一家九鼎广告公司，材料印制、舞台布置以及所有的效果图设计，都是严格按照恒基集团统一的视觉形象标准，他们还主动提出大型舞台背景板由他们无偿赞助，不要钱，只为了宣传九鼎的牌子。徐建军把全部效果图抱过去，给周国平一一过目了，通过了，谁知在文联罗主席那里却发生了分歧。罗主席执意要揽下整个会场布置的活儿，说文联下面有一个创作室，算是文联创办的一个实体，我们也要创收啊，再说了，肥水不流外人田，白白把赚钱的机会让给人家，下面弟兄们该怎么议论？

但是所有这些工作，九鼎早已经准备停当，而且答应无偿赠送一面背板，怎么能说不用就不用呢？即便不用了，那么九鼎前期准备的那些材料岂不成了垃圾？这块费用谁来付？罗主席硬要抢活，徐建军犯了难。

沈众就从北京给罗主席打电话，罗主席刚开始语气还算软和，说咱们创作室也是有资质的，市里面大大小小的活动都找咱们，怎么咱自己的活动反而找别人干了，下边弟兄们不好说话啊。沈众就给他解释说前期我们也不知道您手下有这么个实体啊，知道的话早就联系您了，到现在所有的效果设计包括部分施工材料人家都备好了，我这边也不好退啊，等下次再合作的时候一定找您联系可以吧？罗主席显得很无奈地说："实话跟你说吧，就我这点小门面，市委宣传部领导们都瞅着呢，那可是我的顶头上司，哪个分管部长吃顿饭，发票直接扔我这，你说我给报还是不报？拿什么报？这个创作室我说了不算嘞！"

沈众听着听着有点明白了，但他知道徐建军肯定还是没法给九鼎解释，只好硬着头皮继续跟罗主席磨蹭，这下罗主席好像火了，竟翻出市建材协会争主办方的事儿，"上次你说以咱文联的名义主办，后来又加上个什么建材协会，我也没计较什么，对吧？这次你又把活儿让给别人，你把市文联当什么了？给你打酱油的啊？好了这事儿没商量，你赶紧把材料准备一下报到创作室来吧，再晚了来不及了！"

不等沈众再说什么，他居然把电话挂断了，沈众从电话的语气里，似乎能看到那副小眼镜后面要呲出来的一对眼珠子。

唐小倩从电话里已经听出点什么，看沈众对着手机发愣，就气冲冲地问："这个罗老头什么意思？阎王不嫌鬼瘦，这点小钱都不放过，我问问他！"说着就给罗主席拨电话，沈众害怕她出面不方便，毕竟是市长的女儿，一点小事犯不着让机关的人背地里议论，就拦一把，说："文联是个清水衙门，是猫闻不得腥，小事情，不给他计较了！""不行！"唐小倩又来了万事不服输的劲头儿，"别看一点小事，也体现了一个政府部门的作风和形象，这么大年纪了不知道自重，也是长期惯的，我就看不上！"她一边说，一边摁上了罗主席的电话。

"你别——"

沈众见她把电话放到了耳朵上，也不敢强拦，只在一边急得使眼色，唐小倩朝他撇撇嘴，竖起一根手指得意地朝他笑笑，意思说你放心，我不会跟他急的！

"喂——罗伯伯？我唐小倩啊！"她甜甜地叫一声罗伯伯，脸上笑出了一朵花。

"唐大记者啊，你好你好，你有什么吩咐？"听得出，罗主席的脸也在电话里簇上了一团花。

"这样啊罗伯伯，我听我男朋友，就那个小沈……对对，就云石恒基的那个……对呀，他是我男朋友啊……啊，当时我不是没好意思告诉您嘛，小侄女不好意思说呢……对对，他说刚才惹您生气了啊，我一听吓一跳，怎么能惹罗伯伯生气呢，我给您赔个不是啊！"唐小倩挤着眼睛赔着笑，对着手机打哈哈。

唐小倩踱着步子走到一边，沈众听不到罗主席在电话里说什么，就听唐小倩咯咯地笑一阵，又说："他年轻啊，不懂事儿啊，罗伯伯别生气哈，我听他说的那个会场布置的事儿，我以前给她介绍过一个广告公司的，他刚才说您这边也有一个是吧？我要他把九鼎推掉，他却犯难……对啊，是我一朋友开的，关系一直不错，也没想到您这边还有一个创作室呢，要不，我把这个朋友的推掉算了，您就安排您的创作室……什么？别呀，那多不好意思，像小侄女跟罗伯伯争饭吃呢……您说还要交给九鼎啊？那您创作室……哦，他们还有别的活儿是吧？那您看……啊好好，非常感谢您了，改天我和小沈单独去谢您！嗯，好的再见罗伯伯！"

唐小倩"啪"把电话扣上，扬着下巴走过来，嘿嘿地笑着说："搞定！"

"你是神仙啊，小姑娘！"沈众激动地一把抱起她，转了两圈，放下，说："是你第一个把咱们的关系透露出去了！"

"怕什么？爸爸妈妈都见过你了，我还怕别人什么？"唐小倩正色道。过了一会儿，忽然想起什么似的，又撅着嘴巴问："别是你爸爸妈妈看不上我？"

"那不会！"沈众肯定地说，"只要你爸爸妈妈通过，我家里肯定没问题，父母都特别放心我！"

"怎么那么肯定？爸爸妈妈对你什么都放心？"唐小倩故意反问他。

沈众说："从小就由着我，但我是个省心的孩子，知道该怎么做，不要他们操心！让老人放心是最大的孝顺，你知道吗？"

"你不是说孝顺有三重境界吗？既然让他们放心是最大的孝顺，那么这属于第几重？"唐小倩虽然不需要他多么认真地回答，但还是带了点为难他的意思。

"这个嘛——属于第二重吧，父母为子女而自豪。对子女放心，说明子女是省心的，他们就自豪！"沈众想想第一重意思和第三重意思都不搭边，只能归类到第二重里，虽然多少有点勉强。

"你狡辩吧，对子女的放心和为子女而自豪，根本就是两码事儿，怎么能扯在一起混为一谈？"唐小倩这下倒似乎认真起来了，她看着沈众听他怎么回答。

沈众其实也没法回答，被她逼得无路可逃了，只得笑道："我就那么一说，你又何必认真呢，好多事，说不清楚，但其实就那么回事儿，你这样打破沙锅问到底，就是一种不省心的行为，是吧！"

"是嘞，我不省心，也不孝顺！"唐小倩故意幽幽地叹一口气，很无奈似的强调一句："爸爸妈妈都不放心我！"

　　"嘿嘿，"沈众挑逗似的笑道，"你是女孩子，不一样的！"

　　"什么不一样，都这么大的人了，该怎么做自己清楚，对孩子放手才是最大的放心！"说完，又觉得不完整，补充说："是'适当的放手'！"

　　沈众又把她拉在怀里，抱得紧紧地，说："手放得太开，就收不回来了！"唐小倩被他紧得骨头都疼了，龇牙咧嘴地叫唤："啊呀，你弄疼我啦！"

16 唐市长省城首赴险，
庐山面目初现一角

郭庆民站起来，从办公桌的抽屉里抽出一个信封，拿在手里摇了摇，说："老唐啊，我们一起共事多年，我了解你的性格，所以，我把这封信拿出来，但我不会给你看里面的内容。这是一封署名信，我也不告诉你是谁写的，你先自己考虑考虑，自己有没有什么事情！"

唐市长回到岚湾，又接到省纪委书记郭庆民的电话，"老唐啊，等着你给我送茶叶喝，这年都过完了，是不是要再过个年才行？"

唐市长笑着说："你一个省委副书记、省纪委书记，能没有茶叶喝？说吧，有什么指示，我绝对服从！"

郭庆民说："没什么指示，就是想让你到省城来看看我，你知道年纪大了念旧，你来不来？你不来我可去了！"

"那好啊，你来吧！"唐市长听说他要亲自来岚湾，赶紧发出迟到的邀请，"你来我给你准备好多的春茶，全是山上经风沐雨不施化肥的。"

"这才没出正月，今年的春茶就下来了？大棚茶吧？那个我不要！"郭庆民还是拿茶叶说事儿，但唐自省心里却早就感觉他不对劲儿，就为了一点茶叶，一个省纪委书记不至于三番五次打电话给他。肯定是有别的事儿！

他支应着说："肯定不是今年的，是去年保鲜的，我让人专门为你恒温保存的，味道真的还不错，等出了四月，今年的春茶一下来，再喝新鲜的。"

郭庆民哈哈笑着，说："喝茶并不着急，主要是想见见你，这样吧，你抽点时间上来一趟，我真的是有事儿找你！"他把话说到这儿了，唐自省就不敢急慢了，这话意思虽然委婉，但出自省委副书记的口，那就肯定有安排工作的成分，他跟郭庆民关系再密切，也不能不当做命令来执行。

"好吧，我明天一定赶过去，晚吗？"唐自省电话里说。

"可以，你自己来就行了，其他人就不要带了！"郭庆民告诉他。

"怎么，请我鸿门宴啊？"唐自省嘴上跟他开玩笑，心里却越来越觉得蹊跷。他放下电话，皱着眉头琢磨：他会有什么事儿呢？省纪委可不是闹着玩的，一般他们找谁，谁准没好事儿！岚湾谁又出问题了？

第二天，他去市委李书记那请了天假，说要去趟省城，顺便了解一下省里对岚湾水泥国有股出让报告的批复情况，李海洲告诉他："你从北京回来，咱们连续开了几个会，会上讨论的几个问题，包括我们对国有资产出让的优惠条件，需要给杨省长汇报一下，这样你去的话，我就省趟腿了，你一起汇报就是。常请示勤汇报是我们一贯的作风，也是我们的工作职责嘛！"

唐自省答应道："行是行，可有些问题还是您亲自汇报的好！"

李海洲摆摆手说："谁汇报都一样，这么多年，你我还分彼此吗？只是在国有股出让优惠条件这个问题上，要特别说明是招商引资的需要，引进大央企，一次性投资会长期受益，要引进金凤凰，先栽下梧桐树啊，我们把国有资产变卖了，目前看是有些损失，但大集团进驻带来的连锁效应，才是我们经济持续发展的后劲，这一点需要特别说明的。"

唐市长点点头，说："我明白！这也是我们联席会议上共同研究的意见，我会给省长说清楚的！"

李海洲点点头，想了想又说："有几个退下来的老领导，过去对我们岚湾发展做出很大支持的，有空最好也过去探望一下，一则人情往来，二则也可以听听他们对岚湾今后发展的建议意见，很有好处！"

"我会的！"唐自省说，"放心吧李书记！顺利的话，估计后天我就能回来。"

"好的，"李海洲站起来，"你去吧，最近家里也没什么大事，不着急的！"

"那我去了。"

唐自省没说郭庆民叫他的事儿，他怕引起李海洲的担心，毕竟省纪委是个敏感的机关，这个名词说出来，任谁都会心里咯噔一下。尽管你也许不承认！

爱心演出活动一天比一天临近了，沈众这几天忙得真正是不可开交，他把活动仪式上每个出席领导的讲话稿整理出来，给周国平过目了，又要准备整台晚会的主持词，节目单确定得比较晚，他的主持词就只能等着最后完善。唐小情给他推荐的岚湾书画界十多个最有名气的名家大师，他都一一拜访了一遍，把晚会的意义和规格挨个解释，大师们听说市几大班子领导都亲自参加，感觉无论从政治意义还是个人宣传的角度，都是一次绝好的机会，纷纷表示愿意将自己最得意的作品捐献出来，作为艺术家爱心传递的见证。

既要保证整台晚会节目连接的紧凑性，又要提高艺术家们参与的热情，沈众只好把艺术家同台献艺的节目压缩为一到两个，他们捐献的其余作品只在晚会上展示即可，拍卖的程序就放在晚会之外，委托拍卖行单独操作。他又叫上徐建军去罗主席办公室碰了几次面，因为有上次广告公司的事儿，他觉得有点对不住老头儿，就白白地搭上了几瓶一品云水贡酒，算是表达个歉意。

他们一起把晚会的整个流程，包括会场内外布置效果、舞台场景搭建、领导坐次安排等问题梳理得清清楚楚，罗主席别看一干巴老头，在这方面却是轻车熟路，他一边理顺路子，一边滔滔不绝地解释给沈众和徐建军听，说得两人心服口服。最后确定主持人的时候，他毫不含糊地推荐了岚湾当红主持人乔海洋。

乔海洋清口艺人出身，在电视台、岚湾剧院锤炼多年，音域宽广，中气浑厚，台风优雅，且随机应变。有一次在晚会主持中，刚轮到一个叫山妞的小姑娘上台表演舞蹈的时候，突然停电了，台下有点嘈杂，他急中生智，冲上舞台随机应变地说一句："山村不通电，小姑娘一个人走夜路可能有点怕，请大家先耐心地等她一会，我先给大家表演一段口技！"接着，他一个人站在舞台上即兴清口表演了一分多钟，赢得台下一片赞叹声。短暂停电过后，舞台灯光重新亮起，他看见山妞已在舞台侧幕后面做好准备，就戛然停止了他的口技表演，对着麦克风清晰地说一句："虽然山上的道路崎岖难走，但小姑娘顾不上夜黑路滑，她心里一直惦记着台下等她的叔叔阿姨们，这不，山妞跳着轻盈的舞步，来了！"一句话巧妙衔接，把观众席上的气氛再次调动起来，台下又响起一片赞叹的欢呼声。

自打那一次，乔海洋在主持方面显露出过人才华，除了平常的演出，每年的岚湾春节晚会都少不了他担纲主持，另外还多次受邀客串省电视台大型文艺晚会，在综艺节目主持方面可谓经验丰富，成熟老到。这次包罗文艺节目、书画艺术表演穿插的综合性会演，有这样实力派主持人担纲，沈众自然最满意不过，心想那几瓶云水贡酒也算没有白送！

节目排练差不多了，演出的时间也快到了，沈众和周国平一起，把该邀请的市县领导以及市县建设局、建材办还有其他相关部门领导的名单——列出来，写好了请柬，周国平又分别打电话给张浩和其他几个水泥公司的老总，说你们的请柬都写好了，派人给你们送过去吧？张浩和兰成东几个就说："送什么请柬啊，都是自己人，我们共同的工作却没有参与多少，只辛苦了你们沈总。请柬就不要送了，您把具体演出时间定下来，我们组织好人员参加就是。周国平就笑着说，也好，咱们租用市人民会堂，容纳三千多人呢，你们带兵多多益善！

沈众把给唐市长的大红请柬送到市政府办公厅的时候，王俊敏却告诉他："市长这几天都没来上班啊，电话也没人接！"沈众疑惑地问："你们也不知道去哪了？"王俊敏两手一摊，说："市长既然没告诉我们去哪，我们哪敢问？"

沈众手里捏着请柬，却有些担忧，王俊敏接过请柬，说："我先放在市长办公桌上，等他回来我提醒他！"

"好的！"沈众把请柬交给他，下了楼，摸出电话就给唐小倩打过去。

"办公厅的人说这几天爸爸没来上班，出远门了吗？"

"不知道啊？"唐小倩说，"他有时候出差好几天不回来很正常，我也没问啊！"

"妈妈这几天好吧？妈妈知道吗？"沈众问。

"妈妈还好啦，都自己下楼晒太阳呢，不过薛姨得跟着她。"唐小倩又说，"等我下班回家问问妈妈知道不！"

"好吧！"沈众说着，脑子里有事儿，不由自主地挂了电话，唐小倩还想跟他说说话，手机里却传来"嘟嘟"的声音。

"这个坏蛋！"她恨恨地骂道。

演出活动临近，市长却不见了，周国平心里有点着急，许多关于活动的事情好像一下子变成一团无头乱麻，不知道从哪里下手，沈众说："他是市长，市政府不敢找，我们就更不能莽撞，搞不好，会没事找事添出乱子来。"，周国平皱着眉头说："我在想，他去哪，应该给市委李书记打个招呼的，难道李书记也不知道吗？"沈众哭丧着脸，说："咱们也不能贸然去李书记那问啊，市长不见了，市里最该想办法，还轮不上企业呢！""是的，"周国平忽然松开皱着的眉头，"你最好联系唐小倩，她是市长家属，她出面问，顺理成章！""对！叫她问问李书记，应该会有答案。"沈众也想到这一点，刚要打电话，唐小倩却把电话打过来了，说："妈妈也不知道爸爸去哪了，我打电话问过市委李书记，他说爸爸去省城了，也给他请假了，但不知道为什么还不回来，他还以为爸爸临时有事儿，就没好意思给爸爸打电话！"她似乎没有沈众这边这么急切，也没多想会有什么意外的事情发生。沈众心里更疑惑。唐小倩告诉他："李书记说，他给省政府办公厅打电话问问，爸爸走的时候说要去见省领导的。""哦！"沈众着急地催她说，"那你快问问李书记问的什么情况啊！""知道了，我马上问！"沈众急切的语气似乎也感染了唐小倩，她答应一声，就匆匆地挂了电话。

其实这个时候，唐市长就在郭庆民的办公室里坐着。按照李海洲书记的嘱咐，他先去看了杨省长，把岚湾最近的工作简要汇报了一下，杨省长似乎有点心不在焉，除了微笑着点头，其余并没怎么表态。等他汇报完了，杨省长表扬说："老唐啊，总起来说，岚湾去年一年的工作还是不错的，尤其你们工业经济的增量指标，已经走在了全省的前列，这个，是值得肯定的！"

对省长的表扬，唐市长自然高兴，但他心里似乎也很忐忑，他似乎能感觉到省长表扬完了，下面很可能会有别的意思，就接过来自我检讨说："谢谢省长的表扬，不过我们也还存在一些……"

没等他说完，杨省长就微笑着说："还存在些不足是吧？认识到了就好，不能讳疾忌医啊。年前的全省经济工作会议上，各地市节能减排指标完成情况你们也看到了，岚湾可是拖了全省的后腿啊！"

省长的语气虽然缓和，但唐市长却听得站也不是，坐也不是。好在杨省长点到为止，不是批评的批评，他心里已经很不安了。他明白，节能减排指标工作之所以拖了全省的后腿，主要责任就在于市政府政策引导的缺位，而这种缺位，他作为一市之长，当然是无可推卸的。他有点局促地说："省长您批评得对，主要是市政府这边认识存在偏差，措施也不够到位，致使全年工作出现被动。省里的经济工作会议以后，我在市政府的工作报告上也进行了通报，李书记也组织我们详细排查了存在失误的环节，决心从现在开始整改，确保今年减排工作赶上来，请省长放心！"

"好啊，有压力就有动力！"杨省长一直微笑着对他说："我只是提示一下，抓经济不但要追求数量，更要讲求质量，不能以牺牲环境为代价。一个地方的环境指标，已经越来越成为衡量这个地区综合竞争实力的主要指标，尤其你们岚湾，一个新兴海滨旅游城市，环境可是你们立市兴市的命根子，要站在对这个城市的未来负责、对全市百姓负责的高度认识这个问题，不能掉以轻心啊！"

"您指示得对！我回去以后，一定尽快制定切实措施，从年初倒排，从源头做起，把每项工作都做得扎实，我们有信心！"唐自省心情有点激动，表态似的一口气说完，杨省长呵呵笑着，说："我已经跟海洲书记去电话了，他也表示要痛下决心呢，怎么个搞法，你们再研究吧！"

"一定！省长您放心，哪儿跌倒的，就在哪儿爬起来！"唐自省说得很干脆，也很坚决，因为从上次全省经济工作会议后，他就主动找李海洲汇报，提出了新一年的减排工作计划。

杨省长说："好吧，回去后放下包袱，知不足而奋起直追嘛！对岚湾的工作，省里还是肯定的，告诉海洲书记，没什么大事儿就不用往省里跑了，跑一趟省城，来回最快也要一天时间！"

"是，省长！"看看杨省长没有别的安排了，唐自省就冒昧着问："省长，我们上次给省里报了一个关于通力国有资产出让的报告，不知道是否报到您这了？"

"哦，那个报告我看了！"杨省长说，"对于恒基兼并联合、行业整合的做法，国资委都是给予肯定的，此前，省里已经跟恒基集团有过一个框架合作协议。根据我省产业结构调整的需要，我们也非常欢迎这样的国企、央企落户地方。所以，对于你们呈报的意见，省里基本同意，只是在部分细节方面，有关部门正在进行进一步的论证。等论证报告一出来，我就安排办公厅通知你们！"

"那太好了！省长，谢谢了！"唐自省喜出望外，他一直期待的、最放不下的，就是等着这样一个回答，虽然报告还没批下来，但杨省长的意思却已经分明告诉他：后面的准备工作只管往前推进吧！

唐自省起身准备告辞，杨省长却告诉他："你先不忙回去，你去找一下郭书记，他可能有点事情找你！"

"哦，好的！"唐自省答应着，心里却暗自思忖：这个郭庆民，三番五次催我来，也许真的是有事儿！

从杨省长办公室出来，唐自省心情惴惴地去看望了几个离岗的老领导，把岚湾市委市政府的惦念和感谢心情表示一番，老人们见了他都很亲切，拉着他的手说话显得唠叨，唐自省耐着性子听完，借打电话的机会告辞出来，接着就来找郭庆民。

"给我带茶叶来了？"郭庆民见面就问。

"你这么大个领导，实在也不缺茶喝，你是用茶叶当诱饵，钓我上钩的吧！"唐自省虽然心下惴惴，但老朋友见面也不必绕弯。

"我不是没有茶喝，而是没有岚湾绿茶喝。年前你们纪委的同志给我带来几提，都分给别人了，岚湾绿茶江北第一，喝着亲切啊！"郭庆民避过唐自省的话锋，顾左右而言他。唐自省只能跟着他转移话题，说："岚湾绿茶日照时间长，无霜期相对短，尤其春茶，经过一个冬天雪压风摧，叶片肥厚油亮，积蓄了大量的有机质，营养丰富，对你的高血压很有好处。我给你带了几提，可以分给大家喝喝，等过两个月，新茶下来了，我叫人再给你送上来。"

"你得亲自来送，不然，人家会以为我向你索贿！"郭庆民打趣道。

"索贿有索茶叶的？要钱实惠啊，有钱什么茶叶买不到？"唐自省顶他一句，把大衣脱下来挂在衣架上。

"哎哎哎！"郭庆民犯忌地朝他翻眼皮，"在我的办公室里可不准提钱不钱的啊，这儿可是省纪委！"

"'索贿'这个字眼就不避讳了？"唐自省回过身来顶一句，"我看啊，在你的办公室，连吃饭这样的字眼都不能提了！"

"呵呵！"郭庆民笑笑，"专门来看我的？"

"是，也不是！"唐自省在沙发上坐下。

"什么话？是就是，不是就不是，模棱两可的，叫我管饭还是不管？"郭庆民给他倒杯水，放在茶几上。

唐自省笑着说："我主要是来代表海洲书记向杨省长汇报恒基集团兼并岚湾通力的事，顺便来你这报个到，你不是老批评我不来找你汇报吗！"

"哦，"郭庆民听说恒基合作的事，很关切地问，"进展怎么样了？"

"年前的时候就差不多了，现在恒基方面已经派审核组进驻岚湾的通力企业，进行清产核资，核查一结束，马上就可以运作。"唐自省端起杯子嘘溜一口，茶水很烫，他又放下了。

"我了解这事儿！"郭庆民拉把椅子过来，坐下，说，"也是在年前，杨省长在会上通报过这项工作，发改委的态度还是比较积极的。"

唐自省回答说："我知道，要不是省里领导们支持，我们的报告还不知道什么时候能批下来。恒基合作的态度很诚恳，他们的老总去年一年，光岚湾就飞了好几趟，说实在的，我们也盼着他们早把岚湾的水泥市场整合了，岚湾这些年大搞城市改造和软环境建设，不就是想向省城看齐，为构建总部经济做准备吗，现在时机成熟了，我们巴不得日行千里，早一天让这样的大企业集团落户扎根！"

"你们的思路是对的！"郭庆民笑着分析道，"一个大集团的落户，往往可以带动经济一盘棋。把恒基引入岚湾，不但可以带动你们的城市框架建设，提升你们的经济增长后劲，而且，可以筹集更多的资金用于其他项目，你们做了不少的工作！"

"不想能行吗？"唐自省解嘲说，"你以为我们基层干事儿的像你们领导一样？我们头上有指标，肩上压力大着呢。周边地市比比看，要是落在后头，怎么给岚湾几百万百姓交代？"

"呵呵！"郭庆民爽朗地笑笑，"都一样啊，我们的任务也不轻松。就像你这次来，其实你不来，我就得去岚湾找你！"

"就知道你有事儿！说吧，又把谁划进你的黑名单了？"唐自省脑子里又飞快地转了一圈，等着他开口。

郭庆民站起来，从办公桌的抽屉里抽出一个信封，拿在手里摇了摇，说："老唐啊，我们一起共事多年，我了解你的性格，所以，我把这封信拿出来，但我不会给你看里面的内容。这是一封署名信，我也不告诉你是谁写的，你先自己考虑考虑，自己有没有什么事情！"

郭庆民语气神秘中说的和风细雨，唐自省却心里"咯噔"一下，"什么？"他不敢相信自己的判断，"你开什么玩笑？你在说有人举报我？"他已经站了起来。

"老唐，别激动，先坐嘛！"郭庆民稳稳地坐着，用手势示意唐自省坐下说。

"举报我什么?"唐自省已经铁青了脸,语气硬硬地说,"郭书记,这可不是开玩笑的,你是省纪委的领导!"

"怎么说呢!"郭庆民也有点犯难,他理解唐自省的心情,也早该想到他现在的反应,但他面对自己的老战友、曾经的老同事,真不知道怎么给他说开这件事。

他想了想,说:"我之所以把你叫来,就是不想把事情闹大,要派几个同志去岚湾,事情就严重了。"他偏着头,不敢正面接触唐自省睁大的眼睛,似乎犯事儿的不是唐自省,而是他自己。"这封信是从杨省长办公室转给我的,我相信你去见杨省长的时候,他应该给过你暗示。"

唐自省想起从杨省长办公室出来时,杨省长跟他说过的话"你去找一下郭书记,他可能有点事情找你!"又想起他在汇报岚湾工作的时候,杨省长心不在焉的表情,到现在他已经找到答案了。

事情既已这样,而且是出在自己身上,但愿不要涉及到其他同志。他反而冷静下来,对郭庆民说:"郭书记,我实在想不出什么事,你提示一下,哪方面?"

郭庆民笑得不冷不热,甚至有些惨然,说:"我要是提示你,我就更违反纪律了,老唐,我不能说啊,你理解我,还是自己说吧!"

他面对的这个人,虽然还是一个城市的市长,但也很可能马上就成为一个腐败分子,作为一名多年从事纪律检查战线的工作人员,他明白自己的原则和立场,更清楚地知道纪委监察机关铁的纪律。他把唐自省叫到办公室来,而且给他出示了举报信,这本来已经是违反纪律的了,但这个人还是他的老战友、老同事,而且,杨省长也专门暗示过他:要秘密调查,不要渲染张扬,要保护我们的干部,维护我们党的形象。他自己说出来,性质就会不一样的!他站起来,踱到窗前,摸出一根烟点上,他知道唐自省不抽烟,也不让他,吸一口,站在窗前缓缓地吐出来,烟雾笼罩了他的大半张脸。

"我记不得有什么违反纪律的事情,真的,郭书记,我以一名老共产党员的党性保证!"唐自省想了半天,严肃地说。

"老唐,你再想想,屋里就我们两个人。杨省长很关注这件事,他希望你自己说出来!"郭庆民脸上还挂着微笑,但笑得僵硬着,比哭还难看。

"我知道组织上是为我负责,但我实在是想不出我做过什么违纪的事情！"唐自省低着头，脑海里浮现出岚湾各区县山山水水的轮廓，浮现出几百万百姓稳定团结勤劳创业的面貌，浮现出大小会议上决策一下各部门立即分头行动抓落实的场景……他心情沉重地说："在岚湾这十多年，你郭书记可以下去访访，我什么时候吃过人家一顿饭，收过人家一分钱……"说到这里，他忽然打住，他脑子里闪电般掠过一幕，想起了一件事情。

他抬起头，看着郭庆民，许久，似乎不敢相信那是真的一样，迟疑了再迟疑，然后说："难道是那十万块钱？"

"什么？"郭庆民显然也跟着紧张起来，转过身子，过来坐下。

"什么十万块钱？你快说，怎么回事儿？"他把半根烟屁股狠狠地掐灭在烟缸里，烟灰挤成蘑粉，一缕残烟袅袅地窜出来，升上去。

唐自省有点激动，血往上涌的感觉。他捂着胸口，冷静了一会儿，说起一件连自己都已经忘得干干净净了的往事。

郭庆民忽然抬起手说："你等等！"他站起来，打电话叫纪检科王科长过来记录。

17 无意中揭出一个石破天惊的大阴谋

"作为党的干部，几百万岚湾百姓在看着我们，同时，那些意欲投机钻营的人也在盯着我们。百姓看我们为官者的良心，投机者看我们手中的权力，如何在权力和良心之间保持本色，是新时期对一个共产党员巨大的考验！"

前年中秋节的时候，市政府办公厅主任王俊敏接到崮西恒基总经理鲁振元打来的电话，问唐市长在不在，王俊敏听出是他，爱答不理地问："找市长干嘛？"鲁振元陪了小心说："是我们集团的钟总有重要工作需要向市长汇报，麻烦王主任给通禀一声！"

他知道找市长必须要过王俊敏这一关，平常跟他虽然也有联系，却没什么深交，怕他挡驾，就电话里撒了个弥天大谎。他不会想到，这个谎要是听的人当真了，而且给市长如实汇报了，那么将是一个原则性的错误。

可就是这个一世精明的办公厅主任，这一刻，却犯了一时的糊涂。

当时正值恒基收购崮西水泥厂工作刚刚结束，对钟若飞的名字，王俊敏还是熟悉的，他的身份、他跟岚湾市政府的联系，以及跟唐市长的个人私交密切程度他都知道。恒基的老总要找市长，那必须是一路绿灯。王俊敏听他说出钟若飞的名字，心里不假思索，行动上也不敢怠慢，赶紧说："我请示一下，五分钟你再打过来！"

"好好，谢谢王主任！"鲁振元只好挂了电话等着。

王俊敏敲敲唐市长办公室门，说钟总一会来访，您是否有时间安排接见？唐市长说我没时间也得挤时间啊，快请进来！王俊敏说他还没到呢，先电话联系的。唐市长说那你先在电梯口迎着，来了就直接领过来。

市长如此热情，王俊敏更不敢怠慢，出来后也不等鲁振元回电话，就直接给他打过去，说市长在家，你让钟总直接过来吧！

　　王俊敏早在电梯口外面候着了，约莫十来分钟时间，电梯门开了，他提着气正要开口说声："钟总您好，市长在办公室等您了！"那股气流刚提到嗓子眼上，却见鲁振元笑眯眯地走出来。

　　"老鲁，钟总呢？"王俊敏咽一口唾沫，还往电梯口张望，鲁振元嘿嘿笑道："他在一楼上了个洗手间，我先上来了！"

　　"你个老鲁，怎么不陪领导一起，讲不讲政治你？"他跟鲁振元虽然不熟，却也不生。没等到钟若飞，事先预备好的毕恭毕敬没用上，失望就变成了对鲁振元的怪怨。

　　鲁振元早有准备，从裤袋里摸索半天，变戏法儿似地摸出一张银座购物卡，也不看多少面值的，趁握手的空塞到王俊敏手里，说："我不讲政治，但我讲感情，讲感情的人够朋友吧！"他没事儿似的哈哈笑着，王俊敏一愣，立马恢复了镇静，也呵呵笑着，抽出手来捏着那张卡插进裤袋里，"你看你看……"。

　　"那你怎么着，在这等着，还是？"王俊敏问他。

　　"我先进去吧，钟总叫我不必等他！你也不用等他，领我进去，先忙你的吧！"鲁振元朝他笑笑，王俊敏有些迟疑地看着他，半天，才歪歪头，心里忐忑却又莫可奈何地小声说："鲁总啊，你别又耍我吧？"

　　鲁振元大咧咧地说："不管你的事儿，我给市长解释去！"

　　"你可别害我！"王俊敏神情诡秘地拿指头点点他，头前带路走了，鲁振元紧跟在后面，心里得意地想：又放倒一个！都说有钱能使鬼推磨，这么大的官儿也撑不住一张卡，看来，今天不会白跑腿，可能要一箭双雕！

　　唐市长经常到崮西视察工作，而且每到崮西，县里领导们都要陪他去崮西恒基厂区参观一番，他对鲁振元虽有点印象，但不是很熟。鲁振元自己明白市长跟他不熟，所以才打着钟若飞的幌子，有意来跟市长套近乎的。

　　王俊敏摸不透实情，或者也不再计较是不是钟若飞真在下面，反正通行证卖给他了，就要放行的，交朋友不能不讲点仁义！他领着鲁振元往走廊里走，一边悄悄地把手从裤袋里抽出来，低头一瞥那张卡上的面额，心中一喜，又不动声色地揣了进去。

　　鲁振元抱着一个鼓鼓囊囊的小皮包进到唐市长办公室，满脸笑容地一弓腰，叫声"市长您好！"，回头看看王俊敏带上门出去了，赶紧做个自我介绍："我是崮西恒基的鲁振元！"

"鲁总吧，认识。"唐市长从办公桌后面站起来，示意他坐，问"钟总呢？"

鲁振元立即反应说："钟总？啊，市长您别见怪，这不过节了吗，钟总安排我过来看看市长，嘿嘿！"他当着市长的面，有点神情紧张，左顾右盼，胖胖的身子往沙发里一窝，顺便把手中那个鼓鼓囊囊的黑皮包往身后塞下，就开始抹额头的汗水。

王俊敏心里发虚，不敢朝面，就安排市长的秘书小彭进来，给他倒上一杯茶。

唐市长似乎明白了什么，"哦"一声，走过来坐下，问："钟总来岚湾了？去崮西了？"

"没有没有，钟总没来，是他打电话，打电话指示，叫我来，拜访您的！"鲁振元有点上气不接下气，话也说得慌乱。

"呵呵！"唐市长自己笑了，钟若飞是无论如何不会专门安排他的下属，代表他来看自己的，而且他并没有提前给自己打过电话来！他并不点破，只说："钟总客气，你代我谢谢他了！"

"一定一定，市长您客气了！"鲁振元不知道自己在说什么，来之前想好的话一句也顶不上。

坐在那里没什么话，市长随便问了一下公司的情况，就这么不动声色地看着他，直看得他脑门上大汗淋漓。过了一会儿，市长似乎要送客了，就问："鲁总还有事吗？"

"没事没事！"鲁振元只是咧着嘴，慌里慌张的样子。

没事你来市长办公室瞎坐什么？他忽然意识到自己说得不对，赶忙补充说："我就是来看看您，看看您，市长您很忙，我就——"

他实在不能再呆下去了，就从身后抽出那个鼓鼓囊囊的小皮包，站起来说："我就不多打扰您了！感谢市长一直以来，对我们崮西公司的支持和关照，过节了，我们一点心意，您别见外哈！"

唐市长一惊，"这是什么？"

鲁振元嘿嘿笑着说："一点心意一点心意，是钟总安排的，您可千万别见外！"说着就往外跑，手也没顾上握，唐市长喊一句："你回来……！"

　　鲁振元已经带上门，一溜烟跑下楼去了。

　　唐市长追到楼道上，鲁振元早已不见了人影。

　　唐市长只好回来，打电话把秘书小彭叫过来，说："看看里面是什么！"

　　小彭战战兢兢地打开皮包，红花花地一沓现金还没开捆，看样子刚从银行里提出来，捆钞机扎得结结实实，十万块钱只那么一小捆！

　　小彭吓了一跳，看着市长不说话。唐市长自言自语道："这个鲁振元……"对小彭说："你先把钱收起来。"

　　"市长——"小彭冷静下来，不知道怎么个收法。

　　唐市长说："这是刚才那个崮西老总送来的，明天你带辆车去趟崮西，把钱退给人家！"他不多说，小彭也不敢多问，只说："市长，退回去，合适吗？"

　　"合适！"唐市长缓和一下口气，像个长辈教育孩子似地说："这是违反党纪国法的事情，咱可不能这样，你帮我退给人家，也不要声张，免得影响不好！"

　　"好的市长！"小彭这才把钱重新装进那个小皮包，两手捧着，出去了。

　　这事儿本来可以过去了，谁知道第二天晚上，鲁振元却摸到唐市长家里去了。他知道市长家的门不会随便给他开，就打通了唐小倩的电话。他经常在水木清华招待客人，所以跟唐小倩很熟。

　　"唐经理吗？我老鲁啊——对对，崮西老鲁！这样的，我们集团的钟总啊，安排一项十分紧急的事情，要我必须面见唐市长亲自汇报——对对，他打过电话给唐市长联系了，叫我来家里等他，你开一下门！"他把昨天的幌子又拿出来忽悠唐小倩。

　　"我爸爸还没回来呢！"唐小倩知道中秋节临近，市长早就嘱咐过她和薛姨，无论谁来敲门，都不要开，所以她很警惕。

　　鲁振元就嘿嘿笑着，哄小孩子似的，说："唐经理你放心就是了，我纯粹是工作上的事儿，钟总安排的，钟总给市长打电话了，叫我在家等他一会儿，他马上就回来了！"

　　他说得跟真的一样，唐小倩又跟他很熟，酒店的生意鲁振元也支持了不少，不好意思再把他拒之门外，就把门打开了。鲁振元夹个皮包闪进来，鬼头鬼脑满房间看一圈，唐小倩了解他的做派，只是笑笑并不介意，说："鲁总你随便坐！"就给他倒水。鲁振元嘿嘿笑着说："你别客气别客气，市长一回来，我汇报完就走了。"

他看见卧室的门开着，知道秦婉躺在床上，就问唐小倩："大姨的身体好些了吗？"

"还行吧，反正老样子！"唐小倩一边给他泡茶，一边回答他。

"哦，好好！"鲁振元随便应哼着，轻手轻脚地来到卧室床前，见秦婉一动不动地躺着，薛姨正在给她洗脚修趾甲，他小声问候道："大姨你好哈！"那语气生怕惊动了什么。

秦婉睁开眼睛，点点头，却面部僵硬笑不出来，想挣扎着坐起来，被鲁振元一只手赶紧挡住了，"大姨您躺着休息，不用起来！"另一只手正好把夹着的那个小皮包掖在了床头的一角。

秦婉半睁着眼睛，吃力地说："你坐啊，坐着喝茶！"又叫："小倩——"她想叫唐小倩泡茶。

"哎，知道了妈妈！"唐小倩在客厅里回答。

那个小包里似乎不是十万块钱，而是一枚炸弹，鲁振元必须赶在唐市长回来之前，神不知鬼不觉地给那枚炸弹找一个隐秘但容易找到的地方放下！他忽然很庆幸自己的聪明，刚进门就这么一忽儿功夫，他就搞定了，松一口气说："大姨您好好休息，我到外面去了哈！"

"好的，你喝茶！"秦婉点点头。鲁振元眼睛看着秦婉，一步一步退出来。

他完成了任务，心里安稳了不少。市长还没回来，他也再不用那么紧张，坐在客厅里跟唐小倩说会话，"最近酒店工作很忙吧？大姨身体得彻底检查一下啊，老这么躺着多受罪，必须到大医院去检查检查！"

唐小倩就笑，说："妈妈犟啊，爸爸也没时间呢！"

鲁振元自告奋勇说："哪天我跟你陪着，去趟省城，或者北京，咱岚湾医院根本不行，没听人家都说：站着进去，躺着出来！说的就是咱岚湾医院！"他只顾胡说八道，完全不管唐小倩的感受。要知道，岚湾医院好不好，可总归是岚湾的医院。岚湾市长就是她爸爸呢！

唐小倩嘴上微笑着，拿起一个苹果，说："鲁总，我给你削个苹果吧！"

"哎不不，不用不用！"嘴上说着，却没阻拦。唐小倩拿着削刀一圈一圈地削着苹果，鲁振元坐在那里找不出话说，就一眼一眼地在她脸上、腿上扫来扫去。虽然八月中秋，天气却还是有些闷热，唐小倩因为在家里，就随便套了一件短袖宽松体恤，一字领开得平平低低，光洁纤细的脖颈露在外面，锁骨突出，颈线分明，衬出柔柔窄窄的双肩。下身一条短裤，光滑圆润的大腿线条修长，肌肤滑腻，动感而有弹性，直看得鲁振元脑门上汗津津的。他习惯性地挽起裤腿，到膝盖以上，又想把衬衫的扣子解开，抬起手，忽然觉得不雅，又把手在半空随便地划拉一圈，放下了。

唐小倩聚精会神地给他削苹果，他却坐在一边搓着手，左一眼看看她长长密密的睫毛，右一眼看看她毛茸茸的鼻子、嘴巴，没有一处不叫他心旌动荡。唐小倩稍一抬头，他就赶紧装着看墙上的挂钟，唐小倩以为他着急爸爸为什么还不回来，就把削好的苹果递给他，说："我给爸爸打个电话吧，问他什么时候回来！"鲁振元吓了一跳，连连摆手说："不要不要，市长太忙，我不着急！"说着，却把裤管撸下去，站起身来，说："太晚了，市长忙啊，我不等了，下次去他办公室找吧！"拔腿要往外走。

"你不是说钟总有要紧的事儿吗？爸爸也该快回来了！"唐小倩说。

"是的是的，不过也不着急，时间太晚，市长也需要休息，一耽搁就更晚了，我还是明天去他办公室吧！"鲁振元背上凉飕飕的，下意识地挪步往门口走。

"那好吧，等爸爸回来，我给他说一声！"唐小倩也不强留，检查一下沙发上没落下什么，起身为他开门。

"好好，谢谢唐经理，我走了！"

"鲁总您慢走！"

鲁振元逃也似地下了楼，出了楼道口的时候，还朝楼上望一眼，大功告成似的哼着小曲儿，拿遥控器摁开了车门锁。

唐市长回来很晚了，唐小倩还没睡着，她下床打开小卧室的门，叫一声："爸，您回来了！"

"回来了，你还不睡！"唐市长一边答应，一边换上拖鞋。

"等着您回来呢！"唐小倩用爸爸自己用的杯子，给他倒一杯开水，端到他面前，在沙发上坐下，怯怯地看着唐市长，鼓鼓勇气说："爸，刚刚崮西的鲁总来找过您，坐了一会儿，您没回来，他就走了！"

　　"哦？"唐市长警觉地盯着她看了几眼，没说什么，站起来，弯腰在沙发上、茶几下面统统翻了一遍。唐小倩问："爸您找什么？"

　　"鲁总来的时候，坐哪里的？"唐市长着急地问。

　　"就坐沙发啊，一直在这说话呢！"唐小倩也有点奇怪，爸爸找什么呢？

　　她忽然想起，在她泡茶的时候，鲁振元去过卧室！该不该给爸爸说呢？没什么的吧？

　　"对了，他好像——还过去看妈妈了！"

　　唐市长回头瞪她一眼，不相信什么似的，迟疑了一会，又快步冲进卧室来。他拧开电灯开关，在床头翻一遍，就看见了那个黑色的小皮包。

　　唐小倩跑过来一看，不自觉地张大嘴巴，"啊"地叫了一声。

　　秦婉睁开眼睛问："干嘛呢，你们？"

　　"没事儿，你先睡吧！"唐市长抓起皮包，推着女儿出了卧室。

　　"谁叫你开门的？"唐市长脸色很难看，声音闷闷地质问。

　　"我——"唐小倩已经意识到犯了大错，又看见爸爸铁青的脸，眼泪刷地下来了，"爸爸，我错了，我不知道他是来……他只说，他们钟总叫他来找您的！"

　　"又是钟总！这个钟若飞，下边的人把他卖了都不知道！"唐市长咕哝两句，又转过头来，对着唐小倩闷闷地吼道："你多大个孩子了，忘了我给你说的话吗？说过多少遍才能记得？为什么要开门？"他从来没用过这样的口气给自己女儿说话，也从来没跟女儿发过这么大的火气，唐小倩委屈地抹着眼泪，却不敢哭出声来。

　　"你爷俩咋啦？老唐你咋？"秦婉在里面吃力地喊着，"小倩，你过来，你到妈妈这边来！"

　　唐市长没理她，唐小倩也没敢挪动半步！薛姨把门开了半条缝，想出来劝劝市长，缩缩头，终究也没敢出来。

　　"爸爸——"唐小倩既后悔又委屈，泪水不停地往外涌，"我知道我错了，要不，我去退给他吧。"

　　"退什么退，我都退过一次了！"唐市长明明知道女儿也是无意，看到她懊悔害怕的样子，也心疼，却还是压不住自己的火气，继续吼道，"他这是害爸爸，他在让爸爸犯错误呢！你不知道吗？"

"小倩，你不要跟爸爸吵，你过来。"秦婉在里屋吃力地喊唐小倩过去。

"噢，妈妈！"唐小倩抽泣着答应，但没有爸爸的允许，她还是不敢挪动一步。

"你不要管！"唐市长朝屋里吼一声，还是沉沉的，像个闷雷。

"老唐你别吓着孩子，她又没错！"听得出她在喘气。

薛姨听见秦婉吃力地说话，就壮壮胆开了自己卧室的门，悄悄地到秦婉这边来，"大姐，你不要着急，市长只是……你不要着急！"她也有些紧张，不知道怎么劝好，就坐在床头扶秦婉躺下。

唐市长不再朝唐小倩吼，低着头看着那一捆红花花的钞票生气。唐小倩也不敢再出声，只压低了声音止不住地啜泣。

第二天，唐市长就带了那个小皮包，去了市委书记李海洲的办公室。李书记看见那一捆钞票，眉头就一点一点地锁了起来，他深有感触地对唐市长说："老唐啊，论说，发生这样的事情不算稀奇，关键要看我们怎么对待。你认为怎么处理最好些？"

"我也是拿不准，所以，想来看看您有什么意见！"唐市长坐在李海洲对面，像犯了错误似的，不敢多说话。

李海洲严肃地说："作为党的干部，几百万岚湾百姓在看着我们，同时，那些意欲投机钻营的人也在盯着我们。百姓看我们为官者的良心，投机者看我们手中的权力，如何在权力和良心之间保持本色，是新时期对一个共产党员巨大的考验！人民给我们这份权力，是信得过我们的良心，信得过我们在金钱面前能保持本色！"

"是的，如果我们被金钱轰倒了，我们党的形象也就倒了，老百姓对我们的尊重，也就倒了！"唐市长似乎不太敢面对李海洲的眼睛。

李海洲站起来，在办公桌后面来回踱了几步，说："对啊，我们背后有岚湾市几百万双眼睛，有期待的、赞许的，也有冷漠的、怨恨的，还有别有用心的，我们心里该分得清楚，该怎样对待，这关系到一个共产党员在诱惑面前所应保持的党性和良知。"

唐市长惭愧地说："我知道，前天我叫办公室的同志退回去一次，这次他竟送到家里去！"

李书记笑了，说："有些人就是这样，什么叫削尖了脑袋，你体会到了吧！我看啊，这次就不要退了，直接充公算了！"他说得非常痛快，可以感觉到他心里对鲁振元的厌恶。

"我也是这样想的！"唐市长说，"这个鲁振元也真是刁钻。我想给他们钟总打个电话，叫他批评一下他的下属！"

"那不是等于给钟若飞隔空一记耳光啊！"李书记笑笑说，"毕竟不是他指示的，电话打过去，他会很没面子的。不如等他再来的时候，轻描淡写地点一点，钟若飞是聪明人，他知道该怎么做！"

"也是！"唐市长想了想，"一个电话可能会使他很被动，好像我们在告崮西的状！"

"对啊！像恒基这样管理规范的国有企业，对鲁振元这样的行为，应该有自己的管理办法，况且，鲁振元给你送钱，目前来说还没有造成太大的影响，我们站在党委政府的角度上，还是不要把钟总催得太急了。"

"好吧，我听您的！"唐市长看看李海洲，真诚地说。

李海洲放下钱的事儿，话题一转，说："人家恒基是包容文化，恒基理念，胸怀天下！想一想，很有道理啊！"

唐市长点头，说："包容也是一种力量。但要能做到这一点，却需要多么宽阔的胸怀！"

"所以说，恒基未来无可限量啊！"李海洲感佩有加，却也无比自豪地说，"恒基是我们岚湾经济的引擎，崮东、崮西两个企业加盟恒基后，税收数字一年比一年漂亮，这就是很好的证明嘛！我看，明年的经济发展思路，就应该突出体现大企业带动这一指导思想，年初政府工作报告中的规划方案，可以充实进一些具体的措施。他们不是看好云石一水吗，我们不但可以给他，而且可以让利优惠！"

从鲁振元谈到恒基，唐市长显得有些意外。他来之前气坏了，却没想到李书记把鲁振元这事儿轻轻一放，跟他谈起了与恒基合作的大事上，他原来还想着等有机会跟他详细汇报自己的想法，这下李书记竟主动提了出来，他忘记了鲁振元十万块钱带给他的郁闷，兴奋地顺着李海洲说："根据恒基投资方向判断，他们的目标远不止云石一水，而是岚湾得天独厚的出海口优越条件，这与我们的战略规划是一致的。既然这样，像青云山通力、宁城通力、青城水泥、牛腿岭水泥，都应该是他们的目标，只要我们吃准了他们的动向，相信岚湾打造'全省水泥第一城'的构想就会很快实现！"

他说得有点兴奋，李海洲听得也连连点头，他告诉唐市长："你马上召集经信委、招商局的同志们开个会，从政府那边拿出个招商引资优惠政策，提前给恒基抛出绣球去，栽下梧桐树，才能引来金凤凰啊！"

"好的！"唐市长感觉这么多年来，李书记的思路总是跟自己一拍即合，在他那里，没有通不过的方案。其实也正是这样，岚湾这些年的发展才不断发力，有了日新月异的变化。这也是一种无可替代的凝聚力啊！

李海洲忽然又想起什么，问唐市长："据你了解的情况，崮东和崮西两个公司，管理班子结构怎么样？"

唐市长想了想，说："崮东的老总叫兰成东，做事比较务实谨慎，人也稳当。班子平均年龄不到四十，很团结，我去过几次，从氛围上就能感觉出来；至于崮西嘛，老总鲁振元，就是送钱的这位。"提起这十万块钱，唐市长心里又堵了起来，语气也带了些情绪，但在市委书记面前，他还是尽量保持克制，"这个鲁振元我也认识，感觉有些滑头，比起兰成东来，还有些差距。听说他对下面的副总都不当回事儿，崮西苗县长带客户去视察的时候，当着客人的面就指使一个副总去给他喂狗。"说到这里，李海洲扑哧一笑，唐市长点到为止，说："当然这只是个例，但崮西这边总体上运转情况不如崮东！"

李海洲听着，考虑了一会儿，说："我想着，能不能把他们推荐一下，到我们市委党校或者省委党校接受一些培训，从政策层面上指导企业的发展。如果他们不愿意到党校来，也可以联系省内一些高校，到北大清华也行，我们帮忙联系。"

"这很有必要！"唐市长深表赞同，"我们党校的教授讲师们也可以下到企业，既可以帮他们开阔视野，也有助于我们的党校师资深入基层调研！"

"可以！"李海洲略微考虑，补充说，"这只是我个人不成熟的想法，实际不实际，还要征求企业的意见。我们政府角色就是搞服务，只能引导和提供机会，一厢情愿不行，好事做好，实事做实，还得让企业自己说了算！"

"那自然！"唐市长回答说，"这个，我可以让相关部门先给企业衔接一下，也可以先组织企业讨论，根据他们的需要再定。"

两人交流了一阵，李海洲竟忘记了桌上还有十万块钱摆在那。唐市长提示说："这个怎么处理？"

"充公嘛！"李海洲看一眼，"你不用害怕，有我见证，叫财政局田局长过来一趟，走个手续就是了！"

他轻松一说，唐市长心里顿觉释然。李海洲语重心长地说："老唐啊，我们跟着党干事业这么多年，可不能毁在一沓废纸上，走手续的时候，要光明正大，不避眼目，最好多几个人在场，注意保护自己啊！"

"我明白！"唐市长把十万块钱重新装进那个黑皮包，故意提起来掂一掂，有点分量！他又看看李书记，两个人会心地笑了。

唐市长提着那个黑皮包到政府这边来，回到自己的办公室，就把办公厅主任王俊敏叫过来，先把这钱的来由给他说清楚，又把李书记的指示给他说了，叫他把财政局田局长和会计叫过来，履行个交公手续。王俊敏知道怎么回事儿，战战兢兢汗不敢出，脸上灰一阵白一阵的，行行行好好地退出去了。

在市政府办公大楼九楼小型会议室里，政府办公厅主任王俊敏、财政局田局长连同会计小吴、行政管理局井局长等人肃穆地坐着，唐市长把情况简要说了，又把李书记的指示传达一遍，结合这次上交的十万块钱，对自己的态度做了一次剖析，权算开了一次小范围廉政主题的民主生活会，接着在大家共同见证下，把十万块钱交到了田局长手里。田局长郑重地接过来，又郑重地交到了会计小吴的手里，小吴将一张盖有"岚湾市财政局"印章的事业性非税收据交给唐市长，唐市长笑笑，小心地装进了口袋里。

手续履行完了，会场上紧张肃穆的气氛一下子解除，大家纷纷发表演讲，都说唐市长清正廉明，是我们学习的榜样！也有的说以后谁要是收了人家钱，都要像今天市长这样，胸怀坦荡，无私无畏！只有王俊敏坐在一边，心里嘀咕：你们没收到过吗？却坐在这里信誓旦旦，装吧都！他当然也想到了鲁振元那一张卡，论说也应该充公的，但有一种声音却在心里不断地反驳自己：不就是一张卡吗，谁知道？在座的这些人谁没收过？比起他们大把的搂钱，我这点事儿小意思了，装什么清廉！事情过去了一段时间，他心里似乎渐渐地恢复了平静，而且坦然下来了。

唐市长把钱交出来了，鲁振元却以为自己送钱得手，心里高兴的同时也在懊悔：当时怎么能把钱送到他办公室呢？自己太幼稚了，不会办事儿！直接送他家不就完了，也不用来来回回送两遍！想着想着就提醒自己：送礼要讲究学问，以后办事儿可得好好研究一番，要注意方式方法！

从那以后，鲁振元自以为跟市长挂上了钩，逢人便把唐市长搬出来，说哪天我跟市长一起吃饭啦，市长又提出什么指示啦，等等，不知内情的人，还真的以为他鲁振元后台硬着呢。

……

唐自省一口气给郭庆民说了半天，郭庆民一根一根烟屁股填满了半个烟灰缸，想着检举信上写的内容和落款署名，气得连夹烟的手都有点哆嗦，因为纪律不允许，他不便于把检举信给唐自省看，也不能把举报人是谁说给他听，他只能装作平静地听唐自省把故事讲完。

"谁还送我几提茶叶，两瓶好酒，说给你听？"唐自省讲完了，心里痛快不少，嘴上却不饶过郭庆民。

"好了老唐，我们也是在执行公务，那个，我们不问了！"郭庆民倒有点不好意思，纪检科王科长放下手中的笔，活动活动手腕，这么长的故事，他挑重点记录都有点手酸了。

"也就这些，我竹筒倒豆子了。如果组织上不够信任，可以找李海洲书记调查，市财政局、行管局负责人现在都还在，财政局出具的手续也在我的办公室里。"唐自省吁一口气，心里还是憋得慌。

"都记录完了？"郭庆民侧脸问问王科长，传达一个意思就是：你都听到了，来龙去脉就这么点事儿！

"记完了郭书记！"王科长合上记录本，笑眯眯地看看唐市长。

"那好，我可以给省长汇报了！至于举报是否属实，还涉及当事人行贿的问题，我们会进一步查实。"郭庆民如释重负地对唐自省说。

"那你去汇报，后边的事儿我就管不了了，我是不是可以走了？"唐自省站起身。

"你还不能走！"郭庆民伸手阻止他，也很为难地说，"老唐啊，根据纪检监察纪律，你还要留在省城配合我们调查，等调查结果出来了，确实没什么问题，你才能回去。而且，留在省城期间，你要断绝一切与外界的联系，这是规定，老唐，你先委屈一下！"

王科长毕恭毕敬地伸出手，说："唐市长，请把您的手机给我吧！"

唐自省听说还要留在省城，而且暂时隔绝与外界的一切联系，一下就火了，他看看郭庆民刚毅但略显无奈的脸，努力地把火气压下了。这是规定，作为一个市长，党纪高于一切，他是明白的。不管有没有问题，在没有结案之前，他必须配合。

他掏出手机交给王科长，王科长客气地说："谢谢唐市长！"

就这样，唐自省住进了省委招待所，房间电话也被掐断了，白天可以在宾馆的公园里散散步，钓钓鱼，晚上可以看看书，看看电视，睡觉有人站岗，出入有人保护，过起了与世隔绝的幽禁生活。出于纪律规定，郭庆民既不能给岚湾市委、市政府打电话，也不能与唐自省家属解释什么，只在一次给李海洲的电话里轻描淡写地说过一句：想请唐市长陪我出趟差。李海洲知道他俩老朋友，陪郭书记出差也是正常的工作，也就没怎么多想。除此之外，对唐自省进省城发生的一切，岚湾市委、市政府竟无从所知。

这期间，检察机关已经秘密提审鲁振元，鲁振元一口咬定十万块钱他已经送到了唐市长家中，所交代细节与唐自省叙述的完全一致，他心里还想：叫你不帮我！这回你唐老头死定了！

但是没出几天，他就感觉到：自己搬石头砸了自己的脚！

唐市长去省城已经一周多了，岚湾方面还是没有任何关于唐市长的消息，李海洲不好直接打电话给郭庆民，就只好打电话给省府办公厅，但办公厅的同志说："一周前我们看见唐市长来过，但下午就走了呀，还以为他回岚湾了呢！"

李海洲心里开始多了些疑惑。对省里的主要领导，电话不能随便打，问下边又问不出个所以然，他自然有些着急，索性要秘书赶紧备车，他亲自到省城跑一趟。

郭庆民陪着他坐在杨省长办公室里，李海洲坐立不安。当着省长的面，郭庆民汇报说："我已经跟海洲同志谈过了。海洲同志对事情经过的叙述，跟唐自省同志的交代是一致的，他也带来了唐自省同志当时十万块钱主动充公的收据，所以基本可以确定，唐自省是没有问题的。"

杨省长坐在办公桌后面，稍感宽慰地点点头，又问："那个鲁振元提审的情况怎么样？"

郭庆民说："根据检察机关得到的笔录，前后虽然有些出入，但行贿行为发生前的事实交代是一致的。鉴于鲁本人并不知道后面发生了什么，所以，唐自省同志主动充公这个环节，鲁振元的笔录就没有什么参考价值了。"

他站起来，把一份材料呈给杨省长，说："您看看，这是他的笔录！"

杨省长接过去，一页一页地翻开来，仔细看了一遍，愤愤地往桌上一推，说："出了这样一匹害群之马，真是有损恒基的形象！他们集团总部什么态度？"

郭庆民说："我跟海洲同志交换了意见，暂时还没有通知他们总部。"

杨省长点点头，说："鲁振元已经触犯了法律，按照党的纪律，必须绳之以法！我看这样吧，案子发生在岚湾，就由海洲同志负责通知恒基总部吧，不过，一定要把事实解释清楚，不要引起恒基高层的误会。"他想了想，又说："事实已经非常确凿，可以肯定的是，唐自省同志恪守清廉，不为诱惑所动，是我们党的好干部。省纪委最近对唐自省同志的隔离，让他受了些委屈，郭书记要亲自跟他谈话，也代表我问候他，告诉他，这是工作需要，不必有什么顾虑。"

郭庆民点头说："好的！相信唐自省同志的觉悟！"

杨省长又转头对李海洲说："海洲同志回去后，要更加注意搞好配合，凡事多通气，省委省政府对岚湾的工作，是信得过的，是支持的！"

李海洲欠欠身子，也说："请省长放心，唐自省同志长期在岚湾市工作，为人正派，作风扎实，大家都很敬重他，我们会配合好的！"

"很好！"杨省长说，"你这次到省城来，也正好把唐自省同志接回去，老郭啊，你跟海洲同志一起去趟省委招待所，把老唐接出来吧！"

"行！"郭庆民答应着，李海洲激动地站起来，"谢谢省长关心，我陪郭书记现在就去！"

"去吧！"杨省长站起来，嘱咐说，"郭书记你做个东，一起陪老唐吃顿便饭吧！"

郭庆民心领神会，呵呵笑道："您放心吧，老唐老党员了，这点承受力还是有的！"

下到一楼，外面忽然传来几声闷雷，远远地，像老牛的喷嚏。两个人不约而同地相互看了看，"咦，今天惊蛰啊！"李海洲说道。

"对啊，昨天晚上还看了看日历，你嫂子说今天应该是惊蛰了。可是一大清早就跟你跑，竟跑忘了，这一声闷雷倒是提醒了我！"说着，两人就走到了楼前的门厅里，郭庆民看看外面绵绵密密的细雨，大院里高过屋宇的水杉在雨中静静地肃立着，垂柳枝条随风摇曳，仿佛看见了那柳条上新发的鹅黄的嫩芽。他狠狠地呼吸了一口湿润润凉丝丝的空气，感叹一声："春雨贵如油啊！'绿蚁新醅酒，红泥小火炉……'"

"晚来天欲雪，能饮一杯无？这天气，适合小酌几杯的！"李海洲紧跟着对上后面两句，两个人就哈哈大笑。郭庆民说："不是'晚来天欲雪'了，这节气了，应改作'晓来天欲雨'，呵呵，不好不好，太直白，如白居易老先生知道，肯定要大摇其头！"他拍拍额头，冥思苦想的样子，说："改什么好呢，改什么好呢？还是古人高明，我们只能望其项背！"

李海洲呵呵笑到："郭书记，就改这一句，无论意境还是情趣，都非常切合了，真的不错！"

郭庆民放下拍打额头的手，笑道："也行！权且这一句吧，其实写诗只是个心情，对吧，咱们都不是诗人，犯不着在这词句推敲上费神，呵呵，咱们还有更重要的事要去做呢，不知道老唐看到这春雨，会作何感想！"

"老唐啊，"李海洲说，"我想他一定站在窗前，看着这密雨，想象着我们岚湾的大海，和大海边上的桑农吧，毕竟，在海边的农村，春耕已经开始了。这一场春雨，对地里的墒情非常有利！"

郭庆民回眼看看李海洲，半天，说："海洲书记，你们在一线，不但辛苦，有时候还要受些委屈啊！"

李海洲笑笑，也感慨道："我们委屈点没什么，能把党的政策落实好，让百姓过得踏实，就是我们最大的欣慰！"

"呵呵，说得好！"郭庆民不顾一楼出出进进的工作人员，动情地揽过李海洲的肩膀，"晓来天欲雨，且饮一杯去，走，去接老唐干一杯！"

警卫员笔直地立在门外的岗台上，"啪"，向他们打一个标准的军礼。

18 联合，以爱的名义

　　岚湾水泥行业全体骨干企业，第一次情同手足地携起手来，用他们亲如兄弟的合作方式，向全市人民展示岚湾水泥航母阔步前进的英姿，这昭示了一个方向，就是工业企业要逐步实现市场协同、资源整合的跨越。这也代表了新的阶段岚湾市深化经济体制改革的方向。

北京，恒基集团总部。集团班子会正在进行。

　　大家首先讨论了岚湾青云山、宁城通力核查情况，钟若飞又把岚湾上报省里的那个报告批复情况作了通报，会议一致同意青云山、宁城通力的交接连同青城水泥签约同时进行，确定了三个水泥企业下个月交接的基本时间意向。会上还作出一个任免决定：对已收监入狱的原崮西水泥总经理鲁振元予以除名；在三个企业刚刚加盟、管理机构原班人马组成不变的基础上，酝酿成立恒基水泥岚湾运营管理区，提名周国平兼任区域总裁，兰成东兼任副总裁，统辖云石、崮西、崮东、青云山、宁城、青城六个公司，牛腿岭水泥收购谈判工作，交由周国平负责。

　　一切安排妥当后，钟若飞专程飞岚湾，带着周国平、兰成东来看望唐自省。

　　平地生出一番风波，钟若飞心里非常歉疚。在唐市长办公室，他把集团公司人事任免决定以及近期工作计划向他汇报一下，并对唐市长蒙冤一事致以诚恳的歉意。唐市长却一笑带过，说："如果把岚湾市与恒基集团的合作看作是一部经典乐章，那么，我这点事儿，就算其中的一个音符吧！能成为经典里的音符，也是很荣幸的！"

　　钟若飞感慨地说："经典乐章里的每一个音符都是精品，这个音符，就删了吧！"

唐市长却开玩笑说："删了就不完整了，就不能成为经典了。我知道即便国际大师作画，也不能保证每一笔都那么得意，一抹两抹的败笔，反而会成为点缀。而赏画的人，从来不因为一处败笔而贬低了他的艺术价值！这事儿算是给我敲敲警钟，补上一课，钟总你也不用放在心上！"

他虽然说得真诚，但越是这样，钟若飞越是心里惭愧，一时竟不知道再说些什么，就对鲁振元越发气愤。几年来的努力，恒基集团已经跟岚湾政府方面建立了和谐融洽的氛围，想不到被这个不成器的家伙斜刺里就结下一道梁子。他担心这次变故会影响到集团联合战略的深入推进！

从省城回来不久，唐市长的案头摆了大堆的材料，王俊敏过去一份一份地梳理，重点非重点的分门别类，好让市长按轻重缓急分别处理。根据他的日程安排，时间已经排到三月上旬了！周国平上次跟钟若飞去看他的时候，已经麻烦王俊敏专门请示了唐市长的时间安排，顺便给钟若飞汇报了，就把爱心活动演出时间稍微往后推了推，定在周五。

第二天周六，就是周末了。他知道政府的人对周末看得很重，不能随便因为企业这点事儿，耽误了领导们的休息。

距离演出时间还有几天，沈众庆幸可以利用这几天时间，把许多不甚成熟的环节再梳理一遍。司机小李子告诉他："这玩意儿就跟过年一样，年不过，就永远也忙不完。一到了正月初一，嘿，什么都就绪了，你说对吧？"沈众拍着他的肩膀连呼"经典"！

唐小倩从北京回来，妈妈已经恢复得很好了，有薛姨照顾着，她第二天就去电视台上班。宣传部已经给电视台下了通知，务必做好这次活动的宣传！因为唐市长和几大班子成员都要参加，所以，电视台非常重视，调动了新闻部、文体部所有的精英上阵。唐小倩那时还在北京，台里考虑她不知道什么时候能回来，就临时调整了采编人员组成，把唐小倩作为机动了。唐小倩回来一上班，发现采编人员调整了，部主任告诉她原委，她虽然有点生气，但也不便于争抢，只好作罢。能亲自参加这次由她一手策划的大型爱心公益活动，她已经很满足了。

彩排的那天下午，摄制、采编人员已全部到位，机器设备提前选好了位置，把设备效果再次调试了一遍。由于大家对这次活动的具体细节并没有更多的了解，所以，彩排的这天晚上，还是唐小倩跑前跑后地指挥协调，俨然仍是这台晚会的主要策划者。

一边彩排一边现场校正，总体效果不错，沈众很满意，周国平却嘱咐说："彩排的效果不等于正式演出，明天晚上市长和几大班子成员都要到场，县里的领导以及各兄弟企业都去，现场的气氛可能会对部分演员情绪产生影响。这个问题一定要注意。彩排过去了，你再把每个细节都回顾一遍，不完善的马上整改，不到位的抓紧示范，要确保明晚的效果。"

"放心吧周总，我们已经订好了，午饭后全部演职人员集合，指导老师都要加以指点的。"沈众说。

"今晚的就餐安排好了吗？"周国平问。

"安排好了！"沈众回答说，"除了领导们在剧院餐厅二楼外，演职人员都在一楼自助餐厅自助餐。二楼的领导们您陪同。"

周国平笑笑说："请县委陆书记和齐县长陪同，我从旁服务就是了！"

沈众说："也是的，这样的规格，我们想服务都轮不上的！"

忙乎了一个多月，演出就要开始了，一辆一辆的大巴车把几个公司的先模人物拉过来。领导们吃完饭，有县委陆书记、齐县长他们陪着，在休息室喝杯茶，等着演出开始。周国平就抽空到这边来看看情况。

餐厅楼到演播大厅有一段距离，周国平走着过来，就看见张浩、兰成东、郑向南、李忠、吴玉林等人已经站在演播楼下迎宾了。驾驶员小李子和其他几个公司老总的司机站在一边，老远地欣赏着这边的热闹。旁边维持秩序的警察们忙忙碌碌，脚底下像安了弹簧，不时走上前去请示沈众什么事情，沈众就那么一指，警察们就连连点头，小李子说："云石最牛的就数警察，可今天，警察们竟然听我们沈总摆布！这还是在岚湾呢，好玩哈！"

另外一位司机就说："今天晚上市长来，警察比我们更仔细呢！"

小李子满脸自豪地嘿嘿笑着说："反正我感觉很爽，你没看见沈总多潇洒，那帮警察只有这时候听咱们的！"

演出马上要开始的时候，唐市长的车子从餐厅楼那边出发，后面跟了长长的一溜国产红旗，缓缓向这边开过来。周国平领着大伙走上前去，秘书小彭早从前面下来，为唐市长打开了车门。

市长走下车来，一一与大家握手，"你好你好，祝贺祝贺！"王俊敏在前面引路，唐市长一行径直往入口处走。这场合，周国平根本没法靠前，云石县委陆书记、齐县长和几个主要部门的领导前呼后拥地保镖一样跟着进去。

演播大厅里灯火璀璨，人头攒动，舞台上大幕开启着，"春到岚湾·岚湾水泥建材行业向全市人民报捷"的横幅从南扯到北，在顶棚上一串射灯的辉映下格外醒目。舞台正中大红的背景板上写的是"人间有爱·岚湾水泥建材行业爱心联欢晚会"，下方正中的位置，主办方写上了"岚湾市委宣传部、市文联、岚湾市水泥建材协会"，云石恒基、崮东恒基、青云山通力等七个水泥企业全部成了"承办"。

关于主办方位次的排布，沈众差点犯了一个大错误。他意识里，是想着把市水泥建材协会摆在前面、市文联摆在后面的，可直到昨天彩排之前，王俊敏过来检查大厅和舞台布置情况时，忽然就看见背景板下方这个问题，赶紧把沈众拉在一边，大声训斥道："文联是归宣传部管的，你怎么能把宣传部丢了？再说了，水泥建材协会只是市建委的下属单位，它怎么能摆在前面呢？"

沈众一听，脸刷地红了，对呀，这可是原则性的问题，怎么竟没注意呢？多亏了王主任现场及时发现，不然，要犯政治错误呢！

他连忙向王俊敏道歉，并打电话安排九鼎公司，连夜赶制了新的画布，及时换上了。这件事让沈众更加深刻地感受到，百密还有一疏啊，今后要更加仔细才行！

整个舞台布置得绚烂而简约，喜庆且清新，追光灯正在做最后的调试，架子鼓以及各种乐器已经在舞台的一角摆好。周国平看看舞台，又环视一下会场，轻轻地吁了一口气！

沈众已经抢到最前面，引领着唐市长一行一直走到第七排的位置，然后站下来，伸出手做个手势："您请！"他没喊"市长"，他感觉不能喊，市长心里明白，心照不宣就是了。

座位上都写着各位领导的名字，唐市长往里走，找到"首长"的位置，坐下了，其他人也跟着坐下，大家都表现出很高的素养，没有一个交头接耳的，只有最边上一个人，站起来坐下，坐下再站起来，挥舞着手势好像给谁安排工作，沈众一看，是王俊敏。呵呵，办公室主任就是这样，活动不结束，神经就要一直绷着不能放松！

周国平和其他几位老总在靠近"首长"的后一排坐下，往后依次是市、县各部委办局的领导位，座位上都有席签，各人可依次就做，整个过程忙而不乱，秩序井然。

领导们就位了，演出时间也就到了，沈众想起刚才小李子说过的"年不过，就永远也忙不完"的话，很有些感触。他朝台上挥一挥手，有人就心领神会地朝后台跑去，不一会，大厅里舒缓的音乐停下，略显嘈杂的观众席上渐渐恢复了安静。他猫着腰退回去，挨着王俊敏旁边找个位子坐下。

按照晚会的安排，正式演出之前，首先请唐市长有个致辞的。主持人乔海洋唱幕完毕，在礼宾小姐的引导下，唐市长健步走上舞台，他手里拿着一张预先准备好的讲稿，但只是象征性地扫了几眼，并没有照着讲稿念。

根据录音整理的资料，现将唐市长讲话全文记录如下：

各位来宾、各位朋友：

三月里春光煦暖，惠风和畅，首先，我代表岚湾市委、市政府，向全市人民致以春天的问候。

在这个春风徐徐的夜晚，岚湾市首次以行业为单位联合组织的爱心公益演出活动，在这里拉开了帷幕。这是我市水泥建材行业的盛事，也是我市工业企业第一次以爱的名义，向全市人民献上的一份大礼，我代表市委市政府，向岚湾水泥企业、向全市工业企业表示感谢！

近年来，岚湾市工业企业不断强筋壮骨，创新图强，共同支撑和推动了全市社会各项事业的健康发展，更值得自豪的是，在金融风暴席卷全球、世界经济停滞不前的形势下，我们岚湾市的工业企业自我加压，奋发有为，不但各项经济指标走在全省的前列，而且，主动承担起造福岚湾、回报社会的责任，越来越浓郁的社会责任型企业文化在不断滋长。他们作为我市工业阵线的骨干力量，是凝聚爱心、担当责任的突出代表。谁说水泥没有味道？全市水泥建材企业站在推动行业健康发展的高度凝心聚力，创新合作，谋求共赢，用他们的实践创造回答了这样一个命题：水泥，也是有味道的！

今晚的爱心公益演出活动，邀请了我市著名书画艺术工作者们同台献艺，这也是他们积极响应党中央提出文化下乡"惠及最基层群众"的号召，创新文化载体、丰富文化下乡内涵，真正为基层群众办实事、办好事的生动体现。根据晚会主办方、承办方共同愿望，今晚的作品将进行义拍，所得款项全部用于我市社会公益事业，这也是他们对岚湾、对社会仁心大爱的体现，他们以文艺的形式诠释着企业应担的责任，为岚湾各行各业做出了榜样。

还有一点令我们十分欣慰的，是这次爱心公演的形式。岚湾水泥行业骨干企业，第一次情同手足地携起手来，用他们亲如兄弟的合作方式，向全市人民展示岚湾水泥航母阔步前进的英姿，这昭示了一个方向，就是工业企业要逐步实现市场协同、资源整合的跨越。这也代表了新的阶段岚湾市深化经济体制改革的方向。合作才能共赢。企业间联合起来，握紧拳头，强力出击，是新形势下工业企业做大做强的保障，这种敢闯新路、勇于探索的态度，市委市政府是给予肯定的，是支持的。

协同产生增量，联合创造价值。我们也希望，更多的行业、更多的企业，都能够站在如何适应新形势下市场竞争的高度，深刻考量健康持久发展的大计，积极探索做大做强做优的路子，壮大自身实力的同时，为岚湾经济社会各项事业的发展继续贡献自己的力量！

祝愿本次水泥行业爱心公益演出活动取得圆满成功，祝愿全市工业企业乘着改革开放的东风，昂首阔步走在时代的前列！

谢谢！

唐市长的讲话抑扬顿挫，热情洋溢，重点肯定和赞扬了岚湾水泥企业取得的成就，和携手并肩、精诚合作的姿态，尤其对水泥企业敢于担当社会责任给予了很高的评价。场下观众基本上都是水泥企业的员工，大家听得热血沸腾，全场响起了雷鸣般的掌声，周国平微笑着，渐渐升腾的成就感氤氲了他的心胸。

唐小倩和她的同事们全程特写，记录下唐市长的讲话。唐市长讲完话，建材协会马主任就不敢再上去，周国平本来应该代表水泥企业有个发言的，但他认为不妥，就临时放弃了。

光影交织中，晚会以一曲欢歌劲舞《魅力岚湾》拉开了序幕，紧接着，一个又一个精彩节目相继登场，小品、相声、情景剧丰富多彩，无不赞美美丽的岚湾、生机蓬勃的岚湾水泥，中间偶尔穿插几个由企业选送的节目，书画家们两次登台献艺，浓墨重彩地书写着一年来的岚湾巨变。舒缓的小夜曲从舞台的幕后响起，配合着书画家们神情专注的挥毫泼墨，乔海洋用满含磁性的男中音，将沈众提前准备好的旁白清泉漱石般地贯穿下来，时而婉约，时而澎湃，游刃有余地调控着舞台的气氛。在书画家们埋头创作的空当里，坐席上除了偶尔一两声唏嘘外，观众们有的站起来，伸长了脖子极目远眺舞台中央那一排长长的斜支起来的案板，看书画家们笔下一根根迂回有致的优美线条，或老干虬枝，或花团锦簇，或小桥流水，或峰回路转，尤其书法家们墨海游龙的楷行隶篆，笔法朴厚劲健，韵味古雅，观众席上不少书画爱好者，都争相一睹那清新空灵的艺术。书画家们搁笔之际，早有工作人员小心地将作品提起，面向观众一一展示。乔海洋用他艺术审美的语言，饱蘸深情地对每一幅作品都极尽赞美之词，一次次调动着观众的美感情趣，观众席上不时爆发出一阵阵热烈而景仰的掌声……

作品展示完毕，早有服务人员将一幅幅真笔墨宝仔细地收起来，封存好，留作下次义卖的拍品。

唐市长饶有兴致地看完了全场节目，王俊敏热情有加地对沈众说："市长很忙，一般最多到中场就退了，今晚能坐到现在，很说明对你们的重视啊！"

沈众就带了些感动，调侃似地说："观赏节目也是一种休息呢，正因为领导们平时太忙，所以更需要调节一下，今晚这节目确实也精彩，不冤枉领导的时间吧？"王俊敏也许没听出他的意思，也许听出来了，却考虑他根本不敢有这个意思，就跟着点头，"那是，那是！"

他到现在也不知道，沈众其实还有一个比他更贴近的身份：市长大人的准女婿！所以，他说话的口气自然有点不同于别人。

晚会在《难忘今宵》的曲子中圆满落幕，演职人员共同登台谢幕，拍手合唱，台下观众也摇动手中的萤火棒挥舞响应，唐市长和几大班子成员在礼宾小姐的引导下，次第走上台去，与演员们一一握手祝贺。周国平使个眼色，沈众早和小彭秘书站在舞台的偏角处等着，领导们一走下来，就引导着从旁边的侧门出去。观众席上已经站起来了，好多人一边回头，一边余兴未尽地往出口方向挪动脚步。

唐市长从偏门出来，握着周国平的手说："不错周总，很有意义啊！"周国平握紧了市长的手，说："市长您亲临支持，我们都很感动！"市长又稍微俯了身子，周国平往前贴了贴，市长低声说："我祝贺你啊！"周国平一愣，随即就明白唐市长说的是他荣任岚湾运营管理区总裁的事，马上感激地笑笑，说："都是领导们支持！是大家的抬举！市长您也美言不少，非常感谢了！""哎——你看看，谦虚了吧？"唐市长开心地笑着说，"上次我们在北京的时候，钟总就表扬你是个做大事的人，不但有能力，而且讲大局，呵呵，所言不差啊！而且，我知道今晚的活动，你居中做了不少工作的！"他把自己的话说成是钟若飞说的，而且把今晚活动的成功举办，大部分功劳都记到了周国平名下，周国平真的有些激动，说："是您过奖，这次活动是我们几家企业共同联手，市文联、建材协会的领导们帮助策划的！"唐市长又拍拍他握着自己的那只手，说："我知道！不是我过奖你，而是钟总倚重你！下个月，我就代表岚湾市政府，跟钟总一起到省城筹备青云山、宁城、青城水泥的签约仪式，到那时，我们岚湾水泥建材业集中度就会大为提升，这不但是恒基的大手笔，也是我们岚湾市产业结构调整的一件大事！"周国平故作惊讶地说："那太好了！钟总常说，咱们市委市政府，尤其是市长您，对恒基的工作给予了太多支持，所以他非常感激您……""呵呵，我和你们钟总老朋友了，与有肝胆人共事，我感觉很好！"唐市长说着，晃晃周国平的手，感慨道："有你们这些企业家一心一意谋发展，恒基的未来不可限量啊！"

这时候，沈众已经拿起相机，对准了角度，不失时机地摁动了快门，连拍几张。他要将唐市长和周国平这一次握手的亲密瞬间定格成永恒。

过了一会儿，唐市长慢慢松开握着周国平的手，身子稍往前倾了倾，随便问道："你跟云石县电业局的领导们熟不熟？"

周国平一愣，说："汇报市长，还行吧，前段时间还跟孟局长交流过一次！"

"那就好！"唐市长点点头，想了一会儿，说，"今年全市的电力供应可能有些紧张，你们要先有个思想准备，像你们水泥制造企业，全市的能耗大户，可能要面临一次严峻的考验了！"

"哦？"周国平又是一愣，很快就明白了唐市长话里的意思，赶紧点头说，"好的，谢谢市长！"

市长点到为止，不再多说，周国平也不需多问，但他分明地感觉到：岚湾市政府节能减排的集结号，已经从新年伊始就真的吹响了！

他知道自己该怎么办！

王俊敏见唐市长和周国平说了这半天，不敢上前催促，好不容易看见市长直起了身子，知道谈得差不多了，就上前说："市长，时间不早了，上车吧！"

"哦，好好，周总再见！"唐市长摆摆手，王俊敏早已给他拉开了车门。

"市长再见！"周国平站着，朝车里扬起手臂，直到市长的车子走远，一长串的红旗车喷着热腾腾的尾气，跟随着走远，他才放下手臂。

小李子已经把车开过来，沈众为他打开车门，说："周总，上车吧，早点休息！"

广场上已经没有了晚会开始前的喧嚣，微风静静地吹过，像毛茸茸的芦花拂在脸上，痒痒的，不再有一丝寒意。月牙儿挂在东边的半天空上，皎洁如水，很近，又似乎很远。周国平看见一片镶着银边的云彩正缓缓飘移过来，就要遮住月牙儿的脸了，他感觉心里似乎也有一片云彩飘过来，徘徊游移，挥之不去。他轻轻地吁一口气，回头看一眼，问："几位老总走了没有？"

"都上车了，等着您呢！"沈众回头看一眼那一排车子，说。

周国平说："好吧！没顾上陪他们，我在车上给他们通个电话！"他礼节性地朝那一排车子扬扬手，一边上车，一边对沈众说："你把重要的东西归拢一下，其余的，明天再收拾吧，注意休息！"

沈众说："好的周总，我没事儿！"顺手给他关上车门。

周国平放下玻璃，忽然想一件事儿，吩咐道："你明天一早，通知岚湾运管区所有公司的领导们，到云石公司会议室开会，有重要问题讨论！"

"好的，我记下了！"沈众似懂非懂地回答。

周国平顿了顿，补充一句说："主要是下步生产用电的问题。"

"噢！"沈众这下基本明白了。唐市长和周国平刚才的对话，他也隐约听到一些。

周国平摇摇手，摁上玻璃，去了。

广场的灯光底下，沈众站下来，和煦的春风吹着，忽然就觉得浑身骨头散了架一般，软绵绵不想挪动半步，真想一屁股坐下来，一觉睡到明天早上。

"小倩，小倩呢？"他忽然想起唐小倩还在里面，不能睡，今晚要见她！转头向演播大厅跑去。

唐小倩正和同事们在舞台上收拾机器，没看见他，他就先找个座位坐下来，拿出手机给徐建军打电话："明天你带几个人到剧院，把咱们的东西收拾一下，运管区领导们明天有会，我走不开！"

"好的沈总，有我呢，放心吧！"徐建军回答。

他在下面坐着，看唐小倩在台上忙碌的身影，虽然是个女孩子，但一刻也不闲着，她把摄像机从三脚架上撤下来，小心地装到箱子里，把灯线一圈一圈缠好，叫人先搬到车上去……看着看着，沈众的眼睛就睁不开了，不知迷糊了多久，恍惚中听见唐小倩在指挥说："你们两个，把他抱我车上，我送他回去！"

沈众想睁开眼睛，却无论怎么努力，眼皮像抹了胶水，怎么也睁不开，干脆不再睁了，就这么迷糊着也挺好，反正心爱的人就在身边，而且能听到她的声音！

有人就跟唐小倩开玩笑："他谁啊，放你车上怎么行？"

"咣当"一脚，"少废话，你抱不抱？"听得出，唐小倩小姐脾气又上来了，很霸道地喊了一声。

那人闪一闪身，仍然坏坏地说："抱可以啊，但抱上车以后嘛——我们可概不负责！"

有几个人嘻嘻哈哈跟着笑得更放肆了。

沈众隐隐约约听了这几句，似乎觉得唐小倩受人欺负，一下就醒了，忽地站起来："你们说什么？"

那个年轻人看见沈众满眼布满血丝，凶神恶煞一般站在面前，吓了一跳，"怎么，要打架啊？"

唐小倩见沈众醒过来，忽又笑着道："没事儿，你不是睡了吗，我叫他们把你弄车上去，他们都是我同事，平时最爱闹了！"又跟几个青年人说，"不好意思，他还迷糊着呢！"

有个小伙子就说："差点吃掉我们呢，还要我们抱他！"

唐小倩就赔着笑说："几位哥哥，你们先回吧，我送他！"

那个年轻人就朝她挤眉弄眼，看看她，又看看沈众，神情里透出不怀好意的笑，唐小倩上前一计粉拳，骂道："讨厌！看什么看，他是我男朋友！"

"啥？"几个小伙子一下子就懵了，"你什么时候找男朋友了？从来没听说过啊？"

"早说啊你！好好好，放心了，我们撤！"大家一拱手，哄笑着走远了。

唐小倩朝沈众笑笑，说："坏蛋，醒了干吗，你睡着就是！"

沈众看着他们走远的背影，说："还以为他们怎么着你呢！"

"能怎么着我？都一个办公室的，平时皮打皮闹惯了！"唐小倩看看四周没人，飞快地蹿上去，在沈众的脸上"叭"地亲了一口，沈众迅速反应过来，顺势将她揽进怀里。两个年轻的身躯仿佛忘记了所有的疲惫，沸腾的血液在周身鼓胀，倏忽间就贴在了一起……

两人就这么抱着，贴近着，不知过了多久，唐小倩抬起头，低低地说："走吧，开我的车！"

沈众问："去哪？"

唐小倩说："你想去哪就去哪，演出结束了，今晚要你好好陪我！"

"我陪你！走！"

沈众揽着她，走出来，猫腰钻进那辆白色的雪佛莱，车子一溜烟消失在夜灯明灭的街道上。

跋

很高兴看到刘海高同志的又一部长篇《水泥是有味道的》付梓。

二十七万字，虽然远不能完全地容纳一个人的思想，但足可以透过冰山一角，倾听一个人心灵的声音，透视他这些年来成长、成熟的脚步。这部作品表现出来的管理思想，宽容、大度、忠诚、敬业，看似写了一个企业发展的过程，实则是一种人本价值取向的倡树。

企业工作者，尤其是一名身居管理岗位的职业经理人，每天都要面对大量事务性工作，但在每一件工作的处理过程中，都有方式方法的问题。方法不同，所取得的效果也就不同。方法好比工具，各种工具摆在那里，有的人取这一种，有的人取那一种，至于究竟取哪一种，要看各人的习惯或者喜好。最让人担心的，是有些工具虽然先进、尖端，使用起来会收到事半功倍的效果，但遗憾的是并不是所有的人都能得心应手地使用它。选择使用某种工具，往往也能看出一个人的专业水准。站在管理者的角度，要求我们不但要全面把握、灵活运用各种管理手段、管理方法，更要具备一种包容和谐、厚德载物的管理素养。

"温和，也是一种力量"，但要能真正做到温和，需要一种包容的心态，一种深厚的素养，一种总揽全局、运筹帷幄的能力。"温和"这种品质所达成的管理效能，其实就是一种领导力、一种影响力的作用。

这部作品刻画的主要人物，就从侧面给我们提出了一种借鉴。里面的主要人物，从内到外洋溢着一种良好的素养，而这种素养的生成，源自于人物发自内心的包容品质。作品当中一句话"腹有诗书气自华"，很能说明这个道理。人们经常这样认为：一个饱读诗书的人，往往气质高雅。可不可以这样说：一个具有较高政治素养、职业道德高尚且敬业包容、胸怀宽广的企业家，像钟若飞、周国平们，他的战略思想也能高瞻远瞩，他的处事方式也能平易近人，无论什么情况下，都能得道多助，都能游刃有余！

企业走向联合时代，需要的就是这样胸怀大局、兼济天下的企业家。

《水泥是有味道的》不但为经济结构调整、行业整合提出了一个可资借鉴的方向，也为新时代各所有制企业做大做强做优量身定做了一个模版。我们相信，无论哪个行业，无论何种类型的经济，只有通过联合、合作的途径，才能最大限度地实现资源优化、市场整合，才能从根本上实现企业经营模式由"量、本、利"到"价、本、利"的转变。

联合，以爱的名义——行业的责任，行业的爱心！

这是一种高度，一种胸怀。同时，也是一个方向，是一种模式。

水泥事业，真的很有味道！

2012年4月19日

（盛春德：日照中联水泥有限公司原任总经理、现任中国联合水泥集团战略运营总监）

"水泥真的是有味道的"

刘海高第二部长篇《水泥是有味道的》，在大家的期待中即将付梓，这是我县作家协会的又一件大事，谨此，我代表莒县作家协会表示祝贺！

《水泥是有味道的》这部书同作者的第一部长篇《民企副总》一样，所选择的视角也在企业，所反映的也都是企业创业过程的甘苦。从这两部作品中，我们也不难体会到一个共同的理念，那就是"人本"、"诚信"和"爱心"。这不但是做人的最基本的原则，也是做企业、做产品应当秉持的基本信条，更是衡量一个企业有没有文化，以及企业文化含金量的天平。作者长期的企业工作经历，使他有机会了解和熟悉企业运营中的规则以及人事，在工作中体味生活，在生活中感悟人生，并坚持不懈地用手中的笔把这些灵感的火花记录下来，把自己的爱憎和扬弃端呈出来，献给这个时代，献给读者，既是一份爱心的体现，也是一份责任的实践。精神可嘉，值得学习。

水泥也有味道吗？

把水泥当作一生的事业，水泥就真的是有味道的！

凝聚，是水泥的特性。一团体，一组织，一民族，一社会，都需要有一种凝聚的精神。这种凝聚的精神，我们把它叫做文化。尽管我当过五年的水泥生产技术员，对这个产品很有感情，但是，以水泥企业为题材的作品，我所见的并不多。今天，从这本书里，从这些朴实无华的文字里，我真实地感受着创业的艰辛与甘苦同在，人物在事业面前的敬业与奉献，已经成为一种薪火相传的文化，渗透和影印在水泥人的骨子里。有这样一种文化的凝聚，那么，水泥真的是有味道的！

一个人努力做了什么，努力做着什么，不需要说出来，就看你努力的结果怎么样。本书的作者就是这样，他在长达六年，甚或更长的时间里，一直都在思考和酝酿一种自身对社会、对时代、对生活感悟进行表达的方式和形式，并且在默默笔耕中积累、沉淀、升华，在我们都不曾有所准备的时候，他思索的文字就赫然摆在我们面前，让我们在惊讶中惊喜，在祝贺中欣慰。

六年前，海高的经历可以用颠沛流离来表述，工作无着，生活拮据，印第一本书的资金，是他花了一年时间，分六次付给印刷厂的。当时莒县中信印刷厂的孙总也感动于他的清贫和写作的执著，在看到他的第一本小说手稿的时候，就答应可以宽限付款的期限。就是在那种清贫与颠沛中，他深刻感受了生活的艰辛，于是，便用大部头的文字倾诉自己的感受，盼望新生活的开始。他在探求文学追索的同时，也更加努力地工作，更加细心地思考，更加专注地积累。苦难是灵感的源泉，艰辛的生活，给了他不放弃的执著。他自己说过：文学就是生活之味的添加剂，逆境时，可以排忧，顺境时，可烹美味。这是一种乐观的态度，就如他一直不喜独处，更热心于凑场合的性格，因为他坚信，有朋友就有灵感，有议论就有收获，只要做有心人，随时随处都有值得你学习的机会。这是他从生活中汲取和积累点滴营养的主要途径。

《水泥是有味道的》，创作的题材看似狭小，仅限于水泥行业、水泥企业，但是里面所折射的文化理念、人性思考，却涵盖了各行各业，所影射的人物心理，是人类不容回避的。作品用一个极小的视角，反映了众生大舞台，生旦净末丑。当然，作品所期待的还是人性向善的回归。而且，作品的最后，他仍然是用浪漫主义的手法，为我们留下了一缕绕梁三日而不绝的美好生活的味道——

"你想去哪就去哪，演出结束了，今晚要你好好陪我！"

"我陪你！走！"

沈众揽着她，走出来，猫腰钻进那辆白色的雪佛莱，车子一溜烟消失在夜灯明灭的街道上。

有时候，工作因为忙碌而快乐，生活因为艰辛而幸福。作品人物对工作与生活的态度，更让我们感受到另一种人生的况味！

水泥，真的是有味道的！

2012年4月30日

（孟凡金：中华国学文学会会员 山东省作家协会会员 莒县作家协会主席）

著者自记

刘海高

做自己喜欢的事，做出点成绩，在朋友的鼓励和鞭策中，总会有一些自我满足的成就感。这点，我不否认！

但我也深知，这点所谓的成就感，其实就是一种爱慕虚荣的表现。自我满足至于喜形于色，人家就说你没深度；不事张扬甚或无大所谓，人家又说你故作深沉，虚伪得很。这个度，有时很难把握。

我就不会掩饰自己，所以，有朋友戏说我：你这人还是比较透明的！

虽然，只是"透明"，不是"聪明"，但我想，这应当也是一种褒奖，我接受！爱慕虚荣嘛，人家褒奖你，自然高兴！

高兴就是高兴，用不着掩饰的。就如今天，我很高兴这本书终于付梓了。

不敢说写得好，但这些文字敲出来，还是有点辛苦。直直腰，揉揉眼睛，把目光投向远处的林带，春天的颜色还是让我兴奋。这是一年里最美的颜色了，她比最高明的画家笔下的色彩都亮丽，都养眼，都让我迷恋。

回到座位上，一点一点地回想着半年多时间里，伴随着每一个字敲打出来的喜悦，开始回顾这个过程里每一个夜晚，每一个问候的电话，每一声春风化雨的鼓励，闭上眼睛，历历如在眼前。尤其接到集团公司张总同意为作品写序的时候，内心里充满了感动，那时，我竟连一声"谢谢"的话都没有说出来，总觉得这两个字的含义太浅了，浅得没法表达当时的心意！才感觉，语言有时最无用啊！还有，集团公司的盛春德是我们公司原任的老总，他自始至终关注和鼓励着我的创作，特别是在书稿的创作过程中，他经常给我打来电话，询问进展。他工作那么繁忙，却对我的写作如此关注，叫我在中途几欲搁笔的时候，无法不认真再认真地拾起笔来，坚持写下去。而我，到现在，还是没有亲口对他说一声"谢谢！"。

但是，我的感谢，都在心里！

　　我用我心灵里最虔诚的声音，感谢所有支持和关注、鼓励我写完这部作品的老师们、领导们、朋友们！

　　作品中的每一个人物，都没有太过悲苦的经历，但是，他们的内心，却是苦的。就是在苦的前行中寻找快乐，创造快乐。我还是那句话，经过艰苦的创业取得了业绩，成就感都是有的。

　　不信任有传染性，信任亦如此，所以，最困难的职业就是怎样做人。我很喜欢书中的周国平和钟若飞，那是真正干事创业的人。他们宽厚，包容，温和，信任，目标确切。但他们的内心，也时常在痛苦和纠结中碰撞，而正是这种碰撞，居然闪出那么多光芒四射的智慧的火花。多默契的一对黄金搭档，多挚诚的创业理想，人生至此，当无愧矣！

　　我也喜欢沈众这个人物，年纪不大却很有方向感，他知道不论站在哪个位置上，都要朝着一个正确的方向！这让我很感喟，现在好多年轻人，比如有些大学生，毕业后茫然不知所之，分到一个岗位上拈轻怕重，很容易受身边环境的影响，而失去了方向。当然，你虽然看着着急，却没有能力说服和引导，我只能感喟，只有感喟了！

　　当然，我也喜欢书中的每一个人物，即便是反面的，也能给我提供一面镜子，一个借鉴！

　　书要印刷了，心情却沉甸甸的。我不知道这本书的出版，会给朋友们、我的亲爱的读者们留下怎样的印象，我也真诚地希望，你们能多提宝贵意见，因为，我很愿意继续写下去，我要求自己，在创作下一部作品的时候，至少要比这一本，更好一些！

　　期待您的指导！

　　谢谢！

2012年5月12日